U0604654

嘉陵江诗词

Jialingjiang Shici

侯水平◎编注

巴蜀书社

图书在版编目(CIP)数据

嘉陵江诗词 / 侯水平编注. —成都:巴蜀书社,2022.10

ISBN 978 - 7 - 5531 - 1796 - 6

Ⅰ. ①嘉… Ⅱ. ①侯… Ⅲ. ①嘉陵江 - 诗词 Ⅳ. ①I222

中国版本图书馆 CIP 数据核字(2022)第 185178 号

策 划 刘 冰

嘉陵江诗词

JIALINGJIANG SHICI

侯水平 编注

责任编辑 刘 冰
封面设计 原创动力
出 版 巴蜀书社
(成都市锦江区三色路 238 号新华之星 A 座 36 楼 邮编 610023)
总编室电话:(028)86361843
网 址 http://www.bsbook.com
发 行 巴蜀書社
发行科电话:(028)86361856
经 销 新华书店
照 排 成都木之雨文化传播有限公司
印 刷 成都蜀通印务有限责任公司
成品尺寸 170mm × 240mm
印 张 31.25
字 数 600 千
版 次 2022 年 10 月第 1 版
印 次 2022 年 10 月第 1 次印刷
书 号 ISBN 978 - 7 - 5531 - 1796 - 6
定 价 68.00 元

序

自古以来，诗人与山水总是有着不解之缘，寄情山水的诗词不可胜数。嘉陵江发源于甘陕，从西北高原一路奔来，穿秦岭、越巴蜀，涌入长江。她把秦风和蜀韵融合到了一起，是我国南北文化交融的纽带。可以说，壮丽的嘉陵江本身就是中华大地上的恢弘诗篇。

“自古诗人例到蜀”，入蜀常伴嘉陵江，李白、杜甫、陆游等历代著名诗人都曾在嘉陵江畔留下足迹。“嘉陵江水如图画”“嘉陵美山水”“嘉陵最堪忆”“真作故乡看”即是写照。嘉陵江的独特魅力吸引了诗人，“买棹泛嘉陵”，激发了诗人的灵感，为此写下千古诗篇。带着对嘉陵江的热爱，对嘉陵江诗词的热爱，我们萌发了搜集整理历代嘉陵江诗词的想法。

在着手前，首先需要明确“嘉陵江诗词”的范围。如果细究起来，这还真不是一个边界十分清晰的概念，我们可以从多个视角、不同维度来理解它。可以把它看作古今生活在嘉陵江流域的人们所创作的诗词。这些诗词可能直接以嘉陵江为吟诵对象，也可能表面上与嘉陵江并没有直接关联。无论其内容是否直接写到嘉陵江，这些诗词都是吮吸着嘉陵江乳汁的人们所写。其受嘉陵江流域所特有的文化影响是显而易见的，我们从中能够感受到嘉陵江孕育出的独特诗韵词风。但是，古今生活在嘉陵江流域的人们所创作的诗词数量极其庞大，要将其全部搜集，非数人短时可完成，也绝非一本书所能容纳。

当然，我们也可以对其作狭义理解，将其范围限定在那些直接吟咏嘉陵江的诗词。这无疑会大大减少诗词的数量。但这一标准表面看来似乎很清晰，实际上也并不尽然。诗人不是地理学家，他们吟山咏水，即使如罗邺、薛逢等以“嘉陵江”为题写的诗，也是借景抒情。因此，我们对这一限定稍作扩展，凡是内容中涉及到嘉陵江（阆水、潜水、漾水、巴水、渝水、故道水、西汉水等，也包括八渡河、白龙江、渠江、涪江等支流）流域，与嘉陵江有某种关联者，尽可能搜集。做这种取舍只是个大原则，对一些吟咏嘉陵江畔著名历史遗迹的诗词，也有所收录。如那些与嘉陵江牵手蜿蜒前行，共历沧桑风云的古蜀道，以及因嘉陵江水道而设依水所建的古驿站等，它们不仅与嘉陵江有密切的联系，甚至它们的出现本身就与嘉陵江有关，“嘉陵驿路三千里，处处春山叫画眉”“嘉陵江岸驿楼中，江在楼前月在空”“栈压嘉陵咽，峰横剑阁长”。但嘉陵江畔古遗迹无数，什么是“著名”，什么是“密切”，不得不说这中间有编者个人的主观判断，不一定准确。

本书所录诗词的来源，除了浩如烟海的文献资料外，主要是我们在嘉陵江流域的田野调查。经过数年的搜集整理，收录于本书的诗词共1200多首。

嘉陵江从涓涓细流到奔腾咆哮，穿峡谷，走平川，时而飞流直下，时而平如镜湖。她千姿百态，既有涛急波涌，惊湍泻崖，雷吼晴滩，又有岸阔无波，平沙秋水，碧玉迢迢。她绚丽多彩，“嘉陵江色何所似，石黛碧玉相因依”“千里嘉陵江水色，含烟带月碧于蓝”“嘉陵江色嫩如蓝”“嘉陵江水碧于油，夹岸春云嫩不收”“嘉陵江水泼蓝青，彻底澄光明鉴形”；她云山相拥，“江上万重山”“夹岸千寻逼”“云雨昼夜飞”“云峰逐望新”“积石阻云端”“波涛乱远峰”“白云堆里乱峰青”“青猿声在白云霄”。由于嘉陵江本身的变化，作者观察的位置不同，加之各人所处时代境遇的差异等，不同诗人笔下的嘉陵江是不尽相同的。历代嘉陵江诗词是千年来对嘉陵江千年的吟诵，也是一代一代诗人词家用诗词这一文学形式为嘉陵江写成的传记。为了尽可能地了解嘉陵江的千姿百态，倾听嘉陵江的历史脚步声，感受嘉陵江的悲欢沧桑，体会嘉陵江诗词风格的演变发展，最大限度地挖掘感受嘉陵江诗词的历史文化价值，我们努力对嘉陵江诗词从自然地理和时代变换两个视角进行整理，尽可能考证确定它们的时空坐标。为此，在编写体例上尽量按照有关诗词写作的时间次序排列。古代诗词写作的具体时间往往难以准确判断，多数诗词只能通过作者的生卒年大体推断其所写作的年代。因此，首先对诗词作者按照朝代归类，同一朝代的作者以出生时间先后排序，跨朝代的则编入其主要生活的朝代。作者生卒年不明时，参考其他史料，确定其大致生活年代。作者生卒年不详，但所生活朝代清楚的，则收入相应朝代。有几位作者生于民国，主要生活在中华人民共和国，但能够判明本书所辑录诗词是写于民国，则将该诗词归入民国。为了尽可能地给读者提供能反映诗词写作的时空信息，本书简略注明了作者的生卒年、姓名、籍贯等。若生卒年不详，则尽可能注明其及第或为官的年代等。一些作者为官等活动所在地与川、甘、陕等嘉陵江流域地区有关，也简要注明。若有关地名多次出现，通常只在第一次出现时予以注释。诗人描写山水风景，往往带有很强的主观想象，甚至幻想，因此，要准确界定某首诗词描写的具体地理位置，很多时候几乎是不可能的。虽如此，我们还是尽可能地对诗词中出现的地名及能反映该诗词所写区域的名胜古迹等所在的位置予以考证注明。由于年代久远以及收录有误等，我们在搜集整理中发现，同一首诗词在不同文献中字句不完全相同的情况并不少见。我们参阅不同文献并根据诗意词境，尽力核校订正，力求准确。有关作者、地名等注释，除已特别说明者外，主要参考相关县志等。凡是参考过的文献资料，都在书后一一列出。

为了编好本书，我们尽可能地对嘉陵江流域做了详尽的实地考察，也详细查阅了相关县志等文献资料。尽管如此，囿于编者学识浅陋，有所遗漏仍在所难免，判断不准、注释有误等情形也会存在，盼望读者批评指正。

本书原本定名为《古今嘉陵江诗词》。1949 年以来，生活在嘉陵江两岸的人们对诗歌表现出极大的热情，成立了诗歌协会，如嘉陵江新诗研究会等，创办了《嘉陵江诗刊》等刊物，创作了大量歌咏嘉陵江（包括白龙江、涪江等）的诗歌，我们已经搜集整理出了数百首。但由于诗歌作者很多，特别是缺少联系地址等，著作权保护问题一时很难处理。为了尊重创作者的著作权，只好暂时忍痛割爱。

成都理工大学图书馆李海霞副研究馆员参与了相关调研活动，并做了大量的文献资料搜集整理工作；四川省社会科学院李明泉研究员和原院党政办主任林彬为本书的完成提供了宝贵的支持和帮助；四川省社会科学院党政办公室副主任何祖伟与文献中心刘用副研究馆员为课题调研及本书出版做了许多联络等工作。刘用在查阅文献资料方面提供了帮助；中共四川省委宣传部、四川省社会科学院、嘉陵江流域各县史志办、文化部门等对本书的编写给予了大力支持；田野调查中还得到许多同志的热心帮助；巴蜀书社刘冰编辑等为本书的出版付出了辛劳。在此，表示衷心的感谢。

侯水平

2019 年 1 月 17 日

凡例

一、本书辑录民国以前我国历代嘉陵江（包括支流）相关诗词1200多首，首先按照作者所处的朝代分类，然后依作者出生的先后次序排列。对于跨朝代的作者，能够判明其诗词写作时间的，则将该诗词辑入相应的朝代。作者生卒年不明时，参考其他史料等确定其大致生活年代，或参照其及第或为官的年代等，以大体确定其先后次序。

二、本书所辑录诗词附有作者简介，同一作者有多首诗词被辑录，只在第一首诗（词）后附作者简介。编者希望对所辑录诗词尽可能确定其时空坐标，因此，作者简介除生卒年等外，一些作者为官等活动所在地与甘肃、四川、陕西等嘉陵江流域地区有关者，也在作者简介中简要注明。

三、本书对所辑录诗词中出现的地名以及能提供区域空间信息的名胜古迹等名称（以下简称“地名”）予以注释。同一地名多次出现，通常仅在其第一次出现时予以注释。古今地名相异者，在古地名后括注今名。若同一地名在不同地域都有时，则尽可能结合诗词内容予以考证，在注释中对其所指加以说明。

目录

唐代及以前

宋 代

金代、元代

明　代

清　代

民　国

唐代及以前

秦风·蒹葭

无名氏

蒹葭苍苍，白露为霜。所谓伊人，在水一方。
溯洄从之，道阻且长。溯游从之，宛在水中央。
蒹葭萋萋，白露未晞。所谓伊人，在水之湄。
溯洄从之，道阻且跻。溯游从之，宛在水中坻。
蒹葭采采，白露未已。所谓伊人，在水之涘。
溯洄从之，道阻且右。溯游从之，宛在水中沚。

注释

①此诗选自《诗经·秦风》，创作于春秋时期，作者不详。

题鹅溪[①]绢

左　思

贝锦斐然，濯色江波。

作者简介

左思（约250—305），字泰冲，西晋文学家，临淄（今山东省淄博市）人。

注释

①鹅溪：在四川省绵阳市盐亭县西北安家镇鹅溪村。

题嘉陵石亭[①]

张　宾

嘉陵路恶石和泥，行到石亭日已西。
独依栏杆正惆怅，海棠花里鹧鸪啼。

作者简介

张宾（？—322），字孟孙，十六国后赵中丘（今河北省邢台市内丘县）人。

注释

①石亭：在今四川省广元市北嘉陵江畔。

蜀道[①]难二首

萧　纲

（一）

建平督邮道，鱼复[②]永安宫[③]。若奏巴渝[④]曲，时当君思中。

作者简介

萧纲（503 — 551），南朝梁简文帝，字世缵，南兰陵（今江苏省常州市武进区）人。

注释

①蜀道：是古代由长安通往蜀地的道路。

②鱼复：古县名，治今重庆市奉节县东白帝城。

③永安宫：蜀汉行宫名，为蜀汉昭烈皇帝刘备托孤的故址，坐落在距奉节城 4 公里的白帝山上白帝城。

④巴渝：蜀古地名，巴山渝水。重庆境内嘉陵江古称渝水。今指重庆市。

（二）

巫山[①]七百里，巴水[②]三回曲。笛声下复高，猿啼断还续。

注释

①巫山：山名，在四川湖北两省边境，北与大巴山相连，形如“巫”字，故名。

②巴水：巴山之水。大巴山脉是陕西、四川、湖北三省交界地区山地的总称。东西绵延 500 多公里，故称千里巴山，简称巴山。同时也是嘉陵江和汉江的分水岭、四川盆地和汉中盆地的地理界线。此处指巴地，在今四川省。

题鹅溪绢

武则天

丝绸龟首富，贝锦鹅溪绢。功比马头娘，月印水三潭。

作者简介

武则天（624—705），名武曌，祖籍并州文水县（今山西省吕梁市文水县），生于长安（今陕西省西安市）。

普安[1]建阴题壁

王　勃

江汉[2]深无极，梁岷[3]不可攀。山川云雾里，游子几时还？

作者简介

王勃（650—676），字子安，绛州龙门（今山西省运城市河津市）人。

注释

①普安：古县名，今四川省广元市剑阁县。

②江汉：长江、汉水。此处“汉水”指西汉水，即嘉陵江。

③梁岷：梁山（即大剑山）和岷山的并称（参见王振会、雍思政编注：《蜀道神韵》，上海三联书店2015年版，第594页）。

过蜀[1]龙门[2]

沈佺期

龙门非禹凿，诡怪乃天功。西南出巴峡[3]，不与众山同。
长窦亘五里，宛转复嵌空。伏湍煦潜石，瀑水生轮风。
流水无昼夜，喷薄龙门中。潭河势不测，藻葩垂彩虹。
我行当季月，烟景共春融。江关勤亦甚，巇崿意难穷。
势将息机事，炼药此山东。

作者简介

沈佺期（约656—约715），字云卿，相州内黄（今河南省安阳市内黄县）人。

注释

①蜀：古族名、国名、郡名，在今四川一带。四川省的别称。

②龙门：即龙门山，位于四川省广元市朝天区朝天镇与宣河乡交界处。

③巴峡：古代重庆以东的石洞峡、铜锣峡、明月峡统称巴峡。

酬晖上人秋夜独坐山亭有赠

陈子昂

钟梵经行罢，香床坐入禅。岩庭交杂树，石濑泻鸣泉。
水月心方寂，云霞思独玄。宁知人世里，疲病苦攀缘。

作者简介

陈子昂（659—700），字伯玉，梓州射洪（今四川省遂宁市射洪市）人。

入东阳峡[1]与李明府舟前后不相及

陈子昂

东岩初解缆，南浦遂离群。出没同洲岛，沿洄异渚渍。
风烟犹可望，歌笑浩难闻。路转青山合，峰回白日曛。
奔涛上漫漫，积浪下沄沄。倏忽犹疑及，差池复两分。
离离间远树，霭霭没遥氛。地入巴陵道[2]，星连牛斗文。
孤狖啼寒月，哀鸿叫断云。仙舟不可见，摇思坐氛氲。

注释

①东阳峡：即温泉峡，在今重庆市西北北碚与东阳镇之间嘉陵江中（参见 http://www.cidianwang.com/lishi/diming/2/40232tp.htm）。

②巴陵道：即通往巴陵郡（治今湖南省岳阳市）的道路（参见金风：《明日巴陵道，秋山又几重》，2017-02-10，http://www.gaosan.com/gaokao/92064.html）

合州[1]津口别舍弟至东阳峡步趁不及眷然有忆作以示之

陈子昂

江潭共为客，洲浦独迷津。思积芳庭树，心断白眉人。
同衾成楚越，别岛类胡秦。林岸随天转，云峰逐望新。
遥遥终不见，默默坐含嚬。念别疑三月，经游未一旬。
孤舟多逸兴，谁共尔为邻。

注释

①合州：治所在今重庆市合川区，因涪江与嘉陵江于此汇合而得名（参见 http://www.xigutang.com/dufu/dgx_sqlsghz_yjssj_9593.html）。

蜀道难

张文琮

梁山[①]镇地险，积石阻云端。深谷下寥廓，层岩上郁盘。
飞梁架绝岭，栈道接危峦。揽辔独长息，方知斯路难。

作者简介

张文琮，生卒年不详，唐贝州（治所今河北省邢台市清河县）武城人。约唐太宗贞观十四年（640）前后在世。

注释

①梁山：位于四川省广元市剑阁县普安镇。《辞海》："梁山……亦称剑门山，高梁山。东西数百里，山岭长峻，形势险要，古为军事要冲。"又《太平寰宇记》以为梁山乃大剑山之古称（参见《梁山寺》，http://guangyuan.cncn.com/jingdian/jianmenguan/info_2491.htm）。

送田道士使蜀投龙

宋之问

风驭忽泠然，云台[①]路几千。蜀门[②]峰势断，巴字[③]水形连。
人隔壶中地，龙游洞里天。赠言回驭日，图画彼山川。

作者简介

宋之问（？—712），字延清，一名少连，初唐虢州弘农（今河南灵宝）人，一说汾州（今山西汾阳市）人。

注释

①云台：指云台山，又名天柱山、灵台山、凤凰山，位于四川省广元市苍溪县东南18公里，与南充市阆中市交界。

②蜀门：又名石门，在陕南褒城县（治所在今陕西汉中市西北的大钟寺），为汉、唐褒斜道入蜀门户，尚存《石门颂》《石门铭》刻石。一说蜀门，即剑门，在四川省广元市剑阁县北。

③巴字：嘉陵江上源与白龙江会合后，南流曲折如巴字。又嘉陵江西、南、东三面环绕阆中城寰，形如巴字，称为字水（本诗注②、③参见《唐诗阆中》，http://www.360doc.com/content/14/0509/05/6956316_375972812.shtml）

④《苍溪县志》收录了此诗，题目为《送田道士使蜀过苍溪》（参见苍溪县志编纂委员会编：《苍溪县志（第一轮）》，四川人民出版社1993年版，第1005页）。

深渡驿[①]

张　说

旅泊青山夜，荒庭白露秋。洞房悬月影，高枕听江流。
猿响寒岩树，萤飞古驿楼。他乡对摇落，并觉起离忧。

作者简介

张说（667—730），字道济，一字说之，河南洛阳人。

注释

①深渡驿：在广元县（今四川省广元市）北（参见顾祖禹：《读史方舆纪要》卷六十八四川三（9），2016－05－04，http://new.060s.com/article/2016/05/04/2131764.9.htm），今朝天区沙河镇南华村境。

再使蜀道

张　说

眇眇葭萌道[①]，苍苍褒斜谷[②]。烟壑争晦深，云山共重复。
古来风尘子，同眩望乡目。芸阁有儒生，轺车倦驰逐。
青春客岷岭[③]，白露摇江服[④]。岁月镇羁孤，山川俄反覆。
鱼游恋深水，鸟迁恋乔木。如何别亲爱，坐去文章国。
蟋蟀鸣户庭，蟏蛸网琴筑。

注释

①葭萌：古县名，治所在今四川省广元市昭化区昭化镇北土基坝。葭萌道：此处泛指蜀道。葭萌，亦作古水名，古白水（即今白水江）下游流经秦汉葭萌县北段，称为葭萌水。

②褒斜谷：褒水和斜水（今石头河）均发源于秦岭深处的太白县，两者河谷统称“褒斜谷”；又为古道名，因取道褒、斜二水河谷而得名。

③岷岭：即岷山，泛指蜀地。

④江服：古代指长江流域。此处指嘉陵江流域（参见王振会，雍思政编注：《蜀道神韵》，上海三联书店2015年版，第366页）。

过蜀道山

张　说

我行春三月，山中百花开。披林入峭蒨，攀磴陟崔嵬。

白云半峰起，清江[①]出峡来。谁知高深意，缅邈心幽哉。

注释

①清江：清明澄澈的江水，亦可实指源出于四川省绵阳市平武县西摩天岭之清漪江（参见王振会，雍思政编注：《蜀道神韵》，上海三联书店 2015 年版，第 364 页）。

晓发兴州[①]入陈平路[②]

苏　颋

旌节指巴岷，年年行且巡。暮来青嶂宿，朝去绿江春。

鱼贯梁缘马，猿奔树息人。邑祠犹是汉，溪道即名陈。

旧史饶迁谪，恒情厌苦辛。宁知报恩者，天子一忠臣。

作者简介

苏颋（670—727），字廷硕，京兆武功（今陕西武功）人。曾为益州长史。

注释

①兴州：即今陕西省汉中市略阳县。

②陈平路：亦称陈平道，是沟通嘉陵故道和金牛道的一条天然捷径，位于今陕西省汉中市略阳县境内。

经三泉[①]路作

苏　颋

三月松作花，春行日渐赊。竹障山鸟路，藤蔓野人家。

透石飞梁下，寻云绝磴斜。此中谁与乐，挥涕语年华。

注释

①三泉：古三泉遗址位于陕西省汉中市宁强县阳平关镇擂鼓台村。

临别送张諲入蜀

李　颀

出门便为客，惘然悲徒御。四海维一身，茫茫欲何去。
经山复历水，百恨将千虑。剑阁[①]望梁州[②]，是君断肠处。
孤云伤客心，落日感君深。梦里蒹葭渚，天边橘柚林。
蜀江[③]流不测，蜀路[④]险难寻。木有相思号，猿多愁苦音。
莫向愚山隐，愚山地非近。故乡可归来，眼见芳菲尽。

作者简介

李颀（690？—751？），祖籍赵郡，河南颍阳（今河南省郑州市登封市）人。

注释

①剑阁：古称剑门，地当秦蜀要冲，因诸葛亮在剑门关凌空凿石修建飞梁阁道而得名，素有“蜀北屏障、两川咽喉”之称。位于四川省广元市剑阁县北，大小剑山之间。

②梁州：即今陕西省汉中市，古代行政区划名，曾是古九州之一，治南郑，今汉中市东。

③蜀江：指蜀地之内的江河。

④蜀路：指蜀地之内的道路。

送靳十五侍御使蜀

孙　逖

天使出霜台，行人择吏才。传车春色送，离兴夕阳催。
驿绕巴江[①]转，关迎剑道[②]开。西南一何幸，前后二龙来。

作者简介

孙逖（696—761），博州武水（今山东省聊城市东昌府区沙镇）人。另有说其为潞州涉县（今河北省邯郸市涉县）人。

注释

①巴江：此处指嘉陵江。

②剑道：即剑阁道，又称梁山道，属金牛道（石牛道）南段，其行程是从今四川省广元市昭化区昭化（葭萌关）越牛头山，入剑门至广元市剑阁县。

蜀道难

李　白

噫吁嚱，危乎高哉！蜀道之难，难于上青天！
蚕丛及鱼凫，开国何茫然！
尔来四万八千岁，不与秦塞①通人烟。
西当太白②有鸟道，可以横绝峨眉③巅。
地崩山摧壮士死，然后天梯石栈相钩连。
上有六龙回日之高标，下有冲波逆折之回川。
黄鹤之飞尚不得过，猿猱欲度愁攀援。
青泥④何盘盘，百步九折萦岩峦。
扪参历井仰胁息，以手抚膺坐长叹。
问君西游何时还？畏途巉岩不可攀。
但见悲鸟号古木，雄飞雌从绕林间。
又闻子规啼夜月，愁空山。
蜀道之难，难于上青天，使人听此凋朱颜！
连峰去天不盈尺，枯松倒挂倚绝壁。
飞湍瀑流争喧豗，砯崖转石万壑雷。
其险也如此，嗟尔远道之人胡为乎来哉！
剑阁峥嵘而崔嵬，一夫当关，万夫莫开。
所守或匪亲，化为狼与豺。
朝避猛虎，夕避长蛇；磨牙吮血，杀人如麻。
锦城⑤虽云乐，不如早还家。
蜀道之难，难于上青天，侧身西望长咨嗟！

作者简介

李白（701—762），字太白，号青莲居士，又号“谪仙人”。一般认为唐剑南道绵州昌隆（后避玄宗讳改为昌明）为其故乡。

注释

①秦塞：秦代所建的要塞。指秦地，包括陇右地区和陕西关中大部。

②太白：太白山，又名太乙山，在长安西（今陕西省宝鸡市眉县、太白县一带）。

③峨眉：峨眉山，位于四川省乐山市峨眉山市境内。

④青泥：指青泥岭，在今甘肃省陇南市徽县南，陕西省汉中市略阳县西北。

⑤锦城：成都的别称。成都古代织锦手工业比较发达，朝廷曾经设官于此，专收锦织品，故称锦城或锦官城。

送友人入蜀

李　白

见说蚕丛路[①]，崎岖不易行。山从人面起，云傍马头生。
芳树笼秦栈[②]，春流绕蜀城[③]。升沉应已定，不必问君平。

注释

①蚕丛路：代称入蜀的道路。蚕丛：第一代蜀王。

②秦栈：由秦（今陕西省）入蜀（今四川省）的栈道。一说秦时所筑栈道。

③蜀城：指成都。

金陵[①]江上遇蓬池[②]隐者

李　白

时于落星石[③]上，以紫绮裘换酒为欢。

心爱名山游，身随名山远。罗浮麻姑台[④]，此去或未返。
遇君蓬池隐，就我石上饭。空言不成欢，强笑惜日晚。
绿水向雁门[⑤]，黄云蔽龙山[⑥]。叹息两客鸟，裴回吴越间。
共语一执手，留连夜将久。解我紫绮裘，且换金陵酒。
酒来笑复歌，兴酣乐事多。水影弄月色，清光奈愁何。
明晨挂帆席，离恨满沧波。

注释

①金陵：今江苏省南京市。

②蓬池：原茶亭（今四川省南充市蓬安县茶亭乡）蓬池坝。一说，蓬池在开封府尉氏县（今河南省开封市尉氏县）北五里。

③落星石：即落星冈，一名落星墩，在应天府（南京古称）西北九里。

④麻姑台：即麻姑峰，在广东省惠州市博罗县罗浮山之南。

⑤雁门：即雁门山，在江宁府（南京古称，治所在江宁县和上元县）上元县（今江苏

省南京市江宁区。上元县于1912年撤废，并入江宁县）东南六十里。

⑥龙山：即鸡笼山，在建康（今南京）城西北九里（注②－⑥，参见 http://www.xigutang.com/libai/_ jljsypcyz_ _ zz_ lb_ tssx_ 11395.html）。

《蓬安县志》收录了这首诗，只是题目为《赠蓬池隐者》（参见蓬安县志编纂委员会编《蓬安县志》，四川辞书出版社1994年11月版，第773页）。

游南阳清冷泉[①]

李　白

惜彼落日暮，爱此寒泉清。西辉逐水流，荡漾游子情。
空歌望明月，曲尽长松鸣。

注释

①南阳：指南阳寺，在今四川省广安市广安区方坪乡境。

姑孰十咏·丹阳湖

李　白

湖与元气连，风波浩难止。天外贾客归，云间片帆起。
龟游莲叶上，鸟宿芦花里。少女棹归舟，歌声逐流水。

访戴天山道士不遇

李　白

犬吠水声中，桃花带雨浓。树深时见鹿，溪午不闻钟。
野竹分青霭，飞泉挂碧峰。无人知所往，愁倚两三松。

寻雍尊师隐居

李　白

群峭碧摩天，逍遥不记年。拨云寻古道，倚树听流泉。
花暖青牛卧，松高白鹤眠。语来江色暮，独自下寒烟。

普照寺①

李　白

天台国清寺，天下为四绝。今到普照游，到来复何别。
楠木白云飞，高僧顶残雪。门外一条溪，几回流岁月。

注释

①普照寺：唐代彰明县（今四川省绵阳市江油市）西乡普照寺（参见 nansha：《李白救孩童》，2013－08－22，http://www.hbrc.com/newscontent_292167.html）。

登敬亭山南望怀古赠窦主簿

李　白

敬亭一回首，目尽天南端。仙者五六人，常闻此游盘。
溪流琴高水，石耸麻姑坛。白龙降陵阳，黄鹤呼子安。
羽化骑日月，云行翼鸳鸾。下视宇宙间，四溟皆波澜。
汰绝目下事，从之复何难？百岁落半途，前期浩漫漫。
强食不成味，清晨起长叹。愿随子明去，炼火烧金丹。

冬日归旧山①

李　白

未洗染尘缨，归来芳草平。一条藤径绿，万点雪峰晴。
地冷叶先尽，谷寒云不行。嫩篁侵舍密，古树倒江横。
白犬离村吠，苍苔壁上生。穿厨孤雉过，临屋旧猿鸣。
木落禽巢在，篱疏兽路成。拂床苍鼠走，倒箧素鱼惊。
洗砚修良策，敲松拟素贞。此时重一去，去合到三清。

注释

①旧山：此指四川省绵阳市江油境内的大匡山。

题鹅溪绢二首

李　白

（一）

鹅溪凤凰舞，贝锦亦成篇。
九子七进士，京都一状元。

（二）

地生天池玉带水，马蹄石下步步高。
严龄辞去万神游，归卧鹅溪钓碧流。

题鹅溪

李　白　杜　甫

鹅溪泉兮泉泉泉，（李白）
渴时饮来饥时餐。（杜甫）
门外莫非杜工部？（李白）
然然然兮然然然。（杜甫）

送崔五太守

王　维

长安①厩吏来到门，朱文露网动行轩。
黄花县②西九折坂，玉树宫③南五丈原④。
褒斜谷中不容幰，唯有白云当露冕。
子午山⑤里杜鹃啼，嘉陵水⑥头行客饭。
剑门⑦忽断蜀川开，万井双流满眼来。
雾中远树刀州⑧出，天际澄江巴字回。
使君年纪三十馀，少年白皙专城居。
欲持画省郎官笔，回与临邛⑨父老书。

作者简介

王维（701—761，一说699—761），字摩诘，号摩诘居士，河东蒲州（今山西省运城市）人，祖籍山西祁县（今山西省晋中市祁县）。

注释

①长安：西安的旧称。

②黄花县：唐代黄花县故城，在今陕西省宝鸡市凤县凤州镇北六十里，其东有黄花川，故名。

③玉树宫：即甘泉宫，故址在今陕西省咸阳市淳化县西北甘泉山。

④五丈原：古地名，位于陕西省宝鸡市岐山县五丈原镇。

⑤子午山：子午道上的山。子午道，也称子午栈道，是中国古代，特别是汉、唐两个朝代，自京城长安通往汉中、巴蜀及其他南方各地的一条重要通道。因穿越子午谷，且从长安始道路为正南北向而得名。

⑥嘉陵水：嘉陵江，源出陕西省宝鸡市凤县嘉陵谷，至重庆汇入长江。

⑦剑门：即剑门山，大剑山和小剑山之合称。大、小剑山之间中断处，两山对峙，其状似门，故称“剑门”，为剑门关所在处。在今四川省广元市剑阁县普安镇北。

⑧刀州：为益州的别称，治所在蜀郡的成都（今四川省成都市）。

⑨临邛：古县名，治所在今四川省成都市邛崃市。

青　溪[①]

王　维

言入黄花川[②]，每逐青溪水。随山将万转，趣途无百里。
声喧乱石中，色静深松里。漾漾泛菱荇，澄澄映葭苇。
我心素以闲，清川澹如此。请留盘石上，垂钓将已矣。

注释

①青溪：在今陕西省汉中市勉县之东。

②黄花川：在今陕西省宝鸡市凤县东北黄花镇附近。

自大散[①]以往深林密竹磴道盘曲四五十里至黄牛岭[②]见黄花川

王　维

危径几万转，数里将三休。
回环见徒侣，隐映隔林丘。
飒飒松上雨，潺潺石中流。
静言深溪里，长啸高山头。
望见南山[③]阳，白露霭悠悠。
青皋丽已净，绿树郁如浮。
曾是厌蒙密，旷然销人忧。

注释

①大散：古关名，又称散关，大散关，为周朝散国之关隘，故称散关，位于陕西省宝鸡市西南郊秦岭北麓，为川陕间交通要道。

②黄牛岭：在今陕西省宝鸡市凤县东北115里。

③南山：终南山，也即秦岭。

阆水[①]歌

杜　甫

嘉陵江色何所似，石黛碧玉相因依。
正怜日破浪花出，更复春从沙际归。
巴童荡桨欹侧过，水鸡衔鱼来去飞。
阆中[②]胜事可肠断，阆州[③]城南天下稀。

作者简介

杜甫（712—770），字子美，诗中尝自称少陵野老，世称杜少陵。其先代由原籍襄阳（今湖北省襄阳市）迁居巩县（今河南省郑州市巩义市）。

注释

①阆水：嘉陵江另一古称。

②阆中：今四川省南充市阆中市，地处四川盆地东北部，位于嘉陵江中游，改市前为阆中县。

③阆州：治所在今四川省南充市阆中市。

阆山歌

杜　甫

阆州城东灵山[①]白，阆州城北玉台[②]碧。
松浮欲尽不尽云，江动将崩未崩石。
那知根无鬼神会，已觉气与嵩[③]华[④]敌。
中原[⑤]格斗且未归，应结茅斋看青壁。

注释

①灵山：在阆州（今四川省南充市阆中市）城东北十里。

②玉台：即玉台山，在阆州城北七里。

③嵩：嵩山，中岳，地处河南省郑州市登封市西北面。

④华：华山，西岳，地处陕西省渭南市华阴县。

⑤中原：广义指整个黄河流域，狭义指今河南一带。

薄　暮

杜　甫

江水长流地，山云薄暮时。寒花隐乱草，宿鸟择深枝。
旧国见何日？高秋心苦悲。人生不再好，鬓发白成丝。

水　槛

杜　甫

苍江多风飙，云雨昼夜飞。茅轩驾巨浪，焉得不低垂。
游子久在外，门户无人持。高岸尚如谷，何伤浮柱攲。
扶颠有劝诫，恐贻识者嗤。既殊大厦倾，可以一木支。
临川视万里，何必阑槛为。人生感故物，慷慨有馀悲。

别蔡十四著作

杜　甫

贾生恸哭后，寥落无其人。安知蔡夫子，高义迈等伦。
献书谒皇帝，志已清风尘。流涕洒丹极，万乘为酸辛。
天地则创痍，朝廷当正臣。异才复间出，周道日惟新。
使蜀见知己，别颜始一伸。主人薨城府，扶榇归咸秦①。
巴②道此相逢，会我病江滨。忆念凤翔③都，聚散俄十春。
我衰不足道，但愿子意陈。稍令社稷安，自契鱼水亲。
我虽消渴甚，敢忘帝力勤。尚思未朽骨，复睹耕桑民。
积水驾三峡④，浮龙倚长津。扬舲洪涛间，仗子济物身。
鞍马下秦塞⑤，王城通北辰。玄甲聚不散，兵久食恐贫。
穷谷无粟帛，使者来相因。若凭南辕吏，书札到天垠。

注释

①咸秦：指秦都城，咸阳。

②巴：古国名，在今四川省东部和重庆市。

③凤翔：今陕西省宝鸡市凤翔县，古称雍，是周秦发祥之地，先秦 19 位王公在此建都 294 年。

④三峡：长江三峡的简称，即瞿塘峡、巫峡和西陵峡的合称。

⑤秦塞：秦代所建的要塞。指秦地，包括陇右地区和陕西关中大部。

发阆中

杜　甫

前有毒蛇后猛虎，溪行尽日无村坞。
江风萧萧云拂地，山木惨惨天欲雨。
女病妻忧归意速，秋花锦石谁复数。
别家三月一得书，避地何时免愁苦。

注释

此诗是公元 763 年（唐代宗广德元年）冬，杜甫由阆中（今属四川省南充市阆中市）回梓州（治今四川省绵阳市三台县）途中所作。

滕王亭子[①]二首

杜　甫

（一）

君王台榭枕巴山，万丈丹梯尚可攀。
春日莺啼修竹里，仙家犬吠白云间。
清江锦石伤心丽，嫩蕊浓花满目斑。
人到于今歌出牧，来游此地不知还。

（二）

寂寞春山路，君王不复行。古墙犹竹色，虚阁自松声。
鸟雀荒村暮，云霞过客情。尚思歌吹入，千骑拥霓旌。

注释

①滕王亭子：位于四川隆州（今四川省南充市阆中市）城北玉台山。参见 http://www.exam58.com/tdpds/8158.html.

南　池[①]

杜　甫

峥嵘巴阆间，所向尽山谷。安知有苍池，万顷浸坤轴。
呀然阆城南，枕带巴江[②]腹。芰荷入异县，粳稻共比屋。
皇天不无意，美利戒止足。高田失西成，此物颇丰熟。
清源多众鱼，远岸富乔木。独叹枫香林，春时好颜色。
南有汉王祠[③]，终朝走巫祝。歌舞散灵衣，荒哉旧风俗。
高堂亦明王，魂魄犹正直。不应空陂上，缥缈亲酒食。
淫祀自古昔，非唯一川渎。干戈浩茫茫，地僻伤极目。
平生江海兴，遭乱身局促。驻马问渔舟，踌躇慰羁束。

注释

①南池：在今四川省南充市阆中市东南八里。

②巴江：今四川省巴中市南江县、巴州区、平昌县境内的巴水（参见李荣普：《蓬州逸史》，南充市新闻出版局，1997 年 10 月，第 301－302 页）。

③汉王祠：在今四川省南充市阆中市城南。

王阆州筵奉酬十一舅惜别之作

杜　甫

万壑树声满，千崖秋气高。浮舟出郡郭，别酒寄江涛。
良会不复久，此生何太劳。穷愁但有骨，群盗尚如毛。
吾舅惜分手，使君寒赠袍。沙头暮黄鹄，失侣自哀号。

阆州东楼筵，奉送十一舅往青城县①，得昏字

杜　甫

曾城有高楼，制古丹雘存。迢迢百馀尺，豁达开四门。
虽有车马客，而无人世喧。游目俯大江，列筵慰别魂。
是时秋冬交，节往颜色昏。天寒鸟兽休，霜露在草根。
今我送舅氏，万感集清樽。岂伊山川间，回首盗贼繁。
高贤意不暇，王命久崩奔。临风欲恸哭，声出已复吞。

注释

①青城县：古县名，在今都江堰市，属四川省成都市，境内有青城山。

阆州奉送二十四舅使自京赴任青城

杜　甫

闻道王乔舄，名因太史传。如何碧鸡使，把诏紫微天。
秦岭①愁回马，涪江②醉泛船。青城③漫污杂，吾舅意凄然。

注释

①秦岭：分为狭义上的秦岭和广义上的秦岭。狭义上仅限于陕西省南部、渭河与汉江之间的山地，东以灞河与丹江河谷为界，西止于嘉陵江。而广义上是指横贯中国中部的东西走向山脉。西起甘肃省临潭县北部的白石山，向东经天水南部的麦积山进入陕西。

②涪江：是嘉陵江的支流，发源于四川省阿坝州松潘县雪宝顶，南流到重庆市合川区注入嘉陵江，全长约七百公里，嘉陵江的右岸最大支流，因流域内绵阳在汉高祖时称涪县而得名。

③青城：指古青城县，在今都江堰市，属四川省成都市，境内有青城山。

送客至苍溪[1]放船归阆[2]

杜　甫

送客苍溪县，山寒雨不开。直愁骑马滑，故作泛舟回。
青惜峰峦过，黄知橘柚来。江流大自在，坐稳兴悠哉！

注释

①苍溪：苍溪县，今隶属于四川省广元市。

②阆：即阆州，今四川省南充市阆中市。

巴西[1]驿亭观江涨，呈窦十五使君二首

杜　甫

（一）

宿雨南江涨，波涛乱远峰。孤亭凌喷薄，万井[2]逼春容。
霄汉愁高鸟，泥沙困老龙。天边同客舍，携我豁心胸。

注释

①巴西：古郡县名，唐绵州和阆州都称巴西，此处指绵州（今四川省绵阳市）。

②万井：指巴郡。巴郡是中国古代的郡级行政区，辖今天重庆市和四川东部部分区域。

（二）

转惊波作怒，即恐岸随流。赖有杯中物，还同海上鸥。
关心小剡县[1]，傍眼见扬州[2]。为接情人饮，朝来减半愁。

注释

①剡县：绍兴府嵊县，今浙江省绍兴市嵊州市。

②扬州：古称广陵、江都、维扬，今江苏省扬州市。

又呈窦使君

杜　甫

向晚波微绿，连空岸脚青。日兼春有暮，愁与醉无醒。
漂泊犹杯酒，踌躇此驿亭。相看万里外，同是一浮萍。

闻官军收河南河北

杜　甫

剑外[①]忽传收蓟北[②]，初闻涕泪满衣裳。
却看妻子愁何在，漫卷诗书喜欲狂。
白日放歌须纵酒，青春作伴好还乡。
即从巴峡穿巫峡[③]，便下襄阳[④]向洛阳[⑤]。

注释

①剑外：剑门关以外，此处指四川。

②蓟北：今河北省北部一带。

③巫峡：长江三峡之一，自重庆市巫山县城东大宁河起，至湖北省恩施州巴东县官渡口止。

④襄阳：今湖北省辖地级市，位于湖北省西北部。

⑤洛阳：古称雒阳、豫州，位于河南西部、黄河中游，因地处洛河之阳而得名，今河南省洛阳市。

天边行[①]

杜　甫

天边老人归未得，日暮东临大江哭。
陇右[②]河源不种田，胡骑羌兵入巴蜀[③]。
洪涛滔天风拔木，前飞秃鹙后鸿鹄。
九度附书向洛阳，十年骨肉无消息。

注释

①此诗为杜甫重到阆州时作，当作于公元764年（唐代宗广德二年），当时杜甫复自梓州来阆州，拟由嘉陵江入长江出峡。（参见 https://baike. so. com/doc/526358 - 557209. html）

②陇右：即陇山（六盘山）之右，甘肃省全境加新疆自治区大部。

③巴蜀：大致范围包括四川盆地及其附近地区。

白沙渡[①]

杜　甫

畏途随长江，渡口下绝岸。差池上舟楫，杳窕入云汉。
天寒荒野外，日暮中流半。我马向北嘶，山猿饮相唤。
水清石礧礧，沙白滩漫漫。迥然洗愁辛，多病一疏散。
高壁抵嵚崟，洪涛越凌乱。临风独回首，揽辔复三叹。

注释

①白沙渡：属剑州，今四川省广元市剑阁县。

②有学者考证此诗与后面一首《水会渡》作于甘肃省陇南市徽县境（参见张世明：《陇南存世古代诗歌内容初探》，《成都大学学报（社会科学版）》2015 年第 2 期）。

水会渡[①]

杜　甫

山行有常程，中夜尚未安。微月没已久，崖倾路何难。
大江[②]动我前，汹若溟渤宽。篙师暗理楫，歌笑轻波澜。
霜浓木石滑，风急手足寒。入舟已千忧，陟巘仍万盘。
迥眺积水外，始知众星乾。远游令人瘦，衰疾惭加餐。

注释

①水会渡：嘉陵江上的渡口，当为二水会合之处，位于今甘肃省陇南市徽县虞关乡。

②大江：指嘉陵江（注①、②见《水会渡》，http://wap. shuzhai. org/gushi/dufu/18336. html）。

玩月呈汉中王

杜　甫

夜深露气清，江月满江城。浮客转危坐，归舟应独行。
关山同一照，乌鹊自多惊。欲得淮王术，风吹晕已生。

陪王使君晦日泛江就黄家亭子二首[1]

杜 甫

（一）

山豁何时断，江平不肯流。稍知花改岸，始验鸟随舟。
结束多红粉，欢娱恨白头。非君爱人客，晦日更添愁。

注释

①此诗二首当是广德二年（764）正月晦日阆州作（参见 http://www.shicimingju.com/chaxun/list/222812.html.）

（二）

有径金沙软，无人碧草芳。野畦连蛱蝶，江槛俯鸳鸯。
日晚烟花乱，风生锦绣香。不须吹急管，衰老易悲伤。

泛 江[1]

杜 甫

方舟不用楫，极目总无波。长日容杯酒，深江净绮罗。
乱离还奏乐，飘泊且听歌。故国流清渭，如今花正多。

注释

①江：即嘉陵江（参见 http://www.shicihui.net/shici/detail/23692）。

泛江送客

杜 甫

二月频送客，东津[1]江欲平。
烟花山际重，舟楫浪前轻。
泪逐劝杯下，愁连吹笛生。
离筵不隔日，那得易为情。

注释

①东津：位于绵州（治在今四川省绵阳市）。

将赴荆南[①]寄别李剑州

杜　甫

使君高义驱今古，寥落三年坐剑州[②]。
但见文翁能化俗，焉知李广未封侯。
路经滟滪双蓬鬓，天入沧浪一钓舟。
戎马相逢更何日？春风回首仲宣楼。

注释

①荆南：荆州一带。唐朝在今湖北省中部设立节度使，治所在今湖北省荆州市。

②剑州：州治在普安县（今四川省广元市剑阁县普安镇）。

渡　江[①]

杜　甫

春江不可渡，二月已风涛。舟楫欹斜疾，鱼龙偃卧高。
渚花兼素锦，汀草乱青袍。戏问垂纶客，悠悠见汝曹。

注释

①此诗为广德二年（764）春自阆州归成都时作（参见 http://blog.sina.com.cn/s/blog_a0d30c0c0101geo2.html）。

城　上[①]

杜　甫

草满巴西绿，空城白日长。风吹花片片，春动水茫茫。
八骏随天子，群臣从武皇。遥闻出巡守，早晚遍遐荒。

注释

①此诗为广德二年（764）春自梓州（治所在今四川省绵阳市三台县潼川镇）往阆州时作（参见 http://blog.sina.com.cn/s/blog_a0d30c0c0101geo2.html）。

五 盘[①]

杜 甫

五盘[②]虽云险，山色佳有馀。仰凌栈道细，俯映江木疏。
地僻无网罟，水清反多鱼。好鸟不妄飞，野人半巢居。
喜见淳朴俗，坦然心神舒。东郊[③]尚格斗，巨猾何时除。
故乡有弟妹，流落随丘墟。成都[④]万事好，岂若归吾庐。

注释

①唐肃宗乾元二年（759），杜甫自同谷（今甘肃省陇南市成县）往成都，途中有纪行诗《五盘》（参见孙启祥：《杜甫、岑参诗中五盘岭地名考辨》，《中国韵文学刊》2010 年第 2 期）。

②五盘：五盘关，又称七盘关、棋盘关，位于陕西省汉中市宁强县黄坝驿乡与四川省广元市朝天区转斗乡的分界线上。

③东郊：指唐朝东都洛阳以东地区（参见王振会，雍思政编注：《蜀道神韵》，上海三联书店 2015 年 8 月版，第 4 页）。

④成都：今四川省省会。

龙门阁[①]

杜 甫

清江[②]下龙门[③]，绝壁无尺土。长风驾高浪，浩浩自太古。
危途中萦盘，仰望垂线缕。滑石欹谁凿，浮梁袅相拄。
目眩陨杂花，头风吹过雨。百年不敢料，一坠那得取。
饱闻经瞿塘[④]，足见度大庾[⑤]。终身历艰险，恐惧从此数。

注释

①唐乾元二年冬天，杜甫离开同谷前赴成都。在这次行程中，杜甫写了十二首纪行诗，此诗为其中之一。

②清江：此处指嘉陵江。

③龙门：即龙门阁，位于四川省广元市朝天区朝天镇与宣河镇交界处的龙门山。

④瞿塘：瞿塘峡，也称夔峡，长江三峡之一，西起重庆市奉节县白帝城，东至巫山县大溪镇。

⑤大庾：即大庾岭，又名台岭、梅岭，在虔州（今江西省赣州市大余县），为南岭中的“五岭”之一。

短歌行，送祁录事归合州，因寄苏使君[①]

杜　甫

前者途中一相见，人事经年记君面。
后生相动何寂寥，君有长才不贫贱。
君今起柁春江流，余亦沙边具小舟。
幸为达书贤府主，江花未尽会江楼[②]。

注释

①此诗为广德元年（763）在梓州（即今四川省绵阳市三台县潼川镇）作。

②会江楼：唐代合州楼，位于今重庆市合川区城北嘉陵江、涪江交汇处的会江门上，是会江门的城楼。

桔柏渡[①]

杜　甫

青冥寒江渡，驾竹为长桥。竿湿烟[②]漠漠，江永[③]风萧萧。
连笮动袅娜，征衣飒飘飖。急流鸨鹢散，绝岸鼋鼍骄。
西辕自兹异，东逝不可要。高通荆门[④]路，阔会沧海潮。
孤光隐顾眄，游子怅寂寥。无以洗心胸，前登但山椒。

注释

①桔柏渡：在昭化县，今四川省广元市元坝区昭化古城东门外一公里的两江（白龙江、嘉陵江）汇合处，是战国以来古驿道连接南北的重要津口（参见广元市元坝区志编纂委员会编：《广元市元坝区志》（1949—2007），方志出版社2015年版，第927页）。

②一作“竹竿湿”。

③一作“水”。

④荆门：山名，位于今湖北省宜昌市宜都市长江南岸。

万丈潭[①]

杜　甫

青溪合冥莫，神物有显晦。龙依积水蟠，窟压万丈内。
跼步凌垠堮，侧身下烟霭。前临洪涛宽，却立苍石大。

山色一径尽，崖绝两壁对。削成根虚无，倒影垂澹瀩。
黑如湾澴底，清见光炯碎。孤云倒来深，飞鸟不在外。
高萝成帷幄，寒木累旌旆。远川曲通流，嵌窦潜泄濑。
造幽无人境，发兴自我辈。告归遗恨多，将老斯游最。
闭藏修鳞蛰，出入巨石碍。何事暑天过，快意风雨会。

注释

①万丈潭：位于甘肃省陇南市成县。县东南七里飞龙峡口有杜甫草堂故址，从草堂向南，即是飞龙峡，河水流过，相传有龙飞出，故名。中为万丈潭，洪涛苍石，其深莫测。（张忠：《历史上的成县杜甫草堂》，2013 年 9 月 23 日，http://blog.sina.com.cn/s/blog_a0d30c0c0101gaax.html）

②有学者考证，此诗作于甘肃省陇南市成县境（参见张世明：《陇南存世古代诗歌内容初探》，《成都大学学报（社会科学版）》2015 年第 2 期）。

秦州①杂诗之十四

杜　甫

万古仇池②穴，潜通小有天。神鱼人不见，福地语真传。
近接西南境，长怀十九泉。何时一茅屋，送老白云边。

注释

①秦州：唐代秦州，今甘肃省天水市秦州区。

②仇池：即仇池山，位于甘肃省陇南市西和县大桥乡。

寒　硖

杜　甫

行迈日悄悄，山谷势多端。云门转绝岸，积阻霾天寒。
寒硖不可度，我实衣裳单。况当仲冬交，溯沿增波澜。
野人寻烟语，行子傍水餐。此生免荷殳，未敢辞路难。

注释

有学者考证，此诗作于甘肃省陇南市西和县境（参见张世明：《陇南存世古代诗歌内容初探》，《成都大学学报（社会科学版）》2015 年第 2 期）。

青阳峡[①]

杜 甫

塞外苦厌山，南行道弥恶。冈峦相经亘，云水气参错。
林迥硖角来，天窄壁面削。溪西五里石，奋怒向我落。
仰看日车侧，俯恐坤轴弱。魑魅啸有风，霜霰浩漠漠。
昨忆逾陇坂[②]，高秋视吴岳[③]。东笑莲华[④]卑，北知崆峒[⑤]薄。
超然侔壮观，已谓殷寥廓。突兀犹趁人，及兹叹冥莫。

注释

①青阳峡：唐代青阳峡，今称"青羊峡"，位于甘肃省陇南市西和县南50里（参见西和县志编纂委员会：《西和县志》（1996—2013），甘肃文化出版社2014年版，第595页）。

②陇坂：即陇山，绵亘于今陕西省宝鸡市陈仓区、陇县和甘肃省天水市清水县、麦积区、秦安县。

③吴岳：山名，在今陕西省宝鸡市陇县西南部。

④莲华：西岳华山中峰名莲花峰。

⑤崆峒：山名，距离甘肃省平凉市区12公里。

⑥有学者考证，此诗作于甘肃省陇南市西和县境（参见张世明：《陇南存世古代诗歌内容初探》，《成都大学学报（社会科学版）》2015年第2期）。

龙门镇[①]

杜 甫

细泉兼轻冰，沮洳栈道湿。不辞辛苦行，迫此短景急。
石门雪云隘，古镇峰峦集。旌竿暮惨澹，风水白刃涩。
胡马屯成皋[②]，防虞此何及？嗟尔远戍人，山寒夜中泣。

注释

①龙门镇：有学者考证，龙门镇在今甘肃省陇南市西和县石峡镇石峡街（参见张希仁：《杜甫陇右诗〈龙门镇〉再考》，《天水师范学院学报》2011年第4期）。

②成皋：在今河南省荥阳市汜水镇西北有成皋故城。

③有学者考证，此诗作于甘肃省陇南市西和县境（参见张世明：《陇南存世古代诗歌内容初探》，《成都大学学报（社会科学版）》2015年第2期）。

野　望

杜　甫

金华山[①]北涪水[②]西，仲冬风日始凄凄。
山连越巂[③]蟠三蜀[④]，水散巴渝下五溪[⑤]。
独鹤不知何事舞，饥乌似欲向人啼。
射洪[⑥]春酒寒仍绿，极目伤神谁为携？

注释

①金华山：位于四川省遂宁市射洪市城北20公里金华镇涪江之滨。

②涪水：今称涪江，嘉陵江的右岸最大支流。

③越巂：郡名，治所在邛都（今四川省西昌市东南）。

④三蜀：是汉初设置的行政区划，包括蜀郡、广汉郡、犍为郡，其地约当今四川中部以及贵州云南部分地区。

⑤五溪：地名，指雄溪、樠溪、无溪、酉溪、辰溪。一说指雄溪、蒲溪、酉溪、沅溪、辰溪。在今湖南、贵州两省接壤处。

⑥射洪：今四川省遂宁市射洪市。

冬到金华山观，因得故拾遗陈公学堂遗迹

杜　甫

涪右[①]众山内，金华紫崔嵬。上有蔚蓝天，垂光抱琼台。
系舟接绝壁，杖策穷萦回。四顾俯层巅，澹然川谷开。
雪岭日色死，霜鸿有余哀。焚香玉女跪，雾里仙人来。
陈公读书堂，石柱仄青苔。悲风为我起，激烈伤雄才[②]。

注释

①涪右：在涪江之右，此处指梓州。

②“仄青苔”“激烈”：金华山杜甫手书石刻作“多青苔”，作“激冽”。

早发射洪县南途中作

杜　甫

将老忧贫窭，筋力岂能及。征途乃侵星，得使诸病入。

鄙人寡道气，在困无独立。俶装逐徒旅，达曙凌险涩。
寒日出雾迟，清江[1]转山急。仆夫行不进，驽马若维絷。
汀州稍疏散，风景开快悒。空慰所尚怀，终非曩游集。
衰颜偶一破，胜事难屡挹。茫然阮籍途，更洒杨朱泣。

注释

①清江：流经四川省射洪市境内之梓江。

通泉驿[1]南去通泉县[2]十五里山水作

杜 甫

溪行衣自湿，亭午气始散。冬温蚊蚋在，人远凫鸭乱。
登顿生曾阴，欹倾出高岸。驿楼衰柳侧，县郭轻烟畔。
一川何绮丽，尽目穷壮观。山色远寂寞，江光夕滋漫。
伤时愧孔父，去国同王粲。我生苦飘零，所历有嗟叹。

注释

①通泉驿：位于今射洪境内的通泉山。

②通泉县：萧梁（502—553）置通泉县，今四川省遂宁市射洪市沱牌镇。

春日戏题恼郝使君兄

杜 甫

使君意气凌青霄，忆昨欢娱常见招。
细马时鸣金騕袅，佳人屡出董娇娆。
东流江水[1]西飞燕，可惜春光不相见。
愿携王赵两红颜，再骋肌肤如素练。
通泉百里近梓州[2]，请公一来开我愁。
舞处重看花满面，尊前还有锦缠头。

注释

①江水：此处指即流经四川省遂宁市射洪市境内之梓江（参见 http://www.shicimingju.com/chaxun/list/216726.html）。

②梓州：今四川省绵阳市三台县潼川镇。

陪王侍御宴通泉东山[①]野亭[②]

杜　甫

江水[③]东流去，清樽日复斜。异方同宴赏，何处是京华。
亭景临山水，村烟对浦沙。狂歌过于[④]胜，得醉即为家。

注释

①通泉山：位于今四川省遂宁市射洪市境内。

②野亭：在射洪市东北（参见：http://www.shicimingju.com/chaxun/list/222244.html）。

③江水：此处指涪江。

④一作“形”。

陪王侍御同登东山最高顶宴姚通泉晚携酒泛江

杜　甫

姚公美政谁与俦，不减昔时陈太丘。
邑中上客有柱史，多暇日陪骢马游。
东山高顶罗珍馐，下顾城郭销我忧。
清江白日落欲尽，复携美人登彩舟。
笛声愤怨哀中流，妙舞逶迤夜未休。
灯前往往大鱼出，听曲低昂如有求。
三更风起寒浪涌，取乐喧呼觉船重。
满空星河光破碎，四座宾客色不动。
请公临深莫相违，回船罢酒上马归。
人生欢会岂有极，无使霜过沾人衣。

石柜阁[①]

杜　甫

季冬日已长，山晚半天赤。蜀道多早花，江间饶奇石。
石柜曾波上，临虚荡高壁。清晖回群鸥，暝色带远客。
羁栖负幽意，感叹向绝迹。信甘孱懦婴，不独冻馁迫。
优游谢康乐，放浪陶彭泽。吾衰未自安[②]，谢尔性所适。

注释

①石柜阁：是北出利州（今四川省广元市）的第一个阁栈，位于古栈道上，千佛崖附近，距利州城不过数里之遥（参见广元市文物管理所、中国社会科学院宗教所佛教室：《广元千佛崖石窟调查记》，《文物》1990 年第 6 期；李贞：《石柜阁地理位置初探》，《贵州师范学院学报》2015 年第 7 期）。

②一作“由”。

飞仙阁①

杜　甫

土门②山行窄，微径缘③秋毫。栈云阑干峻，梯石结构牢。
万壑欹疏林④，积阴带奔涛。寒日外澹泊，长风中怒号。
歇鞍在地底，始觉所历高。往来杂坐卧，人马同疲劳。
浮生有定分，饥饱岂可逃。叹息谓妻子，我何随汝⑤曹。

注释

①飞仙阁：在今陕西省汉中市略阳县东南四十里。一说在今四川省广元市朝天区沙河镇南华村境（参见王振会、雍思政编注：《蜀道神韵》，上海三联书店 2015 年版，第 166 页）。

②土门：一作“出门”。

③一作“径微上”。

④一作“竹”。

⑤一作“尔”。

倚杖（盐亭县①作）

杜　甫

看花虽郭内，倚杖即溪边。山县早休市，江桥春聚船。
狎鸥轻白浪，归雁喜青天。物色兼生意，凄凉忆去年。

注释

①盐亭县：今隶属于四川省绵阳市。

春日梓州登楼二首

杜　甫

（一）

行路难如此，登楼望欲迷。身无却少壮，迹有但羁栖。
江水流城郭，春风入鼓鼙。双双新燕子，依旧已衔泥。

（二）

天畔登楼眼，随春入故园。战场今始定，移柳更能存。
厌蜀交游冷，思吴胜事繁。应须理舟楫，长啸下荆门。

随章留后新亭[①]会送诸君

杜　甫

新亭有高会，行子得良时。日动映江幕，风鸣排槛旗。
绝荤终不改，劝酒欲无词。已堕岘山泪，因题零雨诗。

注释

①新亭：在梓州（治所在今四川省绵阳市三台县潼川镇）。

观薛稷少保书画壁

杜　甫

少保有古风，得之陕郊篇。惜哉功名忤，但见书画传。
我游梓州东，遗迹涪江边。画藏青莲界[①]，书入金榜悬。
仰看垂露姿，不崩亦不骞。郁郁三大字，蛟龙岌相缠。
又挥西方变，发地扶屋椽。惨澹壁飞动，到今色未填。
此行叠壮观，郭薛俱才贤。不知百载后，谁复来通泉。

注释

①青莲界：佛寺的美称。此指通泉县（今四川省遂宁市射洪市沱牌镇）慧普寺。

②此诗宝应元年（762）在通泉县作（注1、注2参见 http://www.xigutang.com/dufu/_gxjsbshb_ _zz_df_tssx_9588.html）。

去秋行

杜　甫

去秋涪江木落时，臂枪走马谁家儿。
到今不知白骨处，部曲有去皆无归。
遂州[①]城中汉节在，遂州城外巴人稀。
战场冤魂每夜哭，空令野营猛士悲。

注释

①遂州：在今四川省遂宁市。

题郪县[①]郭三十二明府茅屋壁

杜　甫

江头且系船，为尔独相怜。云散灌坛雨，春青彭泽田。
频惊适小国，一拟问高天。别后巴东[②]路，逢人问几贤。

注释

①郪县：古县名，县城在今四川省绵阳市三台县南郪江乡。
②巴东：唐高祖武德二年（619）分夔州秭归、巴东二县置归州，后为巴东郡。

九　日

杜　甫

去年登高郪县北，今日重在涪江滨。
苦遭白发不相放，羞见黄花无数新。
世乱郁郁久为客，路难悠悠常傍人。
酒阑却忆十年事，肠断骊山清路尘。

重简王明府

杜　甫

甲子西南异，冬来只薄寒。江云何夜尽，蜀雨几时干？
行李须相问，穷愁岂自宽。君听鸿雁响，恐致稻粱难。

注释

杜甫于唐肃宗时入蜀，卜居成都，寻避徐知道之乱，曾客梓州、赴唐兴县访友，先后作此诗和《唐兴县客馆记》（蓬溪县志编纂委员会编：《蓬溪县志（第一轮）》，四川辞书出版社 1995 年版，第 842 页）。

承闻故房相公灵榇自阆州启殡归葬东都[①]有作二首　其一

杜　甫

远闻房太守[②]，归葬陆浑山[③]。一德兴王后，孤魂久客间。
孔明多故事，安石竟崇班。他日嘉陵涕，仍沾楚水还。

注释

①东都：洛阳（今河南省洛阳市）。

②一作“尉”。

③陆浑山：山名，在今河南省洛阳市。

早上五盘岭[①]

岑　参

平旦驱驷马，旷然出五盘。江回两崖斗，日隐群峰攒。
苍翠烟景曙，森沉云树寒。松疏露孤驿，花密藏回滩。
栈道溪雨滑，畬田原草干。此行为知己，不觉蜀道难。

作者简介

岑参（715—770），南阳（今河南省南阳市）人，曾任嘉州（今四川省乐山市）刺史，卒于成都。

注释

①五盘岭：又名七盘岭，在今四川省广元市东北，与陕西省汉中市宁强县交界处。

②唐代宗大历元年（766），岑参出任嘉州刺史，自梁州（治南郑，今陕西省汉中市东）入蜀，途中有诗《早上五盘岭》（参见孙启祥：《杜甫、岑参诗中五盘岭地名考辨》，《中国韵文学刊》2010 年第 2 期）。

赴犍为[①]经龙阁[②]道

岑　参

侧径[③]转青壁，危梁透沧波。汗流出鸟道，胆碎窥龙涡。
骤雨暗溪口[④]，归云网松萝。屡闻羌儿笛，厌听巴童歌。
江路险复永，梦魂愁更多。圣朝幸典郡，不敢嫌岷峨[⑤]。

注释

①犍为：即嘉州（今四川省乐山市），天宝（742—755）时曰犍为郡，治所嘉州。

②龙阁：即龙门阁，位于四川省广元市朝天区朝天镇与宣河镇交界处的龙门山。

③侧径：指龙阁道。

④一作“谷”。

⑤岷峨：岷山和峨眉山的并称，泛指蜀地。

与鲜于庶子自梓州成都少尹自褒城[①]同行至利州[②]道中作

岑　参

剖竹向西蜀，岷峨眇天涯。空深北阙恋，岂惮南路赊。
前日登七盘[③]，旷然见三巴[④]。汉水[⑤]出嶓冢[⑥]，梁山控褒斜[⑦]。
栈道笼迅湍，行人贯层崖。岩倾劣通马，石窄难容车。
深林怯魑魅，洞穴防龙蛇。水种新插秧，山田正烧畲。
夜猿啸山雨，曙鸟鸣江花。过午方始饭，经时旋及瓜。
数公各游宦，千里皆辞家。言笑忘羁旅，还如在京华。

注释

①褒城：褒城县，古代县名，治所在今陕西省汉中市西北的褒城镇。

②利州：西魏废帝元钦三年（554）改西益州为利州，治兴安县（隋朝时改为绵谷县，今四川省广元市西北）。

③七盘：指七盘关，位于陕西省汉中市宁强县黄坝驿乡与四川省广元市朝天区转斗乡的分界线上。

④三巴：古地名。巴郡、巴东、巴西的合称，相当今四川省嘉陵江和重庆市綦江流域以东的大部地区。

⑤汉水：这里指西汉水，即嘉陵江。

⑥嶓冢：山名，又名汉王山，位于陕西省汉中市宁强县境内。

⑦褒斜：指褒斜道，古代取道褒、斜二水河谷，穿越秦岭的山间大道。

送严黄门拜御史大夫再镇蜀川[①]兼觐省

岑 参

授钺辞金殿，承恩恋玉墀。登坛汉主用，讲德蜀人思。
副相韩安国，黄门向子期。刀州重入梦，剑阁再题词。
春草连青绶，晴花间赤旗。山莺朝送酒，江月夜供诗。
许国分忧日，荣亲色养时。苍生望已久，来去不应迟。

注释

①蜀川：指蜀地。

送郭仆射节制剑南[①]

岑 参

铁马擐红缨，幡旗出禁城。明王亲授钺，丞相欲专征。
玉馔天厨送，金杯御酒倾。剑门[②]乘崄过，阁道踏空行。
山鸟惊吹笛，江猿看洗兵。晓云随去阵，夜月逐行营。
南仲今时往，西戎计日平。将心感知己，万里寄悬旌。

注释

①剑南：唐太宗贞观元年（627），改益州为剑南道，治所成都府（今成都市）。因位于剑门关以南，故名。

②剑门：即剑门山，大剑山和小剑山之合称。大、小剑山之间中断处，两山对峙，其状似门，故称“剑门”，为剑门关所在处。在今四川省广元市剑阁县普安镇北。

奉和杜相公发益昌[①]

岑 参

相国临戎别[②]帝京，拥麾持节远横行。
朝登剑阁云随马，夜渡巴江[③]雨洗兵。
山花万朵迎[④]征盖，川柳千条拂[⑤]去旌。
暂到蜀城应计日，须知明主待持衡。

注释

①益昌：古郡名，唐属山南西道，治地在今四川省广元市昭化区昭化镇。

②一作“发”。

③巴江：此处指嘉陵江。

④一作“垂”。

⑤一作“拨”。

送蜀郡李掾

岑　参

饮酒俱未醉，一言聊赠君。功曹善为政，明主还应闻。

夜宿剑门月，朝行巴水[①]云。江城菊花发，满道香氛氲。

注释

①巴水：此处指嘉陵江。

送友人游蜀

李　端

嘉陵天气好，百里见双流。帆影缘巴字[①]，钟声出汉州[②]。

绿原春草晚，青木暮猿愁。本是风流地，游人易白头。

作者简介

李端（737—784），字正己，赵州（今河北省石家庄市赵县）人。

注释

①一作“寺”。

②汉州：即今四川省德阳市广汉市。

送郑宥入蜀迎觐

李　端

宁亲西陟险，君去异王阳。在世谁非客，还家即是乡。

剑门千转尽，巴水[①]一支长。请语愁猿道，无烦促泪行。

注释

①巴水：此处指嘉陵江。

听嘉陵江水声，寄深上人

韦应物

凿崖泄奔湍，古称神禹迹。夜喧山门店，独宿不安席。
水性自云静，石中本无声。如何两相激，雷转空山惊。
贻之道门旧，了此物我情。

作者简介

韦应物（737—792），长安（今陕西西安）人。因做过苏州刺史，世称“韦苏州”。

题嘉陵驿[①]

武元衡

悠悠风旆绕山川，山驿空濛雨似烟。
路半嘉陵头已白，蜀门西上更[②]青天。

作者简介

武元衡（758—815），字伯苍，洛州缑氏（今河南省洛阳市偃师市）人，曾任剑南西川节度使。

注释

①嘉陵驿：古代嘉陵驿有两处，一在今广元市，一在今南充市（参见潘大德：《嘉陵驿考》，四川省南充市志编纂委员会编纂：《南充市志》，四川科学技术出版社，第 716 - 717 页）。此处指前者，亦称问津驿、嘉川驿，原驿在嘉陵江西岸，广元市西门外（参见《问津驿》，https://baike.baidu.com/item）。因南充古称果州，后者又名果州驿，嘉陵江绕郡南流，设驿于此（参见 http://www.ccview.net/htm/tang/shi/xt042.htm）。

②一作“更上”。

送李正字归蜀

武元衡

已献《甘泉赋》，仍登片玉科。汉官新组绶，蜀国旧烟萝。
剑壁秋云断，巴江夜月多。无穷别离思，遥寄竹枝歌。

夕次潘山下

武元衡

南国[1]独行日，三巴春草齐。漾波归海疾，危栈入云迷。
锦谷岚烟里，刀州晚照西。旅情方浩荡，蜀魄满林啼。

注释

①南国：今四川省南充市（参见 http://ts300.5156edu.com/sclx/z6519m6505j1639.html）。

续嘉陵驿诗献武相国

薛　涛

蜀门西更上[1]青天，强为公歌《蜀国弦》。
卓氏长卿称士女，锦江[2]玉垒[3]献山川。

作者简介

薛涛（约768—832），唐代女诗人，字洪度，长安（今陕西省西安市）人。

注释

①一作“上更”。

②锦江：一作“锦城”。岷江流经成都的一段称作锦江。

③玉垒：山名，在阿坝藏族羌族自治州理县东南新保关。一说在灌县（今四川省成都市都江堰市）西北。

与林蕴同之蜀途次嘉陵江认得越鸟声呈林林亦闽中人也

欧阳詹

正是闽中[1]越鸟声，几回留听暗沾缨。
伤心激念君深浅，共有离乡万里情。

作者简介

欧阳詹（771—815?），字行周，福建省泉州市晋江市湖村人。

注释

①闽中：唐朝中期前闽中即闽（福建）的名称。

江楼月

白居易

嘉陵江曲曲江池[①]，明月虽同人别离。
一宵光景潜相忆，两地阴晴远不知。
谁料江边怀我夜，正当池畔望君时。
今朝共语方同悔，不解多情先寄诗。

作者简介

白居易（772—846），字乐天，晚年又号香山居士，河南新郑人。

注释

①曲江池：在今陕西省西安市东南，今建有曲江池遗址公园。

寒食日寄杨东川[①]

白居易

不知杨六逢寒食，作底欢娱过此辰？
兜率寺高宜望月，嘉陵江近好游春。
蛮旗似火行随马，蜀妓如花坐绕身。
不使黔娄夫妇看，夸张富贵向何人？

注释

①东川：唐代的方镇名，剑南东川的简称，治所在梓州。

望江楼上作

白居易

江畔百尺楼，楼前千里道。凭高望平远，亦足舒怀抱。
驿路使憧憧，关防兵草草。及兹多事日，尤觉闲人好。
我年过不惑，休退诚非早。从此拂尘衣，归山未为老。

嘉陵夜有怀二首

白居易

（一）

露湿墙花春意深，西廊月上半床阴。
怜君独卧无言语，惟我知君此夜心。

（二）

不明不暗胧[①]胧月，不暖不寒慢慢风。
独卧空床好天气，平明闲事到心中。

注释

①一作“朦”。

送武士曹归蜀（士曹即武中丞兄）

白居易

花落鸟嘤嘤，南归称野情。月宜秦岭宿，春好蜀江行。
乡路通云栈，郊扉近锦城。乌台陟冈送，人羡别时荣。

嘉陵水（此后并通州诗）

元　稹

古时应是山头水，自古流来江路深。
若使江流会人意，也应知我远来心。

作者简介

元稹（779—831），字微之，别字威明，河南府（府治今河南省洛阳市）人，出生于长安。

嘉陵水

元　稹

尔是无心水，东流有恨无？我心无说处，也共尔何殊？

使东川·嘉陵驿二首

元　稹

（一）

嘉陵驿上空床客，一夜嘉陵江水声。
仍对墙南满山树，野花撩乱月胧明。

（二）

墙外花枝压短墙，月明还照半张床。
无人会得此时意，一夜独眠西畔廊。

使东川·嘉陵江二首

元　稹

（一）

秦[①]人惟识秦中水，长想吴江与蜀江。
今日嘉川驿[②]楼下，可怜如练绕明窗。

注释

①秦：中国周代诸侯国名，在今陕西省和甘肃省一带。陕西省的别称。

②嘉川驿：即嘉陵驿，亦称问津驿。

（二）

千里嘉陵江水声，何年重绕此江行。
只应添得清宵梦，时见满江流[①]月明。

注释

①一作“秋”。

使东川·百牢关[①]

元　稹

嘉陵江上万重山，何事临江一破颜。
自笑只缘任敬仲，等闲身度百牢关。

注释

①百牢关：古关名，原名白马关，后改。在今陕西省汉中市勉县西南（参见《百牢关》，https：//www. chazidian. com/r_ ci_ fdba160ab558119d943db96a51ad1795/）。

使东川·江楼月

元　稹

嘉川驿望月，忆杓直、乐天、知退、拒非、顺之数贤，居近曲江，闲夜多同步月。

嘉陵江岸驿楼中，江在楼前月在空。
月色满床兼满地，江声如鼓复如风。
诚知远近皆三五，但恐阴晴有异同。
万一帝乡还洁白[①]，几人潜傍杏园东。

注释

①一作“皎洁”。

使东川·江花落

元　稹

日暮嘉陵江水东，梨花万片逐江风。
江花何处最肠断，半落江流半在空。

使东川·望驿台[①]

元　稹

可怜三月三旬足，怅望江边望驿台。
料得孟光今日语，不曾春尽不归来。

注释

①望驿台：即位于四川省广元市昭化南之望喜驿。

新政县[①]

元　稹

新政县前逢月夜，嘉陵江底看星辰。
已闻城上三更鼓，不见心中一个人。
须鬓暗添巴路雪，衣裳无复帝乡尘。
曾沾几许名兼利，劳动生涯涉苦辛。

注释

①新政县：唐新政县，隶属阆中郡，县治在今四川省南充市仪陇县新政镇。

苍溪县寄扬州兄弟

元　稹

苍溪县下嘉陵水，入峡穿江到海流。
凭仗鲤鱼将远信，雁回时节到扬州。

青云驿[①]

元　稹

岧峣青云岭，下有千仞溪。裴回不可上，人倦马亦嘶。
愿登青云路，若望丹霞梯。谓言青云驿，绣户芙蓉闺。
谓言青云骑，玉勒黄金蹄。谓言青云具，瑚琏杂象犀。
谓言青云吏，的的颜如珪。怀此青云望，安能复久稽。
攀援信不易，风雨正凄凄。已怪杜鹃鸟，先来山下啼。
才及青云驿，忽遇蓬蒿妻。延我开荜户，凿窦宛如圭。
逡巡吏来谒，头白颜色黧。馈食频叫噪，假器仍乞醯。
向时延我者，共舍藿与藜。乘我牂牁马，蒙茸大如羝。
悔为青云意，此意良噬脐。昔游蜀门下，有驿名青泥。

闻名意惨怆，若坠牢与狴。云泥异所称，人物一以齐。
复闻阊阖上，下视日月低。银城蕊珠殿，玉版金字题。
大帝直南北，群仙侍东西。龙虎俨队仗，雷霆轰鼓鼙。
元君理庭内，左右桃花蹊。丹霞烂成绮，景云轻若绨。
天池光滟滟，瑶草绿萋萋。众真千万辈，柔颜尽如荑。
手持凤尾扇，头戴翠羽笄。云韶互铿戛，霞服相提携。
双双发皓齿，各各扬轻袿。天祚乐未极，溟波浩无堤。
秽贱灵所恶，安肯问黔黎。桑田变成海，宇县烹为齑。
虚皇不愿见，云雾重重翳。大帝安可梦，阊阖何由跻。
灵物可见者，愿以谕端倪。虫蛇吐云气，妖氛变虹霓。
获麟书诸册，豢龙醢为醯。凤凰占梧桐，丛杂百鸟栖。
野鹤啄腥虫，贪饕不如鸡。山鹿藏窟穴，虎豹吞其麛。
灵物比灵境，冠履宁甚睽。道胜即为乐，何惭居稗稊。
金张好车马，於陵亲灌畦。在梁或在火，不变玉与鹈。
上天勿行行，潜穴勿凄凄。吟此青云谕，达观终不迷。

注释

①青云驿：位于今陕西省商洛市商南县清油河镇。一说青泥驿为青云驿之本名，青云驿只不过是青泥驿的异名而已（参见《元稹〈青云驿〉》，http://www.ruiwen.com/wenxue/yuanbian/258848.html）。青泥驿：在今陕西省汉中市略阳县西北一百五十里青泥岭上。

籇　水①

元　稹

渠江明净峡逶迤，船到名滩拽签迟。
橹窸动摇妨作梦，巴童指点笑吟诗。
畬余宿麦黄山腹，日背残花白水湄。
物色可怜心莫恨，此行都是独行时。

注释

①籇水：即渠江，嘉陵江左岸最大支流，也称渠河，古称“潜水”，又名岩渠水，两晋时称巴江、巴水，宋以后定名为渠江。

②全唐诗收录此诗的标题为《南昌滩》。

郑尚书新开涪江二首

贾　岛

（一）

岸凿青山破，江开白浪寒。日沉源出海，春至草生滩。

梓匠防波溢，蓬仙畏水干。从今疏决后，任雨滞峰峦。

（二）

不侵南亩务，已拔北江流。涪水方移岸，浔阳[①]有到舟。

潭澄初捣药，波动乍垂钩。山可疏三里，从知历亿秋。

作者简介

贾岛（779—843），字浪仙，人称诗奴，又名瘦岛，号无本，自号“碣石山人”，河北道幽州范阳县（今河北省保定市涿州市）人。唐文宗时任长江（今四川省南充市蓬溪县）主簿。

注释

①浔阳：江名，长江流经江西省九江市北的一段。

题嘉陵驿

贾　岛

尽室可招魂，蛮余出蜀门。雹凉随雨气，风热傍山根。

蚕月缫丝路，农时碌碡村。干将磨欲尽，无位可酬恩。

注释

这首诗通常被认为是薛能所作，但据民国十八年《新修南充县志》记载，此诗为贾岛任长江主簿时，路过南充所题（参见南充市商务和粮食局：《我国历史文化名人记载和描绘南充丝绸》，2014 - 06 - 30，http://www.langzhong.gov.cn/govopen/show.jspx?id = 25630）。

送穆少府知眉州[①]

贾　岛

剑门倚青汉，君昔未曾过。日暮行人少，山深异鸟多。

猿啼和峡雨，栈尽到江波。一路白云里，飞泉洒薜萝。

注释

①眉州：今四川省眉山市。

桔柏渡

姚　合

高江[①]临桔柏，山势逼关门[②]。古驿[③]荒烟合，孤城[④]斜日昏。
巴歌伤落魄，渝酒慰离魂。戎马中原地，崎岖忆故园。

作者简介

姚合（约779—约855），陕州峡石（今河南省三门峡市陕县）人。

注释

①高江：嘉陵江和白龙江均从高远山区流来，故云高江（本诗注释参见王振会，雍思政编注：《蜀道神韵》，上海三联书店2015年版，第373页）。

②关门：指葭萌关之门。葭萌关：古关名，位于四川省广元市昭化区昭化镇。关城今已无存。

③古驿：唐时昭化设有益昌（葭萌）驿，旧址位于四川省广元市剑阁附近，西傍嘉陵江。

④孤城：指益昌城（即今四川省广元市昭化区昭化镇）。

送蜀客

张　祜

楚客去岷江，西南指天末。平生不达意，万里船一发。
行行三峡夜，十二峰[①]顶上[②]。哀猿别曾林，忽忽声断咽。
嘉陵水初涨，岩岭耗积雪。不妨高唐云，却藉宋玉说。
峨眉远凝黛，脚底谷洞穴。锦城昼氲氲，锦水春活活。
成都滞游地，酒客须醉杀。莫恋卓家垆，相如已屑屑。

作者简介

张祜（约785—849?），字承吉，唐代清河（今河北省邢台市清河县）人。

注释

①十二峰：即巫山十二峰，登龙峰、圣泉峰、朝云峰、神女峰、松峦峰、集仙峰、净坛峰、起云峰、飞凤峰、上升峰、翠屏峰和聚鹤峰，分别坐落于重庆市巫山县东部的长江两岸。

②一作“月”。

宿嘉陵驿

雍　陶

离思茫茫正值秋，每因风景却生愁。
今宵难作刀州梦，月色江声共一楼。

作者简介

雍陶（约789—873），字国钧，成都人。大中八年（854），出任简州（今四川省成都市简阳市）刺史，世称雍简州。

注释

①此诗一作“嘉陵馆楼”。

题筹笔驿[①]

殷潜之

江东[②]矜割据，邺下[③]夺孤嫠。霸略非匡汉，宏图欲佐谁。
奏书辞后主，仗剑出全师。重袭褒斜路，悬开反正旗。
欲将苞有截，必使举无遗。沈虑经谋际，挥毫决胜时。
圜觚当分画，前箸此操持。山秀扶英气，川流入妙思。
算成功在彀，运去事终亏。命屈天方厌，人亡国自随。
艰难推旧姓，开创极初基。总叹曾过地，宁探作教资。
若归新历数，谁复顾衰危。报德兼明道，长留识者知。

作者简介

殷潜之，生卒年不详，自称野人，与杜牧同时。

注释

①筹笔驿：驿站名，位于今四川省广元市朝天区朝天镇朝天村，因诸葛亮多次在此驻军筹划军事而得名（参见粟舜成：《筹笔驿遗址新考：“筹笔驿”即“朝天驿”》，2016－06－14，http://www.gyct.com.cn/BasicTemplate/CU2015/content.jsp?urltype=news.NewsContentUrl&wbtreeid=1485&wbnewsid=43421）。

②江东：所指区域为长江下游江南一带，此处指三国时期的东吴。

③邺下：古地名，今址河南省安阳市，此处代指三国时期的魏国。

送壁州[①]刘使君

朱庆馀

王府登朝后，巴乡典郡新。江分入峡路，山见采鞭人。
旧业孤城梦，生祠几处身。知君素清俭，料得却来贫。

作者简介

朱庆馀（797—837），名可久，以字行，越州（今浙江省绍兴市）人。

注释

①壁州：唐代壁州辖境相当于今四川省巴中市通江县和达州市万源市部分地区。

灵云岩[①]访蒲景珣不遇以瓜皮题石壁

吕洞宾

我自黄粱未熟时，已知灵谷有仙奇。
丹池玉露妆朱浦，剑阁寒光烁翠微。
云锁玉楼铺洞雪，琴横鹤膝展江湄。
有人试问君山[②]景，不知君山景是谁。

作者简介

吕洞宾（798—?），名岩，字洞宾，唐河中府永乐县（今山西省芮城县永乐镇）人。

注释

①灵云岩：即灵云山，在四川省南充市南部县城北。

②君山：洞庭湖中，古称洞庭山、湘山、有缘山，是八百里洞庭湖中的一个小岛。

③据史书记载，吕洞宾在南部访友不遇，遂以瓜皮题诗石壁（参见罗琴：《南部灵云岩访友不遇　吕洞宾拾瓜皮题诗石壁》，《南充日报》2017年3月24日）。

送人游蜀

马　戴

别离杨柳陌，迢递蜀门行。若听清猿后，应多白发生。
虹霓侵栈道，风雨[①]杂江声。过尽愁人处，烟花是锦城。

作者简介

马戴（799—869），字虞臣，定州曲阳（今河北省保定市曲阳县；一说江苏省连云港市东海县或陕西省渭南市华县）人。

注释

①一作“雪”。

留别吉州[1]太守宗人迈

滕　倪

秋初江上别旌旗，故国无家泪欲垂。
千里未知投足处，前程便是听猿时。
误攻文字身空老，欲返渔樵计已迟。
羽翼凋零飞不得，丹霄无路接差池。

作者简介

滕倪，生卒年、生平事迹均不详，唐宪宗（778 — 820）时闽中人。

注释

①吉州：今江西省吉安市。

和野人殷潜之《题筹笔驿》十四韵

杜　牧

三吴[1]裂婺女，九锡狱孤儿。霸主业未半，本朝心是谁？
永安宫受诏，筹笔驿沉思。画地乾坤在，濡毫胜负知。
艰难同草创，得失计毫厘。寂默经千虑，分明浑一期。
川流萦智思，山耸助扶持。慷慨匡时略，从容问罪师。
褒中[2]秋鼓角，渭曲晚旌旗。仗义悬无敌，鸣攻固有辞。
若非天夺去，岂复虑能支。子夜星才落，鸿毛鼎便移。
邮亭世自换，白日事长垂。何处躬耕者，犹题殄瘁诗？

作者简介

杜牧（803—约 852），字牧之，号樊川居士，京兆万年（今陕西省西安市）人。

注释

①三吴：古地区名，即吴郡、吴兴郡、会稽郡等三郡辖地，泛指长江下游一带。此处代指三国时期东吴政权（参见王振会、雍思政编注：《蜀道神韵》，上海三联书店 2015 年版，第 60 页）。

②褒中：古代县名，位置在褒水西岸的长寨，今陕西省汉中市西北的褒城镇以东一带（参见秦建明：《寻觅褒中——一座隐失的古城》，2017－08－17，http://blog.sina.com.cn/s/blog_53de3f9a0102x1so.html）。

奉和门下相公送西川[1]相公兼领相印出镇全蜀诗十八韵

杜　牧

盛业冠伊唐，台阶翊戴光。无私天雨露，有截舜衣裳。
蜀辍新衡镜，池留旧凤凰。同心真石友，写恨蔑[2]河梁。
虎骑摇风旆，貂冠韵水苍。彤弓随武库，金印逐文房。
栈压嘉陵[3]咽，峰横剑阁长。前驱二星去，开险五丁忙。
回首峥嵘尽，连天草树芳。丹心悬魏阙，往事怆甘棠。
治化轻诸葛，威声慑夜郎。君平教说卦，夫子召升堂。
塞接西山[4]雪，桥维万里樯。夺霞红锦烂，扑地酒垆香。
忝逐三千客，曾依数仞墙。滞顽堪白屋，攀附亦周[5]行。
肉[5]管伶伦曲，箫韶清庙章。唱高知和寡，小子斐然狂。

注释

①西川：唐代的方镇名，剑南西川的简称，治所在成都府（今成都市）。

②一作“梦”。

③嘉陵：嘉陵江。

④西山：岷山，在成都西面的大山。

⑤一作“同”。

⑥一作“笛”。

望喜驿[1]别嘉陵江水二绝

李商隐

（一）

嘉陵江水此东流，望喜楼中忆阆州。
若到阆中还赴海，阆州应更有高楼。

（二）

千里嘉陵江水色，含烟带月碧于蓝。
今朝相送东流后，犹自驱车更向南。

作者简介

李商隐（812—858），字义山，号玉溪生、樊南生。祖籍怀州河内（今河南省焦作市沁阳市），生于荥阳（今河南省郑州市荥阳市）。大中六年（852），为剑南东川判官检校工部员外郎。

注释

①望喜驿：旧址在今四川省广元市昭化南。

②此诗作于大中五年（851）冬作者赴梓州（治所在今四川省绵阳市三台县潼川镇）途中。

筹笔驿

李商隐

猿[①]鸟犹疑畏简书，风云常为护储胥。
徒令上将挥神笔，终见降王走传车。
管乐有才终[②]不忝，关张无命欲[③]何如？
他年锦里[④]经祠庙，梁父吟成恨有馀。

注释

①一作“鱼”。

②一作“原”或“真”。

③一作“复”。

④锦里：成都城南武侯祠旁。亦指锦官城，为成都之代称。

行至金牛驿[①]寄兴元渤海尚书

李商隐

楼上春云水底天，五云章色破巴笺。
诸生个个王恭柳，从事人人庾杲莲。
六曲屏风江雨急，九枝灯檠夜珠圆。
深惭走马金牛路[②]，骤和陈王白玉篇。

注释

①金牛驿：旧址位于今陕西省汉中市宁强县大安镇（宁强县志编纂委员会编：《宁强县志》，陕西师范大学出版社，1995 年版。http://sxsdq.cn/dqzlk/dfz_sxz/nqxz/）。

②金牛路：即金牛道，又名石牛道，是古代关中、汉中通往巴蜀的一条道路。

利州江潭作

李商隐

神剑飞来不易[①]销，碧潭珍重驻兰桡。
自携明月移灯疾，欲就行云散锦遥。
河伯轩窗通贝阙，水宫帷箔卷冰绡。
他时燕脯无人寄，雨满空城蕙叶雕。

注释

①一作“是”。

西　溪[①]

李商隐

怅望西溪水，潺湲奈尔何。不惊春物少，只觉夕阳多。
色染妖韶[②]柳，光含窈窕萝。人间从到海，天上莫为河。
凤女弹瑶瑟，龙孙撼玉珂。京华他夜梦，好好寄云波。

注释

①西溪：一名濯笔溪，在潼川府（今四川省绵阳市三台县）西门外。

②一作“娆”。

送人入蜀

李　远

蜀客本多愁，君今是胜游。碧藏云外树，红露[①]驿边楼。
杜魄呼名语，巴江作[②]字流。不知烟雨夜，何处梦刀州。

作者简介

李远（？—约 861），字求古，一作承古，夔州云安（今重庆市云阳县）人。

注释

①一作“压”。

②一作“学”。

利州南渡[①]

温庭筠

澹然空水对斜晖，曲岛苍茫接翠微。
波[②]上马嘶看棹去，柳边人歇待船归。
数丛沙草群鸥散，万顷江田一鹭飞。
谁解乘舟寻范蠡，五湖[③]烟水独忘机。

作者简介

温庭筠（约812—约866），本名岐，别名庭筠，字飞卿，太原祁（今山西省晋中市祁县）人。

注释

①利州南渡：今广元市利州区南河蜀门大桥附近，古设嘉陵江渡口，是为南渡。

②一作“坡”。

③五湖：古代专指太湖。

过分水岭[①]

温庭筠

溪水无情似有情，入山三日得同行。
岭头便是分头处，惜别潺湲一夜声。

注释

①分水岭：这里是指今陕西省汉中市略阳县东南的嶓冢山，它是汉水和嘉陵江的分水岭（参见 https://baike.so.com/doc/277931-294233.html）。

题老君庙[①]

温庭筠

紫气氤氲捧半岩，莲峰仙掌共巉巉。
庙前晚色连寒水，天外斜阳带远帆。
百二关山扶玉座，五千文字闭瑶缄。
自怜金骨无人识，知有飞龟在石函。

注释

①老君庙：即老君洞，又名通仙洞，位于筹笔驿对岸，在今四川省广元市朝天区军师村。

筹笔店[①]江亭[②]

陆　畅

九折岩边下马行，江亭暂歇听江声。
白云绿树不关我，枉与樵人乐一生。

作者简介

陆畅，生卒年不详，约唐宪宗元和末年（820）前后在世，字达夫，吴郡吴县（今江苏省苏州市）人。

注释

①筹笔店：即筹笔驿。

②江亭：指筹笔驿后怀古亭（参见王振会，雍思政编注：《蜀道神韵》，上海三联书店2015年8月版，第56页）。

嘉陵江

罗　邺

嘉陵南岸雨初收，江似秋岚不煞流。
此地终朝有行客，无人一为棹扁舟。

作者简介

罗邺（825—?），字不详，余杭（今浙江省杭州市余杭区）人。

嘉陵江

薛　逢

备问嘉陵江水湄，百川东去尔西之[①]。
但教清浅源流在，天路朝宗会有期。

作者简介

薛逢，生卒年不详，字陶臣，蒲洲河东（今山西省永济市）人。曾任巴州和绵州刺史。

注释

①嘉陵江在陕西省汉中市宁强县老渡口段，向西流（参见任嫱：《宁强老渡口：嘉陵江水无声向西流》，2014 - 05 - 10，http://www. kaiwind. com/culture/hot/201405/09/t20140509_ 1602782. shtml）。

题筹笔驿

薛　逢

天地三分魏蜀吴，武侯崛起赞讦谟。
身依豪杰倾心术，目对云山演阵图。
赤伏运衰功莫就，皇纲力振命先徂。
出师表上留遗恳，犹自千年激壮夫。

春日游嘉陵江

刘　沧

独泛扁舟映绿杨，嘉陵江水色苍苍。
行看芳草故乡远，坐对落花春日长。
曲岸危樯移渡影，暮天栖鸟入山光。
今来谁识东归意，把酒闲吟思洛阳。

作者简介

刘沧，生卒年不详，字蕴灵，汶阳（今山东宁阳）人，约唐懿宗咸通（860—874）前后在世。

嘉川驿楼晚望

姚　鹄

楼压寒江[①]上，开帘对翠微。斜阳诸岭暮，古渡一僧归。
窗迥云冲起，汀[②]遥鸟背飞。谁言坐多倦，目极自忘机。

作者简介

姚鹄，生卒年不详，字居云，蜀中人。

注释

①寒江：此处指嘉陵江。

②一作“天”。

题嘉陵江驿[①]

薛　能

江涛千叠阁千层，衔尾相随尽室登。
稠树蔽山闻杜宇，午烟熏日食嘉陵。
频题石上程多破，暂歇泉边起不能。
如此幸非名利切，益州[②]来日合携僧。

作者简介

薛能（817？—880?），字太拙，汾州人（今山西汾阳一带）。

注释

①嘉陵江驿：即嘉陵驿。此诗题目，一作《嘉陵驿》。

②益州：治所在今四川省成都市。

筹笔驿

薛　能

余为蜀从事，病武侯非王佐才，因有是题。

葛相终宜马革还，未开天意便开山。
生欺仲达徒增气，死见王阳合厚颜。
流运有功终是扰，阴符多术得非奸。
当初若欲酬三顾，何不无为似有鳏。

题通仙洞[①]

薛　能

高龛险欲摧，百尺洞门开。白山仙何在？清风客暂来。
临崖松直上，避石水低回。贾掾曾空去，题诗岂易哉。

注释

①通仙洞：即老君洞，位于今四川省广元市朝天区军师村筹笔驿对岸。

褒斜道中

薛　能

十驿褒斜到处慵，眼前常似接灵踪。
江遥旋入旁来水，山豁优藏向后峰。
鸟径恶时应立虎，畲田闲日自烧松。
行吟却笑公车役[①]，夜发星驰半不逢。

注释

①一作“使”。

符亭[①]二首并序

薛　能

东三泉十五里以飞瀑结茅，虽小甚胜，诸所记注皆云前宰符姓所为，俞姓所修，而不识其人，因题曰：符亭，旌之也。

（一）

符亭之地雅离群，万古悬泉一旦新。
若念农桑也如此，县人应得似行人。

（二）

山如巫峡烟云好，路似嘉祥水木清。
大抵游人总应爱，就中难说是诗情。

注释

①符亭：当在今陕西省汉中市宁强县大长沟乡滴水寺一带（参见宁强县志编纂委员会

编：《宁强县志》，陕西师范大学出版社 1995 年版。http://sxsdq.cn/dqzlk/dfz_sxz/nqxz/）。

嘉陵驿见贾岛题壁诗

薛　能

贾子命堪悲，唐人独解诗。左迁今已矣，清绝更无之。

毕竟无谁[①]许，商量众莫疑。嘉陵四十字，一一见[②]天资。

注释

①一作“吾犹”。

②一作“是”。

雨霁宿望喜驿

薛　能

风雷一罢思何清，江水依然浩浩声。

飞鸟旋生啼鸟在，后人常似古人情。

将来道路终须达，过去山川实不平。

闲想更逢知旧否，馆前杨柳种初成。

游嘉陵[①]后溪（开元观闲游，因及后溪，偶成二韵）

薛　能

山屐经过满径踪，隔溪遥见夕阳春。

当时诸葛成何事，只合终身作卧龙。

注释

①一作“嘉州”。

筹笔驿

罗　隐

抛掷[①]南阳[②]为主忧，北征东讨尽良筹。
时来天地皆同力，运去英雄不自由。
千里山河轻孺子，两朝冠剑恨谯周。
唯余岩下多情水，犹解年年傍驿流。

作者简介

罗隐（833—909），字昭谏，新城（今浙江富阳区新登镇）人。

注释

①抛掷：一作抛却。

②南阳：古称宛，诸葛亮早年躬耕隐居之地，位于今河南省南阳市（一说今湖北襄阳市）。

魏城[①]逢故人

罗　隐

一年两度锦江[②]游，前值东风后值秋。
芳草有情皆碍马，好云无处不遮楼。
山将别恨和心断，水带离声入梦流。
今日因君试回首[③]，淡烟乔木[④]隔绵州。

注释

①魏城：古魏城县，属绵州，县治在今四川省绵阳市游仙区魏城镇。

②一作“城”。

③一作“不堪回首望”。

④一作“古烟高木”。

夏日行邻州①道中

韦　庄

炎帝司权水气绝，石上清泉枯不咽。
火云炽日金石流，骄阳曝背背欲折。
嗟余此际适巴西，童仆追奔气力竭。
策马直上最高峰，午日熏蒸气欲结。
安得落日饮溪头，芰荷十里清香彻。

作者简介

韦庄（约836—约910），字端己，长安杜陵（今陕西省西安市附近）人，五代时前蜀宰相。

注释

①邻州：今四川省达州市邻水县。这是韦庄从邻州到巴西（今四川省南充市阆中市）赴任途中所写的纪行诗（丁禹强：《唐宋诗文大家的邻水题咏》，2012－03－28，http://blog. sina. com. cn/s/blog_ 4fda9feb01012m2a. html）。

送友人入蜀

喻坦之

为儒早得名，为客不忧程。春尽离丹阙，花繁到锦城。
雪消巴水涨，日上剑关明。预想回来树，秋蝉已数声。

作者简介

喻坦之，生卒年不详，约公元874年前后在世。

咏史诗·嶓冢

胡　曾

夏禹崩来一万秋，水从嶓冢至今流。
当时若诉胼胝苦，更使何人别九州。

作者简介

胡曾（约840—?），邵阳（今湖南省邵阳市）人。咸通十二年（871），路岩为剑南西川节度使，召为掌书记。乾符元年（874），复为剑南西川节度使高骈掌书记。

咏史诗·金牛驿

胡　曾

山岭千重拥蜀门，成都别是一乾坤。
五丁不凿金牛路，秦惠何由得并吞。

兴州江馆

郑　谷

向蜀还秦计未成，寒蛩一夜绕床[①]鸣。
愁眠不稳孤灯尽，坐听嘉陵江水声。

作者简介

郑谷（约851—约910），字守愚，江西省宜春市袁州区人。

注释

①一作“透窗”。诗人自蜀归秦途中夜宿蜀道古城兴州（今陕西省汉中市略阳县）嘉陵江畔驿站（参见马强：《论唐宋古道诗的文化史意义》，《成都大学学报（社科版）》1995年第3期）。

题嘉陵江

郑　谷

细雨湿萋萋，人稀江日西。春愁肠已断，不在[①]子规啼。

注释

①一作“待”。

梓潼[①]岁暮诗

郑　谷

江城无宿雪，风物易为春。酒美消磨日，梅香著莫人。
老吟穷景象，多难损精神。渐有还京望，绵州[②]减战尘。

注释

①梓潼：梓潼县，今属四川省绵阳市。

②绵州：治在今四川省绵阳市。

将之蜀别友人

李　洞

嘉陵雨色青[1]，澹别酌参苓。到蜀高诸岳，窥天合四溟。

书来应隔雪，梦觉已无星。若遇多吟友，何妨勘竺经。

作者简介

李洞，生卒年不详，字才江，京兆（今陕西省西安市）人，昭宗（867—904）时不第，游蜀卒。

注释

①一作“清”。

送吴守明先辈游蜀

齐　己

凭君游蜀去，细为话幽奇。丧乱嘉陵驿，尘埃贾岛诗。

未应过锦府，且合上峨嵋。既逐高科后，东西任所之。

作者简介

齐己（863—937），出家前俗名胡德生，晚年自号衡岳沙门，宁乡（今湖南省长沙市宁乡市塔祖乡）人。

登陈拾遗书台[1]览杜工部留题慨然成咏

牛　峤

步出县西郊，攀萝登峭壁。行到蕊珠宫，暂喜抛火宅。

羽帔清焚修，霜钟扣空寂。山影落中流，波声吞大泽。

北厢引危槛，工部曾刻石。辞高谢康乐，吟久惊神魄。

拾遗有书堂，荒榛堆瓦砾。二贤间世生，垂名空煊赫。

逸足拟追风，祥鸾已铩翮。伊余诚未学，少被文章役。

兴来挥兔毫，欲竞雕弧力。虽称含香吏，犹是飘蓬客。

薄命值乱离，经年避矛戟。今来略倚柱，不觉冲暝色。

袁安忧国心，谁怜鬓双白。

作者简介

牛峤，生卒年不详，约公元890年前后在世，字松卿，唐末陇西（今甘肃省定西市陇西县）人。

注释

①陈拾遗书台：即陈子昂读书台，位于四川省遂宁市射洪市城北23公里处的金华山上。此诗作于光启三年（887）九月二十六日。

题嘉陵驿

张　蠙

嘉陵路恶石和泥，行到长亭日已西。
独倚阑干正惆怅，海棠花里鹧鸪啼。

作者简介

张蠙，字象文，生卒年、生平事迹均不详，清河（今河北省邢台市清河县）人。

渡　江

张　蠙

葭萌南渡头，五月似清秋。风雨千山里，萧然一叶舟。

紫阳寺①

任　洙

春风吹过凤凰岗，信步轩昂入紫阳。
松桧路歧增远碧，殿堂含翠锁馀光。
云衔古郡群峰外，日送嘉陵万里长。
须羡头隆占佳境，不同火宅自清凉。

作者简介

任洙，生卒年不详，唐代人。

注释

①紫阳寺：遗址在四川省广元市苍溪县云峰镇内紫阳山上。

送从弟舍人入蜀

刘　兼

嘉陵江畔饯行车，离袂难分十里馀。
慷慨莫夸心似铁，留连不觉泪成珠。
风光川谷梅将发，音信云天雁未疏。
立马举鞭无限意，会稀别远拟何如。

作者简介

刘兼，生卒年不详，约公元960前后在世，长安（今陕西省西安市）人。

初至郡界

刘　兼

嘉陵江畔接荣川，两畔旌旗下濑船。
郡印已分炎瘴地，朝衣犹惹御炉烟。
莲塘小饮香随艇，月榭高吟水压天。
锦字莫嫌归路远，华夷一统太平年。

送文英大师

刘　兼

屈指平阳别社莲，蟾光一百度曾圆。
孤云自在知何处，薄宦参差亦信缘。
山郡披风方穆若，花时分袂更凄然。
摇鞭相送嘉陵岸，回首群峰隔翠烟。

题芭蕉叶上

张仁宝

校书郎张仁宝，素有才学，年少而逝，自成都归葬阆中，权殡东津寺。其家寒食日，闻叩门甚急，出视无人，唯见门上有芭蕉叶题诗。端午日，又闻叩门声，其父于门罅伺之，见其子身长三丈许，足不践地，门上题五月五日天中节。题未毕，其父开门，即失所在。

寒食家家尽禁烟，野棠风坠小花钿。
如今空有孤魂梦，半在嘉陵半锦川。

作者简介

张仁宝，生卒年不详，阆州（今四川省南充市阆中市）人。

宋代

剑门关

姜 遵

极目双峰剑倚天，重门因设据高山。
城隍尽枕溪岩畔，井邑全居水石间。

作者简介

姜遵（963—1030），字从式，北宋淄州长山（今山东省淄博市周村区）大姜乡人。

吴 江

陈尧佐

平波渺渺烟苍苍，菰蒲才熟杨柳黄。
扁舟系岸不忍去，秋风斜日鲈鱼香。

作者简介

陈尧佐（963—1044），字希元，号知余子，阆州阆中（今四川省南充市阆中市）人。

咏嘉陵江水

陈尧咨

千里波涛江水声，何年重绕此江行。
蜀道凌云天梯横，吴子画尽嘉陵魂。
源远流长嘉陵江，千年丝绸保宁城。
只应添得清宵梦，时见满江流月明。

作者简介

陈尧咨（970—1034），字嘉谟，阆州阆中（今四川省南充市阆中市）人。

注释

此诗录自宋隐之所著小说《状元风流》第九章源远流长嘉陵江（见 http://www.zhaoxiaoshuo.com/chapter－2141537－10－8194f1e0bd82b1eb8eb6c9003198d8f7）。此诗托名陈尧咨所写，从诗的内容和格式看，应为当代人伪作。

行次凤州

李之才

去年三月洛城[1]游，今日寻春到凤州。
欲托双鱼附归信，嘉陵江水不东流。

作者简介

李之才（980—1045），字挺之，青社（今山东省青州市）人。

注释

①洛城：洛阳（今河南省洛阳市）。

嘉　陵

王　周

嘉陵江水色，一带柔蓝碧。天女瑟瑟衣，风梭晚来织。

作者简介

王周，生卒年不详，明州奉化（今属浙江省宁波市奉化区）人。真宗大中祥符五年（1012）进士。

注释

此诗一名《巴江》。

筹笔驿

石延年

汉室亏皇象，乾坤未即宁。奸臣与逆子，摇岳复翻溟。
权表分江域，曹袁斗夏垧。虎奔咸逐逐，龙卧独冥冥。
从众非无术，欺孤乃不经。惟思恢正道，直起复炎灵。
管乐韬方略，关徐骇观听。一言俄逆至，三顾已忘形。
南既清蛮土，东期赤魏廷。出师功自著，治国志谁铭。
历劫兵如水，临秦策若瓴。举声将溃虏，横势欲逾泾。
仲达耻巾帼，辛毗严壁扃。可烦亲细务，遽见堕长星。
战地悲陵谷，来贤赏德刑。意中流水远，愁外旧山青。
想像音徽在，侵寻毛骨醒。迟留慕英气，沉欢抚青萍。

作者简介

石延年（994—1041），字曼卿，一字安仁，原籍幽州（今北京市一带）人，宋城（今河南省商丘市睢阳区）人。

次望喜驿始见嘉陵江，得予友天章张文裕西使日咏嘉陵江诗刻于馆壁，有感别之叹，予因戏答二章，他日见文裕以为一笑二首

宋　祁

（一）

江流东去各西行，江水无情客有情。
此地怀归心自苦，不应空枉夜滩声。

（二）

东流江水鸭头春，南隔高原背驿尘。
便使滩声能怨别，此愁不独北归人。

作者简介

宋祁（998—1061），字子京，安州安陆（今湖北省孝感市安陆市）人，后徙居开封雍丘（今河南省开封市杞县）。

三泉县[①]龙洞[②]洞门深数十步呀然复明皆自然而成

宋　祁

虬洞闭灵峰，缘虚一线通。云披双壁敞，树补半岩空。
概竹森烟纛，飞泉曳玉虹。重萝不肯昼，阴壑自然风。
岭断天斜碧，崖倾日倒红。浮丘邈难遇，留恨翠微中。

注释

①三泉县：宋代县名，今陕西省汉中市宁强县。

②龙洞：此处指三泉龙洞，在今陕西省汉中市宁强县唐渡乡（见宁强县志编纂委员会编：《宁强县志》，陕西师范大学出版社1995年版。http://sxsdq.cn/dqzlk/dfz_sxz/nqxz/）。

朝天岭[①]

宋 祁

天岭循归道，征旗面早暾。
滩声逢石怒，山气附林昏。
谷啭如禽哢，尘交作马痕。
萋萋芳草意，无乃为王孙。

注释

①朝天岭：在今四川省广元市北五十里。

眼儿媚·送别

王 质

雨润梨花雪未干，犹自有春寒。不如且住，清明寒食，数日之间。
想君行尽嘉陵水，我已下江南。相看万里，时须片纸，各报平安。

作者简介

王质（1001—1045），字景文，郓州（今山东东平）人，寓居兴国军（今湖北阳新县）。

览显忠上人诗

梅尧臣

昔读远公传，颇闻高行僧。庐山[①]将欲雪，瀑布结成冰。
寻迹数百载，历危千万层。师来笑贾岛，只解咏嘉陵。

作者简介

梅尧臣（1002—1060），字圣俞，世称宛陵先生，宣州宣城（今安徽省宣城市宣州区）人。

注释

①庐山：又名匡山、匡庐，位于江西省九江市庐山市境内。

赴任嘉州[1]嘉陵江泛舟二首

石　介

（一）

中心横大江，两面叠青嶂。江山相夹间，何人事吟放。
半樽岸帻坐，永日开舲望。孤棹已夷犹，数峰更清尚。
危影倒波底，凝岚浮水上。鸣鹭答猿啼，樵歌应渔唱。
并生泉石心，堪愧庸俗状。

注释

①嘉州：即今四川省乐山市。

（二）

江心清照人，江面平如掌。有客去逍遥，扁舟浮荡漾。
远与城市绝，深将泉石向。水鸟忽东西，溪云时下上。
轩冕谁富贵，琴樽自闲放。酒色照渌波，吟声入秋浪。
五湖何[1]范蠡，磻磎[2]无吕望。吾家徂徕[3]下，汶水[4]有清响。
常时夜雨急，随雨来枕上。魂魄寒无寐，山居得真尚。
一为尘缨缚，不得闲时饷。两耳聒欲聋，喧嚣千万状。
雨夜自潺湲，宦途空悲怆。剑南四千里，地遐接蛮瘴。
乍听江水声，聊使心灵畅。

作者简介

石介（1005—1045），字守道，一字公操。兖州奉符（今山东省泰安市岱岳区徂徕镇桥沟村）人。

注释

①一作“无”。

②磻磎：水名，在今陕西省宝鸡市东南，传说为吕尚未遇文王时垂钓处。

③徂徕：亦作“徂来”，山名，又名尤来、尤崃、尤徕。在山东省泰安市东南。

④汶水：即大汶河，古汶水，发源于山东旋崮山北麓沂源县境内，汇泰山山脉、蒙山支脉诸水，自东向西流经莱芜、新泰、泰安、肥城、宁阳、汶上、东平等，汇注东平湖，出陈山口后入黄河。

泥溪驿[①]中作

石　介

嘉陵江自大散关与予相伴二十馀程，至泥溪背予去，因有是作。

山驿萧条酒倦倾，嘉陵相背去无情。
临流不忍轻相别，吟听潺湲坐到明。

注释

①泥溪驿：古驿名，在今四川屏山县东金沙江岸边。《方舆纪要》卷七十三马湖府屏山县：泥溪驿在“府东一里”（参见《泥溪驿》，http://www.guoxuedashi.com/diming/35410b/）。有学者认为石介《泥溪驿中作》中的“泥溪驿”，即指位于四川宜宾之泥溪驿（吹尽黄沙：《吟听潺湲坐到明——宋诗人石介“泥溪驿中作”读后》），2011－04－07，http://blog.sina.com.cn/s/blog_64489eed0100qyx3.html）。根据石介题注，上述观点值得商榷。道光《重修昭化县志·舆地志·山川》：“泥溪，在治南二十五里，源发寨子渠，南经……合架枧沟之水，又南合大木树桥下水，又南出石门峡，又南至沙田坝合人头山溪水，又东南合五颗堆溪水，又东合白卫溪，又东入嘉陵江。”隋唐起即设为驿站（参见王振会、雍思政编注：《蜀道神韵》，上海三联书店2015年版，第536页）。

柳池驿[①]中作

石　介

二十二馀程鸟道，一千一百里江声。
江声听尽行未尽，西去出山犹七程。

注释

①柳池驿：又称柳池沟驿，旧址在今四川省广元市剑阁县柳沟镇。

仙鹤楼[①]

赵　泽

嘉陵天虹饮东海，西溪玉带萦南山。
诸峰四面罗髻鬟，周遭百里如一环。
炊烟万灶斜阳里，繁弦脆管东风起。

作者简介

赵泽，生卒年不详，河北涿县（今河北省保定市涿州市）人，曾任果州（今四川省南充市）知府。

注释

①仙鹤楼：位于四川省南充市高坪区嘉陵江东岸大云山东岳庙前。此诗写于宋宣和三年（1121）。

题筹笔驿

文彦博

卧龙才起扶衰世，料敌谋攻后出师。
帷幄既持先圣术，肯来山驿旋沉思？

作者简介

文彦博（1006—1097），字宽夫，号伊叟，汾州介休（今山西省晋中市介休市）人。

筹笔驿

张方平

本规一举定乾坤，遽见长星坠垒门。
公在必无生仲达，师昭何业得中原。

作者简介

张方平（1007—1091），字安道，号乐全居士，谥文定，北宋应天府南京（今河南省商丘市）人。曾任益州（治所今四川省成都市）长官。

雨中登筹笔驿后怀古亭

张方平

山寒雨急晓冥冥，更蹑苍崖上驿亭。
深秀林峦都不见，白云堆里乱峰青。

泥溪驿

张方平

嘉陵江到水菰园，水势东回入阆川。
前过剑门山路稳，免寻阁道上云巅。

过嘉川驿

张方平

嘉陵江上嘉川峡，古木云萝千万峰。
阁道缘山已经月，萦回未出画屏中。

飞仙岭阁

张方平

苍崖老树云萝合，绝涧惊湍阁路高。
羽驾飙轮殊惚恍，依程缓辔未为劳。

清风阁即事

赵　抃

庭有松萝砌有苔，退公聊此远尘埃。
潮音隐隐海门至，泉势潺潺石缝来。
夜榻衾裯仙梦觉，晓窗灯火佛书开。
休官不久轻舟去，喜过严陵旧钓台。

作者简介

赵抃（1008—1084），字阅道，号知非子，衢州西安（今浙江省衢州市柯城区）人。历梓州（治今四川省绵阳市三台县）、益州（治所在今四川省成都市）路转运使等职。

龙 门[1]

赵 抃

蜀道群山尽可名，更逢佳处愈神清。
初疑谷口连云掩，入见天心满洞明。
怪石磷磷蹲虎豹，飞泉落落碎瑶琼。
嵬巅别有神仙路，又得攀跻向上行。

注释

①龙门：即三泉龙洞（参见宁强县志编纂委员会编：《宁强县志》，陕西师范大学出版社 1995 年版，http://sxsdq.cn/dqzlk/dfz_sxz/nqxz/）。

答阆州通判吴师孟职方

赵 抃

阆州之景天下奇，尝见老杜城南诗。
嘉陵江湍清且洁，锦屏山[1]叠雄复巇。
醉翁生钟大峨秀，收拾气象为文词。
自从屏星副郡治，讼平事简奚设施。
幽潜穹大极所有，搜罗咏赋一不遗。
州僚俊集嘉酬和，海涛汹涌洪波随。
顾余不鄙可语者，联编累轴缄以贻。
寸珠盈掬破冥晦，尺璧入手无瑕疵。
穷搜囊箧暴侈富，开窥秘啬心惊嬉。
竟微一毫报佳况，临纸复辍惭久之。

注释

①锦屏山：位于阆中市城南。

题利州昭化驿[①]

韩 琦

嘉陵源出本朝宗，地险无因直赴东。
从此逆流归顺去，恬波遥与峡江通。

作者简介

韩琦（1008—1075），字稚圭，自号赣叟，相州安阳（今河南省安阳市）人。

注释

①昭化驿：古驿站名，旧址在四川省广元市昭化区昭化镇（参见李之勤：《金牛道北段线路的变迁与优化》，《中国历史地理论丛》2004 年第 2 期）。

筹笔诸峰

文 同

君看筹笔驿江边，翠壁苍崖起昼烟。
正是峡中佳绝处，土人休用作畲田。

作者简介

文同（1018—1079），字与可，号笑笑居士、笑笑先生，人称石室先生等。梓州梓潼郡永泰县（今属四川省绵阳市盐亭县）人。

鸣玉亭，筹笔之南

文 同

层崖高百尺，亭即层崖下。飞泉若环珮，万缕当檐泻。
坐可脱赤热，听宜彻清夜。亭前树肤剥，为系行人马。

问津驿[①]

文 同

嘉川[②]之西过新栈，几里朱栏绕青壁。
我行落月尚在水，水影照人襟袖白。
繁英杂缀修蔓上，绿锦缬带垂百尺。
清香满马去未休，赖尔春风慰行客。

注释

①《旺苍县志》录有这首诗，但注明作者为司马光，并有二注：(1) 嘉川驿当在宋嘉川县，今四川省旺苍县嘉川镇。(2) 录自乾隆《广元县志》。民国《重修广元县志稿》记为宋文同所作（见四川省旺苍县志编纂委员会编：《旺苍县志》，四川人民出版社 1996 年版，第 726 页）。按照《旺苍县志》注，嘉川驿的位置与本书中武元衡《题嘉陵驿》注“嘉陵驿”（即嘉川驿）位置有所不同，是否指同一驿站，存疑。此诗一作《嘉川》。

②嘉川：此处指嘉川驿，亦称问津驿、嘉陵驿，原驿在嘉陵江西岸，广元县（今四川省广元市）西门外。

题朝天岭

文 同

双壁相参万水深，马前猿鸟亦难寻。
云容杳杳断鸿意，风色萧萧行客心。
山若画屏随峡势，水如衣带转岩阴。
生平来往成何事，且倚钩栏拥鼻吟。

水 硙

文 同

激水为硙嘉陵民，构高穴深良苦辛。
十里之间凡共此，麦入面出无虚人。
彼氓居险所产薄，世世食此江之滨。
朝廷遣使修水利，嗟尔平轮与侧轮。

长 举[①]

文 同

山色满西阁，到江知几层。峰峦李成似，涧谷范宽能。
阔外青烟落，深中晚霭凝。无由画奇绝，已下更重登。

作者简介

文同熙宁八年（1075）赴知洋州（今陕西省洋县）途经略阳作。

注释

①长举：长举县，唐时属兴州，治所在今陕西省汉中市略阳县白水江镇长峰村（参见略阳县志编纂委员会编：《略阳县志》，陕西人民出版社1992年版，第534页）。

长举驿楼

文 同

爽气浮空紫翠浓，隔江无限有奇峰。
君如要识营丘画，请看东头第五重。

过大散寄子骏

文 同

才过嘉陵心自喜，归来一夜写君书。
明朝便送曾冰底，定有西行双鲤鱼。

子骏运使八咏堂·宝峰亭[①]

文 同

嘉陵抱江回，平衍出横溢。中间筑雄垒，独据两川[②]会。
行台敞严府，磊砢北城外。潭潭走群楹，直上峦岭背。
危墙缭空阔，飞阁入茫昧。上有宝峰亭，仰见白云内。
岧峣占孤绝，下与万山对。层檐动寥廓，曲槛枕阛阓。
主人从篮舆，晚兴在公退。心掩万象远，目引八极大。
钩帘拂坐榻，隐几缓衣带。诗书抉关键，笔砚产珠贝。
是时众吏去，不敢呈计会。虽然彼郡邑，原本穷利害。
自取金谷饶，无烦米盐碎。此地寄清襟，岁书从屡最。

注释

①宝峰亭：原址在今四川省广元市凤凰山顶。

②两川：东川和西川，泛指蜀地。

晚泊金牛①

文　同

一襟初觉晚霜清，短鞚垂头任马行。
斜日敛回疏木影，急风收断落泉声。
望穷好景番番别，题遍新诗阕阕精。
终使教人伏潘令，许多才调赋西征。

注释

①金牛：此处指金牛驿，旧址位于今陕西省汉中市宁强县大安镇。

晓入东谷

文　同

振缨效王官，释耒去乡县。十年始还此，景物觉尽变。
东谷素所爱，乍到若创见。烟云引晨策，数里入葱茜。
明霞照溪口，花草露初泫。长松盘高岗，竦竦擢秀干。
垂阴杂群木，上欲接霄汉。柔萝互钩锁，揽地走荒蔓。
修篁揭其间，万个挺若箭。登临怆旧历，眺听悦新玩。
读书破茅庐，径彴已漂断。唯馀舍南水，尚吐石窦溅。
潺潺落危壑，衮衮引飞练。临流濯尘襟，照影实觌面。
功名竟何所，旅迹转孤贱。引手谢猿鹤，深渐尔惊怨。

东谷偶成

文　同

府事幸稀简，常为东谷游。旧山兹仿佛，佳景每迟留。
断续溪云起，纵横野水流。拂衣知未得，聊此慰乡愁。

少泊苍溪山寺[①]

文　同

正午风色高，遂泊苍溪县。层崖抱林木，有寺藏葱蒨。
出船步危蹬，荫密频萦转。上到金仙家，缘空列台殿。
修篁挂县溜，坐觉炎暑变。老僧晓经论，言语何贯穿。
引我上高阁，阑干俯江面。寥寥百里内，山水尽奇观。
谁谓羁旅中，所见皆所愿。汀洲白鸟聚，井邑清烟散。
乐此暮忘归，疏钟起岩畔。徙倚下松门，尚怪舟人唤。

注释

①苍溪山寺：指烟丛寺，位于四川省广元市苍溪县陵江镇少屏山中，与县城隔江相望（参见王振会、雍思政编注：《蜀道神韵》，上海三联书店 2015 年版，第 1089 页）。

宝峰亭

鲜于侁

舟航日上下，车马不少闲。近邑辏[①]商贾，远峰自云烟。

作者简介

鲜于侁（1018—1087），字子骏，阆中（今四川省阆中市度门镇）人。一说此诗作者为（宋）司马光（参见吕友根：《嘉陵江诗话》，《文史杂志》1998 年第 1 期）。署名为司马光时，诗名为《题读书台》（参见广元市地方志编纂委员会编：《广元县志》，四川辞书出版社 1994 年版，第 955 页。）

注释

①一作“凑”。

会景堂[①]

鲜于侁

金城环雉堞，云屋瞰阛阓。双林耸江右，九陇[②]觇天外。

注释

①会景堂：亦称“会景亭”，旧址位于四川省广元市凤凰山，靠近金山（参见王振会、雍思政编注：《蜀道神韵》，上海三联书店 2015 年版，第 299 页）。

②九陇：山名，又名九峰山、九龙山，在广元县（今四川省广元市）西二十里。

巴 江

鲜于侁

三川[①]会合绕城下，巴字体势何盘盘。

却疑天工敕水帝，戏写鸟迹倾波澜。

注释

①三川：指嘉陵江、白龙江和清水江三条河流（参见王振会、雍思政编注：《蜀道神韵》，上海三联书店2015年版，第400页）。

题宝峰亭

司马光

孤亭冠山椒，下视物不隔。六合纵心赏，万家[①]穷目力。

髻鬟乌奴[②]翠，衣带嘉陵碧。霞生白水[③]尾，日没九陇[④]脊。

烟凝朝夕市，尘飞往来驿。虽复对纷纭，何常改岑寂。

实兼观风远，非徒选胜适。巴峡少平田，每苦天宇窄。

及兹伏棂槛，坐瞰南北极。先君昔乘轺，名题古寺壁。

侍行尚垂髫，孤露今戴白。读君登临诗，旧游皆历历。

永无膝下欢，终篇涕沾臆。

自注：光天圣中，侍先君为利州路[⑤]转运使，题名诸寺。子骏皆为之刻石。

作者简介

司马光（1019—1086），字君实，号迂叟，陕州夏县（今山西省运城市夏县涑水乡）人，世称涑水先生。

注释

①一作“象”。

②乌奴：山名，在四川省广元市城西，嘉陵江畔（参见王振会、雍思政编注：《蜀道神韵》，第174页）。

③白水：指白龙江，嘉陵江的支流，发源于甘肃省甘南州碌曲县与四川省阿坝州若尔盖县交界的郎木寺，流经甘南州的迭部县、舟曲县、陇南市的宕昌县、武都区、文县，在四川省广元市境内汇入嘉陵江。

④一作“龙”。九龙：山名，又名九陇山、九峰山，在广元县（今四川省广元市）西

二十里。

⑤利州路：宋元时代行政区划，北宋咸平四年（1001）由西川路析置而产生，所辖府州县相当于今之四川省绵阳市梓潼县、平武县，巴中市、广元市和陕西省的汉中市等区域。

寄李世宁先生

王安石

楼台高耸间晴霞，松桧阴森夹柳斜。
渴愁如剑去年华，陶情满满顷榴花。
自嗟不及门前水，流到先生云外家。

作者简介

王安石（1021—1086），字介甫，号半山，临川（今江西省抚州市临川区）人。

和文淑（张氏女弟）

王安石

天梯云栈蜀山岑，下视嘉陵水万寻。
我得一舟江上去，恐君东望亦伤心。

大安病酒留半日王守复来招不往送酒解酲因小饮江月馆①

刘　攽

江驿春酲半日留，更烦送酒为扶头。
柳花漠漠嘉陵岸，别是天涯一段愁。

作者简介

刘攽（1023—1089），字贡夫，一作贡父、赣父，号公非。江西省宜春市樟树市黄土岗镇荻斜墨庄刘家人。

注释

①一说此诗作者为陆游。

七言送苏结赴蜀州推官

沈 遘

嘉陵剑阁万里道，自古当为行役忧。
于今帝制自无外，仕者何必尽中州。
我昔成都两岁留，春风秋月多遨游。
须知锦城虽云乐，不如早还沧海头。

作者简介

沈遘（1025—1067），字文通，号西溪，钱塘（今浙江省杭州市）人。

和杨寿祺承事见寄

冯 山

道屈文章价不低，误传新句落天西。
忽闻命驾趋云栈，犹忆同舟上井溪。
争叹科名淹旧发，谁怜簿领困沉迷。
相逢且约嘉陵酒，为洗关中[①]数尺泥。

作者简介

冯山（？—1094），初名献能，字允南，普州安岳茗山镇（今四川省资阳市安岳县龙台镇）人，熙宁（1068—1077）末为秘书丞通判梓州（今四川绵阳市三台县）。

注释

①关中：指陕西渭河流域一带。

问江巨源求茶

冯 山

语笑嘉陵醉别辰，曾留一角建阳春。
不将闲碾无佳客，每到开尝忆主人。
蒙顶纵甘馀草气，月团虽有隔年陈。
吟魂半去难招些，愿得兰溪数片新[①]。

注释

①自注：公家兰溪，每春建溪至，辄驰仆五六千里送官上。

和后唐王仁裕舍人留题自然观

冯　山

黄鹤仙音久寂然，嘉陵江上碧峰端。
惟馀寂寞烟霞馆，空老阴森桧柏坛。
药灶绕行云彩动，诗牌吟拂玉声寒。
虚无踪迹何须问，自有清名不死丹。

答中江程建用知县

冯　山

嘉陵水落沙带霜，舟师治舟还故乡。
中江[①]一别三四年，人情风物俱依然。
故人寄我江前吟，幽兰调高无报音。
流水茫茫恨空泻，会合合江江溉下。

注释

①中江：今四川省德阳市中江县。

送赵良弼知广安军

冯　山

巴黔万山横楚封，洞庭碧海蛟龙宫。
潜灵蓄秀天疏通，楚人自古多材雄。
江陵[①]故都当其胸，人物萧爽驰英风。
良弼崛起声其中，宏伟浑厚如山东。
才思婉娩春华融，论议慷慨无约丰。
高步壮领辕不容，徊翔盘纡巫与嵩。
拿舟向蜀沿涪潼，嘉陵一曲城古充。

鹰隼倒臂宁久笼，南荣霹雳醒愚聋。
归来破裳未及缝，籍才檄起如旋篷。
瞿唐故交复相从，始适抱子今皆翁。
天真逍遥饮量洪，世事历遍诗尤工。
有时语酣笑未终，环顾四座皆虚空。
寒飙戚戚凌疏桐，去路山远秋溟濛。
临老合散情易攻，岂免泪[②]下如儿童。
髋髀始见斤斧功，鹓鸾一息荆棘丛。
广安地卑局飞冲，席恐未暖行匆匆。
平时物理相磨砻，郡乐不在卑与崇。
唱酬自可轻开忠，无事日夕翻邮筒。

注释

①江陵：又名荆州城，今为湖北省荆州市。

②一作“涕”。

见嘉陵

吕 陶

嘉陵江水泼蓝青，彻底澄光明鉴形。
一叶钓舟真自在，渔翁应是醉还醒。

作者简介

吕陶（1028—1104），字元钧，号净德，眉州彭山人。

西阳[①]道中

吕 陶

千山杂遝开还掩，一水萦纡浅复深。
浑似嘉陵江上路，转令羁客动归心。

注释

①西阳：古县名，治所在今河南省信阳市光山县西。

和苏进之同游乌奴山告成寺

韦　骧

长风掠疏林，残叶何悽悽。浮云带远山，半压愁眉低。
纵游乌奴寺，乃在嘉陵西。嘉陵清且湍，依约剡中溪。
十月未成梁，傍舟祛挈提。篙工上下手，往往哈州犁。
系缆即肩舁，踏石避角圭。诘屈上嵯峨，恍若登云梯。
下视飞鸟背，仰听惊猿啼。参差列佳境，画幅展不齐。
峥嵘楼殿雄，势欲凌烟霓。香穗暗金像，岚光映璇题。
宝函发神翰，熣灿壁与奎。圣言远如天，至理岂易稽。
洗目幸荣观，讵止徒攀跻。四座敬无哗，寂默桃李蹊。
遗韶动众听，司南警群迷。兹辰尤乐只，并合又将睽。
鹏抟九万程，鷦鹩一枝栖。其适固均耳，安中养天倪。

作者简介

韦骧（1033—1105），字子骏，钱塘（今浙江省杭州市）人。

又和告成寺

韦　骧

嘉陵江势并山回，山寺双扉对水开。
凿石千寻维佛屋，参天一举类仙台。
白云有意频舒卷，幽鸟无情自往来。
心境两忘真未易，登临便谓出尘埃。

送运判朱朝奉入蜀七首

苏　轼

霭霭青城[①]云，娟娟峨眉月。随我西北来，照我光不灭。
我在尘土中，白云呼我归。我游江湖上，明月湿我衣。
岷峨天一方，云月在我侧。谓是山中人，相望了不隔。
梦寻西南路，默数长短亭。似闻嘉陵江，跳波吹枕屏。

送君无一物，清江饮君马。路穿慈竹林，父老拜马下。

不用惊走藏，使者我友生。听讼如家人，细说为汝评。

若逢山中友，问我归何日。为话腰脚轻，犹堪踏泉石。

作者简介

苏轼（1037—1101），字子瞻，又字和仲，号东坡居士，眉州眉山（今四川省眉山市）人。

注释

①青城：青城山，位于四川省成都市都江堰市西南。

次韵子由与颜长道同游百步洪①，相地筑亭种柳

苏 轼

平明坐衙不暖席，归来闭阁闲终日。

卧闻客至倒屣迎，两眼蒙笼馀睡色。

城东泗水②步可到，路转河洪翻雪白。

安得青丝络骏马，蹙踏飞波柳阴下。

奋身三丈两蹄间，振鬣长鸣声自干。

少年狂兴久已谢，但忆嘉陵绕剑关③。

剑关大道车方轨，君自不去归何难。

山中故人应大笑，筑室种柳何时还。

注释

①百步洪：又叫徐州洪，是泗水的一处急流，位于现在徐州市区故黄河和平桥至显红岛一带，长约百步，所以叫百步洪。

②泗水：是位于山东省的一条河流，又名洪水，发源于山东省蒙山南麓，经泗水县、曲阜市及兖州区注入南阳湖。

③剑关：即剑门关（参见四川省剑阁县下寺小学校剑门蜀道制作组：《剑门诗歌风云录》，http://www.yellowsheepriver.com/cyber2007/web/sc000033_1/9shici.htm）。

题鹅溪

苏　轼

为爱鹅溪白茧光，扫残鸡距紫毫芒。
世间那有千寻竹，月落亭空影许长。

和鲜于子骏益昌官舍八咏　其四　巽堂[①]

苏　辙

山前三秦道[②]，车马不遑息。日出红尘生，不见青山色。
峰峦未尝改，往意自奔迫。谁言幽堂[③]居，近在使者宅。
俯听辨江声，却立睨石壁[③]。藤萝自太古，松竹列新植。
暑簟卧清风，寒樽对佳客。试问东行人，谁能从此适。

作者简介

苏辙（1039—1112），字子由，一字同叔，晚号颍滨遗老，眉州眉山（四川省眉山市）人。

注释

①巽堂：在四川省广元市凤凰山脚。

②三秦：指潼关以西的秦朝故地关中地区，亦泛指陕西。三秦道：自秦入蜀的古驿道。

③一作“室”。

游太山[①]四首　其一　初入南山

苏　辙

自我来济南[②]，经年未尝出。不知西城外，有路通石壁。
初行涧谷浅，渐远峰峦积。翠屏互舒卷，耕耨随攲侧。
云木散山阿，逆旅时百室。兹人谓川路，此意属行客。
久游自多念，忽误向所历。嘉陵万壑底，栈道百回屈。
崖巇递峥嵘，征夫时出没。行李虽云艰，幽邃亦已剧。
坐缘斗升米，被此尘土厄。何年道褒斜，长啸理轻策。

注释

①太山：即泰山，在山东省泰安市。

②济南：今山东省济南市。

奉亲两载为民祈蚕作竞渡于此以五十六言即事

韩　煜

中巴旧说古刀州，环壁依城水自流。
鱼米岂殊京洛在，人民轻问死生不。
我来二载无青眼，心叹三农空白头。
修禊何妨书即事，放怀杯酒问田畴[①]。

作者简介

韩煜，生卒年不详，曾官通江令。哲宗元祐（1086—1094）中知抚州（今江西省抚州市）。

注释

①“放怀杯酒问田畴”句，在吴世珍编纂《民国通江县志》中为“漫怀杯酒问田畴”（参见吴世珍编纂《民国通江县志》，通江县地方志办公室2015年编印，第421页）。

过朝天岭二首　其一

范祖禹

夜上朝天晓不极，举头唯见苍苍色。
回看初日半轮明，下视嘉陵千丈黑。

作者简介

范祖禹（1041—1098），字淳甫，一字梦得，华阳人。

咏广安[①]戏仙台

张商英

浓洄江水泻高滩，中有神龙久屈蟠。
众乐妙言时响亮，双娃长袖忽阑珊。
世间变化无非幻，阁上登临正好欢。

观幻见真真亦幻，谷花岩草谩凭栏。

作者简介

张商英（1043—1121），北宋蜀州新津（今四川省成都市新津县）人。字天觉，号无尽居士。

注释

①广安：今四川省广安市广安区。

傅子昌归兴州

李之仪

嘉陵江水接天流，州据江流最上游。
忆昔练衣随跋马，而今白发任虚舟。
庆门誉望闻来久，塞路殷勤得暂酬。
见说明朝却西去，长亭挥手恨无由。

作者简介

李之仪（1048—1117），字端叔，自号姑溪居士、姑溪老农，沧州无棣（今属山东省滨州市）人。

仇　池

鲁百能

山占仇池地，江分白马氐。潭深龙自蛰，亭迥凤曾栖。

作者简介

鲁百能，一作伯能，生卒年不详，安吉（今属浙江省湖州市）人，元丰八年（1085）进士。

题倅厅吏隐堂[①]

赵　众

满目江声满目山，此身疑不在人间。
民含古意村村静，吏束文书日日闲。

作者简介

赵众，生卒年不详，字子舆，元丰（1078—1085）末至元祐（1086—1094）初任龙州（治所在今四川省绵阳市平武县南坝镇）佥判。

注释

①吏隐堂：《龙安府志》载，堂在龙州倅庭，北宋元祐元年（1086）佥判赵众建。

南　楼①

李献卿

三面江光抱城郭，四围山势锁烟霞。
马鞍岭上浑如锦，伞盖门前半是花。

作者简介

李献卿，生卒年不详，生活年代参见岱之野《宋代柳州知州考：李献卿》，2016－12－19，http://blog.sina.com.cn/s/blog_ eb61eaf40102x36x.html.

注释

①南楼：旧址位于四川省南充市阆中市大东街南端，即华光楼所在位置。

送黄师是梓州提刑

张　耒

嘉陵江边树，他日系我驹。当时挟书儿，抱子镊白须。
伤怀洒孤泪，一梦百崎岖。西城送我处，今日揽君袪。
君才如涌泉，随用随有馀。中年颇流落，四驾使者车。
持节岂不贵，列城随惨舒。君看冒轩冕，奴隶笑金朱。
猿鸟日异音，山川开画图。怀君即饮酒，念我当寄书。

作者简介

张耒（1054—1114），字文潜，号柯山，人称宛丘先生、张右史，原籍亳州谯县（今安徽省亳州市），后迁居楚州（今江苏省淮安市楚州区）。

数蒙杨泽民秀才惠佳篇谢以长句

晁说之

嘉陵江声不到耳，嘉州清音得之子。
豪英磅礴狎鸥鹭，金钱弃掷等泥滓。
青楼不使白发生，万恨都归一杯里。
三苏死后三川愁，君辈人才谁所喜。

作者简介

晁说之（1059—1129），字以道、伯以，自号景迂生，济州钜野（今山东省菏泽市巨野县）人。

题筹笔驿

李　新

流马飞粮下蜀都，卧龙曾此写雄图。
金刀有义轻三顾，铜爵虽强视一夫。
鼎足山河终有汉，雁行兄弟亦忠吴。
当年若尽毫端计，魏狗还羞不令无。

作者简介

李新（1062—?），字元应，号跨鳌先生，仙井（今四川省眉山市仁寿县）人。

筹笔驿

李　新

恶潮翻海真龙泣，未央庭露秋蓬湿。
崧云无意招不来，旌旗日月随山入。
茅屋主人长卧揖，盛气虬髯横槊立。
汉陵白骨生春光，半夜平怀听呼吸。
笔端隐语飞英略，潜拉秦原老鲵角。
天心不肯续金刀，渭桥水急妖星落。

题望喜驿黄夷仲诗后

李 新

杜宇啼愁连谷暗，嘉陵流恨接天长。
路人要见行人喜，看取眉间一点黄。

自注：黄诗云“眉间见喜气，行人有归期”。

游灵岩①

张 俞

玉文山②后灵岩寺，四百年来选佛场。
满地白云关不住，石泉流出落花香。

作者简介

张俞（《宋史》作张愈），生卒年不详，字少愚，又字才叔，号白云先生，益州郫（今四川省成都市郫都区）人，祖籍河东（今山西省）。

注释

①灵岩：即灵岩寺，位于陕西省汉中市略阳县城南3.5公里，地处嘉陵江东岸的玉文山腰，又名“灵崖寺”“药水岩”。

②玉文山：在今陕西省汉中市略阳县城南，俗称南山。

嘉陵江上作

唐 庚

多士数车舥，谁令汝去家。坐禅腰已折，持剑手新叉。
虽未能空寂，然犹耻攫拿。江流何处去，凭仗吊怀沙。

作者简介

唐庚（1070—1120），字子西，人称鲁国先生，眉州丹棱（今四川省眉山市丹棱县唐河乡）人。

寄题张志行醉峰亭

唐　庚

先生饱[1]酝藉，表里皆纯粹。独推糟与粕，施之为政事。
百里饮其德，陶陶有欢意。馀醺落嘉陵，一江醇酒味。
沉酣到山骨，颓然偃[2]苍翠。亭中时把酒，坐对青山醉。
醉乡在何许，只此中间是。先生况多文，为续醉乡记。

注释

①一作“饶”。
②一作“卧”。

次韵李成德谢人惠墨牛

谢　薖

君不见八百里夸王氏驳，常敕家童莹蹄角。
绮襦纨绔竞奢豪，卧席不安愁祸作。
何如传宝墨牛图，不饰青黄如素朴。
向来奇画购千金，宜在兰台天禄阁。
两牛方斗未雌雄，或奔而从或小却。
其馀三四亦殊绝，或如虎卧鹤俯啄。
滕王蛱蝶东丹马，嘉陵山水青田鹤。
如将优劣比人材，长文何必惭文若。
人言爱画亦一癖，被野牛羊何用貌。
是家持论果非耶，烦君试为评其略。

作者简介

谢薖（1074—1116），字幼盘，自号竹友居士，抚州临川（今江西省抚州市临川区东馆镇）人。

题陈去非《王摩诘嘉陵图》

王安中

江山已暗大同殿，弦管犹喧凝碧池。
别写嘉陵三百里，右丞心事欲谁知？

作者简介

王安中（1076—1134），字履道，号初寮，中山曲阳（今河北省保定市曲阳县）人。

黄冈尉钱绅种莲其上开轩榜曰起灵盖取鲍参军荷花赋超四照之灵本云

李 彭

平吴利在获二陆，我得斯人一夔足。
明光射策卷波澜，灞桥新诗挟冰玉。
只因心赏鲍参军，种花欲招千载魂。
笔端有口不倚[①]辨，尽付此花生气存。
一代风流几顿尽，汉官威仪聊复正。
觅句何劳梦惠连，解颐未用呼匡鼎。
秋风蘋末助飕飗，花药应须让一头。
何必嘉陵种嘉橘，始拟人间千户侯。

作者简介

李彭，生卒年不详，字商老，南康军建昌（今江西省九江市永修县）人，1094年前后在世。

注释

①一作“待”。

金泉山[①]

李 宏

昔时谢女升仙处，此日遗踪尚宛然。
蝉脱旧衣留石室，龙飞胜地涌金泉。
碑书故事封苔藓，殿写真容锁翠烟。
薄暮岭松听鹤唳，犹疑仿佛是神仙。

作者简介

李宏（1088—1154），字彦恢，宣州宣城人。

注释

①金泉山：玉屏山之古称，亦名果山，位于四川省南充市城西（参见美仙慕道：《唐代白日飞升的女真——谢自然史略》，2013-02-19，http://blog.sina.com.cn/s/blog_756a544f01019ncp.html）。

题陈宏画明皇太真联镳图

程敦厚

并辔春风禁籞游，外间底事上心头。
骑驴后日嘉陵道①，料得君王始欲愁。

作者简介

程敦厚，生卒年不详，字子山，眉山（今四川省眉山市）人，高宗绍兴五年（1135）进士。

注释

①嘉陵道：沿嘉陵江通往川蜀的古道，在陕西省汉中市略阳县境内。

仙人山寨至日

郑刚中

戍兵列栅半空苍，俯瞰嘉陵万仞江。
山下不知传鼓角，天边时见引旌幢。
岁寒木落鸟穿屋，昼静帘垂云绕窗。
教罢诸营无一事，锦腰催拍照金釭。

作者简介

郑刚中（1088—1154），字亨仲，婺州金华（今浙江省金华市）人。

云台治①

张继先

汉朝人与道翱翔，是处遗踪属静方。
烟外桃花非俗种，风前柏实有余香。
杖穿翠霭通深窅，舟驾洪波入渺茫。
千八百年三十代，云台空碧佩琳琅。

作者简介

张继先（1092—1127），字嘉闻，又字道正，号翛然子。

注释

①云台治：为道教二十四治之云台山治。云台山，又名天柱山、灵台山、凤凰山，位于四川省广元市苍溪县东南18公里，与南充市阆中市交界。

龙 洞①

张 嵲

灵洞何年水乱流，试寻危栈访丹丘。
此时景物迷三岛，当日神龙跨九州。
白昼瀑流方讶雨，炎天岚气忽惊秋。
憧憧门外红尘路，过客何人肯暂留。

作者简介

张嵲（1096—1148），字巨山，襄阳（今湖北省襄阳市）人。

注释

①龙洞：即龙洞背，是潜溪河上三个串珠状的溶洞（宋宁、杨更：《广元朝天地质公园地质遗迹景观评价及旅游开发研究》，《国土资源科技管理》2007年第4期），位于四川省广元市朝天区。

缙云寺①

冯时行

借问禅林景若何，半天楼殿冠嵯峨。
莫言暑气此中少，自是清风高处多。

岌岌九峰晴有雾，弥弥一水远无波。
我来游览便归去，不必吟成证道歌。

作者简介

冯时行（1100—1163），字当可，号缙云，祖籍诸暨（今浙江省绍兴市诸暨市）紫岩乡祝家坞人。

注释

①缙云寺：位于重庆市北碚区缙云山中。

出剑门

杨兴宗

呕呀呜橹下长川，万叠青峰只眼前。
山鹧啄残红杏粉，杜鹃啼破绿杨烟。
梦回蜀栈[①]云千片，醉枕巴江[②]月一船。
物色谁分杜陵老，风骚牢落剑南天。

作者简介

杨兴宗，生卒年不详，1138年前后在世，高陵（今陕西省西安市高陵区）人。

注释

蜀栈：古栈道名，又名石牛道、金牛道、剑阁道、南栈，是古代陕西关中通往汉中和巴蜀的要道。故道自今陕西省汉中市勉县西南行，越七盘岭入四川境，再经朝天驿达剑门关。

②巴江：指嘉陵江。

春晚感事二首　其一

陆　游

据鞍千里何曾病，闭户安眠百病生。
每忆嘉陵江上路，插花藉草醉清明。

作者简介

陆游（1125—1210），字务观，号放翁，越州山阴（今浙江省绍兴市）人。乾道七年（1171）任职于南郑幕府。次年，幕府解散，奉诏入蜀。乾道八年（1172），陆游被任为成都府路安抚司参议官。次年，改任蜀州通判；同年五月，改调嘉州通判。

梨花三首 其三

陆 游

嘉陵江色嫩如蓝，凤集山光照马衔。
杨柳梨花迎客处，至今时梦到城南。

梦行小益[①]道中二首

陆 游

（一）

栈云零乱驮铃声，驿树轮囷桦烛明。
清梦不知身万里，只言今夜宿葭萌。

注释

①小益：又称“益昌”，在今四川省广元市昭化区。

（二）

桦柳林边候吏迎，血涂草棘虎纵横。
分明身在朝天驿[①]，惟欠嘉陵江水声。

注释

①朝天驿：即筹笔驿（参见粟舜成：《筹笔驿遗址新考：“筹笔驿”即“朝天驿”》，2016－06－14，http://www.gyct.com.cn/BasicTemplate/CU2015/content.jsp?urltype=news.NewsContentUrl&wbtreeid）。

梦至小益

陆 游

梦觉空山泪渍衿，西游岁月苦骎骎。
葭萌古路缘云壁，桔柏[①]浮梁暗栎林。
坐上新声犹蜀伎，道傍逆旅已秦音。
荷戈意气浑如昨，自笑摧颓负壮心。

注释

①桔柏：即桔柏渡。

自阆复还汉中[①]次益昌

陆　游

北首褒斜又几程，骄云未放十分晴。
马经断栈危无路，风掠枯茆飒有声。
季子貂裘端已弊，吴中菰菜正堪烹。
朱颜渐改功名晚，击筑悲歌一再行。

注释

①汉中：今陕西省汉中市。

秋晚思梁益[①]旧游三首　其一

陆　游

幅巾筇杖立篱门，秋意萧条欲断魂。
恰似嘉陵江上路，冷云微雨湿黄昏。

注释

①梁益：梁州与益州。蜀汉有梁益等州，因以并称，泛指蜀地。梁：即古梁州，今陕西省汉中市梁州，治南郑（今汉中市东）。益：即古益州，治所在今四川省成都市。

张季长学士自兴元遣人来因询梁益间事怅然有感

陆　游

长记残春入蜀时，嘉陵江上雨霏微。
垂头驴瘦悲铃驮，截道狐奔脱猎围。
晓度市桥花欲语，晚投山驿石能飞。
杜鹃言语元无据，悔作东吴万里归。

筹笔驿

陆 游

运筹陈迹故依然，想见旌旗驻道边。
一等人间管城子，不堪谯叟作降笺。

排闷六首 其一

陆 游

丈夫结发志功名，大事真当以死争。
我昔驻车筹笔驿，孔明千载尚如生。

愁坐忽思南郑[①]小益之间

陆 游

筹笔门前芳草，回龙道上青山。万里犹能梦到，再游未信天悭。

注释

①南郑：今陕西省汉中市所辖县，位于汉中盆地西南部。

梦行益昌道中赋

陆 游

朱栈青林小益西，早行遥听隔村鸡。
龙门阁畔千寻壁，江月亭前十里堤。
酒舍胡姬歌折柳，江津洮马惜障泥。
倦游重到曾来处，自拂流尘觅旧题。

嘉川铺[①]遇小雨景物尤奇

陆　游

一春客路厌风埃，小雨山行亦乐哉。
危栈巧依青嶂出，飞花并下绿岩来。
面前云气翔孤凤，脚底江声转疾雷。
堪笑书生轻性命，每逢险处更徘徊。

注释

①嘉川铺：即嘉川驿（参见四川省旺苍县志编纂委员会编：《旺苍县志》，四川人民出版社1996年版，第726页）。

再过龙门阁

陆　游

天险龙门道，霜清客子游。一筇缘绝壁，万仞俯洪流。
著脚初疑梦[①]，回头始欲愁。危身无补国，忠孝两堪羞。

注释

①“著脚初疑梦”，《朝天区志》所录原句为“著足初疑梦”（广元市朝天区地方志编纂委员会编：《朝天区志》（1986—2005），方志出版社2007年版，第657页）。

顷岁从戎南郑屡往来兴凤间暇日追怀旧游有赋

陆　游

昔戍蚕丛北，频行凤集南。烽传戎垒密，驿远客程贪。
春尽花犹坼，云低雨半含。种畬多菽粟，蓺木杂松楠。
妇汲惟陶器，民居半草庵。风烟迷栈阁，雷霆起湫潭。
城郭秦风近，村墟蜀语参。快心逢旷野，刮目望浮岚。
考古时兴[①]感，无诗每自[②]惭。嘉陵最堪忆，迎马柳毵毵。

注释

①一作“兴时”。

②一作“日每”。

南沮水道中

陆 游

硙舍临湍濑，罾船聚小潭。山形寒渐瘦，雪意暮方酣。
久客情怀恶，频来道路谙。空山家怅望，无梦到江南。

晓发金牛[①]

陆 游

客枕何时稳，匆匆又束装。快晴生马影，新暖拆[②]花房。
沮水[③]春流绿，嶓山晓色苍。阿瞒狼狈地，千古有遗伤。

自注：自金牛以西，皆明皇幸蜀路。

注释

①金牛：此处金牛指古金牛县，故址在今陕西宁强县大安镇金牛驿村。

②一作“坼”。

③沮水：流经陕西省汉中市勉县、略阳县的一条河。

自三泉泛嘉陵至利州

陆 游

日日遭途处处诗，书生活计绝堪悲。
江云垂地滩风急，一似前年上峡时。

自兴元[①]赴官成都

陆 游

平生无远谋，一饱百念已。造物戏讥之，聊遣行万里。
梁州在何处，飞蓬起孤垒。凭高望杜陵，烟树略可指。
今朝忽梦破，跋马临漾水[②]。此生均是客，处处皆可死。
剑南亦何好，小憩聊尔尔。舟车有通途，吾行良未止。

注释

①兴元：兴元府，府治南郑（今陕西省汉中市南郑区）。

②漾水：古水名。“漾”，一作“养”“瀁”。《尚书·禹贡》：“嶓冢导漾，东流为汉。”今陕西省汉中市勉县西汉水上源为漾水。

长木[1]晚兴

陆　游

沮水嶓山[2]名古今，聊将行役当登临。
断桥烟雨梅花瘦，绝涧风霜槲叶深。
末路清愁常衮衮，残冬急景易骎骎。
故巢东望知何处，空羡归鸦解满林。

注释

①长木：古地名，今陕西省汉中市宁强县桑树湾（参见宁强县志编纂委员会编：《宁强县志》，陕西师范大学出版社 1995 年版。http://sxsdq.cn/dqzlk/dfz_ sxz/nqxz/）。

②嶓山：嶓冢山，又名汉王山，位于陕西省汉中市宁强县境内。

赴成都泛舟自三泉至益昌谋以明年下三峡

陆　游

诗酒清狂二十年，又摩病眼看西川。
心如老骥常千里，身似春蚕已再眠。
暮雪乌奴停醉帽，秋风白帝放归船。
飘零自是关天命，错[1]被人呼作地仙。

注释

①一作“却”。

壬辰十月十三日自阆中还兴元游三泉龙门十一月二日自兴元适成都复携儿曹往游赋诗

陆 游

胜地惜轻别，短筇成后游。门呀一境异，木落四山秋。
野鸽翔深窦，蟠蛟擅古湫。栈危萦峭壁，桥迥跨奔流；
白雨穿林至，腥风卷地浮。真成起衰病，不但洗孤愁。
登陟知难再，吟哦为小留。回头即万里，雪满戴溪舟。

果州驿[①]

陆 游

驿前官路堠累累，叹息何时送我归。
池馆莺花春渐老，窗扉灯火夜相依。
孤鸾怯舞愁窥镜，老马贪行强受鞿。
到处风尘常扑面，岂惟京洛化人衣。

注释

①果州驿：宋代嘉陵驿又名果州驿。陆游自夔州（今重庆市奉节县）赴南郑，途经果州时，写有咏驿诗一首（潘大德：《嘉陵驿考》，参见南充市志编纂委员会编：《南充市志》（1707—2003），方志出版社2011年版，第2012－2614页）。

嘉川驿得檄遂行中夜次小柏

陆 游

黄旗传檄趣归程，急服单车破夜行。
肃肃霜飞当十月，离离斗转欲三更。
酒消顿觉衣裘薄，驿近先看炬火迎。
渭水[①]函关[②]元不远，著鞭无日涕空横。

注释

①渭水：渭河之古称，是黄河的最大支流，发源于甘肃省定西市渭源县鸟鼠山，主要流经今甘肃、陕西省，至陕西省渭南市潼关县汇入黄河。

②函关：函谷关之省称。函谷关历史上有两座，秦关位于河南省灵宝市北15公里处的王垛村，汉关位于距三门峡市约75公里的洛阳市新安县。

清商怨·葭萌驿[①]作

陆　游

江头日暮痛饮，乍雪晴犹凛。山驿凄凉，灯昏人独寝。　　鸳机新寄断锦，叹往事，不堪重省。梦破南楼，绿云堆一枕。

注释

①葭萌驿：旧址位于四川省广元市剑阁附近，西傍嘉陵江。

鹧鸪天·葭萌驿作

陆　游

看尽巴山[①]看蜀山[②]，子规江上过春残。惯眠古驿常安枕，熟听阳关不惨颜。　　慵服气，懒烧丹，不妨青鬓戏人间。秘传一字神仙诀，说与君知只是顽。

注释

①巴山：大巴山之简称。大巴山脉是陕西、四川、湖北三省交界地区山地的总称，同时也是嘉陵江和汉江的分水岭，四川盆地和汉中盆地的地理界线。

②蜀山：泛指四川西部和北部的山。

紫溪驿二首（信州[①]铅山县[②]）其二

陆　游

云外丹青万仞梯，木阴合处子规啼。
嘉陵栈道吾能说，略似黄亭到紫溪。

注释

①信州：州治在今江西省上饶市。

②铅山县：今江西省上饶市辖县。

题雪溪[①]

陆 游

风雨尚远游，回首始欲愁。北顾龙门栈，西望黑云头。
危途踏半桥，扶杖俯洪流。雪溪巴山来，衰翁葱岭留。

注释

①雪溪：即雪溪洞，位于四川省广元市朝天区朝天镇。

句

刘仪凤

嘉陵从东来，水上山突兀。松竹相蔽亏，烟霞互明灭。

作者简介

刘仪凤（1126—1192），字韶美，普州（今四川省资阳市安岳县）人。

嘉陵江过合州汉初[①]县下

范成大

井径东川县，山河古合州。木根拏断岸，急雨沸中流。
关下[②]嘉陵水，沙头杜老舟。江花应好在，无计会江楼。

作者简介

范成大（1126—1193），字致能，号石湖居士，谥文穆，吴郡（今江苏省苏州市）人。曾任四川制置使。

注释

①汉初：古县名，县治在今四川省广安市武胜县烈面镇汉初村胡家坝（参见刘敏：《汉初县与其故城遗址》，《广安日报》2018 年 4 月 1 日）。

②关下：东西关下，汉初县旧址。

明日至邻水县[①]又雨

范成大

昨日方无雨，今朝又不晴。满山皆屐齿，随处有泉声。

颇怪阴森差，应催老病成。泥涂千骑士，与我共劳生。

注释

①邻水县：古称邻州，今四川省广安市邻水县。淳熙二年（1175）三月，范成大曾侨寓邻水县。

送崔子渊秘丞出守小益二首　其二

李流谦

晋公幕府总豪英，末至非才愧长卿。
已去化炉金尚跃，更分客袂涕空横。
早催剑栈迎千骑，更借湖山劝一觥。
水自嘉陵流到海，尺书应有故人情。

作者简介

李流谦，生卒年不详，字无变，汉州德阳（今四川省德阳市广汉市）人，1147年前后在世。

次韵枢相雪中之什

李流谦

空明无际了寒天，戍堠消锋弩绝拳。
平白万方包险秽，清泠一片起沉绵。
山登姑射欣逢岁，贼破淮西欲问年。
更长嘉陵千尺浪，春风稳送五湖船。

送孙隆州

李流谦

万里对明光，真实一字字。九陛元不隔，是亦父子尔。
我读公车牍，再拜甚欢喜。玉色近昕夕，王度日冠粹。
再析山中符，可以觇胸次。道行国无小，意甘食则旨。
平生熟窥觇，步步圣贤地。造物宝其人，华皓表斯世。

从军落穷塞，愁破觌清峙。蜗庐仅缠躯，鼓钟日在耳。
何以充淹留，白日不可系。长年慕道德，师友别匪易。
踯躅南城隅，伫立渺无涘。不见两朱轮，但见嘉陵水。

喜仲明西归

李流谦

半载迢迢住利州，嘉陵江水日夜流。
安得却流关下去，载我唯须一叶舟。
我归未远君随至，燕鸿相避知何意。
月岩四见月上弦，日日江头望行李。
庭柯一鹊鸣朝阳，人言君归过石岗。
明日拿舟入城去，剧喜重上君子堂。
瘦骨棱棱衣表见，我亦鬓毛斑太半。
谈新说旧两留连，红烛烧残无一寸。
人生大抵如流萍，忽然相值飘然分。
西风吹我又将去，预作一场离恨新。

凯　歌

项安世

今年三月三，乐事今古稀。
嘉陵江到武昌[①]口，此时此日同清夷。
北人不敢恃鞍马，西人不敢凭山溪。
德安有高悦，匹马穿重围。
入城助守胆如斗，出城决战身如飞。
城中扶出王与季，城外逐出信与随。
襄阳有赵淳，默坐谁得窥。
一日熏尽西山狐，二日网尽东津鲵。
三日开门看江北，一人一骑无残遗。
兴安有安丙，谈笑戮吴曦。

伪王乱领出深谷，长史捷布登前墀。
铜梁玉垒见天日，瞿塘滟滪无蛟螭。
噪州有老守，头白尚能诗。
上言吾君善委任，下言吾相能指麾。
国家九九八十一万岁，璘雏褒蘖休狂痴。

作者简介

项安世（1129—1208），字平父（一作平甫），号平庵，其先括苍（今浙江省丽水市）人，后家江陵（今湖北省荆州市江陵县）。

注释

①武昌：古武昌即今湖北省鄂州市。

任司户生日

项安世

晓殿蓂花一荚飞，晚檐桂树小些儿。
人间已过重阳后，天上将开瑞庆时。
新息陂长钟世德，嘉陵滩浅报官期。
待君饮却长生酒，又到江亭贺上卮。

杜工部草堂①

宇文子震

燕寝香残日欲西，来寻陈迹路逶迤。
江涛动荡一何壮，石壁崔嵬也自奇。
鸡犬便殊尘世事，蛟龙常护老翁诗。
草堂欻见垂扁榜，却忆身游濯锦②时。

作者简介

宇文子震，生卒年不详，字子友，成都人，曾任成州（治所在今甘肃省陇南市成县境内）郡守。参见蔡副全《成县杜甫草堂历代诗碑考述》，《杜甫研究学刊》2009年第1期。

注释

①绍兴三年（1133）成州郡守宇文子震题《杜工部草堂》。此杜甫草堂为甘肃省陇南市成县草堂（参见张忠：《历史上的成县杜甫草堂》，2013年9月23日，http://blog. sina.

com. cn/s/blog_ a0d30c0c0101gaax. html)。

②濯锦：濯锦江，江名，即锦江，岷江流经成都的一段。

次韵杜安行嘉陵春日书事十首

郭 印

其一

老觉情怀别，愁随节令来。草茅思雨露，天地涨氛埃。
屋雀春弥怨，山云昼不开。何人知此意，藜杖独登台。

作者简介

郭印，生卒年不详，1126年前后在世，号亦乐居士，双流（今四川省成都市双流区）人。

其二

公退幽斋坐，悠然对碧岑。吹香花拂拂，围翠竹森森。
蝶散红芳歇，莺藏绿树深。吾心清似水，尘境勿相侵。

其三

雨过川原秀，烟光画不如。人情花动荡，春意鸟分疏。
造化空陈迹，乾坤一广居。小轩聊燕息，夏屋正渠渠。

其四

圆吭高低唱，奇葩赤白章。每嗟官束缚，肯放酒癫狂。
幕燕终难稳，池鱼欲自藏。宦游何处好，山北是吾乡。

其五

弱柳青垂缕，新蒲紫作茸。风光明老眼，岁月养衰容。
涸思诗难巧，孤斟酒易供。逍遥北山下，一榻傲羲农。

其六

江路曾浮宅，悬崖两壁青。晴烟笼小艇，落照射高亭。
花簇红妆岸，鸥群白点汀。何时篷底卧，半夜酒初醒。

其七

谁念疲民瘠，空令战士肥。羽书传警急，花院锁芳菲。
冠屦将身误，山林与愿违。两途俱不遂，衰鬓绿毛稀。

其八

举世趋昏浊，前贤慕独清。低回从客笑，怀卷待时平。
彭泽非难学，菟裘且旋营。乐哉莘野趣，功业在深耕。

其九

良友何年会，书来细作行。柏寒知岁晚，花落笑春忙。
从宦慭行乐，休心得坐忘。神炉丹已就，一粒待君尝。

其十

圣处沉潜久，心华始发明。绝知人事缪，顿觉世缘轻。
俗薄天难定，时危道不行。折腰甘五斗，无意问弓旌。

送郑宣抚三首　其一

郭　印

棹发嘉陵即帝庭，山川草木若为情。
忠嘉但有三千牍，威爱犹传十万兵。
天象共符虚右席，坤维一带失长城。
西南所系安危大，何止雪山分重轻。

次韵蒲大受同游龙洞之什

郭　印

寻幽一访洞中天，路绕青溪水绕山。
翠径崎岖行竹里，红尘咫尺背人间。
侵裾爽气冷冰雪，漱玉寒流锵佩环。
更问石庵窥胜迹，斯游岂复倦跻攀。

送王粹中教授入蜀

楼　钥

万山四塞围平陆，大为关中次为蜀。

我生东南未曾到，蜀士游从闻颇熟。
自从襄阳上峻途，高欲登天下临谷。
女娲大山塞空虚，麻线名堆千万曲。
行人一升鹿头关[①]，下瞰平川如画幅。
幅员二百四十里，里出万缗民日蹙。
向来陕西五路兵，退守诸关疆地促。
计臣权宜重增赋，民力尚宽随所欲。
尔来因仍七十年，鬼不输钱无雨粟。
民生哀哉不堪命，外若富饶中不足。
益梓尚有繁盛风，夔峡穷民几比屋。
侧耕危获供税租，饭多秭稗无嘉谷。
朝廷谋帅弄印久，宣谕尚书剖符竹。
尚书当今第一流，翁婿相望冰映玉。
贻书挽君为此行，古人义概非流俗。
君亦慨然挈家去，掺袪未免再三祝。
君行岂为温饱计，一举高飞快鸿鹄。
丈夫生有四方志，登览山川非碌碌。
顷为假吏到燕山，未行先取山经读。
所至访寻多得力，中原至今在吾目。
北征西征昔有赋，何肯徒行空逐逐。
子西尝因过岘首，遐想羊公欲相沃。
关右放贾眼拔镞，表留卒使痈溃肉。
试推此意向前去，到处前人有遗躅。
五丁开山果何在，赞皇筹边言可覆。
剑门石角皆北向，雪岭界天望身毒。
高皇将坛在汉中，武侯八阵留鱼复。
栈阁绳桥世称崄，威茂渡笮来夷族。
李冰离堆如底柱，大宁盐泉若飞瀑。
四路尤多未见书，买归何止三万轴。
黄松次功蜀梼杌，石湖居士吴船录。
君宜预考经行地，却随所见书之牍。

幕中便可资筹策，远业因兹增蕴蓄。
又闻渡泸不在泸南在沉黎，邛崃九折是君家世尤当知。
艺祖按图挥玉斧，大渡河外等弃之。
本朝独无南诏患，一语决定无敢违。
成都郡庠千白袍，后来之秀日益奇。
周公礼殿岿然在，画像盘古继宓牺。
春秋奠谒用旧乐，想见节奏并威仪。
谈经约史各专门，学问可以相发挥。
康节遗书有传者，不惜师问穷精微。
先天仅得十二三，声音律吕无由窥。
更有异闻多细事，试因余暇质所疑。
青城大面访仙迹，普贤灵变穷峨眉。
街名棋盘路九逵，江号濯锦如污池。
古柏参天二千尺，水浒鼎立三石犀。
药有珂贝说尤诡，字书不见榍与榿。
金堂鸜鹆扫孤塔，苍溪橘柚五出棹。
嘉陵梵像为最巨，阆州城南天下稀。
少陵入蜀往来久，须行万里方知诗。
我惭寡闻言又拙，君其更为加询咨。
老我无复为世用，但当杜门待君归。
归期未知果何时，时寄尺楮宽吾思。

作者简介

楼钥（1137—1213），字大防，又字启伯，号攻媿主人，明州鄞县（今浙江省宁波市鄞州区）人。

注释

①鹿头关：在四川省德阳市鹿头山上。

渡嘉陵江宿什邡驿

袁说友

山程十日不见江，前日初逢黎渡水。
牵车又到渠江畔，漾漾翻波意尤美。
今朝嘉陵江水宽，危峰大石更巑岏。
棹儿艇子呼晚渡，亦觏钲鼓推标竿。
渡头枫绿蔷薇密，我宿山南雍城侧。
细思青史什邡侯，君恩何似嗟来食。

作者简介

袁说友（1140—1204），字起岩，号东塘居士，建安（今福建省南平市建瓯市）人。侨居湖州（今浙江省湖州市）。

过邻水县横碧川

袁说友

一水横空翠，群山送远阴。临流新柳媚，隔岸小楼深。
五斗渊明米，期年子贱琴。可人山水县，莫倦读书音。

宿邻水县

袁说友

酒余孤馆梦初回，渐觉茅檐淅淅来。
夜半山前风荐雨，晓来崖底涧鸣雷。
剩添岗翠三分色，呈出秧针一寸栽。
恰得乌云天外少，莺花无数恼人怀。

和陈及之　其三

孙应时

蟠龙山头行且歌，嘉陵江上重相过。
人生知音不易得，举似诸人委悉么。

作者简介

孙应时（1154—1206），字季和，自号烛湖居士，余姚（今浙江省宁波市余姚市）人。

题筹笔驿武侯祠

孙应时

北出当年此运筹，悠然欹卧与神谋。
三军节制驯貔虎，千里糇粮捷马牛。
汉业兴亡惟我在，蜀山重复遣人愁。
驿前风景应如旧，江水无情日夜流。

自兴州浮嘉陵还益昌

孙应时

夜促清觞醉武兴，晓飞轻舸下嘉陵。
平生海上渔樵子，此日天涯云水僧。
万里身心萦老母，一年书札负交朋。
秋风已定莼鲈约，俯仰兹游记昔曾。

益昌夜泊

孙应时

孤舟了不梦邯郸，起凭阑干烟水间。
五夜清风鸣鼓角，一天佳月悄江山。
客身憔悴衣尘黑，世路崎岖鬓发斑。
未决乘流便东下，明朝且复剑门关。

剑门行

孙应时

两崖夹道立削铁，涧水悲鸣浅飞雪。
上有石城连天横，剑戟相磨气明灭。
出门下瞰山盘纡，石磴斗落十丈饮。
敌来仰首不得上，百万渠能当一夫。
井蛙未识河山广，分明到此生狂想。
岂知天险乃误人，祸首子阳终衍昶。
渭水秦川指顾中，剑门空复老英雄。
传檄将军真得意，落星愁杀卧龙翁。

曹泸南得思陵旧赐张魏公琴曰播云（器远）

释居简

岷峨豁尘昏，旧赐出播云。不知落人间，虾蟆几亏盈。
晦显固靡常，数岂逃冥冥。想当风雨时，破壁应有声。
怀璧戒匹夫，呵护烦百神。一朝得所托，倏若屈蠖伸。
人以器图旧，器以人怀新。玉轸黄金徽，烂烂奎画明。
魏公蔼名氏，千载如丹青。歌风调舜弦，感物怀尧仁。
扶日昌中兴，四海同一云。载维艰难初，事与得失并。
万灶嘉陵江，饮此一掬清。悠然一再弹，万里怀长城。
云絮初无根，勇变啁哳鸣。捕蝉写真意，弦外无人听。
空嗟易水寒，遗恨崆峒平。

作者简介

释居简（1164—1246），字敬叟，号北涧，潼川（今四川省绵阳市三台县）人，俗姓龙。

题咏小峨眉[①]

张曩容

潜水[②]碧如玉，峨眉翠帐浓。紫殿金佛相，白云普贤宫。

荡舟清风峡[③]，笑语月明中。江畅民心乐，虔诚敬佛翁。

作者简介

张曩容，生卒年不详，淳熙年间（1174—1189）曾任利州（今四川省广元市）提刑。

注释

①小峨眉：即云台山，素有小峨眉之称，位于四川省广元市元坝区大朝乡境内。

②潜水：潜溪河古名，以流入四川省广元市朝天区宣河乡龙门山，潜穿三洞流出得名，又名中子河。

③清风峡：位于四川省广元市朝天区朝天镇北。

意难忘·括李白蜀道难

林正大

蜀道登天。望峨眉横绝，石栈相连。西来当鸟道，逆浪俯回川。猿与鹤，莫攀缘。九折耸岩峦。算咫尺，扪参历井，回首长叹。

西游何日当还。听子规啼月，愁减朱颜。连峰天一握，飞瀑壑争喧。排剑阁，越天关。豺虎乱朝昏。问锦城，虽云乐土，何似家山。

作者简介

林正大，生卒年不详，字敬之，号随庵，永嘉（今浙江省永嘉县）人。

嘉陵江舟中三绝

洪咨夔

（一）

柳色黄黄草色微，一川新渌两红衣。

老天也信还家好，淡日柔风送客归。

（二）

东风吹老地棠花，燕子归来认得家。

茅屋石田浑好在，白头何苦尚天涯。

（三）

辛夷零落水生漪，睡暖沙凫荫酒旗。
不是归帆相料理，春光如许底能知。

作者简介

洪咨夔，（1176—1236），字舜俞，号平斋，於潜（今浙江省杭州市临安区）人。

送王万里赴阙

洪咨夔

安西老元戎，再出护全蜀。椝椝大幕府，宾从如立竹。
狷者多调娱，狂者间枨触。谁与得中行，有美万里独。
正大一根气，义利两孰复。信人乐正子，君子蘧伯玉。
春风半萧艾，秋雨几资菉。划然心眼明，见此霜晓菊。
何人诵子虚，燕说得举烛。平沙起孤鸿，太液下黄鹄。
云深阊阖启，天近觚棱矗。牖明易纳约，井渫终受福。
杨柳细吹絮，海棠艳成屋。买酒鏖东风，嘉陵江水绿。

潭毒关[①]

洪咨夔

倚天翠壁夹黄流，伛偻哎哑挽上舟。
今古英雄愁绝处，夕阳筹笔驿东头。

注释

①潭毒关：位于今四川省广元市朝天区两河口乡。

昭化[①]

洪咨夔

梅子收霖雨，榆花断瘴烟。浓云明白鸟，深草暗乌犍。
岁月滩声里，家山客枕边。老来圭角尽，戒得是韦弦。

注释

①昭化：古县名，治在今四川省广元市昭化区昭化镇，位于白龙江、嘉陵江、清江三江交汇处。

四月壬午发利州二首

洪咨夔

（一）

十里迎春水面开，橹声不动舵声催。
春山转处疑江尽，白鸟迎人风折来。

（二）

两岸骚骚麦尾黄，茅檐半瓦荫垂杨。
牧儿吹笛随归犊，浅草平沙暝色苍。

重过剑门

洪咨夔

众水东瞿峡[①]，连山北剑门。地非甘习坎，天欲护全坤。
直上云千尺，中间月一痕。客怀无奈恶，索酒自招魂。

注释

①瞿峡：即瞿塘峡，也称夔峡，长江三峡之一，西起重庆市奉节县白帝城，东至巫山县大溪镇。

隆庆徐守作堂，名“蜀固”一夕，梦与余赋诗堂上，有“何时首归途，樽酒逢故人”之句。未几，过其堂，为赋之

洪咨夔

蜀踞国上流，蜀固天下固。欲为天下谋，护蜀风寒处。
极边植藩篱，黄牛白环戍。中间屹垣墉，武休河池路。
近里古剑关，峭绝鸟莫度。屏蔽益梓夔[①]，堂奥有门户。
天险以德强，地险以势阻。王公设人险，颇牧与羊杜。

前茅元戎崔，当道卧老虎。后距付君侯，万卷作干橹。
坤维巩金汤，国势重鼎吕。予曰有疏附，予曰有御侮。
我闻大剑旁，小剑可驰骛。双轨来苏坡[②]，半苇白水渡。
彻桑遍绸缪，迨此未阴雨。毋谓天下壮，而恃一夫怒。
高堂挹横山，云木叫杜宇。樽酒逢故人，重圆梦中语。

注释

①益梓夔：即梓州、益州和夔州，泛指四川之地。

②苏坡：成都古桥名，原名娑坡，锦官城南桥，后圮不治，演变为成都地名。

念奴娇·绵州表兄生日绍定壬辰五月

魏了翁

被东风吹送，都看尽、蜀三川。向涪水西来，东山右去，剑阁南旋。家家露餐风宿，数旬间，浑不见炊烟。踏遍王孙草畔，眼明帝子城边。　万家赤子日高眠。丝管夜喧阗。自梓遂而东，岷峨向里，汉益从前。人人里歌涂咏，愿君侯，长与作蕃宣。我愿时清无事，早归相伴华颠。

作者简介

魏了翁（1178—1237），字华父，号鹤山，邛州蒲江（今四川省成都市蒲江县）人。

木皮[①]口纪事为故沔戎帅何进赋也

程公许

驱车木皮口，地接嘉陵市。山川郁盘纡，草木惨憔悴。
昔在岁辛卯，大将何憨子。行营与贼遇，力战遂死此。
道逢田舍翁，款曲问所以。耳目亲见闻，朴忠今无比。
沉鸷老不衰，甘苦同战士。以此得士心，急难不相弃。
阃制力主和，岂虞敌情诡。币篚方交驰，羽书俄狎至。
初冬二十五，坌入我内地。或渡河而驰，或截路以伺。
俄然干腹来，陡若自天坠。诸军抽摘余，精锐能有几。
千兵仅乌合，转斗殊未已。可忍负将军，同生亦同死。
落日尘土昏，鼓寒声不起。至今堆阜间，白骨犹纷委。

语罢声凄哽，相顾同洒泪。念昔佐戎轩，世屯未云弭。
主公极仁明，惨恻念此事。露章求[2]恤典，爵子严庙祀。
意将劝忠臣，为国当尽瘁。儒守陈西和，武将田与李[3]。
后先被褒录，名姓编国史。敌知吾有人，心宁不畏忌。
自古重徂征，司命在主帅。委托或非人，险阻那可恃。
呜呼数君子，一死甘若荠。推原其本心，死奚益于世。
事大缪不然，舍生而取义。乃知丈人吉，易自有深旨。
往辙忍复云，方来那得讳。长谣激凄风，呜咽嘉陵水。

作者简介

程公许（？—1251），字季与，一字希颖，号沧州，眉州眉山（今四川省眉山市）人，一说叙州宣化（今四川省宜宾市）人。

注释

①木皮：即木皮岭，在今甘肃省陇南市成县东南二十里。

②一作“丐”。

③自注：田燧、李冲。

利州登栈道[1]

李曾伯

足迹初来剑北州，试登危栈瞰江流。
万山西接地穷处，一水东归天尽头。
欲访崤函[2]无健马，相忘楚汉付轻鸥。
丈夫要了中原事，未分持竿老钓舟。

作者简介

李曾伯（1198—1265），字长孺，号可斋，原籍覃怀（今河南省焦作市沁阳市附近），南渡后寓居嘉兴（今浙江省嘉兴市）。曾任四川宣抚使兼京湖制置大使。

注释

①《旺苍县志》收录有此诗，题为《咏宋江》（参见四川省旺苍县志编纂委员会编：《旺苍县志》，四川人民出版社1996年版，第726页）。

②崤函：古地名，崤山和函谷关的并称。相当于今陕西省渭南市潼关县以东至河南省洛阳市新安县一带。

丁亥纪蜀百韵

李曾伯

太岁在娵觜，羲驭正东陆[①]。羽书西边来，胡[②]骑报南牧。
仓茫星火急，飘忽风雨速。凭陵我封疆，剽掠我孳畜。
一越摩云险[③]，已污岩岷俗。再度峰贴隘[④]，重为武阶毒。
胡儿[⑤]忽令名[⑥]，见谓鞑靼[⑦]属。或疑女真诈，颇讶叠州族[⑧]。
衣毛不知帛[⑨]，饮酪非茹粟[⑩]。劲弓骨为面[⑪]，健马铁裹足[⑫]。
驾言取金夏，其锋不可触。如竹迎刃解，犹雪以汤沃。
先声张虚疑，我师遽蓄缩。心已执檄迷，手为望风束[⑬]。
策昧战为守，计乏奇与伏。西和久间断[⑭]，文南暂踯躅[⑮]。
将利仅小退，凯音误陆续[⑯]。兰皋要寸功[⑰]，良将半丧衄[⑱]。
败书丙夜闻，前矛石门宿[⑲]。亟令控三关，谨毋费一镞。
鱼梁闭仙原[⑳]，武林护午谷[㉑]。七方对垒持[㉒]，相戒前辙覆。
县官塞蹊径[㉓]，战士据林麓。由是关以外，民皆弃庐屋[㉔]。
西康至天水，患不翅蛇蝮[㉕]。风集一炬余，地已付麋鹿[㉖]。
河池本无虞，百里祸尤酷[㉗]。群盗沸于鼎[㉘]，流民凑如辐。
母悲爱子死，夫没嫠妇哭。城市委焚荡，道路纷怨讟。
于时益昌民，十室空五六[㉙]。牙樯嘉陵来，舳舻尾联属[㉚]。
十乘随启行，驿书转加促。鼓吹喧后部[㉛]，旌旗蔽前纛[㉜]。
两劳使者车[㉝]，三分元戎纛[㉞]。重以溃卒徒，跳梁满山谷[㉟]。
声言诛不平，未知不平孰。人情往伤弓，未免惊曲木。
土著避乡井[㊱]，游手伺风烛[㊲]。嗟哉是日也，性命龟未卜。
事机正诪张，天时幸炎燠[㊳]。晋边死季龙，周翰奋方叔。
不闻武侯败，街亭诛马谡[㊴]。犹有孟明在，焚舟报秦穆[㊵]。
不待斩楼兰，闻已事薰粥[㊶]。缙绅屐欲折，意气喜可掬。
中有山西人，慊若国深辱。问之何所云，首疾已频蹙。
大言往者悔，几已溃心腹[㊷]。尚为来者忧，不知护头目[㊸]。
厥今敌虽去，乡道渠已熟[㊹]。三关固天险，五都恐日蹙[㊺]。
不见关以外，处处空杼柚。朝廷无事时，司农积边谷。
一朝弃粪土，知几十万斛[㊻]。民力哀何辜，边人罪难赎。

色虽帷幄喜，骨尚原野暴。未旌平凉家[47]，方起邹阳狱[48]。
辛苦在貔貅，恩赏归雁鹜[49]。几效先轸死，不及介推禄[50]。
魏师付乳臭[51]，汉校起奴仆[52]。平时好縻烂，深刑痛敲朴[53]。
于时在劳来，仍忍逞诛剧[54]。颇闻富窖藏，悉已发麦菽[55]。
边无一人耕，食能几日蓄。田里思反业[56]，原堡未修筑[57]。
了无金城图，酣事铜鞮曲[58]。朽索驾虚舟，空奁著亡局。
纵君不惩艾，而我为惭恧。我闻报中朝，四境已清肃[59]。
一人万人心，可欺宁可服。当时屹如山，一二臣可录。
凡此保蜀功，两和李公独。赵公继一出，颇慰沔人欲。
益昌所毋动，饷臣尼其毂。公论虽未泯，天幸不可复。
安得如绍兴，魏公任都督。以口伐可汗，我恨匪元琦。
徒能效曹刿，远谋鄙食肉。言之貌愈切，至此泪几簌。
客既闻斯言，稽首拜且祝。九庙宗社灵，百城耄倪福。
德泽在天下，人心久渗漉。徒以成败论，公等皆碌碌。
伯比议莫敖，蔿贾知子玉。春秋过责备，小事书简牍。
子其钳尔舌，毋取斧锧戮。汉人悔雁门，唐师老鸭绿。
有道守四夷，初何事穷黩。不战屈人兵，正岂待驱逐。
吾皇天地心，万国囿春育。畴咨元帅功，非夕则在夙。
出命宣黄麻，入相赓绿竹。除书从天来，恩礼方隆渥。
三公应鼎象，相与运坤轴。小夷置蚊虻，壮志寄鸿鹄。
分无万户印，莞尔一杯醁。熟慰豪杰心，有诏不盈轴。
尧门万里天，意者未亲瞩。君相勤外忧，必有宁我蜀。

注释

①自注：自二月初八日，虏（原作敌，据影宋本改——编者注）越铎龙桥。

②原作“敌”，据影宋本改。

③自注：摩云岭，在大潭县（治所在今甘肃省陇南市礼县西南80里太塘乡——编者注）之上，最为险隘，而官军不守。

④自注：峰贴隘，在阶州（今甘肃省陇南市武都区——编者注）。官军守花石，而虏（原作敌，据影宋本改）由生蕃路来犯（原作攻，据影宋本改），遂入阶州。

⑤原作“敌人”，据影宋本改。

⑥自注：忽令、丙令，编者认为是“忧国”二字。

⑦原作“蒙古”，据影宋本改。

⑧自注：此皆一时边人之论。

⑨自注：羌人多以皮为衣。

⑩自注：羌人惟食牛羊，不甚食米麦。

⑪自注：戎师所获羌人之弓，以驼骨为面。箭亦有骨为之。

⑫自注：戎师获得羌人马，蹄以铁裹。时人以为未必有此，获全马却无。

⑬自注：一时所传鞑靼（原作蒙古，据影宋本改）不可与战，以此，官军望风不出战。

⑭自注：西和（今甘肃省陇南市西和县——编者注）自三月初被围，三月末道方通，元不遣兵解援。

⑮自注：文南虏（原作敌，据影宋本改）人三月初攻石靴关，止五十馀骑。守倅以下舂聚并百姓空城而出。

⑯自注：虏犯（原作敌攻，据影宋本改）将利，程信误以捷音报。

⑰自注：制司误得捷音，大帅遂领帐前将士上七方，将直至西和，遂有程信之败。是日寇（原作敌，据影宋本改）直至犀牛渡。

⑱自注：兰皋之战，麻仲、马翼、王平俱死王事，皆西边良将也。

⑲自注：制垣到石门，是夕败书闻，遂不敢进。

⑳自注：仙人关（在今甘肃省陇南市徽县东南——编者注）在鱼关下，前即杀金平制司。元以程信守之。

㉑自注：武林关去兴元一百二十里，以李大亨守之。

㉒自注：七方去沔州近百里，元以麻仲守之。仲死，吴桂守。

㉓自注：制司自去年以来专塞小路，春间差官断塞，而交径元自可通。

㉔自注：三关以外并无官军，民皆流徙。有老小入关，而关兵不纳，怨声盈路。

㉕自注：制司令西康太守陈安清野，安虽能守，而既无官兵，境亦蹂践。天水守张继檄令间守仙原，天水弃矣。

㉖自注：凤州虏（原作敌，据影宋本改）元不到，去寇（原作敌，据影宋本改）兵何翅三百里。制司拟凤守吴刚同守武林，遂委焚荡，为祸最惨。

㉗自注：河池虏（原作敌，据影宋本改）亦未到，上司清野，盗贼溃兵乘之，遂委焚荡。

㉘自注：是时关外百姓皆聚为盗贼，有所谓括地风、穆黑子之类。

㉙自注：是时益昌之民皆入山避徙。

㉚自注：三月初七日，败音到沔，制司宅眷登舟下益昌，凡百馀艘。十一日到益昌，阅三日下果阆。

㉛自注：三月十八日，大帅起发沔州，回司益昌。

㉜自注：大帅行司随帐以一万人计，旌旗鼓吹，蜀人前所未见。

㉝自注：令黄漕守彰明，胡漕守保安桥，以防文南之警。二漕未到而寇（原作敌，据

影宋本改）退。

㉞自注：制司谋出会卒，以便宜除二漕为制副使。

㉟自注：兴赵原戍卒郭桂等数百人，以戎司李大亨调发失宜遂叛，声言欲杀不平人。

㊱自注：是时，益昌富家并携老小入山避寇（原作敌，据影宋本改）

㊲自注：是时，益昌市井小人乘时抛火者甚多，欲以作乱。

㊳自注：虏（原作敌，据影宋本改）人元不交战，以天气炎热特穆津死而退。

㊴自注：兰皋之败，实帐前邀功而行。既败，以违令罪程信。

㊵自注：程信虽败，较诸将尤胜，劾以灭口，或以为过。

㊶自注：是时或者云朝廷已与鞑（原作敌，据影宋本改）人议和，将遣使通币，所以无战。

㊷自注：谓徒守三关而几透文南也。

㊸自注：谓徒守三关而不知以五州为篱落也。

㊹自注：鞑（原作敌，据影宋本改）兵之来，皆本朝边人为之乡道。

㊺自注：是时，自三关以外莽为盗区，不止日蹙百里之谓。

㊻自注：总所五州钱粮闻失三四十万斛斗。

㊼自注：战士没于阵者不闻优恤之典。

㊽自注：诸将以主帅不能压服，间有怨言，是以有王兴宗之变，统制安远父子死于狱。

㊾自注：事定恩赏未及战士，而帐前吏卒以下皆赏有差。

㊿自注：谓麻仲、马翼辈死王事而恩赏不加也。

51自注：谓帐前提举王惟祐辈皆小儿。

52自注：谓何克勤及诸仆辈皆迁职。

53自注：平时凡送必胜军、送戎司者无不死诸非命，未尝明正典刑，不能以数计。

54自注：至利州杀戮如故，叛兵就招，尽死于必胜军之手，日以一二十人计。

55自注：边头民间窖藏，尽为寇盗所发。

56自注：百姓，寇（原作敌，据影宋本改）退后官军一出即复，而官军不出也。

57自注：边头原堡悉已毁坏，寇（原作敌，据影宋本改）退更不复修。

58自注：寇（原作敌，据影宋本改）退之后不闻谨武备，诸公惟事高饮，大失人望。

59自注：传闻寇（原作敌，据影宋本改）元出没境上，而遽申朝廷境内清肃。

锦屏山图

释文珦

锦屏山势舞双鸾，影入嘉陵江水寒。
人在东南归未得，时时独展画图看。

作者简介

释文珦（1210—?），字叔向，自号潜山老叟，於潜（今浙江省杭州市临安区）人。

送洪司令　其二

吴　泳

夏日曾随别驾归，朔风还作送公诗。
行军司马自文采，祭酒诸生亡崛奇。
国事急忙中着手，边筹闲暇处开眉。
嘉陵想已波涛落，风雨无忘泊岸时。

作者简介

吴泳，生卒年均不详，字叔永，潼川（今四川省绵阳市三台县）人，1224年前后在世。

送洪司令赴阙

吴　泳

曾记嘉陵共舣舟，江风又是荻花秋。
三年长别不一见，十事欲言还九休。
频聘交驰淮水浊，行程不定陇云愁。
凤鸣已向朝阳去，飞雨残霞湿柁楼。

凤州歌

汪元量

凤州①南去是南岐②，大散横盘势更危。
跃马紫金河畔路，万枝③杨柳撒金丝。

作者简介

汪元量（1241—1317），字大有，号水云，亦自号水云子、楚狂、江南倦客，钱塘（今浙江省杭州市）人。

注释

①凤州：治梁泉县（今陕西省宝鸡市凤县凤州镇）。

②南岐：指陕西省宝鸡市凤县凤州镇以南 5 公里的南岐山。

③一作“株”。

利　州

汪元量

云栈遥遥[①]马不前，风吹红树带青烟。
城因兵破悭歌舞，民为官差失井田。
岩谷搜罗追猎户，江湖刻剥及渔船。
酒边父老犹能说，五十年前好四川。

注释

①一作“摇摇”。

隆庆府[①]

汪元量

雁山[②]突兀插青天，剑阁西来接剑泉[③]。
如此江山快人意，满船载酒下潼川[④]。

注释

①隆庆府：是今四川省北部在南宋和元初存在的一个行政区划和建制，治普安县（今四川省广元市剑阁县普安镇）。辖境相当于约今四川省剑阁县、梓潼县及江油市东北部等地。

②雁山：即雁门山，在今四川省绵阳市江油市雁门关镇境内。

③剑泉：指大剑溪，源于大剑山，自剑门关流出，至志公寺北折为鱼子溪，入黄沙江，再入清水江（参见王振会、雍思政编注：《蜀道神韵》，上海三联书店 2015 年版，第 892 页）。

④潼川：即潼川府，治在今四川省绵阳市三台县。

画山歌

沈守敬

嘉陵山水大同壁，道元画手惊无敌，
小李将军数月功，穷形尽相将无同。
可知有山即有画，万丈云峰尺绡挂。
亦知无画先有山，不然幻迹何以传人间。
粤西名胜世罕匹，就中画山推第一。
离奇变化本天成，不信五丁有神求。
居人为言山九峰，峰峰绘出青芙蓉。
上插云霄下拔地，高飞聿鹘蟠螭龙。
奇踪怪状不可说，自来□履无能从。
余今携舟适亭午，为穷目力留匆匆。
吴李当年及见无，正恐朱墨难为摹。

作者简介

沈守敬，宋代人，余不详。

首阳洞[①]

仲 吕

地秀山灵势插天，传闻古洞隐神仙。
千年舞鹤时鸣涧，五色仪凤已憩田。
蓝水远流丹井列，碧云长送玉楼前。
我同官友来瞻景，不忍回车意介然。

作者简介

仲吕，宋代人，余不详。

注释

①首阳洞：位于今甘肃省陇南市徽县虞关乡三岔村（参见央视网 http://tv.cctv.com/2016/11/22/VIDE23kchiwjkuiXcD8oozhj161122）。

嘉陵江

李子荣

万壑群山树声满，春风嘉陵江河青。
长流远扬三千里，叠浪淘尽风流心。

注释

此诗录自宋隐之所著小说《状元风流》第九章《源远流长嘉陵江》（见 http://www.zhaoxiaoshuo.com/chapter-2141537-10-8194f1e0bd82b1eb8eb6c9003198d8f7）。据小说描写，此诗是宋代几位士子在南部县游嘉陵江时，李子荣所写。是否真是其所写，李子荣是否真有其人，均待考。小说中描写几位士子吟诗中，李子荣吟罢前诗，一位叫陈尧咨的起身道："在下陈尧咨，偶得一首，与诸位共勉之。"说罢也吟起来："独泛扁舟映绿杨，嘉陵江水色苍苍。行看芳草故乡远，坐对落花春日长。曲岸危樯移渡影，暮天栖鸟入山光。今来谁识东归意，把酒闲吟思洛阳。"实际上，这首诗的作者是唐代诗人刘沧。

游万象洞①

万　钟

淳熙庚子仲春之晦日，率同僚来游万象洞天，作此长短句。

骅骝缓策，晴江上，沙嘴晓痕新涨。
春山数叠，罗青幛，下有琼台玉帐。
洞门敲遍，旌旗响，何处森罗万象！
凭谁借我，青藜杖？唤起蛟龙千丈。

作者简介

万钟，生卒年不详，宋代人，曾任阶州（今甘肃省陇南市武都区）州守。

注释

①万象洞：位于甘肃省陇南市武都区白龙江南岸露骨山汉王镇杨庞村的半山腰，距县城12公里。《游万象洞》诗碑在万象洞入口处，系南宋淳熙七年（1180）阶州太守万钟所立（参见《你不知道的陇南武都——万象洞碑刻集》，2015-10-25，https://www.toutiao.com/i6209456639003886081/）。

天 池[①]

阎苍舒

广深无际烛须眉，过者魂惊不敢窥。
为语世人须具眼，谁知此地有天池。

作者简介

阎苍舒，字才元，蜀州晋原（今四川省成都市崇州市）人。淳熙四年（1177）使金。

注释

①天池：又名洋汤天池，位于甘肃省陇南市文县屯寨乡境内天魏山下，为文县八景之一。《文县志》录有此诗，题为《白水》（参见文县志编纂委员会编：《文县志》，甘肃人民出版社 1997 年版，第 1040 页）。

句 其一

利州路运判

嘉陵横其阴，剑门屹其阳。
绿野宋江[①]细，绝磴九陇长。
黑水环禹迹，青原带秦疆。
蜀道万里险，黎城[②]千古荒。

注释

①宋江：即东河，亦称宋熙水、东游水，为嘉陵江中游左岸的一级支流，分东西两源。东源宽滩河，源出米仓山南坡四川省巴中市南江县戴家河坝，在两河口与干河相汇后称宽滩河；西源盐井河，源于米仓山北坡陕西省汉中市南郑县梨坪以东的松坪里七眼泉，于双汇与东源汇合。东西两源于双汇相汇后为东河干流，由北向南，经高阳、旺苍县城、嘉川、张华等乡镇后入四川省广元市苍溪县境，在南充市阆中市的文成镇汇入嘉陵江。

②黎城：即黎州城，今四川省广元城。

金代、元代

和韦苏州二十首　其十一　听嘉陵江水声代深师答

赵秉文

惊湍泻石崖，百步无人迹。爱此喧中静，聊布安禅席。
水无激石意，云何转雷声。仁者自生听，达士了不惊。
心空境自寂，淡然两无情。

作者简介

赵秉文（1159—1232），字周臣，号闲闲居士，晚号闲闲老人，磁州滏阳（今河北省邯郸市磁县）人。

南乡子·元夜嘉陵江观放灯后作

张之翰

灯夕在江阴。绿酒红螺不厌深。醉眼清江江上看，更沉。放尽春风万炬金。　　流到碧波心。水竹连舟尽自禁。此夜此情谁会得，如今。都付青崖马上吟。

作者简介

张之翰（？—1296），字周卿，晚年号西岩老人，邯郸（今河北省邯郸市）人。

木兰花慢·为姜提刑寿

魏　初

记当年分陕，拥飞盖、入长安。把渭北终南，秦宫汉阙，都入凭栏。追随大浑几日，又嘉陵山色上征鞍。杨柳离亭痛饮，梅花乐府新翻。　　一封丹诏五云间。全晋动河山。看匹马横秋，弦轰霹雳，虎卧斓斑。生平此心耿耿，道君恩未报敢投闲。袖里升平长策，春风咫尺天颜。

作者简介

魏初（1226—1286），字太初，号青崖，弘州顺圣（今河北省张家口市阳原县）人。

木兰花慢·送张梦符治书赴召

魏　初

正江南二月，春色里、送君行。对芳草晴烟，海棠细雨，不尽离情。思量汉皋城上，共当时、飞盖入青冥。醉后嘉陵山色，马头杨柳秦亭。　　十年一别鬓星星。慷慨只平生。爱激浊扬清，排纷解难，肝胆峥嵘。此心一忠自信，更太平、丞相旧知名。寄谢草堂猿鹤，移文未要山灵。

宝盆歌

乔□□

老僧梦龙龙感通，清晓买鱼鱼眼红。
百钱得之置江海，变化速忽生雷风。
鱼因得脱感知己，宝盆现出龙宫中。
贮以珍宝一化百，怪异惊倒百岁翁。
弟子痴贪争夺取，宝盆忽返龙宫里。
烛照燃犀窥九渊，老龙枕眠浑不起。
江烟漠漠含远山，落月茫茫映江水。
此语相传七百年，过客感叹心茫然。
我来系舟崖下宿，几欲刊石僧窗前。
山中胜事有如此，只恐岁久徒空言。

作者简介

乔□□，生卒年不详，元代任蓬州（今四川省南充市蓬安县）知州。此诗写于元至正甲午年（1354）孟春，原有石刻在正源乡石佛寺，岁久剥漶。明万历二十一年（1593）夏，寺僧圆融重为刊碑（参见蓬安县志编纂委员会编：《蓬安县志》，四川辞书出版社1994年版，第774页）。

钓鱼山[①]

无名氏

台倚层峦万仞高，鱼龙面面涌惊涛。
振衣更切登临想，拟选长竿学钓鳌。

注释

①钓鱼山：位于今重庆市合川区东嘉陵江、渠江和涪江交汇处。此诗于2016年6月29日录自重庆合川钓鱼城古战场遗址博物馆基本陈列一展厅。题目为编者所加。

题千佛崖[①]

葛　湮

绝壁悬崖阁道连，惶惶全蜀几更年。
三千佛诵华严偈，五色云开宝座莲。
剑石野僧镌梵像，嘉陵江月印心禅。
不须更种菩提树，享灭无生了万缘。

作者简介

葛湮，生卒年不详，元代人。

注释

①千佛崖：位于四川省广元市城北5公里的嘉陵江东岸。

题千佛崖

察罕不花

凿石穿崖作殿楹，肖形刻琢俨如生。
路临峻壁龛边过，人在危崖栈上行。
蔼蔼云峰当户秀，滔滔江水入檐清。
凭谁借问宫中老，曾在人间几变更。

作者简介

察罕不花，元代人，佥事道（广元市文物管理所，中国社会科学院宗教所佛教室：《广元千佛崖石窟调查记》，《文物》1990年第6期）。

千佛崖次察罕廉访韵

述律铎

州崖琢就玉桓楹，何代人为佛写生。
胜喜可瞻还可仰，不唯堪画更堪行。
山头树色连空碧，栈下波光澈底清。
若使般输来至此，尽施工巧莫能更。

作者简介

述律铎，生卒年不详，元代人。

题千佛崖

达鲁花赤①

千佛盈崖现蜀山，嘉陵江水碧湾环。
聊将风物澄清志，对景书情记往还。

注释

①“达鲁花赤”本为亲民官之意，此诗疑为广元路总管李福作（参见广元市地方志编纂委员会编：《广元县志》，四川辞书出版社 1994 年版，第 958 页）。一说作者为朵儿只（参见王振会、雍思政编注：《蜀道神韵》，上海三联书店 2015 年版，第 209 页）。

明代

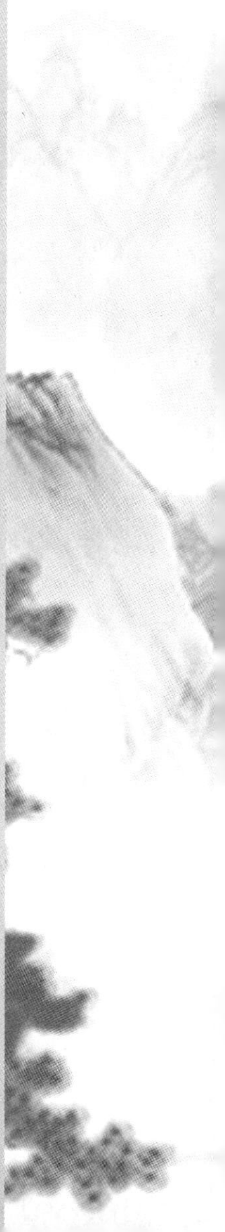

北津楼[①]

张三丰

谁唤吾来蜀地游，北津楼胜岳阳楼[②]。
烟迷沙岸渔歌起，水照江城岁月收。
万里清波朝夕涌，千层白塔古今浮。
壮怀无限登临处，始识南充[③]第一洲。

作者简介

张三丰（1248—?），名君宝，又名全一，字玄玄，道号昆阳，辽东懿州（今辽宁省阜新市，一说辽宁省锦州市）人。

注释

①北津楼：在今四川省南充市顺庆区什字街一带（参见罗琴：《张三丰游南充赞“北津楼胜岳阳楼”》，《南充日报》2017 年 3 月 4 日）。

②岳阳楼：位于湖南省岳阳市古城西门城墙之上，下瞰洞庭，前望君山。

③南充：今四川省南充市。

送陈资深归广

杨 基

丈夫轻别离，投老欲入广。奈何干戈际，万里涉沆漭。
兹城颇阜庶，有女供奉养。世乱得粗安，胡劳问乡党。
君言苦无家，一夕魂九往。乡书昨日至，捧读屡泚颡。
四丧寄浅土，未得掩诸圹。虽云弊庐在，谁复修祀享。
感兹归意迫，无力犹勉强。齿发固已衰，尚足婴扰攘。
敢忘乡土情，偷安恋兹壤。吾闻重感激，惜别复加赏。
天寒霜露繁，摵摵枯叶响。水宿慎蛟螭，山行避魍魉。
田园虽荒芜，果实罗栗橡。邻居喜均还，相邀具醅盎。
酒薄不得醉，且复歌慨慷。人生还乡乐，无物堪比仿。
喜极继以悲，欢戚同反掌。番思苏台月，照女夜绩纺。
此时父子情，两地同惚恍。安得混车书，妻孥共罗幌。
兹事竟难期，泪眼一凄怆。我家嘉陵江，踪迹久飘荡。
亦欲问前途，逡巡觅西瀼[①]。

作者简介

杨基（1326—1378），字孟载，号眉庵，原籍嘉州（今四川省乐山市），大父仕江左，遂家吴中（今浙江省湖州市）。

注释

①瀼：水名，瀼水分西瀼、东瀼。西瀼又称大瀼，在今重庆市奉节县境。

赠杨荥阳

高　启

嘉陵美山水，亦复富文彦。杨君产其邦，材拔性高狷。
布衣走名都，早入艺林选。客屈稷下谈，王邀邺中宴。
出门得名声，不假亲旧援。匣剑未久埋，囊锥已先见。
吐词实瑰奇，读者心欲颤。刀鸣斗夫勇，花妥笑女倩。
如观广场中，百戏张曼衍。平生眼无人，遇我独相善。
陌头每并出，两骑无后先。喜从兔园游，惭受狗监荐。
君歌我固服，我赋君亦羡。堕筵吟帽乌，踏席舞裙茜。
醉中共笑语，往往杂谐谚。有时出城西，山水恣攀践。
岩眠曙猿惊，涧饮夏莺哢。吴宫妓去榭，萧寺僧开殿。
龙门剥阴苔，高什记题遍。欢游正相酣，世事忽惊变。
朋俦半生死，一世如激电。我棹返江浔，君车赴淮甸。
旋闻逐流人，居濠又移汴。一身去何赍，空橐唯破砚。
危途晚行疲，欲进足如罥。狼来树杪避，蝎走灯下见。
渡河自撑篙，水急船断纤。及至秋已深，旧褐风裂片。
难寻高阳饮，空吊鄢陵战。圣恩忽加怜，收拔佐山县。
卑曹敢云辞，执版谒府掾。官庖尽炊藜，民赋半输绢。
低飞蓬蒿间，不异雉带箭。有亲寓京师，年老阙供馔。
欲奉朝夕欢，去职胡敢擅。晨上宰相书，得归遂微愿。
上堂具珍鲑，呼妇卖钗钏。我时别君久，问讯愧无便。
空题忆君诗，细字书满卷。今春被诏起，前史预编撰。
始来长干门，杨柳正飞燕。逢君风尘馀，不改旧颜面。
握手话苦辛，悲喜杂庆唁。客中虽无钱，自写赊酒券。

邀来卧东阁，月出初锁院。君言涉艰难，壮志今已倦。
回头悟前非，更名慕蘧瑗。我闻棠溪金，不畏经百炼。
胡为暂失路，遽欲老贫贱。吾皇奋神武，四海始安奠。
栈通谕夷文，驿走征士传。时巡抗霓旌，肆觐冠星弁。
功成万瑞集，礼欲议封禅。君才适时需，正若当暑扇。
手持照国珠，胸出补衮线。便应上金銮，立对被天眷。
嗟余忝载笔，鼠璞难自衒。幸兹际昌辰，魏阙宁不恋。
但忧误蒙恩，不称终冒谴。秋风楚潮满，归舸帆欲转。
君若念故交，殷勤一相饯。

作者简介

高启（1336—1374），字季迪，号槎轩，长洲（今江苏省苏州市）人。

剑阁图

王 景

剑阁云栈高嵯峨，嘉陵江水扬清波。
神扃鬼凿闭幽阒，秋风古道无人过。
一朝日华忽西被，宇宙淋漓荡元气。
霆轰飙举神龙逝，山川草木皆生意。
乃知世道有晦明，蜀山万仞如砥平，
圣人在位四海清。

作者简介

王景（1337—1408），号常斋，松阳县（今浙江省丽水市松阳县）人。

寓苍溪官署有感

李正芳

落日江城接远岑，千家烟火画图寻。
青山排闼云屏立，绿树成蹊晚翠晴。
入座春风堪悦耳，当轩鸟语似知心。
钩帘坐月清辉皎，遣兴诗篇耐细吟。

作者简介

李正芳，生卒年不详，字彦硕，号凤崖，湖广麻城县人，正统七年（1442）进士，曾任保宁（今四川省南充市阆中市）知府。

题蜀山图五十四韵

李 昱

蚕丛开迹处，追旧已茫然。霸业依天险，王图度地偏。
蜀乡繁景物，秦塞迥人烟。邛笮名非一，褒斜路几千。
尧封终未遍，禹贡岂应全。不尽山环绕，无穷水接连。
岷峨相互属，沱汉共洄沿。飞鹤犹难过，哀猿尚可缘。
扪参还历井，入地忽登天。峻坂青泥滑，嵌岩碧树圆。
一吟三叹息，十步九欹颠。行路难如此，伤时益勉旃。
良工曾夙契，绘事至今传。路始蚕崖入，人于鸟道旋。
锦江元自阔，玉垒为谁坚。迤逦瞻眉曲，苍茫忆磬川。
犍为藏小县，宣化瞰层巅。僧寺随高下，商帆或后先。
盘涡宜鹭浴，枉渚称鸥眠。锁水通旁港，泸州带野壖。
涪翁亭共仰，堡子塞堪怜。南定楼云矗，嘉陵石黛妍。
平林方蓊郁，远嶂复联翩。黔水明沙溆，酆山夹市廛。
载经夔子国，多羡武侯贤。八阵躬耕后，三分未出前。
北来愁魏武，东下骇孙权。猿鸟今萧瑟，风云亦渺悬。
空余滩漠漠，惟有月娟娟。工部人千古，成都屋数椽。
云安尝伏枕，涪万不闻鹃。屡过瞿塘峡，须乘滟滪船。
垂堂能弗戒，上濑却劳牵。捩柂凭三老，摊钱问长年。
壮游虽去邑，故隐必归田。步履西郊外，移家二崦边。
白盐疑雪积，赤甲与霞褰。所值干戈地，皆成锦绣篇。
江花供句好，汀草映袍鲜。一老俱云已，群公抑有焉。
凝神搜僻壤，游思究残编。高祖炎基肇，文翁美化专。
喧腾长卿檄，寂寞子云玄。跃马城难恃，鸣蛙井易穿。
赤符重烜赫，白帝谩迁延。莫哂姜维阁，休夸邓艾毡。
英雄基始创，庸暗祚难绵。中土名犹正，边夷僭罔悛。

晋唐初改辙，李孟又摩肩。守固宁修德，乘危乃慕膻。
浮云驰往誉，流水逐前愆。草阁秋风老，花溪夜雨悬。
纷纷看崒嵂，历历数潺湲。咫尺登临罢，挥毫染素笺。

作者简介

李昱，生卒年不详，1367 年前后在世，字宗表，号草阁，钱塘（今浙江省杭州市）人。

苍溪野望

梁 潜

山外青江江外沙，白云静处有人家。
船头不是仙源近，那得飞来数片花。

作者简介

梁潜（1366—1418），字用之，号泊庵，泰和（今江西省吉安市太和县澄江镇西门梁家）人。曾任苍溪县（今四川省广元市苍溪县）训导。

望峨眉山

陈 琏

峨眉之山高万丈，鸣鹤青城郁相向。
峰峦喜与太白齐，似与西川为保障。
郁葱秀色根鸿蒙，望之如云浮碧空。
嵚岑岃嵃不可上，千岩万壑来清风。
白云之巅梵王殿，五色光华望中见。
天晴云散看龙归，日出鸟呼知佛现。
山中原来富奇植，灵药仙葩人罕识。
丛生瑞竹粲如金，树结甜瓜坚似石。
势连雪岭极西方，六月常见飞严霜。
积雪长年消不尽，始知境界真清凉。
白水丛林半山起，楼阁参差彩霞里。
普贤灵迹世无双，苏子雄文今有几。
扁舟拂晓到嘉陵，眼中独爱兹山青。
召命有期不得往，试凭诗句讯山灵。

作者简介

陈琏（1369—1454），字廷器，号琴轩，广东省东莞市厚街镇桥头村人。

题清风亭及剑井①

朱允炆

靖难旌旗下石头，鼎湖龙起去悠悠。
江山敝屣空遗恨，蜀道蒙尘怅远游。
宝剑泉中埋万古，清风亭畔泣千秋。
羁魂应逐东流水，偏向吴门哭首丘。

作者简介

朱允炆（1377—?），即明惠帝，1398年—1402年在位，年号建文，故后世称建文帝，又作朱允文、朱允汶。

注释

①清风亭、剑井：在四川省广安市邻水县雷公乡学堂沟。相传建文皇帝出逃曾两次来邻水（参见邻水县地方志编纂委员会编：《邻水县志》，中国文史出版社2010年版，第942页）。

金牛峡①二首

薛　瑄

（一）

巨峡二千②里，天开几万年。泉飞林杪雨，云合管中天。
一水桥频度，层崖石乱悬。梁州旧禹迹，谬矣五丁传。

作者简介

薛瑄（1389—1464），字德温，号敬轩，山西河津（今山西省运城市万荣县里望乡平原村人）人。

注释

①金牛峡：在今陕西省汉中市宁强县宽川乡，亦名五丁峡或宽川峡（参见宁强县志编纂委员会编：《宁强县志》，陕西师范大学出版社，1995年版）。

②一作“三十”。

（二）

昔日称天险，如何凿得开？五丁随石下，万甲卷尘来。
利害岁相伏，兴亡数所催。于今成往事，过客且徘徊。

嘉陵泛江

薛 瑄

湛湛嘉陵水，沉沉石底明。
岸翻云树影，谷响棹歌声。
微冷南风细，轻阴暮雨晴。
应难逢此景，还慰远游情。

嘉陵江雨

薛 瑄

官舫泛嘉陵，浑如一叶轻。
滩高骇浪急，岸阔漫流停。
山木无边翠，人烟几处青。
棹歌高枕听，竟日雨冥冥。

雨后宿嘉陵

薛 瑄

夜宿嘉陵岸，扁舟雨不休。
山云迷涧壑，林火射江流。
久坐思王事，难眠动旅愁。
所期氛祲扫，走马上神州。

嘉陵喜晴

薛　瑄

不堪篷背雨，直打到天明。
乍喜朝云敛，俄看旭日晴。
林分千嶂秀，山空一江清。
泛泛情何极，舟人急橹声。

连云栈[①]道中四首　其二

薛　瑄

莫道西行蜀道难，老来深喜纵遐观。
山从太白连岷岭，水绕嘉陵出散关。
石积层崖知地厚，路登绝巘觉天宽。
驱兵过此思诸葛，大节长留宇宙间。

注释

①连云栈：古栈道名，自草凉驿（旧址在今陕西省宝鸡市凤县东北）南至褒城之开山驿（旧址在今汉中市勉县东北），全长约470里。

盐亭[①]道中

薛　瑄

舟度嘉陵见锦屏，西行几驿到盐亭。
好山最爱连峰秀，佳木偏怜古柏青。
老志不移方寸赤，远游宁怯鬓毛星。
休夸谕蜀相如檄，干羽深期舞舜庭。

注释

①盐亭：今四川省绵阳市盐亭县。

朝天驿

薛 瑄

征骖行尽褒南道，又上朝天驿畔舟。
两岸云林青未了，嘉陵南去水悠悠。

千佛崖[①]

何宗毅

大云梵景殿岩多，法像[②]盘空鸟道过。
百尺金身堆拥壁，千龛宝像列森罗。
叠叠山峰朝彩阁，迢迢江水远清波。
雕剜剐斫工奇巧，望像如生世不磨。

作者简介

何宗毅，生卒年不详，会稽（今浙江省绍兴市）人。

注释

①这首诗写于明正统七年（1442），参见《大云千佛——探寻广元千佛崖》，2017－12－14，https://mp.weixin.qq.com/s?__biz=MzAwOTQxODE3Nw%3D%3D&idx=1&mid=2649724254&sn=31099b4aa578dd6510f94520f300db25.

②一作“法”。

犀牛江月[①]

王存礼

清江如带号犀牛，牛去江空迹尚留。
光摇永夜时涵月，月落山深江自流。

作者简介

王存礼（1420—?），字景节，浙江金华府金华县（今浙江省金华市金东区）人。

注释

①犀牛江月：甘肃省陇南市康县古八景之一，在今豆坝乡境内，犀牛江畔。

苍溪馆[①]

谢士元

晓日苍溪驻驿艘，就中候馆最清高。
庭除甃石磨砻好，栋宇流丹结构牢。
风月四时添胜概，江山千古护周遭。
经过借问伊谁力，靖节公孙独效劳。

作者简介

谢士元（1425—1494），字仲仁，一字约庵，江田（今福建省福州市长乐区江田镇）人。

注释

①苍溪馆：旧址在今四川省广元市苍溪县城北。

题张将军庙

何乔新

讳飞字翼德庙在保宁。

车骑将军盖世雄，蚤年仗剑从真龙。
并游惟许多髯翁，俯视余子犹沙虫。
曹瞒欺天悖且凶，欲移汉鼎归邺宫。
将军眦裂发上冲，忠愤凛凛摩苍穹。
佐佑昭烈剪蒿蓬，威如虓虎气若虹。
提戈斩级无怛容，万众莫敢撄其锋。
取荆兼益启汉中，重嘘炎烬光昽昽。
剖符遂受彻侯封，带砺河山誓始终。
天不祚汉构祸凶，变生肘腋殒厥躬。
飘然骑箕返大空，在帝左右佐化工。
殄戮疠鬼驱螟螽，嘉陵江上庙宇崇。
吏民荐享诚且恭，凤笙呜呜鼓逢逢。
飙车云马纷来降，断碑苔藓何重重。

谁操巨笔曾南丰，光明俊伟星斗同。
功名何必上景钟，斯文足表将军忠，
威灵赫赫垂无穷。

作者简介

何乔新（1427—1502），字廷秀，号椒丘，又号天苗，广昌（今江西省广昌县盱江镇）人。

为郭总戎题长江万里图

沈　周

元戎大开宝绘堂，紫锦荐几霞幅张。
手披牛腰之甲卷，水墨迤逦踪微茫。
我从鱼凫吊往古，灌口玉垒烟苍凉。
青城雪山蔽亏处，导江之岷不可望。
三水合流锦官当，三娥九顶递接翠，
楼观缥缈天中央。渝涪城高宛相峙，
嘉陵跳江吹枕旁，陈迹齿齿石作行。
风云惨淡开瞿塘，黄牛滟滪难舟航。
青天仰漏一线光，峡穷江广见汉阳，
黄鹤赤壁相低昂。
庐山五老天下观，顺流渐见迎风樯。
大姑小姑交妩媚，何年争嫁彭家郎。
三山九华连建康，南都宫阙何煌煌。
大明定鼎龙虎合，万古巩固皇图昌。
真州润州列两厢，金焦[①]巉巇当喉吭。
直吞天派纳海口，有若万邦来会王。
座中指点皆历历，鲛绡数丈万里长。
老夫困顿今白首，欲往游之无裹粮。
徒然感慨在牖下，捕影捉风消热肠。
心摇摇兮怅彷徨，佩有兰兮袭瑶芳。
江兮汉兮不可度，望美人兮天一方。

少陵东坡二豪者，风流在在留文章。
英雄割据未暇论，卧龙独数人中强。
元戎元戎将之良，此卷兼与韬钤藏。
南征西伐或有事，按图索程犹取囊。
非惟供玩托深旨，居安虑危心不忘，
呜呼居安虑危心不忘。

作者简介

沈周（1427—1509），字启南，号石田、白石翁、玉田生、有竹居主人，长洲（今江苏省苏州市）人。

注释

①金焦：金山与焦山的合称，两山都在江苏省镇江市。

过铁山[①]

伍　福

晓发河池郡[②]，日薄风色寒。霜干马蹄疾，步步跻层峦。
崎岖绕涧谷，鸟道多折盘。危桥架悬崖，深沟泻飞湍。
登眺六十里，巇崄千万般。行行至绝顶，积雪骇奇观。
铁山古所称，壁立出云端。仰接霄汉近，俯视舆图宽。
屏障扼剑阁，形胜壮秦关[③]。众山在其下，势绝邈可攀。
伊昔宋良将，义列何桓桓。蚰贼曾藉此，旧垒榛莽间。
善战贵得地，孰谓兵法难。经过感遗迹，拊膺每长叹。
挥毫挹灵秀，题诗刻孱颜。

作者简介

伍福，生卒年不详，字天锡，临川县（今属江西）人。正统九年（1444）举人，授陕西咸宁（今属西安市）县学教谕。

注释

①铁山：又名巾子山、泥公山，位于甘肃省陇南市徽县东南20公里处，是青泥山脉最高峰，青泥岭的组成部分，地处古蜀道要津。

②河池郡：即凤州，治所在今陕西省宝鸡市凤县凤州镇。

③秦关：位于河南省灵宝市北15公里处的王垛村之函谷关，习称秦关，此处泛指秦地关塞、关中地区。

灵岩寺[①]

伍　福

驻节来寻郙阁[②]铭，扪萝历蹬扣禅扃。
万年古洞神踪异，一脉寒泉药水灵。
怪石乱垂龙爪黑，奇峰秀矗佛头青。
满天凉籁尘心涤，荡漾归舟月照汀。

注释

①灵岩寺：位于陕西省略阳县城南3.5公里，地处嘉陵江东岸的玉文山腰。

②郙阁：栈阁名，故址在今陕西省汉中市略阳县西嘉陵江边。

丙穴嘉鱼[①]

谢　恺

州南一百里，秋冬鱼藏穴中，春夏时出，味美如鲥。《诗》："南有嘉鱼。"《传》云："出沔南丙穴[②]。"即此。

天开深穴漾清流，一种名鱼自在游。
不是桃花春浪暖，渔人何处落金钩。

作者简介

谢恺，生卒年不详，宁羌州（今陕西省汉中市宁强县）人，明景泰元年（1450）庚午科举人。

注释

①丙穴嘉鱼：宁羌州八景之一，在今陕西省汉中市宁强县毛坝河乡鱼洞河（参见宁强县志编纂委员会编：《宁强县志》，陕西师范大学出版社1995年版。http://sxsdq.cn/dqzlk/dfz_sxz/nqxz/）。

②丙穴：地名，此处指位于今陕西省汉中市宁强县毛坝河乡之丙穴。

龙洞仙桃[①]

谢　恺

名山隐隐傍仙家，流水横桥白日斜。

深洞有龙恒作雨，碧桃无主自开花。

注释

①龙洞仙桃：武安八景之一，位于今陕西省汉中市宁强县西阳平关镇龙门洞。武安为南朝郡名，辖今宁强、略阳、勉县等地。

滴水悬崖①

谢　恺

百级危峰倒玉巅，碧流疑下九重天。
晓风吹去珠光落，夜月飞来练影悬。

注释

①滴水悬崖：武安八景之一，在今陕西省汉中市宁强县滴水铺北的川陕公路之侧（参见宁强县志编纂委员会编：《宁强县志》，陕西师范大学出版社 1995 版。http://sxsdq.cn/dqzlk/dfz_sxz/nqxz/；见嶓冢散人：《宁强八景之一的“悬崖滴水”何处寻》，http://blog.sina.com.cn/s/blog_5fd1c5eb0102wbh8.html）。

三潮水①

何　纯

潮来滚滚混泥沙，此地无人少住家。
海底龙吟翻巨浪，岩前虎啸护新茶。
濛濛宿雾连朝暗，淡淡春云尽日遮。
好景竟无人迹到，林间惟有鸟喧哗。

作者简介

何纯（1433—1489），字惟一，新淦莲潭村（今江西省吉安市峡江县仁和镇莲潭村）人。

注释

①三潮水：位于今四川省巴中市通江县北的一眼间歇泉。

舟泊苍溪县

吴 智

秋老荒城气倍凉，岧峣云树郁苍苍。
居民依麓云为舍，古寺栖岩石作床。
山接巫峰[①]晴远照，江连巴峡碧天长。
杜陵送客当年事，剩有空亭对夕阳。

作者简介

吴智，生卒年不详，今福建省莆田市人，成化年间（1465—1487）曾督学四川。

注释

①巫峰：即巫山十二峰，位于重庆市巫山县东部的长江两岸。

送同年梁都宪巡抚四川二首 其一

倪 岳

几载湖湘政有成，重持霜节剑南行。
忠臣旧识王尊志，廉吏今推赵抃名。
望里雪山从此重，到时锦水向人清。
棱棱风度台端柏，先见嘉陵老稚迎。

作者简介

倪岳（1444—1501），字舜咨，上元（今江苏省南京市）人，祖籍钱塘。

马博士所赠王少参剑阁图为少参子公济进士题

李东阳

岷峨山开联剑阁，峡门中开如鬼凿。
盘涡溅沫纷欲跃，石势迎流斗还却。
驱车入山山路恶，水行孤舟陆双屩。
古来蜀道难于天，信美不及还家乐。
挥毫作图图者谁，东吴老翁生好奇。
胸蟠万壑笔三峡，或有神助非人为。

昔从此地值奇客，直以赏识酬心期。
江山无情岁月改，头白再往失路歧。
王郎年少今已壮，仰睇丹梯隔青嶂。
遗缣断墨空尘埃，我已为子神悲怆。
酒酣作歌歌始放，我怀崚嶒声跌宕。
君不见江风卷地山蹴空，谁复壮游如两翁。

作者简介

李东阳（1447—1516），字宾之，号西涯，谥文正，湖广长沙府茶陵州（今湖南省株洲市茶陵县）人。

游烟丛寺①留题

刘　丙

古寺千章隔翠烟，游人争唤渡江船。
林间残叶随风堕，石上流澌带雨旋。
高阁面山云霭霭，曲栏临砌草芊芊。
风声恰与涛声合，静里方知万籁传。

作者简介

刘丙（？—1518），字文焕，江西省吉安市安福县人。曾任四川副使，三迁四川左布政使。

注释

①烟丛寺，位于四川省广元市苍溪县陵江镇少屏山中，与县城隔江相望。

剑　门

李　璧

蜀门谁肇辟，混沌自能神。秦诈金牛过，唐衰玉辇巡。
水声如吊古，草色自成春。设险闲双剑，时平且揆文。

作者简介

李璧（？—1525），字白夫，号琢斋，武缘（今广西壮族自治区南宁市武鸣区）人，正德十年（1515），出任剑州（州治在今四川省广元市剑阁县普安镇）知州。

盐 亭

杨廷和

几番寓宿盐亭县，未得闲情一赋诗。
土俗旧从张老变，高山曾受杜陵知。
溪深野水流云气，雪压寒条带玉姿。
夜向德星桥上望，仰高乡里有余思。

作者简介

杨廷和（1459—1529），字介夫，号石斋，成都府新都（今四川省成都市新都区）人。

过盐亭

杨廷和

成都此去未为赊，土俗看来亦自差。
驿卒里粮多橡芋，盐亭煮井半泥沙。
云中石路依山转，涧外畲田趁水斜。
刚道富村风景别，竹林松径是人家。

题史引之所藏长江六月图

顾 清

长松泠泠生昼寒，高岩侧缀青琅玕。
阳坡宛转行朱阑，青莎滑腻碧藓斑。
红桥直走凌惊湍，下接孤屿高巑岏。
隔江青山如伏獂，柴扉草堂相对安。
渔舟缥缈青林端，樵童牧叟时往还。
群山忽断百里宽，青蒲绿藻萦微澜。
临江飞阁丛井干，江流石角随弯环。
前山转深势未残，层崖复磴劳跻攀。
上方寂寞空禅关，平林演迤临江干。
江回山尽路险艰，飞梁侧卧波潺潺。

江流自此入渺漫，遥山一抹天际看。
东京画史真高闲，故将山水穷瑰观。
岷峨嘉陵远草殚，九华落星扬子湾。
晴洲历历被芳兰，美人不来空浩叹。
疾风吹尘暗燕山，金星龙尾冰攒攒。
燔熊炽豹光赫殷，为君炙兔扫冰纨。
君归终日山水间，肯忆羸马随朝班。

作者简介

顾清（？—1527），字士廉，松江华亭（今上海市松江区）人。

过铁山歌

王云凤

晓离青泥岭[①]，暮渡仙人关[②]。
上如曳壁蜗垂涎，下如窜莽雉束翰。
曾闻阴平[③]与三峡，舟车往往为摧残。
入蜀大抵无坦途，此地令人毛骨寒。
悬崖峭壁扼深谷，枯松怪石生其间。
魂惊目眩人蚁附，手扪足缩成蹒跚。
古塞白骨几千载，野翁指点嗟复叹。
金人既入和尚原[④]，又报百万开铁山。
漫倚河池[⑤]蜀门户，要知捍蔽须长安。
阴风忽自远壑起，随奔风雪千万里。
行人半载衣裳单，还胜樵夫冻欲死。
须臾雪霁云亦无，片月当空去人咫。
赵抃原非宰相才，七度过此徒劳哉。
新法可罢即当罢，如何却待安石来。
中原都无用武地，益州一隅非上计。
木牛流马竟何功，道险英雄难用智。
吁嗟纷纷不足数，我独有怀怀杜甫。
携家冻饿白水峡[⑥]，独自高歌无所苦，

眼底荣华视如土。

作者简介

王云凤（1465—1518），字应韶，号虎谷，陕州和顺（今山西省晋中市和顺县前虎峪村）人。

注释

①青泥岭：在今甘肃省陇南市徽县南，陕西省汉中市略阳县西北。

②仙人关：又称虞关，古代关隘名，在今甘肃省陇南市徽县东南，西临嘉陵江。

③阴平：阴平郡，治阴平（今甘肃省陇南市文县西北）。

④和尚原：古地名，位于今陕西省宝鸡市西南。

⑤河池：今甘肃省陇南市徽县，西汉武帝元鼎六年（前111）设河池县。

⑥白水峡：位于甘肃省陇南市徽县南20余公里的大河乡境内。

文南经道

王云凤

绝壁重流力挽扳，西巡第一此程难。
河经五渡犹余渡，山尽八盘更有盘。
马惯如临周大道，人愁疑渡鬼门关。
文州[①]几载逢冠盖，羌汉争先睹客颜。
崖梯石磴晚仍攀，半是江流半是山。
却忆曾登大石顶，始知此地路尤难。

注释

①文州：甘肃省陇南市文县别名。

阴 平

李梦阳

日落文台远，光摇太白山。无人说蜀魏，来往渔樵间。

作者简介

李梦阳（1473—1530），字献吉，号空同，祖籍河南省周口市扶沟县，出生地为庆阳府安化县（今甘肃省庆阳市庆城县）。

文明楼[①]

卢　雍

弱翁营构了翁书，旧屋重迁岁百余。
日月双悬九霄近，江山并丽八窗虚。
文光烛夜惊栖凤，缥帙含风落蠹鱼。
自愧登高未能赋，低头只合拜相如。

作者简介

卢雍（1474—1521），字师邵，江苏省苏州市人。正德十三年（1518）以监察御史巡抚四川。

注释

①文明楼：蓬州（今四川省南充市蓬安县）文明楼。

桂花楼[①]

卢　雍

江上危楼知几寻，清秋倒影泮池深。
阑干月近分仙种，庭院风来动玉林。
多士扬芬竞攀折，老夫乘兴独登临。
登临正是花时节，露浥天香散满襟。

注释

①桂花楼：旧址在今四川省南充市蓬安县。

蓬州八景——牛渚渔歌

卢　雍

烟渚余音渡，滩危石卧牛。行人幸脱险，沽酒醉船头。

蓬州八景——嘉陵晚渡

卢 雍

江寒日欲落，石老涨留痕。船缓归心急，行人沙际喧。

蓬州八景——五马排空

卢 雍

五岭若奔马，争先势未降。只恐化龙去，莫教浮渡江。

谒长卿祠[①]

卢 雍

蜀中人物称豪杰，汉室文章擅大家。
此地卜居犹故迹，当时名县岂虚夸。
琴台积雨苍苔润，祠屋滨江草树斜。
莫问少年亲涤器，高风千载重词华。

注释

①长卿祠：位于今四川省南充市蓬安县锦屏镇。

鱼城烟雨[①]

卢 雍

悬崖三面阻江湍，古堞摧颓烟雨寒。
盘石可能容我坐，绿蓑青笠弄长竿。

注释

①此诗刻于重庆市合川钓鱼城护国寺大门内门额上端。

曲水晴波[①]

卢 雍

清溪百折水溶溶，雨过遥看带色浓。
尽好扁舟乘兴云，何须更向翠微峰。

注释

①曲水晴波：南充古八景之一。

温泉题壁（雨中泊温泉寺[①]下）

卢 雍

云山独上会江楼，又下巴渝欲送秋。
江上波涛小三峡[②]，灯前风雨一孤舟。
温泉见说能除疢，浊酒沽来亦解愁。
野鸟有情俱水宿，夜深清梦绕沧州。

注释

①温泉寺：位于重庆市北碚区渝南路北温泉公园。

②小三峡：此处指嘉陵江小三峡，是沥鼻峡、温塘峡、观音峡的统称，流经重庆市北碚区、合川区。

剑门道中

卢 雍

行行剑门近，渐觉险峻来。芰树披蒙翳，汗马陟崔巍。
溪涌石如织，鼓铸留余才。高歌倚长剑，东望如燕台。

大剑山[①]

卢 雍

崖峻溪壑深，林密径路窄。重关白日开，一夫万人敌。

注释

①大剑山，古称梁山，是剑门山的东段，位于四川盆地北部，与小剑山合称剑门山。

小剑山[1]

卢 雍

崖壑如大剑，仅见一线天。草莽龙蛇窟，行人敢攀缘？

注释

①小剑山：位于四川省广元市剑阁县北，距大剑山15公里。

游温泉寺浣温汤

范永銮

一夏炎尘里，今朝濯石泉。暖蒸云层湿，光动日轮偏。

腾沸凌空界，春容荡俗缘。寻源饶逸兴，迎棹渡晴川。

作者简介

范永銮（？—1534），字汝和，号苏山，桂阳（今湖南省郴州市汝城县）人。

朝天驿

黄 衷

春风处处倚江楼，挟雨微寒亦未收。

天上舟航疑远域，眼中山水信名州。

列邮飞羽劳师日，独夜题诗短鬓秋。

隔浦松篁更深净，可无高蹈侣轻鸥。

作者简介

黄衷（1474—1553），字子和，别号病叟，明广东南海（今广东省广州市）人。

登徽州[1]小河

胡缵宗

策马冲寒霰，张旌拂晓飔。备尝山路险，惊见水桥危。

风急鸟声碎，林高日影迟。悠悠尽前馆，何处问津涯。

作者简介

胡缵宗（1480—1560），字孝思，又字世甫，号可泉，又别号鸟鼠山人。明巩昌府秦州秦安（今甘肃天水市秦安县）人。《徽县志》注胡缵宗生卒年为1488—1559（参见甘肃省徽县县志编纂委员会：《徽县志》，陕西人民出版社2003年版，第1111页）。

注释

①徽州：今甘肃省陇南市徽县。

临江[①]晚渡

冯时雍

文州尽日渡江关，烟锁秋林鸟正还。
鼙鼓入云山漠漠，马蹄踏栈水潺潺。
阶民候火迎官府，蜀客囊金趁市寰。
附峪柴扉多隐约，题诗聊并画图看。

作者简介

冯时雍，生卒年不详，字子际，明河间府交河（今河北省沧州市泊头市交河镇）人，弘治十八年（1505）进士，曾任巡按甘肃御史。

注释

①临江：古渡口，位于白龙江中游的甘肃省陇南市文县临江镇。

过倒马坡

周廷用

未识埋轮路，重经倒马坡。赤霄开栈道，白日蔽云罗。
古碛羊肠绕，飞泉鸟背过。张生铭剑阁，千古仰嵯峨。

作者简介

周廷用（1482—1534），字子贤，号八厓，华容（今湖南省岳阳市华容县东山镇）人。

凤县（秦集）

何景明

毕郢[①]藏龙地，南岐集凤冈。

嘉陵江水色，万古向西康。

作者简介

何景明（1483—1521），字仲默，号白坡，又号大复山人，信阳（今河南省信阳市浉河区）人。

注释

①毕郢：古地名，即程，一作郢，在今陕西省咸阳市东北。

嘉陵江

杨 慎

嘉陵江水向西流①，乱石惊滩夜未休。
岩畔苍藤悬日月，崖边瑶草记春秋。
板居未变先秦俗，刳木犹疑太古舟。
三十六程知远近，试凭高处望刀②州。

作者简介

杨慎（1488—1559），字用修，号升庵，后因流放滇南，故自称博南山人、金马碧鸡老兵等。新都（今四川省成都市新都区）人，祖籍庐陵（今江西省吉安市）。

注释

①嘉陵江在陕西省宁强县老渡口段向西流（参见任嫱：《宁强老渡口：嘉陵江水无声向西流》，2014 - 05 - 10，http://www.kaiwind.com/culture/hot/201405/09/t20140509_1602782.shtml）。

②一作“巴”。

桔柏渡

杨 慎

桔柏古时渡，江流今宛然。
名存巴国志，诗有杜陵篇。
鸨鹢冲烟散，鼋鼍抱日眠。
分留余物色，朗咏惜高贤。

钓鱼城王[①]、张二忠臣祠

杨　慎

钓鱼城下江水清，荒烟古垒恨难平[②]。
睢阳百战有健将，墨翟久[③]守无降兵。
犀舟曾挥白羽扇，雄剑几断缦胡缨。
西湖日夜尚歌舞，只待崖山航海行。

注释

①钓鱼城：钓鱼城原为钓鱼山，位于重庆市合川区嘉陵江南岸。

②一作“气犹生”。

③一作“九”。

出嘉陵江

杨　慎

嘉陵驶且长，千里如投梭。洋洋者绿水，触石扬白波。
逶迤似有情，相送出褒斜。云气接江脑，日色破浪花。
冥冥下无极，疑是神龙家。垂藤饮猿狖，旖沦栖阳阿。
中有南行舟，遥遥通三巴。惜哉不可往，巨石剧狼牙。
我欲镵安流，手中无莫邪。长歌行路难，日莫犹天涯。

马道壁上次韵

杨　慎

嘉陵江水碧迢迢，雷吼晴滩雪涌潮。
岸曲行人愁驻马，青猿声在白云霄。

嘉陵江

杨　慎

江上西风晚作颠，江兴归思雨如烟。

山城[①]鼓动人收市，沙埠潮平客上船。
灯影乱随樯影去，滩声相杂雨声喧。
傅岩物色人何在，千载中流忆济川。

注释

①山城：此处似指利州（今四川省广元市），参见王振会、雍思政编注：《蜀道神韵》，上海三联书店2015年版，第192页。

宿金沙江[①]

杨 慎

往年曾向嘉陵宿，驿楼东畔阑干曲。
江声彻夜搅离愁，月色中天照幽独。
岂意飘零瘴海头，嘉陵回首转悠悠。
江声月色那堪说，肠断金沙万里楼。

注释

①金沙江：是长江的上游，因江中沙土呈黄色得名，又名绳水、淹水、泸水。

涪江泛舟

杨 慎

明月沉清露，秋风起白云。兰桡乘溜急，木叶下江闻。
爽籁金悬奏，遥峰翠积氛。碧潭留雁影，锦汭散虹文。
旅望随天豁，幽阿与岁分。登临知自好，寂寞共谁云。

题飞仙阁

杨 慎

飞仙阁上玄珠侣，千佛崖前巴字水。
夜来取水涤玄珠，剑舞幽关鹤鸣垒。
我生本是乘虚人，芒鞋初试杖藜春。
振衣忽到凌风馆，不傍桃花空问津。

武侯庙[1]

杨 慎

剑江[2]春水绿沄沄，五丈原头日又曛。
旧业未能归后主，大星先已落前军。
南阳祠宇[3]空秋草，西蜀关山隔暮云。
正统不惭传万古，莫将成败论三分。

注释

①武侯庙：此处指位于今陕西省汉中市勉县武侯镇的武侯祠。

②剑江：水名，《水经注》卷二十载："小剑水西南山剑谷，东北流径其戍下入清水，清水又东南注白水。"剑江指此（刘开扬：《诗词若干首 唐宋明朝诗人咏四川》，四川人民出版社 2018 年版，第 199 页）。

③南阳祠宇：指位于今河南省南阳市西南卧龙岗的武侯庙等。

花楼子铺[1]

杨 慎

武都[2]结驷环，摇曳上重关。日渡千重水，时登万仞山。
猛风吹帽落，细雨点衣斑。始信前人语，为臣尽职难。

注释

①花楼子铺：今圮（甘肃省武都县地方志编纂委员会编：《武都县志》，生活．读书．新知三联书店 1998 年版，第 987 页）。

②武都：今甘肃省陇南市武都区。

出连云栈

杨 慎

入关秦地尽，出栈蜀山长。树迥云随马，溪回石作梁。
莺花春未老，湖海路初偿。不尽平生意，先看是庙廊。

三岔驿[①]

杨 慎

三岔驿，十字路，北去南来几朝暮。
朝见扬扬拥盖来，暮见寂寂回车去。
古今销沉名利中，短亭流水长亭树。

注释

①三岔驿：旧址位于陕西省宝鸡市凤县西南。一说此处泛指驿站。

太华寺[①]

杨 慎

古地新兰若，标峰贯彩霞。碧波临万顷，指点见星槎。

注释

①太华寺：位于四川省绵阳市江油市大康镇的太华山下。

泛浪穹海子[①]

杨 慎

峰头才见一泓幽，沙尾惊看四岸浮。
沅水罗文堪并色，嘉陵石黛迥添愁。
秦源欲问桃花渡，楚望浑迷杜若州。
亦有沧浪旧歌曲，晚来乘兴更扁舟。

注释

①浪穹海子：又称宁湖、明河，即今茈碧湖，位于云南省大理州洱源县东北部，距洱源县城约 3 公里。

阆苑[①]十景（选三首）

杨　瞻

（一）嘉陵秋水

一曲长江南绕城，金风初动自澄清。
浪随远渚抑扬去，月到中天闪烁明。
蒲柳风前傍岸落，蛟龙水底见槎惊。
渔翁为怯烟波冷，故缆轻舟向树横。

（二）南池晓波

南池如鉴晓云平，鸥鹭双双趁浪轻。
江口泉添桥外碧，山头日射水心明。
占将巨石供春钓，分得清流溉早耕。
傍柳撑舟独自去，粼粼波皱向人生。

（三）西津[②]晚渡

长江东下接旁溪，不作风涛漪又漪。
喧渡尽教客子竞，维舟莫著蛰龙知。
鱼游上濑垂纶短，日落西山返棹迟。
欸乃歌声芦外去，渔灯明灭月初时。

作者简介

杨瞻（1491—1555），字叔后，号舜原，山西蒲坂人。明嘉靖二十二年（1543），升任右寺副四川按察司佥事，分巡川北道，常驻顺庆（今四川省南充市）、保宁（今四川省阆中市）二府。在阆中任职约8年。

注释

①阆苑：唐苑名，故址在今四川省南充市阆中市城西。此处阆苑应指阆中。

②西津：在四川省南充市阆中市古城西边，有一古渡叫西津渡，也叫空树渡，从北岸右匮阁之东到南岸空树溪一段（参见心梦静书：《阆中誉满中国，可你却不知道阆苑十景》，2017-02-26，http://bbs.cnncw.cn/forum.php?mod=viewthread&tid=249772）。

苍溪馆

杨　瞻

观风北历到江边，木叶红黄草尚芊。
天静忽闻求友雁，日斜犹棹下滩船。
拥资巨贾年年集，供馔佳蔬色色鲜。
真是苍溪风致好，满城扶得醉人还。

云台山[①]八首（选二）

杨　瞻

（一）

蓬瀛深处对江湾，如画楼台断霭间。
石涧偏宜呦鹿卧，道人真共白云闲。
乔松带露经年茂，翔鹤冲天过午还。
朗诵黄庭三十遍，此身不觉在尘寰。

（二）

深山爱景不知还，只为深山见好山。
玉女房边风淡淡，碧桃花外鸟关关。
云移树影供清玩，水弄琴声开笑颜。
九转井栏八卦剥，苍苔铺石尽成斑。

注释

①云台山：又名天柱山、灵台山、凤凰山，位于四川省广元市苍溪县东南18公里处，与阆中市交界。

永宁西观[①]三首（选二）

杨　瞻

（一）

仙径迢迢晚照红，衔枝白鹿伴松风。

狂流溪口翻添急，古柏山头更见隆。
翔鹤结巢依日月，道人煮雪当箪筒。
黄庭读罢黄粱熟，大笑尘寰似梦中。

（二）

观外双泉绕石流，可人风物坐消忧。
春深山麓千年柏，日落江边一叶舟。
麋鹿穿林凭草卧，薜萝悬树任风游。
仙家端与红尘隔，口诵黄庭下岭头。

注释

①永宁西观：四川省广元市苍溪县城东南18公里云台山上的永宁观，分为西观、东观和中观，合称“三观”。永宁西观为早期建成的云台观。

题灵溪①二首

杨　瞻

（一）

薄暮才寻荒寺宿，溪山险绝未疲神。
清泉当户如迎客，翠竹环墙又可人。
燕尾寒流三峡去，虎头画壁百年存。
夜阑更喜高僧话，为说招提亦有春。

（二）

溪山曲尽难名巧，方信苍苍造化神。
鸟道依稀天上路，林居仿佛画中人。
松载老鹤犹嫌小，石荡清流不记陈。
松柏含烟塞古寺，逼梅花泄殿阁春。

注释

①灵溪：位于四川省广元市旺苍县境。

题剑州八景诗，次卢雍原韵（选二）

杨 瞻

闻溪[①]水雷

汪洋奔入大江来，雨助狂澜知几回。
走石流沙惊水怪，野人错说是水雷。

注释

①闻溪：即闻溪河，四川省广元市剑阁县境内河流，源于五子山分水岭东南，流经盐店、北庙、普安、闻溪至江口镇注入嘉陵江。

嘉陵月色

不断长江悠更悠，随波皓魄伏中流。
清光荡漾烁金碧，万里乾坤醉素秋。

次文冈韵

杨 瞻

夕阳才到荒山寺[①]，剑阁遥遥接玉台。
流水分开两道去，老莺飞下一双来。
岭头芳草铺斜径，檐外落花点翠苔。
真是僧房逼洞府，清幽不惯受尘埃。

注释

①荒山寺：指觉苑寺，在今四川省广元市剑阁县五连镇西（参见王振会、雍思政编注：《蜀道神韵》，上海三联书店 2015 年版，第 999 页）。

送人入蜀三首 其三

陆 粲

楼船捩柁浪花生，百丈双牵黛色明。
夹岸儿童齐笑语，嘉陵江似使君清。

作者简介

陆粲（1494—1551），字子余，一字浚明，南直隶苏州府长洲（今江苏省苏州市）人。

宿火站[1]行台

王邦瑞

下马孤亭客路长，万峰回绕郁苍苍。
山川不尽皆文物，禾黍犹存几战场。
峡口远连江水白，陇头近是塞云黄。
危途总有登临兴，无奈猿啼欲断肠。

作者简介

王邦瑞（1495—1562），字维贤，或作惟贤，号凤泉，河南省洛阳市宜阳县人，祖籍山西省运城市夏县。

注释

①火站：今甘肃省陇南市徽县榆树乡火站村（参见曹鹏雁：《徽县榆树乡火站村竹林寺石窟》，2017－06－07，http://www.lnhxzx.gov.cn/show_ wz.php?id＝273）。

送沈郎中宗周出守顺庆[1]

谢　榛

明星当户动征鞍，此去春光道路看。
巴子地形天外转，嘉陵江色郡中寒。
三秋战伐抡才急，四海诛求出牧难。
沈约未须裁八咏，倚楼时复望长安。

作者简介

谢榛（1495—1575），字茂秦，号四溟山人、脱屣山人，山东省聊城市临清市人。

注释

①顺庆：今四川省南充市。

五丁涵照

陈　孜

州北三十里，中亘高岭，相传为五丁开山处，夕阳透入西崖，色如金碧。尚书甘为霖题曰："仄径盘云。"

石峡悬崖耸九霄，五丁凿断碧岩峣。
夕阳林外邮亭小，深谷云边驿路遥。
鸦背翻金投野垒，雁行横字过溪桥。
空山寂寂天将暝，又落冰轮挂碧条。

作者简介

陈孜，生卒年不详，直隶宁国人，正德五年（1510）任宁羌（今陕西省宁强县）知州。

清溪环带[①]

陈 孜

源发自箭竹岭，从南山转流之西，自是而北而东，复与南接，其形如带之环绕州城也。

一水潺潺澈底清，千回百折绕重城。
透迤恍许银河转，环拱浑如玉带横。
日射晴波涵画阁，风飘寒气袭天棚。
溶溶永护山垣固，烽火无烟乐太平。

注释

①清溪环带：即玉带河，发源于宁强县西北箭竹岭，武安八景之一。

滴水悬崖

陈 孜

怪石嶙崖拥碧空，云边倒挂玉玲珑。
泉珠滴破苔痕绿，霞锦烘成黛色红。
月斧凿开新洞府，山灵幻出古崆峒。
行人仰视如悬盖，疑入层霄风雨中。

过杜甫祠[1]次少宇先生韵

郭从道

老杜芳名远，高原见古祠。爱时悲去国，采菊向东篱。
白水江声转，青泥雁影迟。草堂一以望，千载抱幽思。

作者简介

郭从道，生卒年不详，字省亭，一字汝能，今甘肃省陇南市徽县伏镇（古称栗亭）人，正德丙子年（1516）科举人。

注释

①杜甫祠：此处杜甫祠指位于甘肃省陇南市徽县栗亭的杜少陵祠（参见温虎林：《郭从道生平事迹与文学交游考》，《重庆三峡学院学报》2016 年第 4 期）。

舜原佥宪饮予锦屏山阁四首　其三

翁万达

幸陪芳躅共登台，细雨灯前对举杯。
紫盖层峦盘郡起，嘉陵清气带江来。
拿崖岸树翠相乱，入眼花枝湿欲开。
伏窦灵泉如有意，傍筵流出故流回。

作者简介

翁万达（1498—1552），字仁夫，号东涯，潮州府揭阳（今广东省汕头市金平区鮀浦一带）人。

题龙门阁

任　翰

剑外烟花春可怜，寻花遥座翠微烟。
君侯未放郎官醉，更上清溪载酒船。

作者简介

任翰（1500—1593），字少海，号忠斋，又称固陵先生，南充人。

清泉山寺

任　翰

朔风吹叶叶射泥，欲雪不雪寒凄凄。
屐齿穿云夜山黑，桤林夹岸穷猿栖。
江城岁晏阙粳稻，关塞霜清长鼓鼙。
何当拔剑倚天外，不愁虎豹纵横啼。

白坡草堂

罗洪先

阆苑仙人绝尘迹，爱住山中夜煮石。
石间粲粲长琪花，琼瑶满地无人惜。
自开虚室陟坡陁，嘉陵江水对银河。
雪华不舍袁安卧，月色偏随庾亮歌。
肌苦凝冰色冠玉，明光登记群真箓。
文螭陛下简飞霜，白鹭洲前笋剖竹。
緊余鹤氅被纶巾，相逢一笑杨花春。
已羡托身久得所，谁能论心共结邻。
天子圭璋思俊贤，旧隐休怜生素烟。
暂为广厦千间用，记取真珉一寸坚。

作者简介

罗洪先（1504—1564），字达夫，号念庵，吉安府吉水黄橙溪（今江西省吉安市吉水县盘谷镇谷村）人。

徽台感兴四首

陈　讲

（一）

千峰万壑赴河池，愁向荒原吊士祠。
运去将军空死国，时危工部漫题诗。

雪霜枫叶横萧寺，风雨梅苔长断碑。
落日高城迷怅望，何堪永夜角声悲！

（二）

万堞霜涵紫气消，短檐乾鹊报新晴。
寒泉谷静云流细，古木台高雪积平。
陇笛唤残鹦鹉梦，洞箫吹落凤凰声。
碧窗深锁怜予寂，一夜归心看月明。

（三）

孤城吟望溯寒风，景物苍茫感慨中。
金水云边声掷谷，铁山雨外影磨空。
草深塞北肥胡马，雪拥关南阻蜀鸿。
长剑倚天歌突兀，兴酣何处觅箪筒。

（四）

黄叶苍苔去路迷，寒城晓柝击乌啼。
海天日近长安北，锦里云连剑阁西。
岁晏有人还白水，霜高无雁度青泥。
世尘荏苒怪蓬鬓，山月何处负仗藜。

作者简介

陈讲，生卒年不详，名子学，字中川，遂宁县罗家场（今四川省遂宁市船山区联盟乡）人。正德十五年（1520）进士，曾巡按陕西。《徽县志》载陈讲为中川人，疑有误（参见甘肃省徽县县志编纂委员会：《徽县志》，陕西人民出版社2003年版，第1112页）。

千佛崖次甘泰溪韵

赵　讷

何年凿混沌，故此示阎浮。崖岩菩提胜，江澄月镜秋。
霞标遥魏阙，蚁垤府齐州。一切俱消释，神游孰与谋。

作者简介

赵讷，生卒年不详，字孟敏，孝义宣化坊（今山西省孝义市）人，嘉靖乙未科（1535）进士，曾任保宁知府。

集景二首

王 任

（一）

起凤苍苍落北城，龙头向日自分明。
天台露冷凝仙掌，古观烟笼隐乐声。
月岭孤悬青玉镜，冠山高耸紫金缨。
三泉喷雪层岩上，丙穴嘉鱼旧有名。

（二）

石钟石鼓有遗音，飞雪悬泉响暮林。
玉带波缠百雉雨，莲屏峰抱万家深。
龟山瑞芝占科甲，龙洞仙桃自古今。
嶓冢汉源留禹庙，五丁涵照客登临。

作者简介

王任，生卒年不详，宁羌州（今陕西省汉中市宁强县）人，嘉靖十年（1531）辛卯科举人。

注释

诗中每句各为宁羌一名胜景观（参见宁强县志编纂委员会编：《宁强县志》，陕西师范大学出版社 1995 年版。http: //sxsdq. cn/dqzlk/dfz_ sxz/nqxz/）。

舟游望青居山①

陈以勤

独舸中流江路遥，有声呕哑荡兰桡。
远山风雨胜秋色，傍岸烟波起暮潮。
老去生涯偏水竹，兴来行迹半渔樵。
山中坐盼有丹井，何日青童来一招。

作者简介

陈以勤（1511—1586），字逸甫，号松谷，别号青居山人，四川省南充市人。

注释

①青居山：又名黛玉山，位于四川省南充市高坪区青居镇嘉陵江岸。

再至徽山[1]别省亭先生

冯惟讷

河池近接凤凰台，使节常随候雁来。
尘世几逢桑叶熟，山城再见菊花开。
淹留绝塞悲冯衍，笑傲清时羡郭隗。
便欲与君成远别，春风去剪北山菜。

作者简介

冯惟讷（1513—1572），字汝言，号少洲，山东省潍坊市临朐县人。

注释

①徽山：位于甘肃省陇南市徽县北。

送沈郎中守顺庆

李攀龙

见说褰帷处，千山拥使君。嘉陵渡春水，栈道转秋云。
郡下平蛮檄，家传谕蜀文。病余饶卧理，能不忆离群。

作者简介

李攀龙（1514—1570），字于鳞，号沧溟，济南府历城（今山东省济南市）人。

送谯比部还顺庆

李攀龙

归去嘉陵江上春，襜帷不复厌风尘。
巴山渐出云连楚，剑阁回看雪照秦。
岁晚江湖多病疏，时危裘马倦游人。
明光起草君无薄，汉主恩深侍从臣。

挽任侍御乃尊二首　其一

杨继盛

生刍庐外悲风鸣，一曲哀吟万古情。
五友亭[①]闲山树暗，三槐堂寂月华明。
巴人泪落嘉陵水，澄野歌连上蔡城。
海内知公身不死，南台伯雨振家声。

作者简介

杨继盛（1516—1555），字仲芳，号椒山，直隶容城人。

注释

①五友亭：旧址位于四川省南充市高坪区青居镇嘉陵江岸的青居山（参见符永利、罗洪彬、唐鹏：《四川南充青居山遗址调查与初步研究》，《四川师范大学学报（哲学社会科学版）》2015 年第 2 期）。

萦河篇

欧大任

岷山导江水，发自天汉上。源深流以长，嘉陵渺相望。
飞湍漫漭来，云气纷沆砀。灌入冯夷潮，时涌江妃涨。
赤岸泛霞津，白沙积霜障。练净朝以披，縠鲜书还荡。
萦回巴子曲，猛锐巴渝唱。隐君洁者流，下帘丈人行。
遗荣早蜚遁，远志谢禽向。亭皋俯潺湲，衿情日夷旷。
上善镜空明，至文涣溶漾。莚轴一何幽，老易素所尚。
乐泌已永年，击波有遗榜。涟漪犹至今，荇藻莫可状。
其中方圆折，珠玉光摩荡。毓祥井络西，千龄烛星象。

作者简介

欧大任（1516—1596），字桢伯，号仑山，别称欧虞部，广东省佛山市人。

连云栈

孙　昭

危楼断阁置梯平，磴[①]道迎云寒易生。
落木倒听双壁静，飞轮斜度一空横。
高林数息征鸿翼，崖壁时翻瀑布声。
未信关南地形险，翻疑仙洞石梁行。

作者简介

孙昭（1518—1559），字明德，号斗城，浙江省温州市永嘉县人。

注释

①一作“登”。

虞关[①]道中

刘良卿

白水远来天际，青峰近插云中。一曲山歌樵子，半簑烟雨渔翁。

作者简介

刘良卿，生卒年不详，生活在嘉庆年间。

注释

①虞关：位于今甘肃省陇南市徽县南部虞关乡。

徽山八景（选二）

杨美益

（一）嘉陵春潮

大散分流远，穿秦复控巴。滩头急羊乳，城外隐虾蟆。
舟楫风涛阔，鱼龙水国赊。海门通万里，归兴欲乘槎。

（二）栗亭[①]古里

少陵曾入蜀，憔悴此中过。寇至君谁守？诗留怨未磨。
木皮凌诘屈，白峡引嵯峨。龙去知何地？宁同古挈戈。

作者简介

杨美益（1515—1578），字以谦，号受堂，浙江省鄞县（今浙江省宁波市鄞州区）人。

注释

①栗亭：古县名，得名于栗亭河，治所在今甘肃省陇南市徽县伏家镇。

题千佛崖

甘 茹

铁壁临江半青藤，云龛突兀冷无僧。
风传过橹喧空界，月抱游鱼骇佛灯。
花雨深夜香不散，松阴绝顶险难登。
摩崖遍认前朝字，苔藓模糊识未能。

作者简介

甘茹，生卒年不详，字征甫，四川省自贡市富顺县人，嘉靖二十六年（1547）进士。

南岷山歌为御史大夫南充王公作

王世贞

君不见古皇鸿蒙时，参井星精夜堕地。
化为南岷山，山高八千丈，力奠金维控西裔。
芙蓉片片青霞叠，中含太始以来雪。
九井遥吞灌口烟，三峰倒映峨眉月。
骞飞凤仪，蜿蜒回龙（傍山名）。
星斗夕亏，风雷昼封。
挺孤碧之峭削，郁群苍以巃嵸。
下有寒泉漱芳玉，谁云出山令泉浊。
泻作嘉陵江水声，日夜潺湲映天绿。
山人少时此山居，薜萝裳壁云储胥。
时吟蜀肆君平易，不著临邛司马书。
北山无猿鹤，东山有苍生。
以兹拂衣出，聊作应世行。

为雨为云润七泽，屹然岂负兹山色。
麟阁今标如砺功，龙门复表回澜力。
南岷山[①]，何足拟，从兹以西二十四万里。
昆仑中天作天柱，山人之名亦如此。

作者简介

王世贞（1526—1590），字元美，号凤洲，又号弇州山人，南直隶苏州府太仓州（今江苏省苏州市太仓市）人。

注释

①南岷山：亦称南山，位于四川省南充市西充县城以南5公里处。

陈世勉自留都[①]观察阆中寄赠三首　其一

游　朴

怜君建节向嘉陵，十载浮踪记昔曾。
白水鸥迎春放棹，锦屏鸦散夜游灯。
中天绛节寻常见，万丈丹梯几度登。
回首飘蓬劳梦寐，欲垂骢马度崚嶒。

作者简介

游朴（1526—1599），字太初，号少涧，福建柘洋（今福建省宁德市柘荣县）人。

注释

①留都：今江苏省南京市。

龙门洞

刘崇文

岩底灵湫汩汩流，白龙传说此淹留。
海天将雨归何处，一片黄云万亩秋。

作者简介

刘崇文，生卒年不详，字汝质，号洞衡，嘉靖四十年（1561）举人，曾任广元县令、蓬州知府。

莲花池[1]

王一鸣

冒雨披衣渡凤桥，偶乘清兴向云霄。
风摇柳浪川连碧，水漾荷英地涌潮。
绮席声陈青玉案，钧天乐奏紫鸾箫。
浮生到处情堪适，胸次悠然景物饶。

作者简介

王一鸣，生卒年不详，山东齐东（今山东省滨州市邹平县）人，嘉靖三十三年（1554）任宁羌州（今陕西省宁强县）知州。编著宁羌州第一部州志。

注释

①莲花池：旧址在陕西省宁强县城西，亦名七星池，20世纪70年代渐废（见宁强县志编纂委员会编：《宁强县志》，陕西师范大学出版社1995年版。http://sxsdq.cn/dqzlk/dfz_sxz/nqxz/）。

嶓冢连云

王一鸣

在金牛驿，漾水所出，《禹贡》嶓冢导漾即此。山高百仞，万木参天，上有禹王神祠。

山势孤高耸翠峦，遥天凝望碧云端。
飞流燕尾迢迢落，仄径羊肠曲曲盘。
风送闲花粘客袖，烟横石岸隐渔竿。
飘飘我欲凌霄去，一笑长空星斗寒。

谒少陵祠[1]二首

刘尚礼

（一）谒少陵祠

凤凰台下飞龙硖，硖口遥望杜老祠。

诗句漫留苍藓碣，草堂高护碧萝枝。
徐探步月看云处，想见思家忆弟时。
千古风流重山水，令人特地起遐思。

（二）玉泉刘尚礼次韵

云山窈窕涵清界，烟水潺湲绕杜祠。
寝殿纷飞新藿叶，吟台唯有老松枝。
独怜雅调成陈迹，却恨残碑属几时。
吊古寻幽归旆脱，亮怀应入梦中思。

作者简介

刘尚礼，生卒年不详，山西汾州（今山西省汾阳市）人。嘉靖三十六年（1557），知成县（甘肃省成县）事。

注释

①少陵祠：此处指成县杜少陵祠，在甘肃省陇南市成县东南3.5公里处飞龙峡口。

公惠桥[①]（今圮）

韩君恩

津口平桥暑气徂，亭皋疏柳夕阴铺。
山从西域通中国，水下三巴散五湖。
佩剑星连樽洒落，随车雨入黍苗苏。
千年良牧怀廉范，五裤何人更武都。

作者简介

韩君恩，生卒年不详，字元宠，山西省晋城市沁水县人，嘉靖三十五年（1556）进士。

注释

①公惠桥：旧址在甘肃省陇南市武都区。

游灵岩

白　桂

一佛卧天空，三棕列佛前。陵江浮北斗，药水引长年。
曲径花容笑，丛林鸟语喧。蓬莱何处是，身也倚云天。

作者简介

白桂，生卒年不详，嘉靖二十年（1541）略阳知县，二十五年（1556）离任。

按临略阳[①]睹略民艰苦作

白 桂

县外高山四面围，岚光蔚蔚掩朝晖。
白龙夜渡江城没，紫燕春来社主非。
沙井淘金民愈困，硗田渍水稻难肥。
道旁多少呼爷者，都告蠲租复业归。

注释

①略阳：陕西省略阳县，地处陕甘川三省交界地带。

次杨受堂道长韵（选二）

雪洞山人

（一）

百折嘉陵水，萦回绕汉巴。芳洲飞振鹭，夹岸少痴螟。
击节怀何壮，临流兴更赊。好乘春浪急，触斗泛仙槎。

（二）

栗亭有古道，忻策使车过。景行思前哲，忧时恨未磨。
肠回汉水折，气出徽山峨。今幸值清暇，中霄不枕戈。

作者简介

雪洞山人：生卒年不详，为明代御史（参见甘肃省徽县县志编纂委员会：《徽县志》，陕西人民出版社 2003 年版，第 1115 - 1116 页）。

登徽州城

甄　敬

十月郊原落木繁，崇城吟眺俯晴轩。
江封蜀汉通元气，山控华夷列塞垣。
风动伶伦还欲舞，云开鹙鹭见孤骞。
家园回首三千里，览胜翻销游子魂。

作者简介

甄敬，生卒年不详，字子一，山西省平定县人。嘉靖癸丑科（1553）进士。

竹枝词十二首　其一

王叔承

避人低语卜金钱，侵晓焚香拜佛前。
见说嘉陵江水恶，莫教风浪打郎船。

作者简介

王叔承（1537—1601），初名光允，字叔承，晚更名灵岳，字子幻，自号昆仑承山人，吴江（今江苏省苏州市吴江区）人。

嘉山道中

李　达

嘉陵北望接龟城，历数来途更远行。
试向长林望津渡，湿云沉野不分明。

作者简介

李达（1539—1612），字益之，号荪谷，原州人。

送高汝谦廉访之蜀

朱多炡

叱驭王程急，何辞栈道难。刀州开宪府，剑阁拥词坛。
一水萦巴字，层城壮锦官。鱼尝丙穴美，书发酉阳看。
风采名先动，霜威暑亦寒。褰帷谕父老，争睹惠文冠。

作者简介

朱多炡（1541—1589），明宗室，字贞吉，号瀑泉，占籍武昌。

出武都经邓邓桥[①]

陈大科

束马悬车不易行，崎岖险道出阴平。
当年人抗期期诏，此日桥留邓邓名。
板屋数家喧虎迹，石崖千尺涌江声。
前途听说明朝坦，稳卧篮舆梦不惊。

作者简介

陈大科，生卒年不详，字思进，号如冈，隆庆五年（1571）进士，南通州（治今云南省昭通市盐津县滩头乡）人。

注释

①邓邓桥：在甘肃省陇南市宕昌县城南32公里处官亭乡花石峡口岷江之上。

送少傅陈相公致仕还蜀二首　其一

于慎行

天书晓下禁门东，白璧黄金出汉宫。
祖帐一时传道路，车尘到处走儿童。
秦云夜拥函关月，陇树秋开剑阁风。
爱杀嘉陵江水绿，垂竿不拟猎罴熊。

作者简介

于慎行（1545—1607），字可远，又字无垢，山东东阿（今山东省济南市平阴县）人。

前赠李本宁歌

于慎行

一别十五年，再别十二春。
人生百岁苦不满，可堪几作别离人。
前年君入蜀，为李醉歌为陈哭。
酒挹玉华山色青，泪洒嘉陵江水绿。
去年君入越，曾讯朱公访禹穴。
邀欢又作湖上吟，沈侯细腰可已折。
今年君向燕京游，千骑朱衣唱八驺。
道旁忽问鲁狂叟，半夜停车南陌头。
我病伏床君坐膝，呼儿出酒陈曲室。
相看如梦烛影残，屈指良游话夙昔。
我年多君两岁强，君头如漆我如霜。
浮沉聚散不盈眦，回首万事空茫茫。
北风吹雪角晓寒，车帷欲裂嘶马酸。
莫言岁晏别离苦，更有时危道路难。
知君辞赋满人口，六符鼎足多故友。
君王倘复问同时，旧日岁星人识否。

五丁峡①

王士性

连山跨陇蜀，地险绝跻攀。秦人刻石牛，粪金山谷间。
欲诱五丁来，凿石夷险艰。驱牛未至国，引盗已临关。
遂灭蚕丛祀，空余五丁山。两崖高巑岦，一水去潺湲。
铲石塞路逵，斧痕尚斑斑。黄金与壮士，一去都不还。
剩得千秋客，鞭驰若等闲。

作者简介

王士性（1547—1598），字恒叔，号元白道人，浙江省台州市临海市人。万历十六年（1588）秋入蜀，七月十六日曾下榻今陕西省汉中市宁强县。

注释

①五丁峡：亦称金牛峡，在今陕西省汉中市宁强县境内。

朝天岭因怀孔明从此出师感赋

任甲第

朝天岭上翠霞稠，多少关山自垅头。
九折险途云外度，一江湍水硖中流。
金城在昔称天府，剑阁凌空障益州。
却忆汉师虚六出，至今烟雨使人愁。

作者简介

任甲第，生卒年不详，字子荐，资阳（今四川省资阳市）人。万历甲戌（1574）三甲进士。

渡犀牛江①登太石山②

周　盘

一曲江流万仞山，蟠空鸟道兢跻攀。
摇摇双旆烟岚外，落落孤村水石间。
远树苍茫连剑阁，寒云缥缈隔秦关。
闾阎已困征输急，揽辔谁怜赤子艰。

作者简介

周盘，生卒年不详，字心铭，万历五年（1577）进士，泽州（今山西省晋城市）人，曾任甘肃巡抚。

注释

①犀牛江：即西汉水，发源于甘肃省天水市秦州区西南的齐寿山，流经甘肃省西和、礼县、成县、康县，入陕西省略阳县境，至徐家坪乡两河口汇入嘉陵江。

②太石山：位于现甘肃省陇南市康县平洛镇与太石乡交界处。

酬项文学

董其昌

舞剑助书真，闻钟悟酒禅。闲勋邀翰墨，短发老风烟。
稽岭觞修竹，嘉陵响暗泉。素心公等在，燕处得超然。

作者简介

董其昌（1555—1636），字玄宰，号思白、思翁，别号香光，松江华亭（今上海市松江区）人。

喜长安解严次杜少陵洗兵马韵

张　萱

旄头夜落瀚海东，喧腾凯唱来浑同。
雕戈自是卧宣榭，铁马不复嘶回中。
祈父借筹数蹑足，将军坐树不言功。
藁街未悬郅支首，楛矢先献明光宫。
何用徐行幸细柳，不须游猎拟崆峒。
六龙已捧跃渊日，万里谁乘破浪风。
王母益地乾坤小，梯航万国犹言少。
舌人争请指南车，旃涂毕勒烟波杳。
四门常辟庶尹谐，坐使痴儿官事了。
三川曾颂黄河清，千乘更言巢凤鸟。
青云干日复连月，非烟非雾常萦绕。
解鞍山积汉营空，枕戈雷鼾胡天晓。
大散嘉陵[①]已两当[②]，李陵错作右校王。
拊髀忽赦云中守，四彝崩角皆离强。
从公于迈无小大，执簧君子招由房。
特拜玺书颁钵露，横赐褊裨佩冰苍。
郁律清宵阅度索，丰隆赤日驱方良。
千年宝露渗九有，八极和风遂百昌。
却马焚裘长罢贡，居有守兮行有送。

转忆前年沃蕉釜，却悔一时将漏瓮。
麟阁今图属国形，浯溪再刻□□颂。
单于马足不敢缚，轮台沃壤何须种。
曾闻赤蛟绥载歌，复说玄狐裘入梦。
天生五材谁复能去兵，圣人必不得已而后用。

作者简介

张萱（1563—1647），字孟奇，博罗（今广东省惠州市博罗县）人。

注释

①嘉陵：此处指嘉陵关，旧址在甘肃省陇南市礼县永兴乡大堡子山对面。

②两当：甘肃省陇南市两当县，因境内有两当河而得名。

秋日李氏东堂同长蘅观曝图画张伯夜贻画笔柬谢

程嘉燧

秋云杲杲天景澄，高堂与客翻湘藤。
潇湘水阔愁嘉陵，江花有情遥沾膺。
闲门此时无人应，紫毫一束烦高朋。
鸡距脱手新锋棱，未忍用点屏间蝇。
青松短檠临层冰，颠崖老树云门僧，
貌君布袜予行縢。

作者简介

程嘉燧（1565—1643），字孟阳，号松圆、偈庵，又号松圆老人、松圆道人、偈庵居士、偈庵老人、偈庵道人，南直隶徽州府休宁县（今安徽省黄山市休宁县）人。

西来僧云平倩初病痹今已痊复志喜

袁宏道

西望嘉陵信，迢迢半影鸿。
黄州元不死，白傅已无风。
小近临邛黛，新开郫酒筒。
僧言真实否，吾欲让庞公。

作者简介

袁宏道（1568—1610），字中郎，又字无学，号石公，又号六休，湖广公安（今湖北省荆州市公安县）人。

千佛崖

郑振先

千佛层崖傍水滨，谁将刻画托露真。
江山幻出无生相，风雨吹残不睹身。
曾阅隋唐同过隙，总怜来往尽迷津。
休言冷落无香火，却恐禅那是清尘。

作者简介

郑振先（1572—1628），字太初，号豸斋，常州府武进县（今江苏省常州市武进区）人。

筹笔驿

傅振商

炎精欲消歇，龙起费调停。分鼎方筹笔，摧心竟陨星。
雨迷荒驿暗，春霁乱山青。有客思前哲，沉吟入杳冥。

作者简介

傅振商（1573—1640），字君雨，河南省洛阳市汝阳县人，祖籍湖广麻城（今湖北省黄冈市麻城市）。

龙门洞①

陈昌言

系舟石门旁，双阙孤云白。风雷常昼起，中有神龙宅。

作者简介

陈昌言，生卒年不详，河南南阳人，万历十一年（1583）任宁羌州知州。

注释

①龙门洞：位于陕西省汉中市宁强县阳平关镇。

阳平关[①]

陈昌言

萝衣明月上，山高风不来。嘉陵江水阔，东望汉王台[②]。

注释

①阳平关：在陕西省汉中市宁强县城西北。

②汉王台：位于陕西省汉中市南郑县小坝乡龙头山西麓。

浣石铺[①]

陈昌言

水鸣乱石里，浣石如浣絮。初平胡不来，驱作群羊去。

注释

①浣石铺：在陕西省汉中市宁强县滴水铺乡亢家洞和五里坡之间。

燕子河[①]

陈昌言

燕燕化为石，飞破桃花色。春风吹不休，梦入乌衣国。

注释

①燕子河：源于甘肃省陇南市康县碾坝乡截山梁，至燕子砭镇汇入嘉陵江，是嘉陵江一级支流。

②乌衣国：刘斧传奇中的燕子国（参见宁强县志编纂委员会编：《宁强县志》，陕西师范大学出版社 1995 年版。http://sxsdq.cn/dqzlk/dfz_ sxz/nqxz/）。

天台[①]夜雨

陈昌言

山中多夜雨，日落桃花暮。相逢双女郎，忘却归来路。

注释

①天台：即天台山，位于陕西省汉中市宁强县二郎坝乡。

何侯招饮皇泽寺[①]泛月纪兴

黄　辉

碧玉嘉陵静不流，山城一半水烟浮。
接天宝树行青雀，带雪虚峰下白牛。
莲社风期孤客贯，苔龛名字几人留。
今宵明月同歌笑，何似当年李郭舟。

作者简介

黄辉（1559—1612），字平倩，一字昭素，号慎轩，又号无知居士，云水道人，四川省南充市人。

注释

①皇泽寺：武则天的祀庙，位于四川省广元市城西嘉陵江畔。

将北上登钓鱼城[①]

李尚德

四十无闻尚远游，天门从此一棄秋。
风霜独重黄华笑，今古谁轻白发愁。
山属大明蠲宋愤，水仍巴字叹川流。
登途已拟归来赋，青管何能为国谋。

作者简介

李尚德，生卒年不详，明代合州（今重庆市合川区）人，隆庆四年（1570）进士。这首《将北上登钓鱼城》诗是他在赴京应考前登临钓鱼城的抒怀之作（参见 http://www.hcscw.com.cn/scpl/2013-04-03/1204.html）。

注释

①这首诗录自重庆市合川区钓鱼城卧佛附近摩崖诗刻石。

天池澄碧[①]

肖　籍

林外平湖万壑泽，虚涵空翠影重重。
日临清濑常浮鲤，云护深潭疑隐龙。

水阔波澜时荡漾，山幽萝薜自蒙茸。
欲知庙貌锺灵远，但看苍茫两树松。

作者简介

肖籍，生卒年不详，甘肃省陇南市文县人，万历举人。

注释

①天池：此处指文县天池，位于文县屯寨乡境内天魏山下。天池澄碧，文县八景之一。

瀑布晴霓[1]

刘大猷

一派飞泉峭壁阿，恍疑天上落银河。
千寻素练垂青嶂，万点明珠洒碧萝。
声带清风秋气爽，形摇明月夜寒多。
胜游仿佛登仙境，遥望白云发浩歌。

作者简介

刘大猷，生卒年不详，甘肃省陇南市文县人，万历（1573—1620）举人。

注释

①瀑布晴霓：文县八景之一，位于文县城关镇。

春日谒杜少陵祠[1]

赵相宇

庙柏青青又见春，高名千古属词臣。
涛声漱石吟怀壮，岚色笼霞道骨真。
幽愤断碑萦客思，清风苔砌展精禋。
情深不觉嗟同契，为薙荒祠启后人。

作者简介

赵相宇，生卒年不详，字冠卿，号玉铉，太原狼孟（今阳曲县）人，万历丁酉（1597）进士，曾任甘肃成县知县。

注释

①杜少陵祠：此为甘肃省陇南市成县杜少陵祠（参见蔡副全：《成县杜甫草堂历代诗碑考述》，《杜甫研究学刊》2009 年第 1 期）。

《新开白水路记》[①]题诗

张应登

开路磨碑纪至和，于今险易较如何。
水来陇坂寻常见，峰比巫山十二多。
一线天光依峡落，悬崖鸟道侧身过。
蜀门秦塞元辛苦，何故行人日似梭？

作者简介

张应登，生卒年不详，字玉车，四川省内江市人。万历十一年（1583）任河南彰德府（今河南省安阳市）推官。

注释

①《新开白水路记》：摩崖石刻，位于甘肃省陇南市徽县城南28公里大河乡大石碑村徽白公路左侧的悬崖上。《徽县志》录有此诗，署名作者为张应登（甘肃省徽县县志编纂委员会：《徽县志》，陕西人民出版社2003年版，第1109页）。《略阳县志》亦录有此诗，但署名作者是高应夔。高应夔，生卒年不详，曾任陕西布政司分守陇右道按察司副使兼右参议（参见略阳县志编纂委员会编：《略阳县志》，陕西人民出版社1992年版，第535页）。学者指出，此诗是高应夔于明万历二十一年春题刻于《新修白水路记》右下侧，“应当是他途经白水路、钟公路的见闻，从中可以看出明时白水路仍是入蜀要道，行人如梭”（参见王义：《〈大宋兴州新开白水路记〉摩崖石刻研究》，《陇南日报》2017年4月9日）。

水清晴波[①]

张凤翮

一径斜湾水势溶，清溪日映远山浓。
流觞胜事谁多问，绝俗还疑渤海峰。

作者简介

张凤翮（？—1643），字建中，号慰堂，陕西省汉中市城固县南乐镇人。

注释

①水清晴波：即曲水晴波，南充古八景之一，位于今四川省南充市嘉陵区曲水镇曲水入嘉陵江口处。

蜀客谈蜀事 其一

凌义渠

潮痕滟滟绿生烟，山到嘉陵水到湔。
锦色迷离遮不断，村村知近浴妃泉。

作者简介

凌义渠（1591—1644），字骏甫，号茗柯，浙江省湖州市人。

近望牛头山①

王 铎

汉西②郊野望牛头，滚滚寒云万顷流。
钟磬不关兴败事，藤萝犹挂古今愁。
树连山色低秦塞，水带军声别阆州。
割据雄图忧后日，夕阳无语下寒丘。

作者简介

王铎（1592—1652），字觉斯，一字觉之，号十樵、嵩樵，又号痴庵、痴仙道人，别署烟潭渔叟，河南省洛阳市孟津县人。

注释

①牛头山：位于四川省广元市元坝区昭化古城西 7 公里处的清江河南岸、嘉陵江西岸。

②汉西：嘉陵江以西。汉，西汉水，嘉陵江古称（参见王振会、雍思政编注：《蜀道神韵》，上海三联书店 2015 年版，第 503 页）。

望庐山云封其顶怅甚

倪元璐

天风不下岭云蒸，欲识庐山竟未能。
料是加冠延汲黯，谁为发被写姜肱。
见龙无首庸非吉，食马至肝元不应。
要已相逢通半面，莫教胸本漏嘉陵。

作者简介

倪元璐（1593—1644），字汝玉，一作玉汝，号鸿宝，上虞（今浙江省绍兴市上虞区）人。

巴女词

谢 遴

巴川积水[1]极岷峨，巴女明妆艳绮罗。
为语秋江风浪急，断肠休唱《木兰歌》。

作者简介

谢遴（1595—1663），字汇先，宜兴（今江苏省无锡市宜兴市）人。

注释

①巴川积水：巴水上游有东西二河，东河一名宕水，源出陕西省镇巴县西北大巴山，西河一名诺水，源出陕西省南郑县南米仓山，入四川后合流，至巴中县东南，汇南江水为巴江。南流为渠江，与嘉陵江合流入长江。又嘉陵江也叫巴水。“积水”说支流汇聚（刘开扬：《诗词若干首　唐宋明朝诗人咏四川》，四川人民出版社 2018 年版，第 216 页）。

流杯池[1]

尹 愉

沿谷悠然行径深，万松苍蔼入溪阴。
山头驯鹿看人立，树杪孤猿抱叶吟。
老衲无心惟汲水，幽人适意且弹琴。
仰瞻凿石杯流处，坐把清风快素襟。

作者简介

尹愉，生卒年不详，万历三十五年（1607），任邻水县（今四川省广安市邻水县）知县。

注释

①流杯池：据道光十四年《邻水县志》载，流杯池，在邻水县西天乡（参见四川省邻水县地方志编纂委员会：《邻水县志》，四川科学技术出版社 1991 年版，第 757 页）。古代賨人把“河”叫做“池”，故流杯池就是一条小河，是位于现邻水县西天乡云顶村一带。河底石头上刻有一个 5 米见方的卍字，清康熙《邻水县志》认为是唐代诗人陈子昂所开凿

（参见丁禹强：《唐宋诗文大家的邻水题咏》，2012 年 3 月 28 日，http://blog. sina. com. cn/s/blog_ 4fda9feb01012m2a. html）。

诺水洞天[1]

向玉轩

洞中景，一经到云端，石上依岚栽药圃，
洞口攀云种玉田，拔宅恍疑仙。
天伦乐，潇洒若人间，翠峰罗列儿孙秀，
霞峤花明姊妹鲜，家庭在洞天。
洞中水，环佩流芳涓，盎满泻阶珠溅瀑，
冰澌迎旭玉生烟，云影镜光前。
偏幽雅，良食韵事兼，凉节行将觅菊洞，
两化挖摘紫茸煎，清章更悠然。
洞中月，高处最宜人，破罢现开蟾窟蚤，
摆萝秋映蕙帏明，需问不夜城。
晴久好，婵娟一晕生树梢，夜春疑捣兔天边，
斜照似穿棂，吟眺味尤清。

作者简介

向玉轩，生卒年不详，四川保宁府通江县（今四川省通江县）人，崇祯七年（1634）甲戌科进士。清顺治三年，升吏科都给事中，但弃官隐居诺水河。

注释

①诺水洞天：位于通江县北。

龙滩马迹[1]

章　祯

滚滚洪波涌雪花，神龙潜此几年华？
蹊边隐隐传雷鼓，潭底摇摇漾彩霞。
仙脉量知通巨海，灵胎应是产东洼。
苍苔石上风霜古，尚有遗踪寄水涯。

作者简介

章祯，生平不详。

注释

①龙滩马迹：通江县八景之一，在县城东二十里处。

澄江横带

孙永孝

水汇澄江一派流，寒光如带碧横秋。
红尘不到烟波里，疑是浣花溪畔游。

作者简介

孙永孝，生平不详。

观音桥[①]

陈周政

沙堤新筑客初过，惊绝神龙尾一拖。
策石便同观海日，乘槎那复向银河。
劈开云雾三春景，锁住巴江万顷波。
千载蔡家桥下水，遗来此处衍鸣珂。

作者简介

陈周政，生卒年不详，号蝶庵，四川省营山县人，崇祯六年（1633）任无锡知县。

注释

①观音桥：位于四川营山县济川镇。

新迁定远县[①]

喻吴皋

天阙遥遥帝渥颁，许迁荒县大江间。
涛光曲引龟龙馆，峰势重开熊虎关。
丹殿青楼依胜迹，水城山堞破愁颜。
人家景象幡然改，只有清风旧往还。

作者简介

喻吴皋，生卒年不详，明代四川巡按（参见武胜县志编纂委员会编：《武胜县志》（1986—2005），方志出版社 2011 年版，第 1234 页）。

注释

①定远县：今四川省广安市武胜县。

黎坡道中

任继贤

山行寻曲径，风景豁双眸。路转羊肠折，溪分燕尾流。
危桥通鸟道，古洞隐龙湫。怪石如蹲虎，枯松欲化虬。
鱼关[①]扼汉口，鸡壁壮山头。绝巘群峰迥，林深万壑幽。
山花浮晚翠，野草遍春稠。应感千年事，回怜十载游。
归来山寺宿，落日暮云收。

作者简介

任继贤，生卒年不详，明代徽州（今甘肃省陇南市徽县）同知（参见甘肃省徽县县志编纂委员会：《徽县志》，陕西人民出版社 2003 年版，第 1117 - 1118 页）。

注释

①鱼关：虞关古称，又名仙人关，遗址在徽县虞关乡。

高桥[①]次韵

甘　恕

深山处处有龙蟠，云气常屯万树端。
长驾从来轻险路，弊裘犹自耐春寒。
栈花烂漫供青眼，板屋逃亡愧素餐。
暂借高桥对流水，狂歌敢谓和人难。

作者简介

甘恕，生卒年不详，明代拔山人，分巡佥事（参见甘肃省徽县县志编纂委员会：《徽县志》，陕西人民出版社 2003 年版，第 1118 页）。

注释

①高桥：地名，在徽县西北高桥镇。

红女祠[①]

王　询

想是玉皇女校官，飞来下界教人看。
嵌空石室盘成壳，卷箨秋风舞似湍。
枯性已忘今有世，红身练就岂知寒？
五千文字应都扫，法在吾心只内观。

作者简介

王询，明代人（参见甘肃省武都县地方志编纂委员会编：《武都县志》，生活·读书·新知三联书店1998年版，第977页）。

注释

①红女祠：位于陇南市武都区城北2公里处的五凤山麓。

九日再游红女祠洞用前韵

王　询

万累纠缠逼一官，偷闲时向此中看。
碧桃片片拂春水，黄菊离离照暮湍。
客里风光无好况，山中日月不知寒。
病余悟得西来意，从此皈依学静观。

别勺湖

王　询

尔浅宁堪挹，还能伴我清。规圆水带月，添绿柳藏鹦。
无故坐偏久，人来饮必醒。长江去有日，一勺肯忘情。

别水亭

王　询

结构匠予意，清风暂一间。窗虚延翠至，槛敞听流潺。
幽意湿山月，新凉动客颜。白门多胜处，未似此亭闲。

仇池山[①]

任彦芬

成邑西山最高者，疑是周诗至艽野。
上有仇池百顷田，白马氐羌在其下。
斗绝四面不可陟，飞龙峡水汩汩泻。
羊肠盘道苦难攀，三十六回绕石湾。
复有丰泉能广利，煮土成盐济民艰。
磋彼山城直蕞尔，乃有名山势逦迤。
忆昔少陵曾品题，洞天福地羡其美。
我逐王事偶相过，扰扰长途苦蹉跎。
倦游不尽登临意，驱马行行奈若何。

作者简介

任彦芬，明代人，余不详。

注释

①仇池山：位于甘肃省陇南市西和县大桥乡，宋代属成州同谷县（今甘肃省陇南市成县）。参见西和县志编纂委员会：《西和县志》（1996—2013），甘肃文化出版社 2014 年版，第 600 页。

文台[①]晓霁

常 暘

荒台遗址寄山隈，谁道周文从此来？
白水环流祠宇在，南山屏列画图开。
春深古砌啼猿鸟，秋老高原遍草莱。
宿雾晓收饶景色，美人何处共徘徊？

作者简介

常暘，明代人，余不详。

注释

①文台：甘肃省陇南市文县城中一个地方，具体所指说法不一。一说是上城东坡上一块叫美里平台的地方；一说是文昌楼。文昌楼位于文县县城东南角，坐北朝南，面临浩瀚大江（参见张树龙：《文县八景·藏头求证之六，晓霁文台》，2018－09－07，https://baijiahao.baidu.com/s?id＝1610909999157288956&wfr＝spider&for＝pc）。

西江[①]感应

房思哲

西江汲水涤胃肠，仁裕诗名赫后唐。
砂石一朝成篆刻，紫泥千古焕缥缃。
塚头谈易成昏昧，鹤青飞仙更渺茫。
何似木天清暑客，负薪入梦悟文章。

作者简介

房思哲，生卒年不详，曾任礼县（今甘肃省陇南市礼县）知事。

注释

①西江：元代张仲舒《建西江庙记》：“当陇蜀之冲，有水名西汉，亦原嶓冢而出。至天水郡曰‘西江’，大神居之。”（转引自礼县志编纂委员会编：《礼县志》，陕西人民出版社 1999 年版，第 795 页。）

峡口飞龙[①]

谢　镛

流泉激石如喷雪，峭壁悬崖挂茑藤，
龙出深潭云正暗，鸟藏幽树露多凝。
何人垂钓波光冷？几个飞觞酒兴乘！
我欲扫苔随意坐，却疑空翠温衣缯。

作者简介

谢镛，生卒年不详，字禹铭，顺天良乡人，崇祯九年（1636），知成县。

注释

①峡口飞龙：亦称飞龙峡口，位于甘肃省陇南市成县东南 3.5 公里处。

吴公保蜀城[①]故址

谢　镛

寨势凌云起，吴王有故宫。蜀关于设险，宋垒不为空。
屃赑铭高伐，麒麟卧晚风。嘉陵江上水，百折必流东。

注释

①吴公保蜀城：俗称上城，位于成县县城西北角。

舟次雨夕

杨 茆

江城更漏永，夜雨打船头。独宿芦花里，寒涛入梦流。

作者简介

杨茆，明代人，余不详。

题千佛崖

方 清

穿凿知何代，羊肠忽坦然。崖端落红雨，佛顶生青烟。
水鸟衔鱼过，山僧枕石眠。根尘既幽绝，岂厌车马喧。

作者简介

方清，明代人，余不详。

游东山①循溪路晚归

李怀道

阅世青山古，云深过客稀。莺争乔木啭，蝶趁花落飞。
流水通樵径，晴烟护钓矶。斜阳溪路永，杖策咏而归。

作者简介

李怀道，生卒年不详，字易轩，明代剑州（今四川省剑阁县）人。

注释

①东山：一名鹤鸣山。雍正《剑州志·山川》：“鹤鸣山，一名东山，在州城东南一里。”

清代

赊月楼

白不淄

危栏高峙白岩头，赊月名传赵郎侯。
山对景阳连鹫岭，河分黄渡[①]下渝州[②]。
笛声近水凉先到，云气涵空淡不收。
二十年前多胜迹，几回登临忆同俦。

作者简介

白不淄，生卒年不详，顺庆府（今四川省南充市）人，生活于清朝顺治年间。

注释

①黄渡：位于四川省南充市营山县中部，距营山县城27公里。

②渝州：即今重庆市。

金城寺[①]

乔　钵

江昏山气黑，谷隐暮云屯。斜磴前朝砌，横桥近劫存。
岩花新发蕊，古柏未招魂。摹碣寻遗迹，荒唐难与论。

作者简介

乔钵，生卒年不详，字文衣，直隶内丘（今河北省邢台市内丘县）人，康熙三年（1664）任剑州（今四川剑阁县）知州。

注释

①金城寺：雍正《剑州志·寺观》："金城寺，在州东北七十里，山势环绕如城，境甚幽僻。"

重九谒云台山观陈希夷祠

陈　苌

嵯峨仙观九霄开，玉洞烟深鹤驾回。
羽客丹成辞浊世，真人睡足入天台。
雁声度处秋风疾，帆影归时夕照来。
忽忆堕驴嗤往事，白云深处泛萸怀。

作者简介

陈苳，生卒年不详，字青霞，苍溪（今四川省广元市苍溪县）人，顺治八年（1651）举人。

题榕庵[①]

陈迁鹤

高人素有山水癖，抱树作堂依先构。
柯皮垂髯比龙虬，参天黛色射星宿。
南望平畴绿野开，炯炯芊芊水满隈。
大江绕郭四十里，人烟北辏越王台。
四时佳景一盼收，最喜春和及清秋。
明蟾曳练碧如画，东风吹拂翠光浮。
有时烟雨淡天半，流云飞喷入高楼。
亭宇玲珑分四面，气候温凉随节变。
恋巢好鸟不归山，名花别种丽葱茜。
过客闻知园林好，停车每爱踏芳草。
主人肴酒相为将，题咏缤纷粲霞藻。
顾谓善手写辋川，一幅嘉陵海内传。
携此东西复南北，方壶随侍左右侧。
名园未识景何如，请君披卷看翰墨。

作者简介

陈迁鹤（1639—1714），字声士，一字介石，又号景南，福建省泉州市安溪县崇信里人。

注释

①榕庵：位于福建省福州市。

贾大司马修栈咏[①]

党崇雅

忆昔崔巍栈道难，千峰环峙白云端。
参差峻岭迷高日，俯仰重关枕急湍。
炼石谁能旋大造，移山今喜辟奇观。
羡君才力诚名世，削尽悬崖路万盘。

作者简介

党崇雅（1584—1666），字于姜，宝鸡县（今陕西省宝鸡市陈仓区蟠龙镇）人。

注释

①《贾大司马修栈咏》：诗碑。陕西省汉中市古汉台博物馆收藏着党崇雅所撰《贾大司马修栈咏》诗碑。

阆州行

吴伟业

四座且勿喧，听我歌阆州。阆州天下胜，十二锦屏楼。
歌舞巴渝盛，江山士女游。我有同年翁，阆州旧乡县。
送客苍溪船，读书玉台观[①]。忽乘相如车，谓受文翁荐。
游宦非不归，十载成都乱。只君为爱子，相思不相见。
相见隔长安，干戈徒步难。金牛盘七坂，铁马断千山。
敢辞道路艰，早向妻儿诀。一身上鸟道，全家傍虎穴。
君自为尊章，岂得顾妻子。分携各努力，妾当为君死。
凄凄复切切，苦语不能答。好寄武昌书，莫买秦淮妾。
巴水急若箭，巴船去如叶。两岸苍崖高，孤帆望中没。
二月到汉口[②]，三月下扬州。扬州花月地，烽火似边头。
驿路逢老亲，迁官向闽越。谓逼公车期，蚤看长安月。
再拜不忍去，趣使严装发。河山一朝异，复作他乡别。
别后竟何如，飘零少定居。愁中乡信断，不敢望来书。
尽道是葭萌，杀人满川陆。积尸峨眉平，千村惟鬼哭。
客有自秦关，传言且悲喜。来时闻君妇，贞心视江水。

江水流不极，猿声哀岂闻。将书封断指，血泪染罗裙。
五内为崩摧，买舟急迎取。相逢惟一恸，不料吾见汝。
拭眼问舅姑，云山复何处。泪尽日南天，死生不相遇。
汝有亲弟兄，提携思共济。姊妹四五人，扶持结衣袂。
怀里孤雏痴，啼呼不知避。失散仓皇间，骨肉都抛弃。
悠悠彼苍天，于人抑何酷。城中十万户，白骨满崖谷。
官军收成都，千里见榛莽。设官尹猿猱，半以饲豺虎。
尚道是阆州，此地差安堵。民少官则多，莫恤蜀人苦。
凄凉汉祖庙，寂寞滕王台。子规叫夜月，城郭生蒿莱。
只有嘉陵江，江声自浩浩。我欲竟此曲，流涕不复道。

作者简介

吴伟业（1609—1672），字骏公，号梅村，别署鹿樵生、灌隐主人、大云道人，江苏省苏州市太仓市人。

注释

①玉台观：故址在阆中市。

②汉口：地名，是武汉三镇之一。

杜子美草堂[①]二首

宋　琬

（一）

最爱溪山好，因成秉烛游。碧潭春响乱，红树晚香浮。
橡栗遗歌在，蘋蘩过客修。先生如可起，为我听吴讴。

（二）

少陵栖隐处，古屋锁莓苔。峭壁星辰上，惊涛风雨来。
人从三峡去，地入七歌哀。欲作招魂赋，临留首重回。

作者简介

宋琬（1614—1673），字玉叔，号荔裳，山东省烟台市莱阳市人，曾任陇西右道佥事，驻秦州。

注释

①杜子美草堂：据学者考证，此处草堂为甘肃省陇南市成县杜甫草堂。《杜子美草堂二

首》为清初著名诗人宋琬顺治间任四川按察使分巡陇右时，曾专程拜谒草堂，触景生情，即兴所题（参见（张忠：《历史上的成县杜甫草堂》，2013 年 9 月 23 日，http://blog.sina.com.cn/s/blog_a0d30c0c0101gaax.html）。

过跑马泉[①]

宋　琬

磬折秦亭路，停车有胜游。出逢秋雨霁，坐爱石泉流。
髡柳迷深岸，荒蒲接远畴。吾将劝疏凿，乘月鼓渔舟。

注释

①跑马泉：位于今甘肃省天水市麦积区。

栈道平歌为贾胶侯尚书作

宋　琬

君不见梁州之谷斜[①]与褒[②]，中有栈道干云霄。
仰手可以扪东井，下临长江浩瀚汹波涛。
大禹胼胝恐未到，帝遣五丁开神皋。
巨灵运斧地维坼，然后南通巴蜀西羌髳。
蛇盘萦纡六百里，千回万曲缘秋毫。
悬车束马弗可以径度，飞腾绝壁愁猿猱。
汉家留侯真妇女，烈火一炬嗟徒劳。噫嘻乎！
三秦之人困征戍，军书蜂午如猬毛。
衔枚荷戈戟，转粟穷脂膏。
估客尔何来，万里竞锥刀。
须臾失足几千仞，猛虎蝮蛇恣贪饕。
出险洒洒始相贺，磷磷鬼火闻呼号。
泰运开，尚书来，恩如雨露威风雷。
一呼集畚锸，再呼伐薪柴。
醇醯浇山万夫发，坐看巉岩削尽为平埃。噫嘻乎！
益烈山泽四千岁，火攻莫救苍生灾。
昔也商旅鱼贯行，今也不忧狼与豺。

昔也单车不得上，今也康庄之途足以走连輂。
僰童巴舞贡天府，桃笙賨布输邛崃。
歌《豳风》，击土鼓，贾父之来何晚哉！
丰功奕奕垂万祀，经济不数韦皋才。
中朝衮衣待公补，璇玑在手平泰阶。
西望剑阁高崔巍，侧身欲往空徘徊。
大书深刻告来世，蛟龙岌嶪磨青崖。
金穿石泐陵谷徙，我公之功不与伏波铜柱同尘埋。

原注：贾中丞名汉复，平险为夷因作歌以颂之，歌勒于观音碥崖石上。

注释

①斜：斜谷，山谷名，在陕西省宝鸡市眉县段。

②褒：褒谷，山谷名。秦岭古道褒斜道的西段。

念奴娇·其六　寄怀魏子时官成都司李

曹尔堪

锦官[①]自昔，称都会佳丽，已消兵劫。望帝魂归城郭坏，月黑悲啼古堞。剑阁哀猿，刀州啸虎，蜀栈行人怯。草堂无迹，桤林犹战风叶。　　闻说万里桥[②]西，子云宅畔，丰草长林接。为问薛涛笺在否？几树露桃红靥。诸葛名垂，文翁教远，赋缅相如猎。好寻双鲤，嘉陵江上行艓。

作者简介

曹尔堪（1617—1679），字子顾，号顾庵，华亭（今上海市松江区）人。

注释

①锦官：锦官城，代指成都。

②万里桥：即今成都市南门大桥（俗称老南门大桥）。

宕水九曲[①]

陶淑礼

苍翠成溪九折还，鱼肥潭底鹤洲眠。
黄河曲处烦修筑，不似回波映碧天。

作者简介

陶淑礼，字公衡，号乐斋，苍溪县人，康熙二十三年（1648）贡生，官四川忠州（今重庆市忠县）学正，纂修康熙《苍溪县志》十一卷。

注释

①宕水九曲：今九曲溪，又名曲肘溪、曲肘川，源出玉女山，东南流入嘉陵江，曲折如肘。在今四川省广元市苍溪县东北门沟。

紫溪金钗①

陶淑礼

凌云仙子去何年，遗却只钗映碧潭。
无术点金村妇拙，空寻石穴费流连。

注释

①紫溪金钗：溪名，在四川省广元市苍溪县东，发源于玉女山。

同友游大获城①

陶淑礼

同此离尘心，共寻太古路。松风凉可乘，鸟道藤堪度。
城阖紫云封，林峦白鹿住。行行山极巅，脚踏浓烟雾。
如许大乾坤，回环只一顾。池连银汉波，桥与霓虹布。
石洞走花荫，灵禽啼五树。酒酣舞且歌，遥看渔舟渡。
南望且东归，崎岖莫靳步。秦皇汉武来，此地不相误。

注释

①大获城：遗址在四川省广元市苍溪县城以东王渡乡大获山上。

歧坪晚渡①

陶淑礼

苍生待我渡前矶，试棹烟波撑月辉。
指点仙迹何处是，荒城一片白云飞。

注释

①歧坪晚渡：苍溪县十景之一。

游长宁山[1]二首

陶淑礼

（一）

舟棹日出落，寻芳兴自赊。空岩白鸟语，深树一家人。

（二）

弃苇寻樵径，乱花砌野田。孤村青树拥，突峙白云缠。

注释

①长宁山：位于四川省苍溪县白桥镇、亭子镇及剑阁县鹤龄镇交界处。

贾大司马修栈歌

梁清宽

君不见，栈道高去天尺五，马尽缩足人咸伛。
山前白骨野火磷，江岸积骸泣无主。
中丞巡边心恻然，浚川练石何今古。
谁云天险不可移，五丁曾为施巨斧。
积薪一炬石为坼，锤凿既加如削腐。
隘者已阔屼者平，冠盖利涉杂商贾。
昔日百里无人烟，行役更多豺虎苦。
中丞极意尽经营，伐木成栋茅作宇。
凤岭[1]鸡关[2]似坦途，中夜酣憩为安堵。
回车不用愁王阳，开辟功足补大禹。
吁嗟乎！天下险阻宁止此，人心巉岩难悉数。
对面戈矛不可避，翻手为云覆手雨。
吁嗟乎！安得中丞此大力，尽平世间崄巇之处长无迕。

作者简介

梁清宽，生卒年不详，字敷五，直隶真定（今河北省石家庄市正定县）人，清顺治三年（1646）丙戌科二甲第一名进士。

注释

①凤岭：位于陕西省凤县城东南的嘉陵江畔。

②鸡关：即鸡峰山，位于陕西省宝鸡市区东南方。

嘉陵江上四首

胡升猷

（一）

舍策登舟问水涯，片帆风雨度蒹葭。
寒江静照须眉冷，乡思劳深瘠羡赊。
波浪久经人已老，山河犹是岁惟加。
驱驰暂息征轺苦，卷雪喷珠看浪花。

（二）

嘉陵白练走江声，一叶轻浮载客程。
夹岸山容来翠嶂，断崖烟雨出荒城。
登天漫曳星辰履，习坎还思鸥鹭情。
鼓棹中流歌欸乃，辋川何异画图行。

（三）

岛屿潆洄江路幽，安澜东下暮云收。
晴峰耸黛参差树，浊浪浮花缥缈洲。
容雁去来身似叶，人琴徙倚月当头。
扶舆正气堪消热，小艇清流漫自由。

（四）

辑瑞劳辛万里途，祁寒暑雨鬓萧疏。
行空欲傍天河路，履险还乘蜀水桴。
击辑矶泓云自暗，停桡谷转月初铺。
长风豁达来何远，匡坐高歌看远途。

作者简介

胡升猷（？—1691），字允大，顺天府大兴县（今北京市大兴区）人。

朝天峡[①]

费　密

一过朝天峡，巴山断入秦。大江[②]流汉水[③]，孤艇接残春。
暮色愁过客，风光惑榜人。明年在何处，杯酒慰艰辛。

作者简介

费密（1623—1699），字此度，号燕峰，新繁（今四川省成都市新都区）人。

注释

①朝天峡：亦称明月峡，位于四川省广元市朝天区境内。

②大江：此处指嘉陵江。

③汉水：亦称“汉江”。长江支流。

夜泊苍江[①]二首

王玉生

（一）

苍江春夜雨，空际起龙蛇。
舟系山根小，风回木杪斜。

（二）

江声摇客梦，渔火隐人家。
支枕难成寐，听残浪卷花。

作者简介

王玉生，生卒年不详，山东人，于顺治十五年（1658）任保宁知府。

注释

①苍江：在今四川省广元市苍溪县。

咏曲肘溪[①]

李钟伦

源来玉女远，九折曲如盘。潋滟月光闪，湾环树影攒。
春风吹草白，晓露坠花团。流入嘉陵江，汪洋具大观。

作者简介

李钟伦，生卒年不详，四川省广元市苍溪县人，顺治十一年（1655）举人。

注释

①曲肘溪：又名“曲肘川”，今九曲溪，曲折如肘，源出玉女山，东南流入嘉陵江。在今四川省广元市苍溪县东北门沟。

龙马归槽①

罗在公

河图启圣焕文章，煦气荣光寄一方。
石壁层层生瑞霭，天潢井井照雕梁。
灵祠香雾埋金埒，喷玉流珠待汉皇。
不是沙场争战物，时无伯乐自深藏。

作者简介

罗在公，生卒年不详，字庭槐，四川省山县人，顺治十四年（1657）举人。

注释

①龙马归槽：营山十景之一。营山县丰产乡龙马村与朗池镇北坝村交界处，有一狭沟形似马槽，故名叫龙马槽，槽上有座山，名叫龙马山，山形似战马腾越。因龙马山在龙马槽中，所以又叫龙马归槽（东方诱惑：《现在还看得到营山十景之一的“龙马归槽”吗?》，2011－7－21，https://www.mala.cn/thread－2777369－1－1.html）。

游麦积山①

王际有

寒山烟霭澹朝辉，郁郁千松拥翠微。
环峙诸峰窥佛相，飞来积雪点僧衣。
凌空仄径羊肠绕，入望层霄鸟迹稀。
游罢石云携满袖，一湾流水送予归。

作者简介

王际有，生卒年不详，字书年，清丹徒（今江苏省镇江市丹徒区）人，顺治年间进士，曾任秦州（今甘肃省天水市秦州区）州判。

注释

①麦积山：又叫麦积崖，位于甘肃省天水市麦积区。

嘉陵秋涨

诸保宥

何处闻风雨，江流触石声。
终当到东海，鲸背看潮生。

作者简介

诸保宥，生卒年不详，字六在，江南无锡（今江苏省无锡市）人，顺治年间任略阳知县。

题七盘岭

郑日奎

迢迢七盘山，地势介梁雍[①]。三秦及两川，形胜资以控。
重关树云外，奇险信天纵。我行历荒阻，及此弥愡恫。
倭迟幽壑底，风烟莽澒洞。循磴蜿路蜒，势若蛇出瓮。
车马疲登顿，往往失衔鞚。仰视山云高，俯闻江浩汹。
谢公良矫情，嗒然辍吟讽。圣朝今御宇，此道通职贡。
梯航走西南，行役日以众。怀远唯以德，天险安所用。
何事劳山灵，崎岖日迎送。吾欲铲叠嶂，大地一鸿絧。
临风重惘然，视天犹梦梦。

作者简介

郑日奎（1631—1673），字次公，号静庵，江西贵溪周佳山人。

注释

①梁雍：梁州和雍州。

凤岭二首

郑日奎

（一）

出郭即乘险，劳人幸此跻。峰回千径失，雪压万山低。
怪鸟冲人过，寒猿着意啼。到来惭老衲，闲坐阅轮蹄。

（二）

此岭空鸣凤，何时凤再还。犹将千仞意，横绝阻跻扳。
往事梦非梦，前行山复山。不知岭头水，几折到人间。

题龙门阁①

方象瑛

神龙穿石飞，洞壑昼常晦。人乃捷于龙，盘旋出龙背②。
摄衣入重云，势与风雨会。危崖千万状，不知始何代。
突兀浮图高，纵横屏障大。鳞鬣树千章，泉流吐飞沫。
下注不测溪，沉沉气冥昧。倘然牛渚犀，百灵宛然在。
羌山多灵奇，策名此为最。何必御风行，旷然天地外。

作者简介

方象瑛（1632—?），字渭仁，号霞庄，浙江遂安（今属浙江省杭州市淳安县）人。

注释

①此诗题目《题龙门阁》，一作《龙洞背》。

②龙背：即龙洞背，是潜溪河上三个串珠状的溶洞（宋宁、杨更：《广元朝天地质公园地质遗迹景观评价及旅游开发研究》，《国土资源科技管理》2007 年第 4 期），位于四川省广元市朝天区。

泊舟过苍溪

方象瑛

一水乘流下，凉风八月天。
冈峦澄雨后，城郭宿溪边。
乱定才通市，人稀学种田。
杜陵遗句在，送客是何年。

水濂洞①有序二首

赵　星

余尝谓渊明《桃花源记》，特喻言吾心正淳之境耳，与《饮酒诗》“羲农去我久，举世少复真”意同。至事之有无，则不必问。及游武都水濂洞，又觉别有一境，诚如李白云“别有天地非人间”也。为赋二律以记之。

（一）

老病耽游惮石梯，渔郎旧路未曾迷。
悬崖几处仙人窟，空谷惟闻竹里鸡。
花到寒山分早暮，草封石径辨高低。
不辞再到源头处，千尺飞泉下小溪。

（二）

到来别是一风光，仙子当年煮玉浆。
觅路猿兼鸟迹去，飞泉雨及雪飘扬。
水临石几供诗砚，风舞桃花助酒狂。
却笑渔郎问渡后，驰车终日路之旁。

作者简介

赵星，生卒年不详，祖籍山西省长治市武乡县，康熙初年，任阶州（今甘肃省陇南市武都区）知州（参见石清泉：《江峡石刻怀赵星》，《陇南日报》2016 年 4 月 3 日）。

注释

①水濂洞：位于甘肃省陇南市武都县城北 2 公里的五凤山下。

江舟暮返

王 鹤

烟舫中流急，嘉陵两岸开。夕风随处到，好月忽飞来。
沙静明如雪，湍奔响若雷。传签相对笑，欸乃棹歌回。

作者简介

王鹤，生卒年不详，康熙初年曾任南充县令。

江 水

王 鹤

为憾东流水，滔滔未有涯。不辞来万里，一夜到三巴。
云树牵樯影，秋风触岸沙。如何持汉节，八月泛轻槎。

虎跳①夜舟

周之美

一路山光接水光，忽闻村犬吠声狂。
室庐新旧山崖险，林木高低野径荒。
市上购求唯酒醑，江干排列只新粮。
停舟假寐难成梦，又听鸡声送客忙。

作者简介

周之美，生卒年不详，武昌府江夏县（今湖北省武汉市江夏区）人，康熙九年（1670）庚戌科进士。

注释

①虎跳：即虎跳渡，旧址在今四川省广元市昭化区和苍溪县交接的嘉陵江边。

利州皇泽寺则天后像二首

王士祯

（一）

镜殿春深往事空，嘉陵祸水恨难穷。
曾闻夺婿瑶光寺，持较金轮恐未工。

（二）

瓦官寺[①]里定香薰，词客曾劳记锦裙。
今日兰桡碧潭上，玉溪[②]空自怨行云。

作者简介

王士祯（1634—1711），原名王士禛，字子真，一字贻上，号阮亭，又号渔洋山人，世称王渔洋，谥文简，山东新城（今山东省淄博市桓台县）人。

注释

①瓦官寺：位于南京市秦淮区集庆路南侧，又称古瓦官寺。

②玉溪：指嘉陵江（参见王振会、雍思政编注：《蜀道神韵》，上海三联书店 2015 年版，第 251 页）。

咏嘉陵江牛头山

王士祯

冒雨下牛头，眼落苍茫里。一半白云流，半是嘉陵水。

牛头山

王士祯

其上天一握，其下潭万丈。峨峨牛头山，排空削千嶂。
盘盘石磴危，钩梯绝依傍。路与风云通，人出飞鸟上。
全蜀万山围，四顾迷背向。归云荡胸来，浩呼泊涛浪。
有如泛香海，一苇凌滉瀁。夔蜽争逢迎，鬼神献情状。
咫尺即岷峨，此亦堪犖行。

题筹笔驿

王士祯

当年神笔走群灵，千载风云护驿亭，
今日重过吊陈迹，只余愁外旧山青。

飞仙阁

王士祯

山行喜乘流，江平况如练。岝崿有开阖，竹树亦葱茜。
人言利州风，今朝泠然善。滩如荼毒鼓，舟剧离弦箭。
仰眺飞仙阁，鸟道危一线。弯环历三朝，向背穷九面。
绛云卷轻绡，白日递隐现。嘉陵碧玉色，晴雨皆婉娈。
想见吴道元，应诏大同殿。此生两经行，天遣追胜践。
醉帽停乌奴，已泊益昌县。

嘉陵江上忆家[①]

王士祯

自入秦关岁月迟，栈云陇树不胜思。
嘉陵驿路三千里，处处春山叫画眉。

注释

①王士祯在康熙十一年（1672）、三十五年（1696）两度入蜀途经略阳（参见略阳县志编纂委员会编：《略阳县志》，陕西人民出版社 1992 年版，第 536 页）。

朝天峡

王士祯

朝登嘉陵舟，日出羌水[①]赤。履险倦鞍马，即次亦称适。
黕黮双峡来，突见巨灵跖。崭岩无寸肤，青冥厉双翮。
阴崖积龙蜕，跳波畏鲸掷。往往压人顶，骇此欲崩石。

洞穴峡半开，兵气尚狼藉。蛇豕据成都，置戍当险厄。
至今三十年，白骨满梓益[2]。流民近稍归，天意厌兵革。
会见赍卢人，烧畬开确瘠。慷慨一扣舷，浩歌感今昔。
风便黎州[3]城，茫茫波涛白。

注释

①羌水：古水名，即发源于今甘肃岷县东南的岷江，因在羌族地区得名。至今舟曲东与古桓水（即今白龙江）合，又东南至文县东与古白水（即今白水江）合，东南至今四川广元西南入嘉陵江。故今白龙江、白水江与岷江合流的一段，古代皆有羌水之名。此处指嘉陵江。

②梓益：梓州与益州。梓州，治所在昌城县（今四川省绵阳市三台县潼川镇）。益州，治所在蜀郡的成都。

③黎州：治所在今四川省雅安市汉源县北。

虎跳驿[1]

王士祯

路逗苍溪县，荒凉破驿存。漉金稀见艇，畏虎早关门。
水合江南壮，山连大剑[2]昏。巴西兵马合，多少未招魂。

注释

①虎跳驿：旧址在今四川省广元市昭化区南嘉陵江东岸虎跳镇。

②大剑：即大剑山。

题龙门阁二首

王士祯

（一）

四围碧玉色峻增，著个行缠盏饭僧。
松未夙来龙背冷，坐看流水入嘉陵。

（二）

众山如连鳌，突兀上龙背。鳞鬣中怒张，风雨昼晦昧。
出爪作之而，神奇始何代。乱水趋嘉陵，波涛势交汇。

万壑争一门，雷霆走其内。直跨背上行，四顾气什倍。
夕阳下岷峨，天彭[①]光破碎。咫尺剑门关[②]，益州此绝塞。
子阳昔跃马，妖梦成佁儗。区区王与孟，泥首终一概。
李特亦雄儿，僭窃竟何在？

注释

①天彭：大约在战国时叫天彭门，秦蜀郡守李冰以后改称天彭阙（参见魏达议：《天彭阙·离堆·汶水（上）》，《文史杂志》1986年第1期）。

②剑门关：位于四川省广元市剑阁县，大剑山和小剑山之间。

昭化[①]夜泊

王士禛

淅淅风欺枕，明明月入船。三巴空有泪，独夜不成眠。
流宕鱼凫[②]国，凄其鸿雁天。故园梅信早，归去逼残年。

注释

①昭化：古县名，昭化古城在四川省广元市昭化区昭化镇，原名益昌县，后改为昭化县。

②鱼凫：鱼凫氏是古蜀国五代蜀王中继蚕丛、柏灌之后的第三个氏族，建都在今成都市温江区万春镇、柳城镇一带。

昭化县

王士禛

乱山围一县，衰柝下初更。近郭双江[①]合，扁舟万里情。
浪翻寒月影，风急夜潮声。何限人间事，茫茫恨未平。

注释

①双江：指嘉陵江和白龙江。

晚至昭化县题孔令见野亭

王士祯

葭萌朝挂席，弭棹欲三更。月上嘉陵江，山围汉寿城。
主人具鸡黍，邀客启柴荆。修竹吾庐似，因之故国情。

桔柏江[1]

王士祯

小舟飞青鹘，西掠马鸣阁。阁道凌天关，稍幸息腰脚。
茫茫双江[2]来，抱此益昌郭[3]。荒城豺虎多，残堞出丛薄。
国忆苴侯开，江疑鳌灵凿。武都地势高，众水竞流落。
分道下氐羌，两川乃磅礴。鸣水回惊澜，阴平划大壑。
仇鸠势未夷，犀牛道弥恶。千里会葭萌，崩腾似相索。
漭漭竟同流，西逝连井络。九十九峰[4]间，回首一错愕。

注释

①桔柏江：指今四川省广元市昭化镇北之嘉陵江。

②双江：指嘉陵江和白龙江。

③益昌郭：即益昌城。益昌：古郡名，唐属山南西道，治地在今四川省广元市昭化区昭化镇。

④九十九峰：在广元县（今四川省广元市）西二十里之九陇山（属今天曌山林场）。

大安驿[1]

王士祯

荦确三泉县，陂陀一径开。江流沮口合，风雨沓中来。
汉相经营地，氐王驾驭才。西穷嶓冢尽，节使亦雄哉。

注释

①大安驿：旧址在今陕西省汉中市宁强县大安镇。

五丁峡

王士祯

南穷石牛道，岩岩下云栈。三日招我魂，足踔目犹眩。
岂知东益州[①]，耳目益奇变。始过金牛驿，樛葛已凌乱。
漾水从北来，劣足泛凫雁。举头嶓冢山，峨冠倚天半。
大哉神禹功，从此导江汉。渐入五丁峡，谲诡骇闻见。
斗壁何狞狰，十万磨天剑。攒罗列交戟，茫昧通一线。
乱石殷峡中，鲛蜃喜澜汗。仰眺绝圭景，俯聆惊雷抃。
九鼎铸神奸，到此百忧患。东方牧犊儿，竟使蚕丛判。
我行忽万里，风土异乡县。身落大荒西，终赖皇天眷。
咄咄复何言，艰虞一身贱。

注释

①东益州：后魏置，梁废，治所在今陕西省汉中市略阳县（参见宁强县志编纂委员会编：《宁强县志》，陕西师范大学出版社，1995 年版，http://sxsdq.cn/dqzlk/dfz_sxz/nqxz/）。《重修宁羌州校注》注："东益州"为"东苍州"（参见《重修宁羌州校注》卷五《艺文志》，http://www.sxsdq.cn/sqzlk/sxjz/ssjzwz/hzs_16205/cxnqzzjzwz/）。

夜至黄坝驿[①]短歌

王士祯

氐道森沉十日雨，石林幂幂断行旅。
洪涛殷地四山动，百折盘涡噤难语。
前有蝮蛇后貙虎，红鹤哀号奋毛羽。
吾生胡为狎此曹，命轻如毛争一缕。
妻孥飘泊寄京国，欲归不归在何许。
乡关回首四千里，纵有苦辛谁告汝。

注释

①黄坝驿：位于陕西省汉中市宁强县南。

宁羌[①]夜雨

王士祯

不信无晴日，曾闻有漏天。武都连夜雨，巴子几人船。
山入氐中乱，寒临僰道偏。荒城闻鼓角，回首意茫然。

注释

①宁羌：今陕西省汉中市宁强县。

广元舟中闻棹歌

王士祯

江上渝歌几处闻，孤舟日暮雨纷纷。
歌声渐过乌奴去，九十九峰多白云。

凤　县

王士祯

险绝歧南路，岧峣蜀北门。千峰围邸阁，一线望中原。
城下嘉陵水，林间谢豹村。衰迟惭凤德，愁向接舆论。

紫阁岭[①]

王士祯

早发陈仓道[②]，马蹄乱云雾。行行到柴关[③]，云低雨倾注。
褒径中槎牙，幽篁四森布。大石立当关，势如猛虎踞。
世无飞将军，磨牙尔何怒。蛟龙喜昵近，气夺生忧惧。
怪鸟时一啼，闻声不知处。黑江远澒洞，万瀑齐奔赴。
颇闻紫柏山[④]，仙灵所游寓。石髓傥一逢，白日生毛羽。
谁使野鹤姿，氉毷堕笼篵。真宰不可问，更向苍茫去。

注释

①紫阁岭，位于陕西省户县东南。

②陈仓道：是古代从关中通往汉中的一条交通要道。

③柴关：即柴关岭，位于陕西省汉中市留坝县西北，旧属陕西省宝鸡市凤县。

④紫柏山：位于秦岭南麓陕西省汉中市留坝县境内，山上多紫柏，故名紫柏山。

雨趋留坝[①]

王士祯

急雨下乌栊，千峰一线通。路遥洋水北，天尽武关[②]东。
峡逼风霜气，人穿虎豹丛。谁知星使节，今夜托牛宫。

注释

①留坝：今陕西省留坝县。

②武关：位于陕西丹凤县东武关河的北岸。

画眉关[①]南渡野羊水

王士祯

四山对岈䆗，一水急波澜。巨鳖蛟潜稳，飞流马渡难。
阴压终古闷，白日几时看。恶竹纵横甚，还须斫万竿。

注释

①画眉关：在今陕西省留坝县南十里处。

闰七夕抵褒城县[①]

王士祯

褒斜十日路，白发忽侵寻。红叶下江水，始知秋气深。
马惊初出谷，城闭不闻砧。何处天河影，浮云只自阴。

注释

①褒城县：古代县名，治所在今汉中市褒城镇。

南郑至沔县[①]道中

王士祯

黑水梁州道，停车问土风。沔流天汉外，嶓冢夕阳东。
处处棕榈绿，村村穲稏红。更须参玉版，修竹贱如蓬。

注释

①沔县：即今陕西省勉县。

武侯琴室[①]

王士祯

竹茶娟娟静，江流漠漠阴。至今筹笔地，犹见出师心。
遗恨成衔璧，元声有故琴。千秋弦指外，仿佛遇高深。

注释

①武侯琴室：今陕西勉县武侯祠中保存有《武侯琴室》诗碑。

沔县谒诸葛忠武侯祠[①]

王士祯

天汉遥遥指剑关，逢人先问定军山[②]。
惠陵[③]草木冰霜里，丞相祠堂桧柏间。
八阵风云通指顾，一江波浪急潺湲。
遗民衢路还私祭，不独英雄血泪斑。

注释

①诸葛忠武侯祠：此处指勉县武侯祠，位于勉县城西3公里处。
②定军山：位于勉县南5公里处。
③惠陵：蜀汉皇帝刘备之墓，在四川省成都市。

宁羌州[1]

王士祯

威迟辞北阙，浩荡赋西征。天险金牛峡，悲歌猛虎行。
岷峨连雨气，沔汉走江声。三户遗民少，萧条见废城。

注释

①宁羌州：今陕西省宁强县。

千佛岩[1]

王士祯

江作大圆镜，山为宝楼阁。莫遣月霞闻，木石总烧却。

注释

①千佛岩：即广元千佛崖，位于四川省广元市城北 5 公里处的嘉陵江东岸。

夜泊双漩子[1]闻笛

王士祯

嘉陵江上泊舟时，戍鼓初停月上迟。
已听寒潮不成寐，谁家横笛怨龟兹。

注释

①双漩子：嘉陵江上滩名，位于四川省广元市苍溪回水坝上游（参见王振会、雍思政编注：《蜀道神韵》，上海三联书店 2015 年版，第 1046 页）。

舟行过苍溪

王士祯

万古行难到，三秋雁不过。蛮江吹积雨，急峡束盘涡。
绵谷[1]青山远，赍人白弩多。泛舟思杜老，漂泊意如何。

注释

①绵谷：古县名，今四川省广元市。

阆中感兴四首

王士祯

（一）

行役忽永久，衣裳白露凄。秋风吹剑外，客鬓老巴西。
萤火飞还没，寒蛩咽复啼。不堪蜀道雨，山雾昼常迷。

（二）

巴树小摇落，薄寒初中人。江山纷暮节，风露感萧晨。
远使飞邛杖，思归阅角巾。流波三峡外，何处觅文鳞。

（三）

西汉茫茫去，来过碧玉楼。九回肠已断，三折水还流。
涕泪闻鹃鸟，云山绕剑州。老亲穿眼去，霜雪白盈头。

（四）

蜀雨连秦栈，秋阴暮复朝。山盘黄鹘急，江合紫羌遥。
乌鹊知何急，鼋鼍尔独骄。蓬莱不可到，回首向风飙。

阆中县二首

王士祯

（一）

见说阆中好，轩窗临锦屏[①]。山川无仿佛，耆旧况凋零。
残垒浮兵气，寒江滞使星。忽闻羌笛起，风雨昼冥冥。

注释

①锦屏，指锦屏山，位于阆中城南。

（二）

滕王何寂寞，江报玉台偏。沙岸收赍马，湍流激硙船。
五城虚梦到，三户有人烟。不奈惊摇落，魂销弟子前。

自长桥[1]至草凉驿[2]

王士祯

西下嘉陵水，汵汵绿满滩。缘崖红叱拨，萦栈曲阑干。
九折行人少，千峰落日寒。不知投宿处，樵响隔云端。

注释

①长桥：长桥驿，旧址位于陕西省凤县红花铺镇，地处古栈道上（参见凤县宣传：《永生村》，2016 - 08 - 03，https://mp. weixin. qq. com/s?_ _ biz = MjM5OTM3OTE3NA%3D%3D&idx = 1&mid = 2652692351&sn = 725eef96c5c5903f87c77d8b4ef6cbd1）。

②草凉驿：旧址位于陕西省宝鸡市凤县东北37公里处，地处古栈道上。

雨度柴关岭[1]

王士祯

栈中新涨未归槽，百丈柴关水怒号。
鸟语不闻深箐黑，马蹄直上乱云高。
天垂洞壑蛟龙蛰，秋老牙须虎豹豪。
谁识熏香东省客，戎衣斜压赫连刀。

注释

①柴关岭：位于陕西省汉中市留坝县西北，旧属陕西省宝鸡市凤县。

南星[1]雨发

王士祯

骤雨南星道，秋阴草木风。涧寒伤马骨，云乱失蚕丛。
僭忆公孙帝，危知大禹功。中原何所处，梦落散关东。

注释

①南星：地名，位于陕西省宝鸡市凤县境内。

鹅　溪

王士祯

剩水残山只益愁，梓州荒绝接隆州。
眼明今日盐亭路，十里鹅溪碧玉流。

踏莎行·其一　寄曾道扶魏子存

王士祯

芳树秦城，春流蜀栈。蚕丛西望愁无限。铜梁阁外杜鹃啼，嘉陵江上行人饭。

远道萦纡，春光婉娩。锦江鱼杳淮南雁。去时杨柳不胜雅，青青又满随河岸。

题幸蜀图

李良年

掩尘黄帕哀琵琶，延秋门上乌哑哑。
侍臣趋朝漏未息，岂知辇道吹秦沙。
蛾眉绝影清渭水，太子始控飞龙騧。
手挥红甘祀香魄，尚有生荔来天涯。
三银船本少年事，臣倜进酒君王嗟。
倚毫写此图者谁，伯驹好手今犹夸。
山根潺湲碧无底，阁道蛣屈梯穿霞。
法杖细琐不暇整，从官触热欹乌纱。
就中缓辔意态殊，三郎捉鞭非翠华。
金盆皇孙不可认，疑是羽葆风回遮。
宫人军装或雁次，或稍前却载以车。
明驼夹道卧石罅，奚奴避日攀槎丫。
长鞦短鞚挂一发，高者蚁附低旋蜗。
此皆左膊印风字，尾侧赭汗流三花。

不使蹴踏渔阳儿，首俯耳帖何为耶？
峡耕无人峡田绿，悬流淙淙水满畬。
薄云千里带村角，忽转细径疏篱斜。
似闻子规响深壑，何有雪羽相笼箊。
白头父老出不意，亲见万乘临山家。
当年驰驿写嘉陵，化为飞烬随黄麻。
蜀山嵌空说王宰，讵有真迹留涪巴。
即今皴染渐剥落，松煤不复浓于鸦。
昔人画此意有托，眼明且爱烟峦赊。
黔南开府擅珍赏，更束缥带缄红牙。

作者简介

李良年（1635—1694），原名法远，又名兆潢，字武曾，号秋锦，浙江秀水人。

凤 岭

冯云骧

凤岭行来欲上天，此行无异作飞仙。
红霞向日回头近，鸟道蛇盘独马穿。
未断崩崖愁瀑水，半倚悬径仗危椽。
侧身万仞峰巅过，秦蜀遥看两点烟。

作者简介

冯云骧，生卒年不详，字讷生，代州（今山西忻州市代县）人，顺治年间曾任四川学政。

水濂洞

连登科

飞泉百尺挂丹梯，步入仙源路不迷。
织女祠边题跨凤，渔人洞口觅闻鸡。
卷将珠箔红楼隐，浣尽香奁白云低。
惆怅玉贞芳迹在，只今何处武陵溪？

作者简介

连登科（？—1674），清代曾任成县知县。

过米仓山[1]

连登科

峻坂飞泉雨欲昏，山高犹未上朝暾。
清秋淡写遥天去，野火残烧旧垒存。
闻说军糈通栈道，至今国计重云屯。
太平锁钥毋忘险，直取金汤作此门。

注释

①米仓山：在四川省和陕西省边境，为汉江、嘉陵江分水岭。一说米仓山在甘肃省陇南市武都县城北 40 公里处（参见张建民：《陇上明珠米仓山》，《甘肃经济日报》2010 年 12 月 15 日）。

辛亥蕤宾集望江楼观浮桥竞渡二首

连登科

（一）

一饮平原十日仙，芳辰况是绮罗筵。
蛟龙长锁津头雪，凫雁争喧水上天。
大树功高看勒石，余棠歌在愧留钱。
从容景物皆欢赏，不负同舟共济川。

（二）

槛外江流溯碧空，楼头柳色醉熏风。
金萧玉管沙棠楫，青雀黄龙赤羽艟。
水陆遥供番帐里，渔樵俱入画图中。
安澜砥柱垂千载，不数昆明第一功。

璧山[①]春望

屈升瀛

遥望城南万树丛，九重春色满林中，
遮天绿叶依云碧，照眼鲜花映日红。
诺水倒悬孤影出，公山正对两峰雄。
几回引我清狂兴，何日登临御好风。

作者简介

屈升瀛，生卒年不详，四川省通江县人，于康熙七年（1668）任安徽省芜湖市南陵县知县。

注释

①璧山：位于四川省通江县城西南诺江河畔。

龙滩马迹

屈升瀛

负图龙马出何年，今日龙滩势宛然。
鬃奋渥洼飞白玉，蹄翻秋锦踏银圆。
羲爻曾象天行健，骏骨犹传石面穿。
超步不随流水逝，问君谁复有中涓。

剑　关

溥　畹

险绝惟双剑，迢遥一线通。水分巴字峡，山接汉王宫[①]。
梯石来天上，穿云入地中。无知怜李特，漫欲寄蚕丛。

作者简介

溥畹（1662—1730），字兰谷，如皋（今江苏省南通市如皋市）人，俗姓顾。

注释

①汉王宫：九陇山有汉王寨，相传汉高祖驻跸于此，故名。

白塔[①]晨钟

王以丰

隔水招提一塔园，山僧早起爱迟眠。
鸡声未报钟先到，催动江城万户烟。

作者简介

王以丰，生卒年不详，康熙年间曾任南充府（今四川省南充市）通判。

注释

①白塔：位于四川省南充嘉陵江畔鹤鸣山上，为宋代所建。

曲水晴波[①]

王以丰

树夹澄波曲折流，临溪坐看水悠悠。
我虽未向山阴过，差胜兰亭一度游。

注释

①曲水晴波：南充古八景之一，在南充市嘉陵区曲水镇曲水入嘉陵江口处。

连洲古谶[①]

王以丰

山川灵秀毓公侯，千载犹传大小洲。
我欲携樽舟上坐，隔江撑过木兰舟。

注释

①连洲古谶：南充古八景之一，连洲即大小洲，俗名大中坝、小中坝，是嘉陵江中的江心岛，位于今嘉陵江与朱凤山麓相接处。

歧坪晚渡

李作楹

歧路亡羊，众人皇皇。南北驱驶，朝夕奔忙。
棠山日落，渡口烟苍。云何喧嚣，争者穰穰。

谁欤羽客，不假苇航。从容而济，留迹在旁。
蓬莱弱水，万里仙乡。觑此一勺，何异坳堂。
昂头天外，濯足扶桑。俗目视之，惟有望洋。

作者简介

李作楹，生卒年不详，清代苍溪（今四川省苍溪县）人。

白塔晨钟

袁定远

城东肃寺傍云开，一塔峻嶒立水隈。
双月未低人未醒，钟声早已渡江来。

作者简介

袁定远，生卒年不详，浙江省嘉兴市秀水县人，康熙九年（1670）进士，曾任南充郡守。

青居烟树①

袁定远

一水回环两岸分，参差烟树掩霞曛。
春来好向山头望，青翠重重似绿云。

注释

①青居烟树：南充市古八景之一。

栖乐灵池①

袁定远

人杰由来属地灵，山形水势护双汀。
只今剩有秋涛响，谁向城头月下听。

注释

①栖乐灵池：南充古八景之一。栖乐，即栖乐山，今西山之主峰，山上有栖乐池。

江南浮桥观竞渡二首

靳应魁

（一）

中流一楫共澄清，饮马投鞭鼓不惊。
铜柱题来推望重，锦标夺处听欢声。
桑麻遍野迎长夏，蒲柳因风荐太平。
樽俎相倾河朔似，稽山还倚魏公城。

（二）

石榴明眼照青罗，我亦追随马伏波。
帝子绾符麟阁赐，仙人捧剑凤池磨。
彩虹百丈联金锁，画鹢三行绕玉珂。
此际军容陈土俗，投醪何地不酣歌？

作者简介

靳应魁，生卒年不详，康熙年间阶州州尉。

秦州词

吕履恒

嘉陵江水向西流，大散关南天正秋。
一夜猿啼枫叶落，征人十万下秦州。

作者简介

吕履恒（1650—1719），字元素，号坦庵，河南省洛阳市新安县人。

丙寅夏日连云栈中作（八首选四）

金世发

（一）

径转千峰窄，泉飞百道寒。野花香细细，老树碧漫漫。
茅屋云边店，危桥柳外滩。那因贪胜尝，行路不知难。

（二）

山色重重古，闲云漠漠长。壁苔飞老蝶，潭树冷斜阳。
驿暗孤亭寂，人稀小县荒。行来才几日，空翠满轻装。

（三）

好峰看不尽，流水更潺湲。百里转万壑，千盘过一关。
莺啼苍翠里，人在图画间。岂是嗟行役，荒荒感岁难。

（四）

鸟道难为涉，深山易作秋。千峰常带雨，六月尚披裘。
密树藏鹦鹉，晴崖叫秃鹫。马疲行不得，坐遍白云头。

作者简介

金世发，清正黄旗人，康熙二十五年（1686）分巡汉兴道，分管汉中府（今陕西省汉中市），兼驻扎兴安（今陕西省安康市）。

五丁关[①]

董新策

五丁关耸入云霄，一线天中望转遥。
崖断千寻行有路，溪径百折渡无桥。
马蹄踏碎寒声涩，人面冲风短鬓飘。
坐倚蓝舆登陟倦，那禁心旆自摇摇。

作者简介

董新策（1676—1754），字嘉三，号樗斋，合江县人。

注释

①五丁关：地名，位于今陕西省汉中市宁强县境内。

登宁羌

董新策

急雨中宵梦不成，单车侵晓度重城。
临溪屋但三家聚，负郭田刚十里平。
飞瀑忽从岩罅落，断云多傍树根行。
油衣客自吟红叶，只少黄筌为写生。

苍溪泛江

王　璋

来往嘉陵喜泛江，清风宕漾入船窗。
寻梅一梦孤山顶，醒后身仍卧小舣。

作者简介

王璋，生卒年不详，山西人，康熙十九年（1681）任苍溪知县。

题三义庙[①]

卢承恩

金戈铁马惯盘旋，人力何常可胜天。
巴水[②]无情流汉月，楚江[③]有恨锁蛮烟。
乾坤数就三分在，今古名空五虎传。
试自葭萌寻往迹，雄风得睹旧山川。

作者简介

卢承恩，生卒年不详，奉天广宁（辽宁省锦州市）人，康熙二十三年（1684）任昭化县令。

注释

①三义庙：遗址在四川省广元市昭化区昭化古城东关外。

②巴水：此处指嘉陵江。

③楚江：即长江，古人亦称长江为楚江。

葭萌漫兴四首（选二）

卢承恩

（一）

春风亦奈下殊方，嫩绿新红散野香。
座列图书贫且病，民能耕读少何妨。
沿山树色来窗外，彻夜江声落枕旁。
不必屡愁烽火后，好芟荆棘筑泥墙。

（二）

江水滔滔莫问休，谁凭一柱砥中流。
膏腴未就肥民计，花柳难消瘦貌忧。
数月近闻猪可豢，三更不见虎能偷。
传来故国笙歌满，未敢疏狂忆旧游。

咏大获城

陈明宠

铁马金戈历送元，空城潮打浪声喧。
当年雉堞今何在，石鼓临江夜未湮。

作者简介

陈明宠，生卒年不详，四川苍溪人。康熙年间拔贡。

题朝天关[①]

岳钟琪

盘曲上崇椒，崎岖倍觉劳。水深因岩狭，山峻带云高。
昔过年三纪，今来鬓二毛。停车增感慨，斜日照秋袍。

作者简介

岳钟琪（1686—1754），字东美，号容斋，四川成都人，曾任川陕总督。

注释

①朝天关：位于广元市朝天区朝天岭。

云栈感怀

尹继善

雨后添衣身觉单，薰风云月似春寒。
峰高雾自连天白，才老花犹百日丹。
好景偏依云栈险，仕途守止蜀山艰。
停车住近清江水，一枕涛声送月残。

作者简介

尹继善（1695—1771），字元长，号望山，满洲镶黄旗人，曾任川陕总督。

题剑州八景，广卢雍韵为五言律八首（其二）

李梅宾

闻溪水雷

我爱闻溪水，源头活泼来。弄琴弹霹雳，布鼓发风雷。
声势群山应，波涛巨浪催。奔腾江口去，襄汉共潆洄。

嘉陵月色

皎皎天边月，悠悠江水流。水流明月住，月落大江幽。
造物常无尽，人生几得游。嘉陵江上月，光景自千秋。

作者简介

李梅宾，生卒年不详，字与素，桂林人。康熙五十三年（1714）举人，曾任剑州知州。

安乐泉①

李梅宾

一勺城西安乐泉，佳名锡自大唐年。
残碑剥落苍苔续，老树蓊葱花蔓连。
乳水汲将活水煮，蒙山②摘共露芽煎。
品题幸遇明皇赏，千古清流石罅边。

注释

①安乐泉：在剑州古城（今剑阁县普安镇）南门外龙泉涧畔。

②蒙山：即蒙顶山。

和吟绿馆感怀原韵（四首选二）

姚协赞

（一）

武都气象业维新，应否邻封也效颦？
老子犹能存古貌，中牟驯雉与人亲。
添来岳色千重翠，洗去河流万斛尘。
更喜萑苻早收拾，南邦登式岂无因？

（二）

元元郑重以庄临，棫朴衡材本素心。
琪树已从珊网得，宝书应有玉堂森。
风乘巨浸波澜壮，道积名山岁月深。
我亦敲棋无定著，勉陪吟席听宵沉。

作者简介

姚协赞，生卒年不详，康熙五十一年（1712）成县知县。

朝天峡乘舟

杨宏绪

险绝朝天无辙迹，解鞍相约上轻舠。
舵回流急岸如驶，人坐洪涛心似摇。
山势曲从虎豹转，波声疑助鬼神号。
诗魂咫尺惊难定，好泊前村借酒浇。

作者简介

杨宏绪，生卒年不详，字裕德，新繁人，康熙六十年（1721）进士。

剑门歌

左　教

大剑之山矗然起，北距剑州六十里。
一山两断状若门，秦蜀相通道由此。
我昔怀游已有年，己丑冬杪始著鞭。
途半望山山巍巍，离奇夭矫和云烟。
既到山前睹嶀崒，骇目惊心说不出。
况有李杜诗在碑，小巫如何更捉笔？
感彼友朋苦索歌，勉强也为君略述。
蛇龙之居谁敢集，鬼斧劈划森壁立。
大驱龙蛇走行人，割据纷纷真宰泣。
曲曲折折一线路，入门出门八百步。
双崖对峙倚曾霄，悬瀑飞流泠下注。
林峦荫翳郁苍苍，仰首青天讶日暮。
大剑溪[①]疾怪石高，溪水镵石作怒涛。
长风萧飒哀猿啸，耳边一片声呼号。
山口陡峻绝跻攀，昔人踞峡立剑关。
梯空架木耸高阁，一人拒万直等闲。
我想从古历今几千岁，王者王称帝者帝。
恃此为户坐优游，前有公孙后有刘。
李雄王建踵践位，孟昶李顺各窥伺。
王均吴曦明玉珍，僭号纷纷何容易！
须知地利不足藉，具己之德当求备。
公孙等辈虽效尤，何曾世世守梁州？
君不见，小剑之山相与连，秦置金牛直几钱？
蜀人贪贿弗顾国，竟命五丁开山川！
吁嗟乎！蜀本无路可通秦，凿山成道迓秦人。
尚且凿山延祸及，那有有门不得入？
又不见，阴平之区马阁岭，危峰巉削凌参井。
悬车束马下江油，何尝有路可驰骋？

古人以德不以险，孟阳之铭宜猛省！
而今海晏复河清，岳贡川珍乐太平。
太平有关昏昼开，我与白云共去来。
奚必天险言崔巍，彼古群雄安在哉？

注释

①大剑溪：发源于剑阁县剑门关镇黑山观，与小剑溪在剑门隘口至大石沟汇合流入清水江。

西山[1]霁雪

徐开运

碎折琼瑶万岭寒，长空烟散喜开颜。
白云半破随流水，此日西山入画难。

作者简介

徐开运，生卒年不详，四川省达州市大竹县人，雍正元年（1723）拔贡。

注释

①西山：即云雾山，位于四川省达州市大竹县。

笔峰观[1]

爱新觉罗・胤礼

笔峰高耸云霞空，仙山蓬莱在个中。
蹬道草拂马蹄静，绿荫蔽日柏林重。
再同侍从灵台进，仕隐笑迎前阶恭。
松烟烧笋棘火酒，怀人清梦已晓钟。

作者简介

爱新觉罗・胤礼（1697—1738），康熙帝第十七子。

注释

①笔峰观：位于四川省广元市朝天区宣河乡（参见陈鹤、朱东波：《果亲王允礼在四川》，《华西都市报》2018 年 8 月 9 日）。

惊险龙门阁

爱新觉罗·胤礼

不知秦蜀险，拨雾下龙门。深窦长六里，婉转山三宫。
雷鸣走其内，乱水相争中。胆碎出溪谷，汉流[①]眼朦胧。

注释

①汉流：汉水，这里指西汉水，即嘉陵江（参见王振会、雍思政编注：《蜀道神韵》，上海三联书店2015年版，第106页）。

凤县西门外[①]

爱新觉罗·胤礼

万壑霜飞木叶丹，小桥流水暮生寒。
却疑二月天台路，一色桃花照马鞍。

注释

①《凤县西门外》：诗碑。古凤州（今凤县）西门有《凤县西门外》诗碑，作者为爱新觉罗·胤礼。一说此诗作者为元代诗人郑东，题目为《题李唐秋山图》，诗句个别字不同："万壑霜飞木叶丹，石桥流水暮生寒。却疑二月天台里，一路桃花照马鞍。"（参见https://so.gushiwen.org/shiwenv_ b9ba2b4e0e16.aspx）

夜过温峡[①]听瀑布

王采珍

泉飞千丈瀑，月载一舟行。岂有蛟龙窟，而来风雨声。
冷冷醒客耳，脉脉动吟情。缅怀濂溪子，新诗许多[②]赓。
波回巴字水，帆指钓鱼城[③]。

作者简介

王采珍（？—1777），字献廷，号昆岩，滨州（今山东省滨州市）人。历任南溪县（今四川省宜宾市南溪区）、成都县（今成都市）知县，合州（今重庆市合川区）、邛州（今四川省邛崃市）知州等。

注释

①温峡：指重庆市北碚区温塘峡。

②一作“再”。

③“波回巴字水，帆指钓鱼城。”《北碚区志》所录此诗没有最后这两句（参见重庆市北碚区地方志编纂委员会：《重庆市北碚区志》，科学技术文献出版社重庆分社1989年版，第590页）。

龙洞背①

彭端淑

万山亘回环，嶙峋阻绝涧。群流争一窟②，水石相哄战。
晦霾无白昼，神物忽隐见。创辟类鬼工，俯瞰目亦眩。
在昔闻龙门，平生未及践。禹工不到处，宇宙多怪变。
巨石结构牢，遥遥终古奠。

作者简介

彭端淑（约1699—约1779），字乐斋，号仪一，眉州丹棱（今四川省眉山市丹棱县）人。

注释

①这首诗题目一作《题龙门阁》，诗句也有所不同，为：“万山互回环，嶙峋阻绝涧。群流争一窟，水石相哄战。晦明霾白昼，神物时隐见。创辟知鬼工，俯瞰目亦眩。在昔闻龙门，平生未及见。禹功不到处，宇宙多怪变。巨石结构牢，允矣终古奠。”（参见周啸天编撰：《历代名人咏四川》，四川文艺出版社2006年版，第32页。）

②一窟：指龙门洞，即龙洞背，是潜溪河上三个串珠状的溶洞（宋宁、杨更：《广元朝天地质公园地质遗迹景观评价及旅游开发研究》，《国土资源科技管理》2007年第4期），位于四川省广元市朝天区。

嘉陵舟中

彭端淑

临江思歇马，解缆得安流。暂释崎岖苦，犹悬道里愁。
岩廊①千佛子，风雨一孤舟。翻似安禅静，飘然物外游。

注释

①岩廊：指位于广元市城北嘉陵江东岸的千佛崖。

桶井峡猿①

王尔鉴

山锁疑无路，崖幽别有天。一溪沿洞入，前树看猿悬。
啸月谁为伴，呼云自结缘。移时出峡去，犹听水潺湲。

作者简介

王尔鉴（1703—1766），字在兹，号熊峰，河南省三门峡市卢氏县北苏村人。曾任巴县、营山县知县，合州（今重庆市合川区）、达州（今四川省达州市）知府等。主修乾隆《巴县志》。

注释

①桶井峡：位于重庆市渝北区御临河，今名统景峡。桶井峡猿，渝北十景之一。

明月峡

王尔鉴

谁凿江壁石，孔窍圆通天。嵚崟嵌碧落，朗朗明月悬。
嘘吸走风雨，吞吐穿云烟。云烟风雨息，清光生波澜。
何须燃犀烛，怪物不敢潜。春风宕我舟，满载明月还。

千佛崖葭萌胜迹，日久摧残颇多，张明府企丰捐俸重修，余道出于此，因咏以纪其盛

王尔鉴

石壁耸江干，嵌空若屏障。混沌初未凿，冲虚无色相。
山灵孕真宰，幻出千佛样。朴凿天岂欣，慈航心所向。
昔我初来时，千身一苔障。今我复游此，金碧涌江浪。
不惜亿万钱，岂其祷殊贶。愿出无生力，调彼众生恙。
霏雨散香花，二月春波涨。洪澜写层崖，慧目光滉漾。
我欲问空色，变化殊难状。但见摇青岳，云帆波下上。

桶井峡猿

周开封

桶井多奇胜，寻源景不穷。好山偏窈窕，曲径更葱茏。
桂树千猿跃，窥天一线通。桃源花落处，几度诓渔翁。

作者简介

周开封，生卒年不详，字骏声，号梅屋，巴县人，康熙五十九年（1720）举人。曾协助王尔鉴修撰《巴县志》。

谒祁山庙[1]

刘方霭

胜地登临景色幽，武侯事业震千秋。
依山立壁埋芳草，指土为粮绕绿洲。
历数将终逢主暗，兴师未捷已仙游。
只今寂寞遗孤庙，带恨河声一水流。

作者简介

刘方霭，生卒年不详，清代曾任礼县（今甘肃省陇南市礼县）观察。乾隆十二年（1747）六月曾撰《义学记》（参见礼县志编纂委员会编：《礼县志》，陕西人民出版社1999年版，第806页）。

注释

①祁山庙：此处指礼县祁山乡祁山堡之武侯祠，为三国时期蜀相诸葛亮率兵伐魏驻军之处。

广元夜泊

刘绍攽

汉寿[1]重经处，扁舟系碧岑。一帆风淅淅，半岭月沉沉。
渔唱羁心满，江寒夜意侵。此间好屯戍，弃地岂谋深。

作者简介

刘绍攽（1707—1778），字继贡，西安府三原县（治今陕西省咸阳市三原县）人。曾任什邡县（今四川省什邡县）、南充县（今四川省南充市）知县。

注释

①汉寿：古县名，治所在今四川省广元市昭化区丁家乡境内。

昭化早发

刘绍攽

牛头山下傍山城，月照西窗促晓征。
云水全迷归客路，绿杨阴里一舟横。

宿南星

钱　载

近在连云寺，邮亭得数间。前来野羊水，后拥废丘关。
有梦成无梦，千山隔万山。老人随所遇，城远浊醪悭。

作者简介

钱载（1708—1793），字坤一，号萚石，又号匏尊，晚号万松居士、百幅老人，秀水（今浙江省嘉兴市秀城区）人。

题朝天岭

杨潮观

自古襟喉隘，朝天势更加。闻铃仍带雨，筹笔欲生花。
云暗疑无栈，江深别有槎。不因天设险，何以控三巴。

作者简介

杨潮观（1710—1788），字宏度，号笠湖，金匮（今江苏省无锡市）人，曾任简阳（今四川省简阳市）、泸州（今四川省泸州市）、邛州（今四川省邛崃市）知府、知州。

牛头山

杨潮观

千盘出剑阁，万仞上牛头。岭势云中见，江声地底流。

连山风送雨，满谷树生秋。何处葭城小，深藏大壑丘。

石明镜[①]步太守黄公

邓时敏

石窟平穿两穴通，疑从人巧夺天工。
清江远映三山外，冰鉴长明一隙中。
晚照流星羞夜月，朝同旭日影飞鸿。
古今多少奸回态，革面何须驾上铜。

作者简介

邓时敏（1710—1775），字逊斋，号梦岩，四川省广安人。

注释

①石明镜：为四川省广安市广安区四九滩中一小滩名。

李世倬自孔庙视礼器回路便图泰山一峰以献因题其上

爱新觉罗·弘历

景行积悃望宫墙，视礼先期命太常。
讵为嘉陵驰去传，却携泰岳入归装。
天关虎豹常严肃，松磴虬龙镇郁苍。
便是明年登眺处，好教云日仰仁皇。

作者简介

爱新觉罗·弘历（1711—1799），清朝第六位皇帝，入关之后的第四位皇帝，年号“乾隆”。

塞中即景　其一

爱新觉罗·弘历

崇丘作镇郁坛曼，万派千支势拱攒。
碧涧似鞶围岭腹，白云为旆袅枪竿。
试看秋景如春景，端是木兰胜上兰。
一月行程诗递咏，嘉陵粉本不殊看。

题董邦达居庸[1]叠翠图　其一

爱新觉罗·弘历

具来粉本写神能，万树丹青缋绣棱。
近卫皇州巩北户，底须乘传拟嘉陵。

注释

①居庸：山名，在北京市昌平区。

题赵孟頫鹊华秋色图

爱新觉罗·弘历

昔览天水是图时，不信名山能并美。
今登济城望两山，初谓何人解图此。
因命邮致封章便，真迹携来聊比拟。
始信笔灵合地灵，当前印证得神髓。
两朵天花绣野巅，一只灵鹊银河涘。
是时春烟远郭收，柳堤翠绿花村紫。
天光澹霭水揉蓝，西鹊东华镜空里。
留待今题信有神，不数嘉陵吴道子。

再题赵孟頫鹊华秋色卷

爱新觉罗·弘历

文敏一生得意笔，不减伯时莲社图。
向每展玩辄叫绝，皴染含韵供清娱。
为鹊为华固未识，但见竖峰横岭天然殊。
去岁青齐驻巡跸，乃命驿致一证诸。
真形在前神焕发，树姿石态皆相符。
东华傑池丽色峚天外，西鹊威纡秀影围城隅。
徒闻道子乘驿传，嘉陵不识能同无。
尔时得句题卷上，嘉话自诩游不孤。

归来登舟值变故，是卷庋置过年余。
岁暮镜古适几暇，胡然入眼纷愁予。
两朵天花仍好在，鹊桥似阻银河涂。
向来悲喜倏已过，流阴瞥眼诚堪吁。
成诗聊当赋独旦，古纸侧理偏宜书。
常侍却能进谠论，久成宝笈藏石渠。
虑致鲁鱼难补记，解颐笑谓有是夫。
千秋后人执卷以题咏，其谁守禁为汝停吟觚。

命张若澄图葛洪山因题句

爱新觉罗・弘历

揽辔官邮渡滱水[①]，遥峰西北矗翠紫。
问名云是葛洪山，山固奇哉名亦美。
欲往游之虞豁险，况复纡途七十里。
内廷供奉属车随，六法曾参识画旨。
嘉陵乘传有往例，携稿以归传其似。
数日丹青结撰成，直移仙境来窗几。
隆崇坛曼倚天雄，厜㕒崒崿拔地起。
盘中草木冬不凋，埭上药花春正蕊。
浏莅卉歙会五音，訚砢傑池殚众技。
得路原从滴水堂，似限尘踪一为洗。
苹果（园）瓦窑（寺）随俗称，石磴无劳攀迤逦。
进步始至下清虚，已若身居天半矣。
过此崎岖迴倍前，疑惟鸟翔猿踔尔。
道藏阁据上清虚，泠空天风（二台名）双竦峙。
淙潺乳窦浴丹泉，老君炉在空岩里。
绝顶乃达圣母宫，翠柏红墙扶崱屴。
不殊清跸访丹丘，拍肩笑有洪厓子。
我闻稚川求勾漏，胡乃水碧炼于此。
云中鸡犬渺何方，灶侧刀圭俨可指。

若澄笔仗素所知，此图特妙得神髓。
灵区陶铸有是乎，会见云烟翕左纸。

注释

①滱水：古水名，上游即今河北省定州市以上唐河，自定县以下，流经今安国县南、高阳县西，与易水合。

广元舟中

李化楠

我官于南阅七年，不惯乘马惯乘船。
卧引江风飞一叶，醉和吴歌叩两舷。
自从舍舟广陵[①]道，疲马驮来身耸肩。
诗思苦被红尘扰，病骨难支红日煎。
秦栈山高尤可畏，立马天半低云烟。
险中却相旧游处，如泛仙槎寻无缘。
岂知还复有今日，中流坐啸忆清涟。
但恨山奇水过急，轻舟有似离弦箭。
九十九峰弹指过，庐山面目观未全。
我今去家已不远，况逢佳处差安便。
明朝日出催行路，策马仍上山之巅。

作者简介

李化楠（1713—1769），字廷节，号石亭、让斋，四川罗江人。

注释

①广陵：今江苏省扬州市广陵区。

自广元县[①]至朝天关道中作[②]

李化楠

始发自龙门，绝壁痕如削。悬崖多佛像，不知何年凿。
江水傍崖趋，激越鸣蹊壑。杈桠天半石，向人头上落。
金鳌[③]亦有背，飞仙尚留阁。怪石浮江湍，孤根潜水窟。

行当绝险处，顾盼生骇愕。似人立舟中，虚荡难稳著。
行行登山椒，始觉天宇廓。雄关扼形胜，烟光浩漠漠。
性僻爱奇险，幽居苦萧索。兹来得壮观，耳目因寄托。

注释

①广元县：今四川省广元市。

②《朝天区志》录有此诗，题为“题朝天关”（参见广元市朝天区地方志编纂委员会编：《朝天区志》（1986—2005），方志出版社2007年版，第649页）。

③金鳌：即金鳌岭，位于四川省广元市朝天区沙河镇金鳌村。

龙洞背①

李化楠

怪石突兀山嵯峨，溅溅流沫车轮过。
但觉风声四山下，哪知脚底龙腾梭。
石窦块开水鸣潏，土人云是龙所辟。
龙能致水信有之，谓龙开山恐未必。
连峰不碍水归东，乾坤特与一窍通。
鬼斧神工都不用，龙来恰好作潭洞。
君不见，瞿唐峡②口剑门关，
倚天峭壁青巉巉，是龙非龙谁镌劖？

注释

①龙洞背是潜溪河上三个串珠状的溶洞（宋宁、杨更：《广元朝天地质公园地质遗迹景观评价及旅游开发研究》，《国土资源科技管理》2007年第4期），位于四川省广元市朝天区。《朝天区志》录有此诗，题为“题龙门阁”（参见广元市朝天区地方志编纂委员会编：《朝天区志》（1986—2005），方志出版社2007年版，第659页）。

②瞿唐峡：亦作瞿塘峡，也称夔峡，长江三峡之一，西起重庆市奉节县白帝城，东至巫山县大溪镇。

题牛头山

李化楠

牛头高耸青霄上，巨石谽谺嶪相向。
剑阁西连百里翠，相连奇峰幻化难名状。
我来陟其岭，苍崖古木悬。
下视诸山俱拱立，直疑此阁可通天。
山僧起寺临空阔，倚槛更觉双眸豁。
长江滚滚抱城流，疏林晚霞飞木末。
晴云联袂起，危径排石齿。
不虚古人登天拟，蜀道之难从此始。

桔柏渡

李化楠

渡头两日风色恶，行人欲济还惊愕。
正愁水窟骄鼋鼍，坐见车马填城郭。
我来已是风浪平，崖边犹闻灖灖声。
人多船少不得渡，争先拥挤喧砰訇。
清晨坐至日沉西，一舟横驾水云低。
迟速由来亦有时，晓风残月随征蹄。

谒姜伯约祠[①]，和大儿调元壁间韵

李化楠

露冷荒山伯约祠，忠魂犹绕汉旌旗。
降王不惜三分业，上将空提一旅师。
心迹未能光旧史，勤劳特与表丰碑。
遥遥千古谁知己，不尽寒江[②]日夜澌。

注释

①姜伯约祠：亦称姜维祠、姜平襄侯祠，当地人称姜维庙，位于四川省广元市剑阁县。

②寒江：指嘉陵江。

宿武连驿[1]

李化楠

两山[2]雄峙一溪[3]流，叠起尖峦入剑州。
翠柏苍槐从古茂，高车驷马至今留。
长途客倦村烟晚，高店凉生驿树秋。
闻道连云八百里，炎威至此一齐收。

注释

①武连驿：旧址在今四川省广元市剑阁县武连镇。

②两山：龙祠山和栖霞山（参见王振会、雍思政编注：《蜀道神韵》，上海三联书店2015年版，第1006页）。

③一溪：指西河，又名西水、小潼水，发源于五子山分水岭西南，流经今四川省广元市剑阁县东宝、武连、正兴、开封、迎水、柘坝、长岭等地，于涂山乡界流入四川省南部、阆中。

天雄关[1]

赵秉渊

蜀江清可怜，蜀岭险可怕。牛头[2]对鸡头[3]，对峙不相下。
奋争何峥嵘，雄关塞其呀。策马贾勇登，飞阁凭空架。
浩浩天风吹，恍骖紫鸾驾。群峰合沓围，嘉陵屈曲泻。
我来万山中，折坂驭屡叱。兹游冠生平，兴轶灵运谢。
高歌扪井干，襟期郁难写。

作者简介

赵秉渊（1747—1805），字少钝，号实君，又号湛存，别号退密，上海人。

注释

①天雄关：古关名，遗址在距四川省广元市昭化古城西7.5公里的关隘牛头山腰。

②牛头：即牛头山，位于四川省广元市元坝区昭化古城西7公里。因天雄关位于牛头山，此处代指天雄关。

③鸡头：即鸡头关，古关名，遗址在今陕西省汉中市勉县褒城镇北，关口有大石状如鸡冠，故名鸡头关。

桶井峡猿

姜会照

游云杳杳入山时，古木烟萝夹岸垂。
倒影忽惊波荡漾，百千猿挂一枝枝。

作者简介

姜会照，生卒年不详，一字昌鹿，号南园，如皋（今江苏省南通市如皋市）人。乾隆六年（1741）顺天乡试中副榜。

泛舟至葭萌

李元奋

板头一叶鸣两桨，縠纹滑笏平如掌。
嘉陵江水接银河，便泛浮槎坐天上。
忆昔南道渡白门[①]，石犹怒阻黄天荡[②]。
日昏陡壁啼清猿，夜黑深潭腾巨蟒。
《离骚》在手意忘忧，风帆一霎何潇爽。
白涛滚滚涌金焦，浮图插处江天朗。
钱塘[③]五月兴更豪，红藕香车停乌榜。
平波星照列楼台，游人都作瀛洲想。
寒汀漠漠月三分，曲港微微风五两。
从此不逐南溟游，他年愿作西湖长。
如何计左坠缁尘，譬拟飞蛾络蛛网。
岑弁袴褶学从戎，骅骝纵辔奔坱莽。
老躯股肉不可支，矍铄据鞍空自强。
山行已倦忽乘流，喜遇麻姑搔背痒。
人生踪迹幻且奇，苍狗白云一俯仰。
会须拿舟访范蠡，不然掉臂从疏广。
空江梦断情无言，桔柏渡头人语响。

作者简介

李元奋，生卒年不详，湖北云梦（今湖北省孝感市云梦县）人，乾隆十二年（1747）

举人。曾任邻水、苍溪知县，两任南部知县（参见吴佩林、万海荞：《清代州县官的任期“三年一任”说质疑——基于四川南部县知县的实证分析》，《清华大学学报（哲学社会科学版）》2018 年第 3 期）。

注释

①白门：南朝宋都城建康（今南京）宣阳门的俗称，代指南京。

②黄天荡：长江下游的一段，在今江苏省南京市东北。

③钱塘：即钱塘江。

香泉印月[①]二首

冷文炜

（一）

涓滴泉从佛座流，偏宜涵养一轮秋。
神遗宝镜江心铸，手掬银蟾水面浮。

（二）

几枝桂馥金盆满，一颗珠明玉镜圆。
尘对寒潭秋月下，流川敦化妙难言。

作者简介

冷文炜，生卒年不详，字彤章，号艾西，山东省青岛市胶州市南乡冷家村人，乾隆（1736—1796）间任秦安（今甘肃省天水市秦安县）、两当（今甘肃省陇南市两当县）知县。

注释

①香泉印月：两当八景之一，位于甘肃省陇南市两当县城北香泉寺内，因泉水芳香故得名（参见 https：//mp. weixin. qq. com/s? _ _ biz = MzAwNjEzNDI1OA%3D%3D&idx = 3&mid = 2659461071&sn = 1b10fe478a52de5598d25b467671e36e）。

大雅今何在诗并跋

刘 塀

大雅今何在，青山旧草堂。数椽间架小，三径薜萝荒。
夹岸千寻逼，奔流一水狂。仙人开晓洞，鸣凤翥高冈。

潭静龟鱼现，岩深虎豹藏。卜邻如夙约，结伴近禅房。

荦梗依关塞，葵心向庙廊。才名怜太白，开济忆南阳。

岂独文章焰，还推忠爱长。当时歌橡栗，此日荐羔羊。

板屋经风雨，茅檐压雪霜。年年勤补葺，来往奠椒浆。

自注：工部草堂在成邑东南飞龙峡口，凤凰台[①]西。堂开东向，夹岸石壁千寻。对面有醉仙形悬壁间，衣冠须眉略可指似。二水合流出峡，水行石间，岌嶪动荡，势若飞龙。下为深潭，可钓长鱼。昔公由秦入蜀，爱其地，结茅以居，与赞公往来。后人因以祀公，春秋例用特羊云。

作者简介

刘坩，生卒年不详，字敬庵、镜庵，号西岩，山东省日照市五莲县户部乡刘家槎河人，雍正十三年（1735）举人，曾任甘肃省陇南市成县知县。

注释

①凤凰台：在甘肃省陇南市成县飞龙峡中，东河东岸。

嘉陵江舟中二首

常　纪

（一）

潮平风正小舟轻，一叶中流破浪行。

九十九峰何处是，峭帆已过利州城。

（二）

鞍马长征日不闲，抽帆今始得开颜。

扁舟稳坐如天上，饱看嘉陵两岸山。

作者简介

常纪（？—1771），字铭勋，号铭延，又号理斋，盛京北 90 里栖霞堡（今辽宁省沈阳市法库县栖霞堡村）人。历官崇庆（今四川省成都市崇州市）知州。

山行望见顺庆口占

常　纪

城下嘉陵水，城头姑射山。果州[①]风景别，相见一开颜。

注释

①果州：四川省南充市。

过昭化县（古益昌也）

常　纪

益昌城内烟树苍，益昌城外稻花黄。
牵舟令去风流在，名共嘉陵江水长。

题费敬侯墓[①]

常　纪

在昭化县西门外，雍正十三年果亲王自乌斯藏回经此，留题云“深谋卓识”四大字刻于石。

办贼当年志虑纯，彭亡恶兆忍重论。
至今呜咽嘉陵水，夜夜涛声泣墓门。

注释

①费敬侯墓：即费祎墓，在昭化古城东门。

舟中早发

常　纪

寒山无数郁崚嶒，红日高舂上未曾。
霜气萧森岸苇白，一枝柔橹下嘉陵。

朝天关

高　辰

石磴崎岖山雾迷，江流东下日沉西。
孤鞍瘦影频回首，一树梅花发野堤。

作者简介

高辰（1724—1774），字元石，号白云，四川省成都市金堂县人。

叠水河瀑布[①]

王昶

玉龙奋迅空山裂，箭激长洪走凹凸。
终古恒疑香海翻，悬空直恐银河竭。
不雨频驰晴日雷，未寒先洒炎天雪。
建瓴却藉坠形高，鼓橐无虞元气泄。
龈腭崩崖豁百寻，冲瀜急瀑回三叠。
大盈江派此其源，下注槟榔快剑吷。
我居夷裔正萧寥，欲出阛阇溯奇谲。
斜抱城根带玦环，初溅石齿鸣篱篁。
从风荡漾散云烟，缘嶂奔腾挂虹蜺。
偿逢画手吴生□[②]，持较嘉陵岂见劣。
危亭小立听喧豗，独剜落衣读残碣。
余姚太守真好事，手辟榛芜斫槎蘖。
丰城老将亦名流，更饰香茆敞栌楶。
坐使潨湍傍屋行，响入棕楠尚萧屑。
十年流水不闻声，安得趺跏证禅悦。
深涧悬知蕴怪灵，蛮区应为湔歊热。
浓荫如更沛长霖，走马重来看奔决。

作者简介

王昶（1725—1806），字德甫，一字琴德，号述庵，又号兰泉，青浦朱家角人，祖籍浙江省兰溪市。

注释

①叠水河瀑布：位于云南省腾冲市城西。

②“偿逢画手吴生□”句，“□”为编者所加。能够查到的版本，此句均少一字，编者疑其有缺失。

嘉陵江渡口即景

周 书

江干春旖旎，晴快偶经过。杨柳依山尽，夭桃夹岸多。
酒帘分野色，花担出岩阿。应有高人躅，埋名隐薜罗。

作者简介

周书，清代诗人，生平不详。

两当九日

田尔易

重阳散步上东皋，云破天开兴倍豪。
元武台前来霁色，嘉陵江畔起秋涛。
平川五里风光好，背郭千岩气象高。
红叶青苗尽是瑞，微吟浅酌自嚣嚣。

作者简介

田尔易，生卒年不详，直隶人，曾任两当（今甘肃省陇南市两当县）县令。

筹笔怀古二首

张赓谟

（一）

江上隐隐筹笔驿，人代速于掣电疾。
井龟依然在眼前，忆煞上将行军日。
屯田此去何从回，五丈[①]星沉心未灰。
赢得偏安绵汉祚，都自神笔筹谋来。

（二）

王师千载此持筹，玉帐牙旗驻上游。
星象不缘沉五丈，歌声已唱复中州[②]。
毫端自昔空才思，山势依然作阵楼。
日暮烟寒风紧处，还疑刁斗起江头。

作者简介

张赓谟，生卒年不详，字企丰，山东省菏泽市单县人，乾隆时两次主政广元。乾隆十三年（1748），首次出任广元县令。

注释

①五丈：五丈原，古地名，位于陕西省宝鸡市岐山县五丈原镇。

②中州：居全国中心的今河南省一带。

皇泽寺偕应、彭两广文李司尉邀游

张赓谟

江山何逼仄，古寺抱崖开。亭自江心见，泉从佛顶来。
千峰矜翠壁，一水荡尘埃。暂约藤花下，诗成酒入杯。
抚景怀今昔，登临自一时。龙蛇随告化，松桂尚华滋。
良友成幽集，遥途会有期。夕阳归棹急，应是逐鸥夷。

大云千佛①

张赓谟

五丁劈山山石裂，幻出千佛无生灭。
衢路日日车马喧，阅尽浮尘根断绝。
江如圆镜青光溶，亿万法象颗粟中。
一度西风岩花落，散将天女色为空。

注释

①大云千佛：即广元千佛崖。

千佛岩

张赓谟

江流浅且清，石径滑复冷。峰顶转夕阳，水落千佛影。

深溪[①]泊舟

张赓谟

漱漱清流浅浅沙，轻舟泊处野云斜。
山中赢得春归早，人日江头看杏花。

注释

①深溪：流经四川省旺苍县正源乡的一条小河。

过水槽坪[①]

张赓谟

踏雪山腰不待晴，每将勤补对生平。
一丛木叶覆蛇径，万壑湍泉飞雨声。
过岭人从天外至，入沟马自地中行。
笑他僻处风犹古，下者巢兮上者营。

注释

①水槽坪：民国《重修广元县志稿》："水槽坪，地近麻柳树场。"麻柳树场在今四川省广元市旺苍县正源乡境内（参见王振会、雍思政编注：《蜀道神韵》，上海三联书店2015年版，第566页）。

中秋夜两会[①]河舟中作

张赓谟

晴江千尺澄清泚，水底沙明翻青紫。
一叶徜徉奁镜中，水晶宫里珊瑚红。
柳暮阴森摇橹进，浪花堆里寒生鬓。
习习两腋清风生，涤尽尘襟肌骨清。
（吾闻）天上冰轮最高寒，桂花露滴珍珠盘。
长波月漾弧光起，梦魂飞入蟾窟里。
有客劝酒琼瑶杯，藕丝鲈脍花成堆。
休灯减烛意脉脉，海角晓日连天白。

注释

①两会：古寺名，位于今四川省广元市旺苍县双汇镇金龙村双河中学校处（参见四川省旺苍县志编纂委员会编纂：《旺苍县志》，四川人民出版社1996年版，第733页）。

丙穴鱼潜[①]

张赓谟

石柜阁下巴字水，上连丙穴[②]清且沘。
年年看春上巳前，恒见潜鱼澄潭里。
潭里有鱼嘉无伦，渔户结网复垂纶。
勖哉鲲鲕戒无取，留待满尺能几旬？

注释

①丙穴鱼潜：古利州八景之一。

②丙穴：地名，在原广元县城北15里（今四川省广元市利州区工农镇小塘村）嘉陵江岸，该处石崖壁立，中空成穴（参见https://baike.so.com/doc/6399880-6613538.html）。

龙洞秋云[①]

张赓谟

突兀葱岭拔地起，古洞窈渺深涧里。
几年神龙穿壁过，往往飞霞散成绮。
自从洞辟通江流，不怕银山浪打头。
洞上闲云空长在，龙兮龙兮今何求？

注释

①龙洞秋云：乾隆《广元县志》列为广元八景之一（参见王振会、雍思政编注：《蜀道神韵》，上海三联书店2015年版，第111页）。

羊模河[①]水

张赓谟

羊模小河深见底，万山眉黛总分明。
可怜出峡临官道，一入长江再不清。

注释

①羊模河：流经四川省广元市朝天区羊木镇全境，注入嘉陵江。

飞仙岭

张赓谟

飞仙真绝险，陡起万山头。九面圆于削，一江曲似钩。
峰高云拂寺，境寂夏长秋。如线关门路，凌虚不可求。

乌龙[1]宝顶

张赓谟

一峰陡起何嵯峨，横空倒影摇晴波。
蜿蜒游龙势矫若，排云直欲饮天河。
曾说仙人顶上弈，上有孤松挺千尺。
月夜棋子声犹闻，几度柯烂迷踪迹。

注释

①乌龙：即乌龙山，又名乌奴山，在四川省广元市城西的嘉陵江畔。

平乐寺[1]即事

张赓谟

古寺千年傍翠微，藤萝绕砌护苔衣。
屈身老柏如迎客，入耳清钟自息机。
浓淡烟岚山远近，湾环碧玉水周围。
悠悠更似严陵濑，落日空江燕子飞。

注释

①平乐寺：位于四川省广元市昭化区柳桥镇境内。

城南泛舟二首

应德伟

（一）

南河[①]一带草芊眠，好友相携上画船。

□[②]望浮萍平贴水，微风荡漾绿田田。

（二）

花鸭群群出苇丛，溪边唼喋趁微风。

绿萍香里回舟处，又见新霞片片红。

作者简介

应德伟，生卒年不详。乾隆十四年（1749）任广元县教谕（参见四川省地方志工作办公室：乾隆《四川保宁府广元县志》（十三卷·首一卷），2017－02－20，http://www.scd-fz.org.cn/gyjzty/content_ 4504）。

注释

①南河：古称汉寿水，源出广元市朝天区麻柳乡李家坪，流经鱼洞、龙王、大石、东坝，在广元城南注入嘉陵江。

②：该处缺字。

自广元至昭化道中

江　权

蜀道连秦栈，葭萌蜀北钥。

重关扼五盘，龙门势如削。

南行向桔柏，汀岸自开拓。

遥遥望人烟，稍稍见村落。

平流响舟楫，空林喧鸟雀。

朝辞汉寿城[①]，暮宿益昌郭。

邮符纷往来，民俗尚简略。

作者简介

江权，生卒年不详，字越门，安徽歙县（今安徽省黄山市歙县）人，乾隆十年（1745）进士，曾任夔州知州、保宁府知府。

注释

①汉寿城：古汉寿县城，在今四川省广元市昭化区丁家乡境内。

阴平八景

孙　巘

阴平古渡驾虹桥，笔卓尖山透九霄。
瀑布晴随霓影落，天池浪逐碧光摇。
奇锺素岭花偏异，春到西园色倍娇。
尤爱文台含晓霁，螳螂日照晚霞烧。

作者简介

孙巘，生卒年不详，河南省洛阳市汝阳县人，乾隆十四年（1749）任甘肃省陇南市文县知事，在任十二载，续修《文县志》。

阴平即景（回文体）

王亦圣

潮海翻波碧浪倾，锦江霞映月晖明。
桥连柳阴烟浓淡，渭共泾流水浊清。
迢路山川云栈远，险关秦岭雪霓晴。
遥飞北雁南天近，娇色秋花漫舞轻。

作者简介

王亦圣，生卒年不详，武陵人，乾隆二十一年（1756）任甘肃省陇南市文县都司。

喜凤堂成柬诸生二首

李兆锦

（一）

选胜筑堂成可观，讵从余事独凭栏。
北窗风达羲皇郡[①]，西岭云依杜老坛。
诗客江行曾号虎，伶伦山在欲招鸾。
性耽佳句盟须订，长吏犹然儒素寒。

（二）

凯奏西征大捷年，呦呦秋野鹿鸣天。
自多王国士人出，奚少仙关兄弟传。
香透木樨杯泛月，光依金鸭笔凌烟。
风禽草树曹刘垒，不似肥江助谢元。

作者简介

李兆锦，生卒年不详，湖北省荆门市钟祥市人。乾隆二十二年（1757）任徽县（今甘肃省陇南市徽县）知县。

注释

①羲皇郡：指甘肃省天水市，相传天水是人文始祖伏羲和女娲的出生地。

送林又眉令犍为

何逢僖

嘉陵风景画难成，羡尔飘然捧檄行。
路入蚕丛千嶂合，江回巴字一帆轻。
衙斋昼永花当座，官阁春深鸟唤名。
还有故园佳绝味，绛囊鲜擘玉晶莹。

作者简介

何逢僖，生卒年不详，乾隆二十二年（1757）进士。

宿牛头山下

朱孝纯

舣棹千山里，巴江[①]若雾深。峡风吹急雨，云气截平阴。
淹滞从来惯，沉沦忽至今。牛头在咫尺，相望负登临。

作者简介

朱孝纯（1729—1784），字子颖，号思堂，一号海愚，人呼戟髯。东海（今山东省临沂市郯城县）人。

注释

①巴江：指嘉陵江。

雨次黄坝[1]

吴省钦

暮宿羊鹿坪[2]，朝食牢固关[3]。秦栈极垂尽，食宿行开颜。
栈险本在秦，滩险本在楚。蜀险祗胁从，济恶恶春雨。
雨天无寸晴，雨路无寸平。湿泥堕云顶，半程遥十程。
止止绪如麻，行行面如土。谁慰寂寥心，猿声三四五。

作者简介

吴省钦（1729—1803），字冲之，号白华，江苏南汇人。

注释

①黄坝：位于陕西省汉中市宁强县南端。

②羊鹿坪：即今陕西省汉中市宁强县城所在地。

③牢固关：位于陕西省汉中市宁强县西南部。

次朝天镇

吴省钦

风旌到峡低，高树看驱鸡。鸟惊依岩舫，人耕戴石泥。
云断秦岭外，春水汉江[1]西。渐信风光老，杨花驿路迷。

注释

①汉江：又称“汉水”，这里指“西汉水”，即嘉陵江。

天雄关[1]雨憩

吴省钦

天雄关隐牛头半，东斗阑干日中见。
入窗黴裂猿鸟回，多少征人泪流霰。
后马头顶前马蹄，两蹄一掇升一梯。
千梯万梯逼霄汉，喘息溢涌悭扶携。
陇树胶葛秦树低，嘉陵江树较近翻凄迷。
怪尔断无尺株寸杪媚烟色，
惟有铁棱破碎如鳞如甲排青霓。

是时牛头虓怒欲衔阁，黑飙吹帽坏裘薄。
织云竦阛冰子落，只到牛腹不到脚。
焉得唤起五丁力士来奋牵，犁作田寨屯炊烟，
留此共眺西山雪岭②东边日。

注释

①天雄关：遗址距四川省广元市昭化古城西7.5公里的牛头山腰。

②西山雪岭：山名，在四川省大邑县。

鹅　溪

张松孙

左绵山左高渠西，低汇群壑流寒溪。
《水经》未能注远派，天教舒雁将名题。
鹅浦鹅湖旧得号，仙翎不与凡禽齐。
孝嫁埋时定羽化，铃声起处思岩栖。
波清乍挹霜毛泛，草碧忽临丹掌低。
爱唼绿萍逐上下，高吟曲项惊旎倪。
山飞潭宿志其处，历历简册皆可稽。
如何旷代传闻绝，空标梵院依菩提。
旧产曾闻东绢好，万户桑林业不迷。
夹岸秋风储萑苇，连宵春雨起耕犁。
赴郭清流三十里，通山曲径万千蹊。
欲比辋川作图画，卧游自不劳扶藜。

作者简介

张松孙（1730—1795），字雅赤，号鹤坪，江南长洲（今江苏省苏州市吴县）人。乾隆四十八年（1783）擢升潼川府（治郪县）知府。

天雄关吊平襄侯

陆象拱

中原戈甲会如林，壮士仍坚报国心。
偷度阴平谁失险，老支剑阁独难任。
模糊画壁春苔黓，恍惚灵旗暮雨沉。
日月复明空有愿，汉江流水作愁音。

作者简介

陆象拱，生卒年不详，字杏村，长洲（属今江苏省苏州市）人，乾隆年间监生。

天雄关怀古

宋思仁

剑阁望微茫，登临正夕阳。雄关设天险，沙渚落鱼梁。
山色逶迤渡，江波缭绕长。定危思敬国，赍志吊平襄。
耻甚谯家子，悲哉北地王。凄凉丞相死，恸哭侍中亡。
可爱金汤业，曾教兵革荒。野花只笑日，衰柳几含霜。
春草年年绿，秋风叶叶黄。变迁时一瞬，兴废古多场。
鸟与云烟会，人从名利忙。此间惆怅客，不为苦他乡。

作者简介

宋思仁（1730—1807），字蔼若，号汝和，长洲人。

于朱子颖郡斋值仁和申改翁见示所作诗题赠一首

姚 鼐

我昔少年百不求，车舟载走殊方州。
短褐之衣饭不足，胸探江汉千珠旒。
偶向人间结豪士，击筑和歌燕市秋。
自从通籍十年后，意兴直与庸人侔。
径辞五云双阙下，欲揽青天沧海流。
故人剖符守东岳，长髯忽对当风虬。

座中宾友况英俊，闻名往往从交游。
嘉陵驿路剑关口，君昔黄绶忧民忧。
一朝解印归不得，西南漂泊猿犹愁。
是时朱君亦羁客，携子登阁观江涪。
万里解散复会合，并有百锦囊压鞆。
荷君为我尽顺出，红烛低看三白头。
精金美玉价在市，鲸波蜃气升成楼。
信知江山助雄丽，使我愧向平生搜。
拟将雪霁上日观，当为故人十日留。
高岩磨壁不敢写，盍借巨笔镵天球。
文章道路识老马，世事沧洲漂白鸥。
相看兴极一回首，日月住矣空悠悠。

作者简介

姚鼐（1731—1815），字姬传，一字梦谷，室名惜抱轩（在今桐城中学内），世称惜抱先生、姚惜抱，安庆府桐城人。

题唐人关山行旅图

姚 鼐

乱山奔如涛，急水高如山。
千山万水不可度，况有倚天绝地之雄关。
终南东走洛与宛，剑阁岷嶓①天最远。
山头日落关前晚，青烟满地黄云返。
栈中马足蹑重云，岩底车声行绝坂。
后有舆从前建旄，孤骑席帽丝鞭操。
负担汗赪贱且劳，耳边不断风骚骚。
猿鸟悲啸兕虎嗥，青枫密竹苦雾塞，仰首始露青天高。
林开地阔春陂绿，商舶渔舠牵缆续。
嘉陵江水下渝州，愁听巴人《竹枝》曲。
不道曲声悲，且说含辞苦，山头十日九风雨。
君王肠断为零铃，行路谁能不酸楚？

路草岩花秋复春，关山犹有未归人。
丹青写尽关山怨，千古行人行不断。
将身涉险岂非愚，不及田间藜藿饭。
或言男儿桑弧蓬矢射四方，那得日在妻孥旁？
樵夫隐士同一谷，英雄贾客偕征行。
士生各有志，未易相评量。
亦有进退无不可，出亦非见居非藏。
苍生自待命世者，岂必栖栖求异乡？

注释

①岷嶓：岷山与嶓冢山的并称。

天雄关题壁

沈澹园

蜀山诸峻数牛头，自此延缘入剑楼。
形势只今称扼塞，干戈当日镇淹留。
嘉陵一线分盘脚，绵汉[①]千峰尽到眸。
我欲从戎投笔去，王师已喜凯歌收。

作者简介

沈澹园，生卒年不详，字清任，乾隆二十九年（1764）曾任顺庆知府。

注释

①绵汉：古行政区域名，绵州（治在绵阳）和汉州（治在今四川省广汉）。

昭化县

朱云骏

烟际帆初卸，孤城景物幽。人家滨桔柏，故国属苴侯。
飞鸟投岩月，清飙发棹讴。只愁明日路，扪葛上牛头。

作者简介

朱云骏，生卒年不详，字逸湄。无锡金匮人。乾隆二十一年（1756）举人，乾隆三十二年（1767）任隆昌（今四川省隆昌县）县令。

天雄关

吴廷相

雄关晴耸翠光流，俯瞰双江[①]满澄秋。
只为离亭贪爱日，却忘短景下山楼。

作者简介

吴廷相，生卒年不详，清代山东宁阳人，乾隆三十三年（1768）任昭化县县令。

注释

①双江：指嘉陵江和白龙江。

早发涪江

李调元

清江滴空翠，晓晚浑不辨。月光水面威，树色烟中见。

作者简介

李调元（1734—1803），字美堂，号雨村，别署童山、蠢翁，四川罗江（今四川省德阳市罗江区）人。

筹笔驿

李调元

忆昔兴师讨贼曹，深山独坐运筹劳。
六韬气压貔貅静，八阵云屯虎豹号。
荀息托孤唯一死，魏公早恶梦同槽。
至今古垒生春草，长见遗民拾宝刀。

题飞仙阁

李调元

入峡只一舍，峰峦更逼仄。人担虎豹忧，江带鼋鼍色。
巍巍飞仙阁，高际入①无极。飞甍照山光，荡漾何剫屶。
上有连云愁，下有沉潭黑。蛇蟠九曲弯，鸟道一竿直。
舟梯不在地，白日忽西侧。艰哉徒旅人，跋涉无时息。
却羡荡舟子，凌波如鸟翼。

注释

①一作“若”。

题千佛崖

李调元

是身如云影，飘渺任西东。偶随花雨来，忽到梵王宫。
百千万亿佛，雕镵何玲珑。藻井缀花鬘，五色垂葱茏。
金手挥军去，列坐金莲中。粗细排金粟，坯钵烂碧空。
斗法露龙象，状貌一一工。似自天竺见，疑为鹫岭逢。
其余诸小崖，尽斫瞿昙容。时觉银草动，恍惚来香风。
面壁虽逼仄，力仗慈航通。始悟心想灭，千江明月同。
吁嗟我非佞，偶遇缘觉聪。回看鹿苑远，仙唱高穹窿。

题龙洞背

李调元

诸水如游龙，曲折赴龙洞。雷霆争荡激，愤怒声相哄。
人从背上行，乍觉鳞鬣动。造次出之而，阴风生暗恐。
横梁高于墉，跨天俨成蝀。马蹄惧即脱，羊肠抢孤恸。
不敢此暂停，去去催我鞚。犹闻远滩鸣，汹汹隔山送。

宽川铺[1]

李调元

宽川忽不宽，仄身入巉巑。两壁磨苍苍，仰见天在管。
涓涓何处泉，清可濯苔藓。流沫不成轮，空雷石上转。
古洞吐秦云，线路盘蜀栈。行子忽愁思，横峰欲尽铲。
胡为披蒙丛，荦确走成趼。乃嗟化工奇，阴阳自结撰。
阅代通人力，大道归平坦，金牛事有无，付之一笑莞。

注释

①宽川铺：地名，在陕西省汉中市宁强县北。

五丁关

李调元

谁能持大斧，划破万古石。砌硠劃一声，乾坤忽中拆。
至今镌椎痕，但见巨灵擘。漾水走其下，日夕相澌漘。
嶓冢失天险，连山断根脉。我马立层巅，望见剑南辟。
暗雷走空山，镇日惊辟易。秦蜀何年通，呼吸此其隔。
嗟嗟善哉行，恨无生身翮。

题金鳌岭[1]

李调元

连日沿江岸，陂陀异昔遭。兹岭恐惧始，脊起径益高。
压仆惊魂磊，洞壑深嵺嶆。人与马相警，逐彼升木猱。
咫尺目花眩，恐落万丈涛。我闻龙伯人，巨钓连六鳌。
疑请五真时，遗此一遁逃。亦如禹治水，支祁加锁牢。
居人指山顶，有神飨腥臊。前明御史碑，首纪开路劳。
当年椎牛祭，毋乃太贪饕。何不铲之平，犹若贩与挑。
语罢神亦怪，江风中怒号。

注释

①金鳌岭：在四川省广元市朝天区沙河镇金鳌村。

朝天关

李调元

朝天在天上，嵯呀少行人。怒目似相待，撄啮何狰狞。
不知我亦谲，轻舟过无声。双桨不惊鸥，玩此一水清。
仰看头上石，仍见空中横。冰牙缀颓岸，意气如不平。
为我谢山灵，无为腹膨脝。

朝天峡

胡德琳

旬日走云栈，登顿劳上下。舆中因掀簸，厌闻马蹄响。
今晨改涉水，失喜听双桨。差舟小如叶，差水平如掌。
健疑青鹘飞，疾类枋榆抢。滩转峡角来，双峙袤千丈。
石裂怒欲落，长压不敢仰。洞阴中惨栗，白日迷惝恍。
其深蟠蛟龙，其毒聚蛇蟒。侧目望天关，阁道更渺茫。
行人偶失足，一坠讵可想。

作者简介

胡德琳，生卒年不详，字碧腴，一字书巢，临桂（今广西壮族自治区桂林市临桂区）人，乾隆十七年（1752）进士，曾任什邡知县。

大散关①

胡德琳

蜀门自此通，谷口望若合。日月互蔽亏，阴阳隐开阖。
微径临深溪，马蹄畏虚踏。泉流乱石中，砰訇肆击磕。
时节已初春，气候如残腊。黄叶间青条，风吹鸣飒飒。
时见采樵人，行歌互相答。

注释

①大散关：古关名，为周朝散国之关隘，故称散关，位于陕西省宝鸡市西南郊秦岭北麓。

出峡至石关游八佛崖[①]

何廷楠

青天落苍崖，峡尽水潆复。俄闻流水香，云深花满谷。
路断石桥通，沿溪趋平路。返景照村墟，炊烟起茅屋。
遥登八佛崖，群峰争拥簇。苔磴云萝上，萝壁松阴覆。
寒翠扑面来，青冥转眩目。微茫穿鸟道，一线蚁缘木。
只身入霄汉，神骨凄以肃。俯视秦山低，青青万点伏。
西高带履余，丘垤之林麓。小憩转丹阁，金经满尘簏。
嗟哉羽化人，千秋竟不复。昆圃架元鹤，云间游白鹿。
芝田已荒凉，何如种棱种。此间陶潜解，归去南村速。

作者简介

何廷楠，生卒年不详，连平（今广东省河源市连平县）人，乾隆年间（1736—1796）曾任西和与两当（今甘肃省陇南市西和县与两当县）县令。

注释

①八佛崖：位于甘肃省陇南市西和县石峡镇西侧。

从饮马河[①]（俗名养马河）沿溪而东历十八盘登仇池绝顶

何廷楠

巨灵覆壶不着地，化作芙蓉无根蒂。
劈空苍翠自天来，天桥横断白云际。
怪石峻嶒碍飞鸟，绝壁无依穷眄涕。
洞口不知何处寻，石门终古松隐闭。
为访仙宅旧窟穴，九十九泉纷纠曲。
野人指点话桃源，隔溪一径攀萝辟。
崎岖历尽十八盘，无根水涌青螺髻。
从此飞步蹑天梯，仰天穿云庶可逮。

我时下马陟山椒，磴苔蒙茸绿草细。
循蹬历级履错然，前趾未进后踵曳。
从我游者六七人，寸步缩缩接武迷。
经仄有如鹿奔峭，喘息骇汗防颠蹶。
上者扪壁下者攀，壁军股栗守陴睨。
侧身巨石当面立，时见狐熊蹲深翳。
山精白日披萝幄，若有人兮依薜荔。
崡岈窈窕洞穴深，倒注壶天宾月窾。
山骨风雨摧折朽，枯枝叉枒龙蛇蜕。
险怪凭陵忽当关，虎豹奋怒争搏噬。
阴晴冬春失昏晓，赤日亭午进一霁。
摩崖忽在云端立，呼吸直欲通上帝。
划然一啸万山秋，高空如闻鸾鹤唳。
顿忘下界有红尘，不觉烟霞满衣袂。
却从洞口渡石桥，灵境非复人间世。
百顷芝田平如掌，南村北村连畛畷。
父老忘机鹿豕游，出入作息同耕艺。
问伊居此何年代，高曾不能以世计。
但道此间日月长，天荒地老相守卫。
吁嗟呼，杜甫当年劳梦想，尘缘未尽何由诣。
独有题咏数篇诗，名山借此为点缀。
神鱼踪迹亦何有，仇池半涸空碑碣。

注释

①饮马河：即洛峪河，俗名养马河，甘肃省陇南境内西汉水的支流（参见胡瑜：《西汉水》，《甘肃水利水电技术》2015 年第 1 期）。

桶井峡猿

张九镒

峡口入几许？潺潺弄回溪。溪深不可溯，中有青猿啼。
波涵倒挂影，动宕碧玻璃。水穷问前路，仙源景不迷。

作者简介

张九镒，生卒年不详，乾隆二十八年（1763）前后在世，字橘州，又号退谷，湖南省湘潭市人。曾任职四川川东道（清代专指驻扎于巴县的分巡兵备道。巴县，老县名，即今重庆市主城区的古称）。

登少屏山①

徐以镛

嘉陵江水漫悠悠，翠锁屏山倒影流。
画栋丹飞随日丽，赤城霞绕带烟浮。
幽崖半写唐人句，古寺频牵宋客舟。
韵罢斜阳看月上，一声长啸动沙鸥。

作者简介

徐以镛，生卒年不详，乾隆年间（1736—1796）人。

注释

①少屏山：亦称锦屏山，位于苍溪嘉陵江南岸。

屏山①远眺

徐以镛

一叶扁舟渡此山，登临身已出尘寰。
缘溪田亩荒烟外，历历人家霄汉间。

注释

①屏山：即少屏山。

曲江霭翠①

徐以镛

小桥溪接大江滨，路转峰回曲径巡。
野绿晴空留燕语，渔人到此应迷津。

注释

①曲江霭翠：苍溪十景之一。曲江即九曲溪，又名曲肘溪、曲肘川，源出玉女山，东

南流入嘉陵江。其曲折如肘，在今苍溪县东北门沟。

登少屏山

孟 瑛

崔巍峭壁自天成，对列长江一字横。
云气却从足下起，烟光尽向望中生。
愁看鸟道迷人迹，误听松涛作雨声。
历上层崖凭吊古，竞推杜老擅诗名。

作者简介

孟瑛，生卒年不详，生活于乾隆年间。

坪江晚渡[①]

孟 瑛

坪江夜静那行人，隐隐传来捉橹声。
静听忽无旋又起，偷津可恼不留名。

注释

①坪江晚渡：亦称歧坪晚渡、宋江晚渡，苍溪县十景之一。

屏山远眺

丁映奎

为寻古阁陟华巅，四面云山萃目前。
烟火万家图画里，江流如带水连天。

作者简介

丁映奎：生卒年不详，字秀峰，乾隆三十四年（1769）进士，贵州开泰（今贵州省黔东南苗族侗族自治州黎平县）人。曾任苍溪知县、保宁知府。

登少屏山[1]

丁映奎

天开锦障削难成，信步凌云一望清。
微雨过来山暑净，好风吹去水波平。
题崖已擅千秋笔，凿石还标百雉城。
但得文星齐耀采，不劳江上管闲情。

注释

①少屏山：亦称锦屏山，位于苍溪县嘉陵江南岸。

登离堆山[1]

丁映奎

不共群山峙，高标尺五天。波回川似肘，云起洞来仙。
烟火笼城郭，诗书播管弦。摩崖千载事，相与慕唐贤。

注释

①离堆山：即白鹤山，位于苍溪县城北。

曲江霭翠

丁映奎

渊源曾向玉山[1]来，如肘如环去复回。
闻说河流经九折，云光仿佛出离堆。

注释

①玉山：即玉女山，在苍溪县城东北。

紫溪金钗

丁映奎

停桡溪口问民风，漫指金钗浪影中。
不信仙媛饶逸致，阿谁遗迹水晶宫。

坪江晚渡

丁映奎

何处风华欲眩人，坪江夜静橹声频。
临流指点当年事，应是仙郎来问津。

桔柏渡

张邦伸

嘉陵出五泉[①]，白水来西倾[②]。千里汇桔柏，江势始纵横。
每值夏秋涨，山壑惊砰訇。忆昔天宝初，车驾迁南京[③]。
龙舟涉巨浪，双鲤夹以行。此后患沉溺，岁难仆数更。
况经津吏辈，需索到筐籯。行人坐渡头，往往淹云程。
吾愿贤司牧，利济劳经营。或为浮梁渡，或为打桨迎。
务使往来便，毋俾涉者争。书以告后世，庶几王道平。

作者简介

张邦伸（1737—1803），字石臣，号云谷，汉州张家后营（今四川省德阳市广汉市新平镇）人。

注释

①五泉：即五泉山于甘肃的皋兰山北麓。

②西倾：即西倾山，亦称西强山、西洽山、西恰山、嵹台山。狭义的西倾山，也就是通常意义上的西倾山，主要是指青海、甘肃、四川交界地带的山脉，其岭脊构成甘肃省甘南州玛曲与碌曲两县的分界线。广义的西倾山，泛指介于长江流域嘉陵江支流白龙江、西汉水与青藏高原上黄河首曲、二曲以及黄河支流渭河、洮河、大夏河之间的广大山域。

③南京：指成都。

题朝天岭

唐乐宇

愁听奔雷百折滩，崚嶒峭阁附江干。
戍旗落日关山迥，铃铎西风草树寒。
烟外帆樯通广汉[①]，云中宫阙望长安。
题诗莫漫愁孤绝，千古魂销蜀道难。

作者简介

唐乐宇（1739—1791），字晓春，号九峰，别号鸳港，四川绵竹人。

注释

①广汉：今四川省广汉市。

七盘关[①]

唐乐宇

客梦连霄苦，乡音话别初。峰回疑碍马，江尽不通鱼。
鼓角寒云外，空林落照余。劳劳成底事，容易赋离居。

注释

①七盘关：又称五盘关、棋盘关，位于宁强县黄坝驿乡与广元市朝天区转斗乡的分界线上。

桔柏渡

唐乐宇

梦断人初起，天寒酒易消。白沙千里月，黄叶半江潮。
水木迷青雀，风尘敝黑貂。横流能涉险，渔子不须招。

七盘山[①]

李骥元

南栈[②]七盘[③]促，北栈[④]七盘[⑤]长。凭高瞰地底，曲折同羊肠。
一盘讶天近，举手扪日光。三四盘渐转，如滩下舟航。
五盘陟六盘，冷翠沾衣裳。树垂万年古，泉落千丈强。
迂回递七折，始得遵平康。江波一天雪，马蹄万点霜。
掉首望山巅，烟雾空微茫。

作者简介

李骥元（1745—1799），字凫塘，号云栈。绵州（治在今四川省绵阳市）安县宝林镇大沙村人。

注释

①七盘山：即七盘岭，位于今四川省广元市东北与陕西宁强县交界处。

②南栈：亦称蜀栈，即金牛道。

③南栈七盘：指金牛道上七盘岭。

④北栈：亦称秦栈、连云栈，即褒斜道（关于南栈、北栈参见柏桦《贯穿古今的蜀道》，《陕西日报》2017 年 11 月 24 日）。

⑤北栈七盘：指褒斜道上褒谷口的七盘山，在陕西省西安市蓝田县南十里，亦曰七盘岭，或称鸡头关（南栈七盘与北栈七盘注参见王振会、雍思政编注：《蜀道神韵》，上海三联书店 2015 年版，第 22 页）。

天雄关①

李骥元

左排山万峰，右包江一道。矗矗天雄关，冲霄崖未了。
地鸣钟鼓多，天入秦陇②小。波涛碧油油，霜霰白皓皓。
自经阁道行，群山拓怀抱。及兹历益峻，如鹤凌苍昊。
莫去寻山僧，僧归白云表。

注释

①天雄关：遗址距四川省广元市昭化古城西 7.5 公里，关隘牛头山腰。

②秦陇：秦岭和陇山的并称，指今陕西、甘肃之地。

龙洞背

李骥元

逆龙引秦水，直向此山送。山灵塞前途，云崖密无缝。
龙怒张爪牙，穿石遂为洞。千里辟成河，一门开若瓮。
水声与石声，今古两相哄。山中何所闻，来去鸟音哢。
幽意快心曲，徐揽青丝鞚。

飞仙阁

李骥元

仙人耽白云，不肯尘嚣住。凌空架一阁，高挂云多处。
楼栖唐代烟，园种宋时树。欹崖下枕江，削壁中开路。
双双白玉童，启扉四山顾。举手忽招邀，言驾鹤来驭。
便当谢世人，追蹑王乔路。

琵琶秋水①

秦武域

嘉陵江水起秋声，洲泛琵琶水欲平；
浪叠云皱风细细，波明珠跳雨涟盈；
漫山槲叶红霞迥，亚岸芦花白雪轻；
所谓伊人怀宛在，题诗宅畔不胜情。

作者简介

秦武域，生卒年不详，字紫峰，又字于镐，曲沃（今山西省曲沃县）人。乾隆三十一年（1766）任两当知县。

注释

①琵琶秋水：两当八景之一，指嘉陵江流经两当县西坡镇琵琶崖至琵琶洲一段风景。

琵琶秋水

屠文焯

秋江万倾势弥漫，露苇风荷琵琶寒。
怪煞岩前一片石，不闻商妇月中弹。

作者简介

屠文焯，生卒年不详，浙江钱塘人。乾隆三十五年（1770）任两当县知县。

香泉印月

屠文焯

一泓止水碧光浮，明月多情照更幽。
天上人间两轮镜，十分圆足十分秋。

凌霄阁

刘泰三

凌霄阁上贮清幽，到晚尘嚣市井收。
远嶂千里看鸟度，斜阳一片为诗留。
田家迷漫看春水，渔火苍茫点钓舟。
把酒临风怀杜老，江花杳杳会江楼。

作者简介

刘泰三，生卒年不详，字鹤坪，号砚农，清代合州人，乾隆六十年（1795）恩贡。

注释

①此诗录于重庆市合川区文峰塔公园凌霄阁。

锦屏书院

王应诏

山光绕座水明楼，曲院层栏花木稠。
六七月间无暑气，清渠活泼识源头。

作者简介

王应诏，生卒年不详，字聘三，号东野，乾隆三十年（1765）乙酉科举人，四川阆中人。

步陈砚济太守韵①

沈怀瑗

岘首凭高处，双江合汇流。孤城犹屹峙，战垒已全收。
邈矣张王绩，雄哉玭璞谋。明禋崇令典，肸蚃妥春秋。

作者简介

沈怀瑗，生卒年不详，会稽（今浙江省绍兴市）人，乾隆四十二年（1777）任合州吏目。

注释

①此诗刻在合川钓鱼城护国门外大路石壁上。作者系清代会稽沈怀瑗（参见中国国民党革命委员会重庆市合川区工作委员会编著：《天下合川》，团结出版社 2013 年版，第 41 页）。

集杜诗咏桔柏渡

邵　墩

桥断更寻溪，须令剩客迷。急流鸨鹢散，终日子规啼。
江动月移石，船回雾起堤。天影剑阁外，秋色有余凄。

作者简介

邵墩，生卒年不详，字安侯，浙江四明（今浙江省宁波市）人，乾隆年间犍为（今四川犍为县）县幕。

桔柏津[①]暴涨待渡六首

王廷取

（一）

不羡芙蓉水[②]，门临桔柏江。夜来春雨足，山绿近山窗。

（二）

江水碧如油，清光自上楼。今朝妆镜失，不见照梳头。

（三）

昨夜倾盆雨，郎行应知暮。何如溪水干，郎只在家住。

（四）

望夫原化石，妒妇亦成津。不畏风波恶，莺花何处春？

（五）

欲别难为别，吞声古渡头。妾心同此水，相送下渝州。

（六）

渝州隔千里，终费金钱卜。何不上朝天[③]，去迟来则速。

作者简介

王廷取，生卒年不详，字又介，号濯亭，又号孺歌，晚号如是，婺源（今江西省上饶市婺源县）人，乾隆年间曾任盐源（今四川省盐源县）知县、顺庆通判等。

注释

①桔柏津：即桔柏渡。

②芙蓉水：指成都锦江。

③朝天：指朝天驿，即筹笔驿（参见粟舜成：《筹笔驿遗址新考："筹笔驿"即"朝天驿"》，2016－06－14，http://www.gyct.com.cn/BasicTemplate/CU2015/content.jsp?urltype=news.NewsContentUrl&wbtreeid=1485&wbnewsid）。

昭化夜泊有感何易于事

王廷取

画船春泛益昌城，县令前驱亦世情。
底事至今传倔强，一山如笏插葭萌。

登铁山

张 绶

环徽皆山哉，山高何险绝！当南峙双峰，望之色如铁。
鸟道与羊肠，层层势盘折。危梯架悬岩，飞湍声幽咽。
上有千年松，蜿蜒对罗列。隐雾而吞霞，天造亦地设。
怪石生其间，林腰藏虎穴。虎出张乃威，令人肝胆裂。
下有武家坪，居民多朴拙。茅檐八九椽，半在山石凸。
其西曰虞关，嘉陵江派别。万里通巴门，荡荡孰与决。
我闻宋吴公，兄弟何勇烈。破敌曾在兹，磊落千人杰。
今我来铁山，步步苦据拮。计里五十余，险巇亦尽阅。
我曾促晓装，骡困脚力竭。我曾数心期，谁能为我说。
相逢一笑时，衣衫任宕跌。造物多闲情，低徊思往哲。

底事久飘蓬，千载如同辙。我宿太平庵，晚凉罢炎热。
风风雨雨凄，况复立秋节。本非薄俗尘，浊酒且怡悦。
翘首望京华，缩地术难窃。话到夜初分，钟声远近彻。
渺渺兮予怀，挥毫忘谫劣。

作者简介

张绶（1747—1801），字佩青，号南坡居士，生于甘肃省陇南市徽县，生平不详。

应制铁笛诗

张 绶

西羌[①]地接陇头[②]水，朔管制作从兹起。
后有铁笛老道人，谁知杨氏复米氏？
米氏爱石不爱笛，此物何年来袖里？
黝然古光如发硎，寒风飕飕随落指。
泊舟将毋过青溪，造于三弄处近是。
裂石穿云隐者心，按之寥亮有遗音。
乐府歌声久消歇，杨柳梅花思不禁。
拈笔自写《凉州曲》，瞻言桑梓一沈吟。

注释

①西羌：今河关（甘肃省临夏州与青海省交界处）西南一带（参见马俊华：《临夏——大禹的故乡》，2017－12－13，http://www.chinalxnet.com/a/linxia/linxiadili/2017/1206/24447.html）。

②陇头：即陇山，位于宁夏、甘肃、陕西三省交界处。

鹑鸽岩[①]

张 绶

古寺出峰腰，悬岩近碧霄。一村烟漠漠，半峡水迢迢。
雨不淋檐瓦，门还对柳桥。山花兼紫白，石径杂渔樵。
市远尘氛少，云低暑气消。老僧何处去？村底有鸣蜩。

注释

①鹑鸽岩：位于甘肃徽县水阳乡。

牟家坝[1]

张 绶

二里过前庄，晴川引趣长。凭鞭残句续，到眼野花香。
柿树围村舍，竹篱护水秧。悠然风景别，会意在沧浪。

注释

①牟家坝：在徽县水阳乡。

题朝天关

李鼎元

峨峨朝天关，栈中第一隘。上压千尺石，下截江一派。
险势过半头，峻极出天界。烈日掌中捧，奔云马头挂。
钩梯与危磴，到此益奇怪。俯窥江上船，小若坳塘芥。
五丁凿不得，架木迹未坏。如何孟蜀辈，守此亦终败。
信哉险难恃，万古一长唉。

作者简介

李鼎元（1750—1805），字味堂，一字和叔，号墨庄，绵州人。

注释

此诗据《朝天区志》所录（见广元市朝天区地方志编纂委员会编：《朝天区志》（1986—2005），方志出版社2007年版，第648－469页）。他处所录此诗诗句有所不同：峨峨朝天关，栈中第一隘。上压千尺石，下截江一派。险绝赛牛头，峻极撑天界。烈日掌中捧，崩云马头挂。钩梯与危磴，到此益瑰怪。俯窥江上船，小若坳塘芥。五丁凿不得，架梁迹屡坏。如何上堵人，守此亦终败。信哉险难恃，万古一长唉。（参见王振会、雍思政编注：《蜀道神韵》，上海三联书店2015年版，第135页。）

七盘关

李鼎元

七盘盘入空，势欲扪青天。路逐石角转，人随树杪旋。
误入羊肠中，甘让飞鸟先。风云莽回互，欲出愁无缘。
岭水一以分，陇蜀遂相悬。颇似歧路人，挥手揖马鞭。
有草烟外香，有花雨中燃。好景写不得，惆怅云峰前。

千佛崖

李鼎元

石柜豁如门，闪出佛千亿。江涨濯足来，影摇去沙黑。
颇似浙江潮，万人看堤侧。又如壁上军，观斗各默默。
问谁凿混沌，鬼斧固难测。天梯著无地，一径况倾侧。
何曾能渡人，鸟倦孙容息。且复矜庄严，金碧炫空色。
蜿蜒曾波上，一堕犹可恻。

牛头山

李鼎元

日出群木疏，山色递晻霭。客子踏云行，直上青天外。
雄关踞牛角，江似蹄涔会。回头二剑山[①]，淬峰将安濑。
踵触后来人，几成灭顶害。四山争向背，形势辨襟带。
时清官吏疏，奸民或狼狈。颇闻渡口人，欺客恣狡狯。
孤商休夜行，毒鱼如蟒大。

注释

①二剑山：指剑阁县北的大剑山与小剑山。

武侯坡[①]

李鼎元

山势欲入栈，峰峦峻不已。举手扪青天，一坡十五里。
陡绝马蹄滑，进尺退辄咫。怪石蹲虎豹，老树立山鬼。
风雷助其威，触云怒欲起。呼朋各慎步，世路险如此。
匹练垂青天，洗土出石齿。马蹄踏千年，迹与篙窠比。
崖深虎啸风，溪黑鸢堕水。四山冬烧畲，咫尺穷百里。
重重西南抱，齐向剑门止。入栈试新险，置身良有以。

注释

①武侯坡：位于剑阁县五连镇。

广元[①]登舟

李鸾宣

又荡葭萌一叶舟，渝歌声里棹夷犹。
烧畲火逐樵风散，九十九峰天际头。

作者简介

李鸾宣（1751—1817），字伯宣，一字凤书，号石农，山西省静乐县五家庄人。

注释

①广元：今四川省广元市，古称利州。

先蚕祠[①]四首（选一）

张问安

桑叶猗猗青满湾，青丝作笼春昼间。
桔柏江边采桑去，葭萌城外赛神还。

作者简介

张问安（1757—1815），字悦祖，一字季门，号亥白，四川省遂宁市人。

注释

①先蚕祠：遗址在广元市朝天区文安乡（参见郭兰：《广元硕果仅存的“蚕丝文化”在文安集中展示》，2017 - 08 - 21，http://www.china.com.cn/travel/txt/2017 - 08/21/content_ 41447592.htm）。

涪江道上

张问安

疏林摇曛黄，天寒远沙退。
旷野不逢人，昏鸦立牛背。
水凫接天飞，回翔下薮泽。
涪江似湘江，波流自然碧。

潼川府[1]

张问安

密竹团村色，晨炊启稻香。
人来沙岸远，山抱郡楼长。
洵美真吾土，回流宛一方。
明朝射洪路，好醉酒炉旁。

注释

①潼川府：治郪县，今四川省绵阳市三台县。

魏城驿[1]

张问安

照影寒流欲上潮，一林松桧雪初消。
晓风残月丹沙岸，古驿斜临金带桥。

注释

①魏城驿：位于今四川省绵阳市游仙区魏城镇（参见李戴：《绵州驿道考笔记14：魏城驿》，2014-04-23，http://blog.sina.com.cn/s/blog_470c42a00101r01d.html）。

朝天关

张问安

我行忽永久，日暮倦行李。履险苦已烦，望舍恋休止。
咋闻嘉陵江，烟棹犹可理。风便益昌郭，百里片帆耳。
连天走飞龙，雨气暗江汜。万壑想奔腾，汛澜去何已。
登舆破清晓，复此青山里。沉沉阴霾重，磴磴燕云委。
盘盘到高巅，郎朗关门启。峡壁斗阴森，狭隘仅容苇。
俯视一线江，蜿蜒行地底。短垣护马足，栈石补倾圮。
缪公昔司臬，于此壁荆杞。作使万夫众，治险平如砥。
浩荡指巴渠[1]，极目穷万里。慷慨一登楼，垒垒云山里。

注释

①巴渠：古县和古郡名。

春日登岁寒亭[①]晚眺分得亭字

张乃孚

风浴襟期愧无能，偶乘佳兴对南屏。
城如图画双江绕，山送烟岚半壁冥。
吹雪扬花欺鬓白，映袍草色为谁青。
偶然览物兼怀古，滚滚英风百尺亭。

作者简介

张乃孚（1758—1825），号西村，合州人。

注释

①岁寒亭：旧址位于今重庆市合川区西北濮岩寺附近。

筹笔驿

钱 林

转战街亭[①]愤未摅，艰难徼道问军储。
汉朝创业三巴路，蜀相谈兵一卷书。
合拟萧曹契鱼水，欲回天世卧茅庐。
可怜星落前军夜，五丈原高恨有余。

作者简介

钱林（1762—1828），原名福林，字东生，一字志枚，号金粟，仁和县（今浙江省杭州市余杭区）人。

注释

①街亭：位于甘肃省天水市秦安县的陇城镇。

雨发南星

升 寅

雷雨万山巅，南星夜未眠。有山皆带絮，无树不笼烟。
留坝遗村远，陈仓[①]古道偏。怒号泉不已，使我面前贤。

作者简介

升寅（1762—1834），字宾旭，满洲镶黄旗人。

注释

①陈仓：古县名，即今陕西省宝鸡市陈仓区。

天雄关

方 积

跃马公孙亦壮哉，重重天险截云开。
英雄原不臣新室，帷幄如何失楚才。
龙种自殊提剑起，虎牙[①]可畏逼人来。
鲸蛟老尽双江[②]冷，剩有寒蛙聒耳哀。

作者简介

方积（1764—1814），字有堂，安徽定远（今安徽省滁州市定远县）人，在四川做官二十余年，曾任阆中知县、川北道、四川盐茶道等。

注释

①虎牙：喻指尖锐的山峰。此处指牛头山，其位于广元市昭化古城西清江河南岸，嘉陵江西岸（参见王振会、雍思政编注：《蜀道神韵》，上海三联书店 2015 年版，第 483 页）。

②双江：指嘉陵江和白龙江。

题筹笔驿

张问陶

古驿风云积，阴崖秘鬼神。荒祠啼望帝，遗像肃宗臣。
老树知何代，青山似故人。重来筹笔地，立马荐溪苹。

作者简介

张问陶（1764—1814），字仲冶，一字柳门，号船山，四川省遂宁市人。

朝天驿舍与胡君夜话

张问陶

客舍吾庐似，真忘蜀道难。旧题书夏闰，今雨话冬残。
水落金鳌冷，云封石柜[1]寒。关山势辽阔，何日到长安。

注释

①石柜：即石柜阁，是古代的一个阁栈，遗址在广元市千佛崖石窟前古蜀道上。

题嘉陵江上

张问陶

利州山水淡宜秋，波浪潺缓绕廓流。
仿佛巴渝东去路，一帆风雨峡中舟。

题金鳌岭

张问陶

冷冷鳌背雨，萧瑟似秋残。石径临江仄，山风扑马寒。
丰碑何代祭，神物此中蟠。愁望嘉陵棹，飞乌下急湍。

游葱岭同亥白兄作

张问陶

西归访名山，葱岭[1]秀无敌。兀如百丈台，丛树围秋色。
削壁势横撑，崖下龙门拆。轰然束众流，万马争一枥。
颇闻最上头，幽异凌空积。同气得尚禽，钩深复何惜。
杖藜寻古径，时见蜿蜒迹。俯惊涂毒鼓，仰接垂云翼。
狌鼯咤足音，花草乱扶屐。老干忘冬春，危根养孤直。

连林苦纠缠，各拥玲珑石。有石必万窍，肉好出神力。
沉沉何王殿，怪鸟聚檐额。玉座长寒苔，衣尘黯如客。
更披虎豹丛，忽露仙灵宅。空明小石城，三户敞虚白。
日瘦钟乳竖，风泉漏岩隙。寰区扰群动，繁响此中寂。
灵境自常留，人心惊乍获。若置蒜山[②]东，弹指炫金碧。
葆真畏疏凿，甘向遐荒匿。谈笑谢吴人，金焦奇不得。

注释

①葱岭：即龙门山，广元市朝天镇与宣河乡交界处。

②蒜山：亦称“算山”“云台山”位于江苏省镇江市西北。据说周瑜曾与诸葛亮议拒曹操，谋算于此，因而得名。

大安驿

张问陶

地敞三泉县，群峰绕画屏。烟浮樵爨白，雨止稻畦青。
树色笼潭毒[①]，溪声走鳖灵。壮怀谁可说，举酒酹山庭。

注释

①潭毒：关名，在今四川省广元市东北。由于明清人把今陕西省汉中市宁强县大安镇误认为即唐宋三泉县，为此，把与三泉有关联的潭毒关也误定在大安的东北面（参见宁强县志编纂委员会编：《宁强县志》，陕西师范大学出版社，1995 年版。http://sxsdq.cn/dqzlk/dfz_sxz/nqxz/）。

大安阻雨

张问陶

雨气千山黑，溪流一夕黄。关河人栗栗，灯火昼茫茫。
淫潦成风俗，蛟鼍不遁藏。生涯真濩落，愁对武都羌[①]。

注释

①武都羌：武都（今甘肃省陇南市）古为羌地，宁羌州曾属武都郡（参见宁强县志编纂委员会编：《宁强县志》，陕西师范大学出版社，1995 年版。http://sxsdq.cn/dqzlk/dfz_sxz/nqxz/）。

雨后过五丁峡

张问陶

一发坼青冥，蚁路何纤[①]微。我行新雨后，耳目攒灵奇。
蛟螭突两崖，牙角森䰐䰐。悬流争赴壑，轰若万马嘶。
疲骡盘涧底，怒浪吞腰围。百指竞推挽，出没浮凫鹥。
回梯真暗踏，肃肃如衔枚。急瀑奔大石，突兀来元龟。
顿忘五丁峡，恍惚穿巫夔。雄关据山凹，宛在水中坻。
凭关招我魂，仿佛闻子规。那堪滴水岩，南倾势益危。
石室嵌路侧，白日虬龙垂。涛声下千折，人马随之归。
幂历迸珠泉，蒙头飞散丝。居然堕江海，不复惊崄巇。
出峡聚牛宫，僮仆纷燎衣。举酒息腰脚，渐觉形神怡。
众险一朝尽，吾生犹可为。转头失噩梦，何事噫吁嚱！

注释

①一作“织”。

宁羌州

张问陶

不过金牛峡，安知此地平。乱峰犹簇拥，数亩忽纵横。
柳暗鱼凫国，花明羊鹿坪。连朝山雨足，时有叱牛声。

柳 沟[①]

张问陶

冻树点归鸟，寒烟带晚樵。人家多夹岸，溪水不平桥。
春色他乡缓，离情落日遥。雪晴乌桕冷，鸣鸟暮萧萧。

注释

①柳沟：即柳池沟驿，旧址在今剑阁县柳沟镇。

夜发大安驿趋黄坝（三首）

张问陶

（一）

灯火穿林夜悄然，马蹄历乱渡三泉。
秦人何苦通巴蜀，万古青山哭杜鹃。

（二）

乱山还要五丁开，揽辔如登百丈台。
犹有鸡声催晓月，破空飞雨忽东来。

（三）

行尽氐羌更百蛮，乡云明日七盘关。
西师可抵归人勇，风雨兼程十万山。

雨后由大安至宽川[①]溪水新涨屡次乱流记险

张问陶

处处犯涛头，肩舆竟作舟。风霆疑上峡，耳目眩中流。
险夺鼋鼍怒，身轻凫雁浮。惊魂何日返，愁绝古羌州。

注释

①宽川：今宁强县宽川乡。

出七盘关踏雪抵宁羌州

张问陶

征马下七盘，势如高鸟落。乡云回首隔，离绪满林壑。
前山忽当面，陡峻宛城郭。双戍据山坳，雍梁一水削。
行行适异国，呕泄情忘恶。阁道无冬春，衣寒日光薄。
疲骡蹶冻路，冷雪晴逾虐。谈笑杂氐羌，远游亦何乐？

桔柏渡怀何易于

张问陶

三水[①]依然绕县流，唐家仙吏古无俦。
榷茶独喜焚明诏，腰笏何妨引画舟。
碑下耕农应堕泪，桑阴蚕妇不知愁。
咸通旧史孙樵笔，常使行人重利州。

注释

①三水：指嘉陵江、白龙江和清水江。

昭化道中

张问陶

逸兴如濠濮，扁舟桔柏潭[①]。一枝烟橹弱，四面水花含。
山色来篷背，波声接剑南。中流情自远，时共老农谈。

注释

①桔柏潭：即桔柏渡。

先蚕祠四首（其一）

张问陶

鸠鸣屋角雨濛濛，树底飞蛾叶叶通。
桔柏渡头桑影暗，不徒山水是蚕丛。

倚虹亭[①]

张问陶

倚虹亭上望，林壑满晴空。寺隐钟声出，岩阴日气通。
水光平汉寿，关势凸天雄。小坐寻田父，烹茶得好风。

注释

①倚虹亭：旧址广元市昭化镇。

射　洪①

张问陶

陈公读书处，立马怅临岐。暝色来东蜀，江声走大弥。
诗推前辈好，山爱故乡奇。望望金华②远，虚名迥自疑。

注释

①《射洪县志》录有此诗，署名“张船山”。（参见射洪县志编纂委员会编：《射洪县志》，四川大学出版社1999年版，第1036页）。

②金华：即金华山，位于四川省遂宁市射洪市。

盐　亭

张问陶

落日盐亭县，人烟不满城。短林分野色，乱石漱江声。
天碧红云秀，山苍白鸟明。杜陵诗境在，寂寞古今情。

凤县豆积山①崖上有张果祠

张问陶

山骨累层阶，破碎各盈尺。界断众峰青，丹赭纷然积。
巍峨敞画屏，俯瞰嘉陵白。半崖簇楼观，知是仙灵宅。
孤根戴短亭，杰阁逗危石。窗棂粲可数，照眼乱金碧。
时有飞云来，亭亭如远客。美人爱淡妆，岂必弃芳泽。
何年李将军，留此小斧劈。

注释

①豆积山：豆积山位于古凤州（今陕西凤县）城嘉陵江北岸。

峨眉山月　其一

钱　杜

嘉陵江远望峨眉，满地残芦月上时。
不管瞿塘风浪恶，小篷窗底自题诗。

作者简介

钱杜（1764—1845），初名榆，字叔枚，更名杜，字叔美，号松壶小隐，亦号松壶，亦称壶公，钱塘人。

凤岭晴岚[①]

郑 谦

风扫流云静碧山，登临赢得此身闲。
当头日色来沧海，放眼岚光拥翠环。
花寺鸟啼红错落，烟沟水涨绿回环。
赏心无限垂杨道，芳草青青藓露斑。

作者简介

郑谦（1765—1840），镇海县（今浙江省宁波市镇海区）人。

注释

①凤岭晴岚：凤州八景之一，在今凤县凤州镇南15公里处。

渝北十景（选三）

宋 煊

（一）明月衔江[①]

谁把山中石一拳，修成半月置江边。
每当夕照金丸落，映得波心玉镜圆。
皓魄晦时形在壁，冰轮朗处影浮天。
解将好景供清赏，肯惜御杯一泛船。

（二）桶井峡猿

层峦无处可寻幽，拟向春江汉漫游。
石壁缝开天一线，清波映照月双钩。
青猿跃树轻还疾，古木参天翠欲流。
借问桃源容到否？何时泛棹任夷由。

（三）排花瀑布[②]

云崖百尺势高悬，一道流泉破晓烟。
银汉落时光泻地，玉龙飞处影横天。
怒涛陡向峰头立，雪练平将树杪连。
何用更寻庐阜胜，匡庐指点列当前。

作者简介

宋煊（1767—1842?），字蔚堂，清代灌县（今四川省都江堰市）人，清道光年间（1821—1850）曾任江北厅（治所在今重庆市江北区）训导。

注释

①明月衔江：渝北十景之一。渝，重庆市的简称。

②排花瀑布：位于重庆龙兴镇（原御临镇）御临峡。

梓州草堂春晚杂咏

张问彤

竹西邻古寺，屋角枕潼江[①]。春静人来少，庭闲鸟下双。
好花都贴石，高树恰当窗。可惜无清兴，深吟拨玉缸。

作者简介

张问彤（1768—1832），字受之，号饮杜，四川遂宁人。

注释

①潼江：是涪江的一级支流，发源于江油县境龙门山地，南流经四川省绵阳市梓潼、盐亭两县，至四川省遂宁市射洪市龙宝乡境西注涪江。

邢房师桓上草堂图

张廷济

白龙江[①]远绕秦川[②]，目验应追马郑笺。
志地直关边塞计，作图还寄水山缘。
座开南国诸生席，门泊西倾万里船。
天子正来宣室诏，钓游莫便话归田。

作者简介

张廷济（1768—1848），字顺安，号叔未，浙江省嘉兴市海盐县人。

注释

①白龙江：嘉陵江支流。

②秦川：从大散关（周朝散国之关隘，今宝鸡市南大散岭）以北到岐雍（今陕西境内），夹渭水南北岸，沃野千里，叫作秦川（刘开扬：《诗词若干首：唐宋明朝诗人咏四川》，四川人民出版社2018年版，第14页）。泛指今陕西、甘肃秦岭以北的平原地带。

重阳登天雄关

沈　椁

雄关秋色逼黄昏，天际征鸿共断魂。
林外僧归红叶寺，渡头人立白云村。
凉风峦嶂时飞雨，落日江村早闭门。
野菊满堤香入袂，依稀犹记汉安樽。

作者简介

沈椁，生卒年不详，字庚轩，浙江山阴（今浙江省绍兴市）人。嘉庆二十四年（1819）任昭化县令。

七盘关

虚白道人

不知秦蜀险，拨雾上云岚。万壑流川北，孤峰接汉南。
山形盘作七，河派别成三。独立雄关上，高巅近蔚蓝。

作者简介

虚白道人，生卒年不详，原名李复心，居陕西省汉中市勉县武侯祠，其在武侯祠活动集中于嘉庆年间（1796—1820）。

游青居山

李杰甡

嘉陵江上独徘徊，烟树朦胧雾不开。
日昨晴明看景物，半为翠壁半苍崖。

作者简介

李杰甡，生卒年不详，清成都府（今四川省成都市）人，嘉庆元年（1796）进士。

锦屏书院①

黎学锦

芸斋万笏幕云张，渌水潆洄抱墨庄。
平界湖心添画阁，新排雁齿接回廊。
棠梨院静延朝爽，杨柳亭虚逗晚凉。
最喜清风明月夜，读书声里芰荷香。

作者简介

黎学锦（1776—1838），字云屏，汉寿大围堤（今湖南省常德市汉寿县围堤湖乡）人，曾任川北兵备道。

注释

①锦屏书院：旧址在今阆中市城区的东风中学内（参见王波：《阆中锦屏书院 翰墨飘香数百年》，2017-8-2，http://bbs.langzhong.cn/forum.php?mod=viewthread&tid=27384）。

至宁羌奉赠严乐园太守

陶澍

茱萸江上竹篱居，记得儿时迓客车。
旧雨每怀天际路，春风曾读别来书。
五丁峡里新通屐，二酉山前小结庐。
犹有同舟挂咏在。翦灯重为付抄胥。

作者简介

陶澍（1779—1839），字子霖，一字子云，号云汀、髯樵，湖南省益阳市安化县人，曾任四川省布政使和巡抚。

松林驿[①]

陶　澍

去往浑无著，闲云赴壑心。野桥流水合，乱岭夕阳深。
秋近蝉先觉，山空猿一吟。何当谢尘鞅，松石坐弹琴。

注释

①松林驿：位于今陕西省宝鸡市凤县东南。

夜登铁岭[①]

张伯魁

万里孤轮月，迢迢绝顶多。散开千嶂雨，远浸大江波。
野客何能宿？林僧不见过。故园兄弟隔，秋夜满山阿。

作者简介

张伯魁，生卒年不详，浙江省嘉兴市海盐县人，于嘉庆七年（1802）知徽县（今甘肃省徽县）事。

注释

①铁岭：位于徽县。

滴水崖[①]

张伯魁

悬流不沾壁，疾急每如惊。气以虚中火，声应落后成。
森沈吹混沌，回薄失浮生。高鸟云霄外，移时倚仗情。

注释

①滴水崖：位于徽县高桥镇李坪村。

江口春望

张伯魁

春色江声外，阴浓霁复开。绿杨连草合，红雨落花来。
鹭起窥鱼艇，蜂喧坠酒杯。碧山新茗坼，昨夜已轻雷。

山石关隘

张伯魁

洗削无余滓，苍茫阅劫灰。摇空无定日，触石有奔雷。
开辟如相待，崎岖此独来。艰难犹万折，应到海东隅。

谒曹忠节公友闻墓

张伯魁

栗亭山[①]色凤鸣冈，南宋季年作表式。
道本师儒卒为将，一战再战贼皆北。
允文允武业非常，力竭捐躯只报国。
电光石火一寓形，鸿毛泰山衡自则。
太上立德兼立功，后世称述那可得。
白水江头隐伏骑，鸡冠隘[②]里失佐翼。
大厦将倾一木支，丈夫毕命衔须黑。
但看墓上多榛棘，愤气犹能呼杀贼。

注释

①栗亭山：在徽县西。
②鸡冠隘：在今宁强县阳平关鸡冠山下。

谒吴忠烈祠[①]

张伯魁

英雄跃马保蜀地，千古森森如柏翠。
至今父老尚能言，往来犹问仙关备。
铁岭突兀立我前，一峰直欲当人坠。
青嶂四周啼熊兕，乌云出没隐魑魅。
木石倒拔山影楼，如生谔谔宣抚使。
陇干豪士气如虹，西塞高风爵王位。
一朝复秦十七州，孙吴兵法非凡异。

临江白水誓黄龙，昔移固镇河池治。
百战百胜败兀术，班师恨共金牌字。
惜公年仅四十余，擎天树倒势将泊。
有第公忠诏代之，西南辟地金人悸。
年经六百作明神，武顺武安锡显谥。
正大之气满乾坤，好兴斯民主血食。
六年前至谒公祠，颓垣将倾季历四。
稽首瓣香烬复燃，愿公保障为民庇。
兴亡转瞩痛孤儿，柴赵两家齐下泪。

注释

①吴忠烈祠：位于徽县的吴山之上。

铁山怀古

张伯魁

青泥岭独起，百战存坚障。英雄处危机，殚心志以支。
水连百八渡，伏设诸江湄。敌馁击兜鍪，沙遁金人骑。
门下多宿将，许国壮埙篪。智担宋兴亡，比忠武者谁?
知名乱山列，点点青目随。陡坡无专形，崒兀当如斯。
万壑半阴晴，咫尺变自持。豹虎正当道，林密多路歧。
转运寒花萎，给饷秋莜饴。江边白水涨，欲涉耐寻思。
野僧醒沉梦，何处吊古祠?山川险全阨，南渡倚安危。
当年善后图，区画靡不宜。形胜障楚蜀，纤悉勤拾遗。
我亦御强贼，来守古河池。泽民斯未信，乐岁庶无饥。
夙钦二王勋，恢复任肩仔。隐恨诏书驰，王师尽班师。

白水江①

张伯魁

清晓临江斗柄寒，布帆东北溯长干。
撑篙每避狼牙石，过峡初逢燕尾滩。
袅袅高萝垂翠壁，萧萧急鸟掠霜湍。
舟前日出龙门顶，路险思亲欲弃官。

注释

①白水江：位于陇南地区，是嘉陵江上游最大的支流。

白水江春望

张伯魁

垂杨垂柳覆楼台，春物茫茫眼一开。
永日江声飞鸟下，晴天花气远蜂来。
留连只爱风烟好，迟草仍悲节序催。
伊昔家家清酒幔，而今寂寞未衔杯。

观音窟[①]

张伯魁

观音古窟石峥嵘，阴洞森沈泻碧泓。
最忆名山冬爱日，又看边塞夏收粳。
瞰时怕触蛟龙气，静处如闻钟鼓声。
一片杨枝频滴水，年年甘雨助三耕。

注释

①观音窟：观音峡之观音窟，位于甘肃省两当县云屏乡。

火钻[①]道中

张伯魁

满空猿鹤笑劳人，江上浮鸥未可驯。
水驿蒙蒙花气永，山程叠叠鸟声亲。
最怜脊苦连三郡，着意经营又七春。
往日兵戈今已息，扶犁仆仆劝斯民。

注释

①火钻：地名，在徽县高桥镇。

拟仙人关战捷

张伯魁

霸图形重管兴亡，夹马营中吊宋王。
吴氏功多继兄弟，金人北去失忠良。
出关转饷秦山远，陷敌通津蜀水长。
北狩不还南渡业，陈桥[1]兵变几经霜。

注释

①陈桥：指陈桥驿，位于今河南省开封市东北。

仙人关

张伯魁

徽州古治洞重门，天险中分势益尊。
永日江声驰铁马，连云树影小花村。
空留平地仙人迹，剩有清风漱石根。
只为叛兵严设备，多挑民壮水西屯。

谒杜少陵祠[1]

张伯魁

栗亭祠下一溪横，心不忘君死亦生。
伊昔麻鞋见天子，而今麦饭荐名卿。
青泥岭外崎岖路，白水江边风雨声。
低首瓣香颓宇拜，草堂蕉叶满诗情。

注释

①杜少陵祠：此处指徽县栗川镇的杜少陵祠。

黄沙废驿[1]

张伯魁

蓝舆深度万峰云，人响川声不可分。
千载黄沙归碧海，只今鸦噪岭头闻。

注释

①黄沙驿：旧址在徽县嘉陵镇。

巾子山[1]松萝庵

张伯魁

高秋雪下水精峰，今夜应寒万瀑龙。
涧道冰澌人不到，老僧长对碧芙蓉。

注释

①巾子山：即铁山，位于徽县东南，是青泥山脉最高峰。是青泥岭的组成部分，处于古代古蜀道要津。

白水峡二首

张伯魁

（一）

杜老诗魂冷未销，何年白水路迢迢？
夕阳不管行人苦，蜀道如登天上遥。

（二）

踏遍青泥岭外程，枝枝叶叶送秋声。
讹传旧有长丰县[1]，半在江边半在城。

原注：宋至和中开白水路，遂废青泥驿。

注释

①旧有县曰长举县，后人讹为长丰（参见甘肃省徽县县志编纂委员会：《徽县志》，陕西人民出版社2003年版，第1133页）。

华莲洞灵湫二首

张伯魁

（一）

兹山形胜控西邦，蜀陕分襟地势降。
顶上莲开如半璧，依稀月色到寒窗。

（二）

一泓清澈静无嚣，忽起奔雷水上潮。
洞口华莲疑合脉，龙门此去路非遥。

徽县十二景（录五）

张伯魁

（一）嘉陵春涨

三月桃花水，川江[1]汹涌时。岩潭一洗削，洞壑漭推移。
造化应遗恨，经营益设奇。惊涛驰万状，惨淡欲何为？

注释

①川江：即今嘉陵江。

（二）川岸柳莺

附郭好风景，春锄雨一犁。川分上中下，水派北东西。
隔岸莺声老，穿花蝶舞低。垂杨与垂柳，相对绿初齐。

（三）银桩夕照[1]

水气融兹峡，天光一色银。千峰秋日影，万古雪霜身。
乱石和烟立，寒风借月邻。溪山深处坐，豹虎亦调驯。

注释

①银桩夕照：徽县柳林镇江口附近，山石壁立万仞，宛若一柱擎天，落日照映，若银光闪烁。

（四）峡口喷珠[1]

不是龙渊瀑，杨枝滴滴中。徐行无曲折，独立仰虚空。
俊鹘沾身小，潜蛟用力同。稽迟一疏快，白发洒天风。

注释

①峡口喷珠：在徽县银杏树乡峡门村，即使晴天入峡，树枝水滴淅沥如露喷珠。

（五）龙洞飞英[1]

龙洞飞流下，垂虹夕照生。山鸣喧暗谷，雨散喜春晴。
百里惊雷震，终霄泻月明。无因寻陆羽，孤负品泉情。

注释

①龙洞飞英：在徽县银杏峡门古道，其侧有山洞，洞中有泉从高空泻下，经树枝拦切，宛如雨从天降。（以上所录《徽县十二景》五首诗注，参见徽县政协办公室：《徽州十二景》，2018-08-22，http://www.lnhxzx.gov.cn/show_ wz.php?id=502）

嘉川暮雨

潘时彤

一水连天白，千峰拔地青。云飞随燕舞，风起带龙腥。
瀑影悬如布，滩声震似霆。嘉川今夜雨，孤枕不堪听。

作者简介

潘时彤，生卒年不详，字紫垣，华阳（今四川省成都市双流区）人，嘉庆甲子（1804）举人。

松林驿

戴兰芬

万树满崖壑，人家住绿荫。开门云出屋，汲涧水鸣琴。
熙皞敦民俗，幽闲见道心。买山吾有愿，何日涤尘襟。

作者简介

戴兰芬（1781—1833），字畹香，号湘圃，休宁（今安徽省休宁县）城北人，寄籍安徽天长（今安徽省滁州市天长市）。曾任陕甘学政等职。

归朝令·七盘关

杨夔生

寸人豆马缘危磴，路只七盘行不尽。砰訇万瀑地为聋，只有峰头天可问。

身已渐高云渐近，木杪惟闻金刹罄，此间鸡犬阒无闻，想到云中更清净。

作者简介

杨夔生（1781—1841），字伯夔，号浣芗，金匮（今江苏省无锡市）人。

将去河池留别六首（其二）

卫浚都

（一）

满县花开迓采旌，栗亭半载盗虚名。
催科谁识阳公拙？攀毂难留寇尹行。
敢说甘棠堪见爱，惟求苦李得全生。
临岐惆怅长堤畔，杨柳依依送别情。

（二）

四民于我露忠肝，京兆谁将五日看。
自愧薄书侪俗吏，漫邀茅屋说清官。
铁山有径难留屐，金水含情不放澜。
此去苍黎休洒泪，他年重许庆弹冠。

作者简介

卫浚都：生卒年不详，山西省晋城市阳城县人，嘉庆十八年（1813）任徽县知县。

中秋夜宿凤县署斋与方六琴明府饮得诗二首用六琴原韵

林则徐

（一）

一樽邀月泛觥船，重结衙斋信宿缘。
活水暗添池半亩，好山斜抱屋三椽。
良宵难得晴如昼，清吏偏饶酒似泉。
话到桑麻情倍永，劳心端赖使君贤。

（二）

凉露如珠湿桂丛，帘波树影漾玲珑。
吹箫拟引鸣岗凤，洒翰惭非戏水鸿。
破梦每惊窗月白，酡颜仍对烛花红。
明朝大散关前路，匹马题诗忆放翁。

作者简介

林则徐（1785—1850），字元抚，又字少穆、石麟，晚号俟村老人、俟村退叟等，福建省侯官（旧县名，历史上辖境大致为现在的福建省福州市和闽侯县的一部分）人。曾任湖广总督、陕甘总督和云贵总督。

慈云阁[①]

姚　莹

经旬雨积苔侵寺，一骑晴冲雾满天。
犹对芙蓉延醉客，何须丛菊灿当筵。
依山远树离离日，抱郭清江暖暖烟。
向晚耕人原上语，短篷知有过来船。

作者简介

姚莹（1785—1853），字石甫，号明叔、东溟，晚号展和，安徽省安庆市桐城市人。1846 年到蓬州（今四川省蓬安县）任知州，在州城所在地主持修建了玉环书院、龙神祠等。

注释

①慈云阁：位于四川省蓬安县城西郊伴江山楼旁。

绝句六首（选二）

姚　莹

戊申三月东归，适玉环书院[①]新成，蓬州人士请留住十日，杨式如学博、吴淮楼孝廉、伍谨斋秀才首唱，诸君各有诗见送，辄成六绝奉酬。

（一）

莫向春风唱柳枝，春风三日苦将离。
嘉陵水远无穷恨，暮雨流萤是别时。

（二）

二蓬[②]东挹云中秀，五马[③]西来江上青。
十日玉环书院住，凤凰相对展长屏。

注释

①玉环书院：姚莹任蓬州知州时主持所建，位于蓬安县锦屏镇城隍庙右侧。

②二蓬：蓬州八景之中的“双蓬叠翠”。

③五马：此处指蓬州八景之中的“五马排空”（以上三注参见蓬安县志编纂委员会编：《蓬安县志》，四川辞书出版社 1994 年版，第 777 页）。

蓬州诗

姚　莹

五品非卑官，薄禄胜羁旅。况本尘埃吏，簿尉实旧侣。
山城百余户，形势亦云阻。一水下岷江，商贾不通贮。
地贫少租税，俗薄易雀鼠。鞭扑讵能无，敢冀空囹圄。
昨来懒龙睡，五月农不举。受事即祷祈，泽幸及原墅。
民呼感应速，亦已歉苗黍。司马昔有城，平原实治所。
仰依名贤迹，开卷聊对语。

红　花

姚　莹

蜀中红花，为东南数省染工所重。《本草》云，即红蓝花。李斯《谏逐客书》云，西蜀丹青是也。蓬产尤鲜明。冬月种之，三月成花球而黄须无瓣，凡四五月摘。喜夜雨朝晴，碾制成片，出其黄水既尽，然后红。江南、江西及楚、粤贾人，以四五月云集顺庆，蓬人岁获十数万金。民间丰歉，米麦棉花外恃此。《博物志》所云，张骞得种于西域者也，今藏中犹有之。

三月町畦到处红，几番摘碾费良工。
越人绫锦纷霞艳，蜀客帆樯一水通。
宜雨宜晴愁爇妇，得时得价喜村翁。
岁收丰歉知何限，春麦秋禾祝望同。

剑州城观涨

李　惺

惊看巨浪撼山城，城上高楼势欲倾。
涨急混流沙土石，日长错出雨阴晴。
喧声似挟群灵走，变态能令百感生。
万派总归湖海去，旅人何处是归程。

作者简介

李惺（1785—1863），字伯子，号西沤，垫江（今重庆市垫江县）城南郊冯家湾人。在眉州、泸州、剑州、潼川及锦江书院主讲三十余年。

坪江晚渡

陈履中

奉国[①]江头夜月斜，孤帆婉转漾平沙。
风光好似武陵渡，江岸渔家对酒家。

作者简介

陈履中，生卒年不详，四川长寿（今重庆市长寿区）人，乾隆四十七年（1782）自家来苍溪省亲，其父陈清源时任苍溪儒学训导。

注释

①奉国：古县名，县城遗址在今四川省阆中市老观镇。

晚步西津

王承谟

市声聒人耳，片云招我前。来看大江水，多少自行船。
疏柳卧沙渚，危楼浮野烟。浑忘闲眺久，新月一钩悬。

作者简介

王承谟，生卒年不详，字宇恬，阆中县人，生活于嘉庆年间（1796—1820）。

朝天关

孙 澈

奇峰塞关门，汉水[1]驾高浪。长风吹木末，磴道凌虚壮。
峭壁两崖当，屹立绝依傍。蜀门掌上悬，云雨气凄怆。
舆子夹我升，吃步弗敢妄。前石齿人肩，后石复相抗。
长绳杂牵挽，三休始一上。岌嶪互亏隐，盘桓下崖嶂。
日夕说嘉陵，行歌答渔唱。

作者简介

孙澈，生卒年不详，字瘦石，郫县（今四川省成都市郫都区）人，生活于嘉庆年间（1796—1820）。

注释

①汉水：指西汉水。

望云关[1]

孙 澈

横江驿树雨霏微，匹马鞭随短后衣。
一径登高重回首，大山西上白云飞。

注释

①望云关：在今广元市朝天区沙河镇望云村。

七盘关

潘时镳

上有千仞岩，势欲压人顶。下有万丈溪，清欲摄人影。
横空石磴悬，延缘曲如蚓。自下而上上，仰视难引领。
自上而下下，深疑如眢井。惟第七盘雄[1]，曲折赴危岭。
小心移步间，眸光照炯炯。笑语问金牛，何独辟斯境。
古来割据多，都为强者并。翘首望觚棱，五云生耿耿。

作者简介

潘时德，生卒年不详，号轩三，江津（今重庆市江津区）人，嘉庆十八年（1813）副榜。

注释

①一作“惟有第七盘”（参见王振会、雍思政编注：《蜀道神韵》，上海三联书店 2015 年版，第 31 页）。

过牛头山天雄关

盛大器

牛头山半天雄关，陡立一峰横西偏。
天雄关上牛头山，头昂天外穿云烟。
关山至此险已极，行人彳亍泪痕潸。
朔风正寒岭发秃，怪石槎枒苔斓斑。
蛇纡螺盘羊角上，一梯一梯梯蝉联。
关上小轩暂容膝，手扪参斗非人间。
西望青城峰卅六，南窥峨眉耸双鬟。
东俯巫山十二[①]幻云雨，北邻太华三峰[②]花生莲。
四望空蒙烟一扫，只觉此山高出众山巅。
下视澄江静如练，嘉陵岛屿纡回环。
乌奴九龙各负弩，九十九峰遥相连。
天生险阻捍蜀国，后有剑阁前朝天。
西风斥堠狼烟静，明月戍楼寒柝悬。
宇宙陬区聚三蜀，皇灵赫濯威八埏。
轮蹄络绎深箐里，蜀道尽化为安便。
不信试看牛头上，纵横石壁皆耕田。

作者简介

盛大器，生卒年不详，字汝舟，郫县（今四川省成都市郫都区）人。嘉庆戊辰（1808）举人。

注释

①巫山十二：即巫山十二峰。

②太华三峰：指华山的芙蓉、玉女、明星三峰。一说是莲花、玉女、松桧三峰。

五丁峡

王怀孟

杜宇招魂隔树听，水流呜咽远峰青。
美人自具倾城色，何必开山请五丁。

作者简介

王怀孟，生卒年不详，字小云，四川省达州市大竹县人。嘉庆十五年（1810）举人。

大安驿

郑绪章

旧地三泉溯昔年，凋残破驿冷荒烟。
云封熊馆蚕丛暗，雪压龙门阁道悬。
巴子有船多激硊，羌人恒业但烧田。
而今三户遗民少，满目苍凉一慨然。

作者简介

郑绪章，生卒年不详，嘉庆十七年（1812）知州宁羌（今陕西省汉中市宁强县）。

五丁关

郑绪章

五丁关上碧云寒，百尺悬梯陟降难。
恶雨欲将龙耳割，看山不爱虎牙攒。
当年力士蚕丛判，此日金牛驿路宽。
禹版梁州通贡久，浪传合作子虚观。

嘉陵江

吴振棫

分水岭前江水张，朝天关下估帆张。
料得江头孤馆梦，随风一夜下钱塘。

作者简介

吴振棫（1790—1870），字仲云，号毅甫，晚年自号再翁，钱塘人。

三龙洞[①]二首

魏　源

（一）

造物奇怪胸，搓牙生肺腑。偶泄为崖壑，天纵不能圉。
数里森三阙，绝地通幽户。出没太古云，翼覆空山雨。
山灵无蠢石，水伏有穹宇。古洞夜潺潺，疑与化工语。
野店不成眠，中宵梦神禹。

（二）

物空始有山，山空始有谷。山空谷必奇，水以石为屋。
出洞入洞水，沔漾潜于腹。日月入其中，万古不得烛。
屹然三龙门，首尾分陇蜀。不知造物心，何故巧联属。
因疑九地底，脉终互相族。我行半天下，到此吁坤轴。
潜虬夜徙湫，风雨惊崖瀑。

作者简介

魏源（1794—1857），名远达，字默深，又字墨生、汉士，号良图。湖南邵阳隆回金潭（今湖南省邵阳市隆回县司门前镇）人。

注释

①三龙洞：即三泉龙洞，在陕西省汉中市宁强县唐渡乡。

益门镇[①]

李星沅

云栈飞来十万山，从兹鸟道费跻攀。
峡流远注嘉陵水，天险横当大散关。
激石有声村碓转，纤罗不动阵图月。
高原一割长城坏，神臂空劳上将弯。

作者简介

李星沅（1797—1851），字子湘，号石梧，湖南湘阴（今湖南省岳阳市汨罗市）人。

注释

①益门镇：地处陕西省宝鸡市市区南郊秦岭山麓（参见陈亮、麻雪：《益门　宝鸡入蜀第一雄关》，《宝鸡日报》2011 年 2 月 24 日）。

天雄关

刘硕辅

百丈雄关一径悬，又吹风腋上层颠。
云根涌白浮成海，石气飞青冷到天。
阴峡总无晴日月，刀州犹是旧山川。
西来未觉葭萌险，万壑虬龙吼暴泉。

作者简介

刘硕辅，生卒年不详，字孟舆，四川德阳市人。

朝天关

刘硕辅

何处葭萌访旧台，战场曾记汉时开。
排云岭抱千螺涌，撼地涛驱万马来。
猿鹤偏忘招隐意，江山几见勒铭才。
土花无数英雄骨，一半风吹散劫灰。

由汉中至宁羌途中杂书所见得小诗八首

周有声

（一）

桑柘阴阴绿树参，平田漠漠碧流涵。
秦关是处夸天险，风物谁知有汉南。

（二）

汉水东流绕郭斜，清波遥接洞庭槎。
老夫可惜归无日，倘泛轻舟易到家。

（三）

已见鸣机妇织勤，纺车新制又同分。
一时儿女还夸说，曾向闺中拜小君。

（四）

门里喧喧杂诵声，村童相率效咿嘤。
儿时也抱残书本，此境回头似隔生。

（五）

飞仙岭[①]路郁孱颜，丞相雄师驻此间。
大丙龙门谁识得，逢人先问定军山。

（六）

七盘径仄走嶙峋，山下飞泉激箭频。
好作嘉陵江上水，莫将波浪恐行人。

（七）

桥倾恰有树临水，山断刚逢路绕村。
便乞营丘成画稿，青天顶上我曾扪。

（八）

他乡风物见犹频，《招隐》淮南句尚新。
一笑故山非我有，不知猿鹤怨何人。

作者简介

周有声，生卒年不详，1808 年前后在世，字希甫，湖南省长沙市人。

注释

①飞仙岭：在陕西省汉中市略阳县接官亭镇臭草塘村。一说飞仙岭即飞仙阁，在四川省广元市朝天区城南 15 公里处（参见王振会、雍思政编注：《蜀道神韵》，上海三联书店 2015 年版，第 167 页）。

游万象洞

黄文炳

一带晴江万仞峰，山光骀荡水溶溶。
眼前幻相随心见，洞口闲云镇日封。
玉柱俨教撑五岳，仙翁毕竟让三丰。
茫茫宦海曾经惯，桥险何妨进一重。

作者简介

黄文炳，生卒年不详，字啸村，安徽省安庆市桐城市人，道光四年（1824）知阶州（今甘肃省陇南市武都区）。

任武都郡九日偕友人登无景殿

黄文炳

山横古寺寺横秋，九日携朋汗漫游。
落帽风高人赌酒，题糕兴溢客登楼。
天低红树遥村见，地卷黄云晚稼收。
日暮钟声催客骑，白龙江水自长流。

过武都山①

黄文炳

漫说西行蜀道难，武都面面拥层峦。
悬崖万仞涛千尺，管许英雄胆亦寒。

注释

①武都山：在今甘肃省陇南市武都区西。

武都即事四首

黄文炳

春

当年桀骜气全降，喜听弦歌到此邦。
细雨桃花红女洞[①]，春风杨柳白龙江。
群峰环拱围城郭，曲水萦洄绕石矼。
最好昼长衙放后，流莺树底语双双。

夏

四面云山景不同，衙斋宛在图画中。
时和渐觉民安业，政简何妨吏守穷。
疏影半池杨柳月，清香满座藕花风。
讼庭静秘堪消夏，好友频招试碧筒。

秋

一夕西风到画堂，隔墙分得桂枝香。
微云疏雨秋将半，绿酒红灯夜乍长。
弦管吹开天上月，林泉飞渡水边觞。
人生随处堪行乐，肯为莼鲈忆故乡。

冬

山深容易到黄昏，又见梅花月一痕。
沃野风光烟万树，丰年景象雪千村。
童儿预演迎春鼓，父老先筹介寿樽。
从此武都皆乐土，应无雀鼠到公门。

注释

①红女洞：即红女祠，位于甘肃省陇南市武都区五凤山麓（参见才旺瑙乳：《武都红女祠：忆向天阶问紫芝》，《兰州晨报》2007 年 7 月 20 日）。

任阶郡[1]因公经叠石里口占

黄文炳

万丈悬崖万顷涛，凭临险怪气偏豪。
界连川陕咽喉地，锁钥东南半壁牢。

注释

①阶郡：即阶州，今陇南市武都区。

倚红亭歌[1]

陆锡祺

亭之幽幽，可以处休。
亭之寥寥，可以息劳。
望江流之有声兮，断岸千尺。
履百仞之巉岩兮，暂借其力。
培翠柏之长青兮，计十年而千寻。
保此亭之永固兮，历万古而常新。

作者简介

陆锡祺，生卒年不详，字桂轩，广西人，曾任昭化县令。

注释

①道光五年（1825）重建天雄关倚红亭，并为之记。文末云“观察陈苍岩先生额其亭曰‘倚红’由来已久……后之人继美弗替也，遂为之歌曰”。（参见王振会、雍思政编注：《蜀道神韵》，上海三联书店2015年版，第501页）。

周子镇[1]

伍联芳

一条襟带隔蓬州，数里平沙接渡头。
云里鱼鳞江上市，镜中蜃气水边楼。
牛毛漩[2]急滩声壮，龙角山[3]高树影幽。
遥想爱莲人已古，光风霁月至今留。

作者简介

伍联芳，生卒年不详，字级庵，道光五年（1825）拔贡，四川省南充市蓬安县人。

注释

①周子镇：又名周口镇、舟口，在今蓬安县境内。

②牛毛漩：山下江滩曰牛毛漩。蓬安县相如镇有村庄名“牛毛漩村”，因嘉陵江在村头的回水形似牛旋而得名。

③龙角山：位于蓬安县周口镇西北，嘉陵江东岸。

登尊经阁

伍联芳

几年未登尊经阁，胜友同游亦快哉。
江水不流山色去，天风时卷市声来。
空中咳唾豪情在，客里登临倦眼开。
明日相如[①]添异事，喧传仙侣见蓬莱。

注释

①相如：相如县，旧县名，属蓬州（今四川省蓬安县）。

蓬州城感怀

伍联芳

览胜登临孰与同，玉环[①]佳气郁葱葱。
江流[②]抱郭纡成字，塔影[③]穿云远卓空。
城堞半围青嶂外，人家多在绿荫中，
长卿去后唯陈迹，文雅何年复古风。

注释

①玉环：即玉环山，在蓬安县锦屏镇。

②江流：此处指嘉陵江。

③塔影：蓬安县青云塔。

蓬州城竹枝词其一

伍联芳

地较蓬池胜景多，背连五马[①]面江波。
鲁公旧治相如里[②]，节义文章两不磨。

注释

①五马：蓬安县五马山。

②相如里：今蓬安县相如镇。

蓬州城竹枝词其二

伍联芳

庐舍田园画幛开，水光山色抱城来。
登临何处饶风景，雨后斜阳大炮台[①]。

注释

①大炮台：蓬州城北广慈佛寺后。

蓬州城竹枝词其三

伍联芳

三元桥下水汤汤，城堞遥围竹树苍。
多少楼台罗四面，玉环书院在中央。

蓬州城竹枝词其四

伍联芳

夜色沉沉暗玉环，长街寂静漏声闲。
红灯一点天边去，知是城南塔子山[①]。

注释

①塔子山：位于蓬安县相如镇塔子山村。

蓬州城竹枝词其五

伍联芳

新涨溪流畎浍盈，龙神祠[①]畔乱蛙鸣。
幽人夜卧空斋冷，鼓吹连宵夜到明。

注释

①龙神祠：蓬州城东吕仙祠后。

蓬州城竹枝词其六

伍联芳

井泉三眼[①]最澄清，绠汲断断日夜争。
赖得甘霖滋地脉，辘轱彻晓静无声。

注释

①井泉三眼：即玉环井，位于蓬州城北。

蓬州城竹枝词其七

伍联芳

群芳略尽转繁华，浅白深红满鬓鸦。
四月江城风景好，家家开遍棋盘花。

阳平关纪事

况　瀚

山水辟佳境，天然画一轴。我有山水癖，兹游遂所欲。
浏览慰生平，登临豁双目。游兴正浓酣，支筇愁单独。
父老两三人，追随共驰逐。与我为伴侣，殷殷情何笃。
杂坐豆花棚，笑谈诉衷曲。尚论古今事，一一为我述。
此地本梁州，民风原浑穆。上溯白马氏，坪本名羊鹿。
又隶兴元府，秦陇均曾属。文献尚可征，载籍翻篇牍。

形胜古今传，盛极衰所伏。纷争迄于今，风气尚质朴。
性情半刚柔，语言杂秦蜀。时令近南天，炎威暑不酷。
严寒未凝冰，河流细生谷。瓜果备四时，花草多繁郁。
芳兰皆报春，栀子竞芬馥。三春桃柳浓，初夏樱桃熟。
枇杷艳绽金，榴红似锦簇。七月正食瓜，沁脾祛暑溽。
丹桂香更浓，东篱灿黄菊。时方届初冬，累累垂金桔。
不特恣幽赏，香甘饱我腹。山男加倍劳，地土鲜肥沃。
饮食粗粝多，丰歉视苞谷。晨餐杂豆浆，间亦种粱菽。
稻粮既不多，亦复鲜黍粟。纵有小康家，铮铮玉米粥。
冠裳既已稀，未见鲜衣服。平日不居丧，缟素将头束。
负戴有斑白，背笼细编竹。葫芦处处烟，槁荐家家褥。
男乏美少年，妇鲜颜如玉。疾病亦何常，风寒有感触。
医固少精良，妙不事药物。巫觋号端公，不识拜何佛。
锣鼓与金铙，嗷嘈响一宿。勿药占有喜，遂谓能祈福。
愚民诚可欺，彼固神其术。与言及伦常，浇漓成风俗。
如何同气亲，重利轻骨肉。异姓亦承祧，争产伤和睦。
分居多季昆，未闻咏鄂不。帷薄话闺帏，不尽修边幅。
诗吟阋于墙，易古舆脱辐。痼弊日已深，恬然不为辱。
君子不忍闻，敢向尊前渎。嗟哉我乡民，诗书未曾读。
莫谓民不良，偏隅鲜教育。莫谓地偏颇，贤才曾杰出。
欷歔长太息，悲风响林木。疏林下夕阳，晚风迎面拂。
父老各言归，康强使君祝。我亦扶杖藜，归咏应山谷。
忆昔作宦游，平居常郁郁。奔走二十年，得意惟足①役。
登眺多余闲，优游岁将卒。拈韵且讴吟，暂展眉头蹙。
剪韭更烹鱼，春瓮开醽醁。醉后诵《南华》，日高睡未足。
栩栩梦庄周，蝴蝶翩翻入。幻境天地宽，心旌乍飘忽。
居然还故乡，何时居曾卜。奉母隐是间，独秀认山麓。
诗诵杜拾遗，书法颜光禄。畅然情悦怡，世事任清浊。
一枕熟黄粱，鸡声惊喔喔。醉眼启朦胧，神魂犹恍惚。
坐起翘首观，山青水仍绿。

作者简介

况瀚，生卒年不详，字伯海，生活于嘉庆、咸丰时，广西桂林人。

注释

①《宁强县志》所录作“是”（参见宁强县志编纂委员会编：《宁强县志》，陕西师范大学出版社 1995 年版。http://sxsdq.cn/dqzlk/dfz_sxz/nqxz/）。

宁羌州

何绍基

回首终南[①]尚郁苍，鞭丝帽影已新霜。
邮亭尚记金牛峡，部落空传白马羌。
漾水两源偏共岭，蜀山万点此分疆。
近城复见平川景，衰柳晴悬落日黄。

作者简介

何绍基（1799—1873），字子贞，号东洲，别号东洲居士，晚号蝯叟。湖南道州（今湖南省永州市道县）人。

注释

①终南：即终南山。

庚午合州大水（四首）

陈在宽

（一）

夏残洪水忽争流，连雨滂沱涨不休。
浪鼓鱼龙顷市宅，波翻雷电撼城楼。
家家负戴求生路，处处呼号救死舟。
升屋站竟行不得，哭声终夜乱更愁。

（二）

漫道壬寅涌巨涛，较前壬戌水尤高。
平原岸道漂千亩，峭岸蜂窝没万篙。
官为祷神抛玉弁，人祥拯溺索钱刀。
黄昏更换钩援盗，箱锁毡包一网捞。

（三）

瓦灰竹木价腾飞，作室居奇到众工。
屋破愁看星与月，壁穿怕听雨兼风。
六宵久困三江水，千户都无一亩宫。
除却北城家数十，坏垣尽在浊泥中。

（四）

孽由自作岂由天，我与州人共懔然。
岁幸降康贪愈甚，贼遭未杀善难延。
沉沦莫怨今穷困，修有当思古圣贤。
嘉靖迄兹凡两见，异灾三百有余年。

作者简介

陈在宽（1802—1882），字敬敷，号裕斋，合州西城人。

临江渡八仙洞[①]

钱 沐

谁道神仙学不成，尘寰随地是蓬瀛。
云穿石窟多灵气，月照波心淡宦情。
正可遨游消薄醉，何当寂默悟长生。
清江夜静渔灯灭，惯爱楼头听笛声。

作者简介

钱沐，生卒年不详，字雨山，四川崇宁（今四川省成都市郫都区唐昌镇）人，道光八年（1828）举人，曾任苍溪儒学训导。

注释

①八仙洞：在苍溪县城西。

太白楼[①]观萧尺木画壁歌

石绳簳

杰阁枕江插天出，万流訇湃吞赤日。
锦袍学士忽骑白龙去，一千年后冷煞仙人笔。

满屋倏尔飞风沙，苍松赤石蟠龙蛇。
生平梦游十洲三岛不得到，天风缥缈蓬莱槎。
陡觉岱华匡庐峨眉起方寸，万峰突出天之涯。
阴晴云日幻古壁，是谁笔底奇气凌烟霞。
得无荆关绘飞瀑，不然道子嘉陵山水图一幅。
那知腾掷造化割阴阳，竟有于湖[②]画手萧尺木。
呜呼萧君意气何壮哉，得毋抱此模山范水之雄才。
狂呼谪仙借酒杯，胸中块垒一凭生面开。
香炉瀑布，剑阁楼台，齐烟九点，玉女三台，一齐飞落毫端来。
青莲老去山无色，谁与凿破扶舆灵气留遗墨。
青天咫尺须弥存，虎啼猿啸峰崭崱。
当年太白芒鞋踏破万山处，一一绘出天地仄。
振衣千仞登江楼，四壁苍苍悬岩流。
岚气湿裾光入杯，五岳震荡心夷犹。
奇花异石逞光怪，奔崖绝壑声飕飕。
吁嗟乎！
男儿不得挂剑万里博封侯，也须东插泰山日观脚，西登太华落雁最高头。
眉山风雪饱囊橐，匡之君兮骖鸾而来游。
安能低眉俯首，徒将心血穷雕锼。
忽尔山灵真面都从壁上出，墨华淋漓元气遒。
江风浩浩生两腋，会须骑鲸仙子云中争唱酬。
大叫画手尺木子，一聚仙楼同千秋。

作者简介

石绳簃，生卒年不详，字竹侯，宿松（今安徽省宿松县）人，道光（1820—1850）年间举人。

注释

①太白楼：此处指马鞍山太白楼，原名谪仙楼。

②于湖：古县名，故址在今安徽省马鞍山当涂县东。

登伴江山楼[①]即事

周天柱

倦吟楼上倚朝霞，槛外晴光入望赊。
一水已看舟共济，四山旋睹塔生华。
窗含海日云屏暖，帘卷江风玉树斜。
胜景蓬莱堪纵目，白头老人客天涯。

作者简介

周天柱，生卒年不详，清代曾任蓬州（今四川蓬安县）知州。

注释

①伴江山楼：周天柱在蓬州城西郊所建之楼。

偕同人登天雄关吊姜平襄侯分韵得从字

朱 基

朝出益昌郭，览胜携朋从。巍巍天雄关，高插青芙蓉。
舆丁恃捷足，贾勇披蒙茸。须臾凌绝顶，凭眺舒心胸。
东有嘉陵诘屈如环带，西峙剑阁突兀之危峰。
平襄当日此血战，关门百战劳梯冲。
谯黄卖国真堪耻，忍使斥堠传烟烽。
阴平失守非天丧，至今遗憾留巴邛[①]。
我来此地吊陈迹，英风凛凛生寒松。
花榛古木子规啼，残碑断碣苍苔封。
叹息斯人不可作，凭栏酬酒伤我悰。
安得御风此山上，飞上青天骑白龙。

作者简介

朱基，生卒年不详，字树卿，四川富顺人，以优贡中道光十五年（1835）北榜。

注释

①巴邛：指今四川地区（参见王振会、雍思政编注：《蜀道神韵》，上海三联书店 2015 年版，第 494 页）。

广元道上

完颜崇实

千佛岩边景物幽，飞仙岭上更堪游。
山青水绿嘉陵道，处处野花开石榴。

作者简介

完颜崇实（1820—1876），字子华、惕盦，又字朴山，别号适斋，出生于北京。

回水河[①]

金玉麟

不觉羊肠险，连朝策蹇骡。近家归梦便，畏暑夜行多。
坏路撑孤石，悬流涨野河。金钱劳问卜，消息竟如何？

作者简介

金玉麟，生卒年不详，字石船，号素臣，阆中人。道光十八年（1838）进士，曾任宁羌知州。

注释

①回水河：流经陕西省汉中市宁强县的一条小河。

七盘关

金玉麟

回首开明霸业空，卧龙跃马各英雄。
界分秦蜀鸿沟[①]截，险扼河关鸟道通。
滩有潜蛟晴作雨，山多伏虎昼生风。
小心历尽崎岖路，到此茫茫恨莫穷。

注释

①鸿沟：古渠名，本指在河南境内的楚汉分界线，此处指七盘关（参见王振会、雍思政编注：《蜀道神韵》，上海三联书店2015年版，第38页）。

黄坝驿

金玉麟

周遭古木隐旗亭，故遣疲骡处处停。
山色溪流分不断，湾回七十二盘青。

滴水铺[①]

金玉麟

五丁关势耸嶒崚，竹杖芒鞋取次登。
雕影不离晴汉回，马蹄高踏乱云层。
风摇悬瀑飘疑雨，雪压寒流晕作冰。
灵药满山孤寺静，此中应有百年僧。

注释

①滴水铺：位于宁强县汉源镇。

烈金堡[①]

金玉麟

万户如棋远近罗，夕阳一角下平坡。
田皆石壤西成少，地杂羌氐左衽多。
嶓冢插天遥秀削，汉源行地渺烟波。
野宾元作神仙侣，漫著芒鞋叩薜萝。

注释

①烈金堡：宁羌州地名。

登伴江山楼

洪运开

豪情高并赤城霞，宦橐虽空酒未赊。
乍启宾筵成雅集，且凭佛阁玩春华。

良才作栋纹犹直，秀塔临江影不斜。
一醉懵腾僧唤起，浑忘踪迹在天涯。

作者简介

洪运开，生卒年不详，安徽合肥县（今安徽省合肥市）人，道光年间任蓬州知州。

蓬州八景（选三）

洪运开

嘉陵晚渡

清江一曲绕岩阿，树不查枒水不波。
小市趁墟人似蚁，野航载客势如梭。
浴凫飞鹭成图画，莎照残霞上薜萝。
我酌村醪坐山阁，名利心事久消磨。

石壁晴云①

巨灵挥斧蜀江开，峭壁临流洗劫灰。
红气满天初日上，白光铺絮暮云来。
沿堤矮树谁家屋，拍岸惊涛何处雷。
此景吾乡不多见，会须图入宦囊回。

牛渚渔歌

卧牛奇石踞江干，千里嘉陵最险滩。
岸阔山围宜撒网，水清沙白好持竿。
艨艟过涉惊方定，舴艋求鱼唱未阑。
始信船轻真是宝，一道来往总平安。

注释

①石壁晴云：蓬州八景之一，嘉陵江上游大泥溪的红崖子，位于四川省南充市蓬安县金溪镇与大泥乡交界处。

春日登蓬莱山①

章　藩

四围山色霭晴空，只有蓬莱在镇中。

村抱长江春涨绿，市归晚渡夕阳红。
六朝古寺怀临水，万缕炊烟逐惠风。
座我苍茫图画里，看云好在近衙东。

作者简介

章藩，生卒年不详，浙江人，道光年间曾任四川省遂宁市蓬溪县丞。

注释

①蓬莱山：位于四川省蓬溪县蓬莱镇（今属四川省遂宁市大英县）。

题杜少陵放船台[①]

书 纶

策马踏青烟，高台带渺绵。峰峦前代是，诗句几人传。
寒雨苍溪县，长江杜老船。碧波流不尽，遗迹重名贤。

作者简介

书纶，生卒年不详，字硕农，道光年间曾任苍溪（今四川省苍溪县）县令。

注释

①放船台：位于苍溪县嘉陵江南岸。

题临江渡[①]坡路

书 纶

古渡临江一线坡，捷猿愁渡奈人何。
而今不畏王阳道，稳踏云梯上翠螺。

注释

①临江渡：位于苍溪县嘉陵江南岸。

初入四川境喜晴

曾国藩

万里关山睡梦中，今朝始洗眼朦胧。
云头齐拥剑门上，峰势欲随江水东。
楚客初来询物俗，蜀人从古足英雄。

卧龙跃马今安在？极目天边意未穷。

作者简介

曾国藩（1811—1872），名子城，字伯涵，号涤生，谥文正，湖南长沙府湘乡县杨树坪（今湖南省娄底市双峰县荷叶镇）人。

观牛头山

郭志融

百折不能到，牛头高莫窥。竟忘如缥缈，但觉行逶迤。
凌空腾眼过，群山失嵌城。高者如培塿，低者如平波。
古茸拓片壤，城郭青微微。嘉陵绕其胁，白水交其颐。
茫茫数百里，可以一手挥。阴偏不受日，时有寒云飞。
左转眼忽暗，数峰尤谲奇。青天已在地，更上当安之。
谈笑问山灵，尔何戏我为？

作者简介

郭志融（1812—1860），字煦田、号藕舡，清远（今广东省清远市）人。

西固[①]城

王笠天

百卉上街头，荒城久不修。引身园野色，桥影截江流。
以我暂相记，斯人谁与谋。众山归一览，镇日卧岑楼。

作者简介

王笠天（1822—?），晚清时今甘肃省定西市人。

注释

①西固：甘肃省舟曲县之古称。

观嘉陵江涨

高延第

幽居长闭门，苦被城郭束。揭为郊外游，聊寓川上目。

时值秋水涨，势若海波蹴。混混万象涵，悠悠千古速。
遥观失崖涘，俯挹荡尘俗。轻烟沙际起，归鸟时相逐。
何当拿扁舟，长伴鸥鹭宿。

作者简介

高延第（1823—1886），字子上，号槐西居士，山阳（今江苏省淮安市）人。

大佛寺[1]怀古

佚　名

固城闻筑大明年，惟此觉皇殿更先。
仪习良臣余旧额，经传小子慕前贤。
江声伏座禅心静，树影撑坛佛顶圆。
且喜龙华香火盛，不随断碣卧荒烟。

注释

①大佛寺：此大佛寺位于甘肃省舟曲县城东南，始建于唐代。

宝峰阁[1]

张尚仁

炎蒸日退晚云红，闲步城南梵舍中。
参佛无香空拜首，对朋有酒好谈衷。
朦胧树色环村密，放浪江声入夏雄。
清景不烦吾再道，诗留墙壁愧先风。

作者简介

张尚仁，生卒年不详，同治年间（1862—1874）人。

注释

①宝峰阁：位于舟曲县城东南角驼岭山南端。

送乔文衣之剑州

倪　灿

渝峡远通涪万水，嘉陵险接阆中山。
分符刺史初行部，旧语参军正解蛮。
橦布芋田征税薄，青松白鹤讼庭闲。
他年更奏殊方绩，应在文翁伯仲间。

作者简介

倪灿（1827—1886），字兰谷，又字达泉，江宁府上元县（今江苏省南京市）人。

朗池夜月①

蔡抡科

明月窥人池上过，池光如镜月如波。
流来素碧中天彩，幻出明珠合浦歌。
四野桑麻沾溉远，一城灯火笑声多。
太清近日无尘滓，不用天河净挽戈。

作者简介

蔡抡科，生卒年不详，清代营山（今四川省营山县）人，1861年曾任云南龙马府（今云南省曲靖市龙马县）知府。

注释

①朗池夜月：营山旧十景之一。

渡涪江

钟骏声

盈盈带水绕溪塍，两岸峰峦叠几层。
一幅丹青摹道子，涪陵何必逊嘉陵。

作者简介

钟骏声（1833—?），字雨辰，号亦溪，仁和（今浙江省杭州市）人。

阆苑歌

何润身

阆苑之山如列宿，一山一山相追逐
前山奔腾后山突，大山蜿蜒小山伏
一山盘曲自空来，环抱嘉陵三百六。
嘉陵三百六十里中半是山，山中仙子种花竹。
上有忽风忽雨之灵泉，下有疑神疑鬼之幽谷。
时时犬吠洞中春，往往鸡鸣岩下屋。
太祖三山何处寻，儿孙罗列如拱笏。
一起一伏一千里，熊罴咆哮龙撑骨。
安得杜陵遗老，吟成画一轴。

作者简介

何润身，生卒年不详，旺苍高城堡（今四川省旺苍县三江镇）人，咸丰年间文庠。

阶州[①]杂咏（选五首）

陆廷黻

（一）

万古仇池小有天，神鱼出穴是何年？
而今只有沮洳水，不见当时十九泉。

（二）

晚霞初霁卧长虹，阁道萦回断崖中。
疑是庐山看瀑布，浪花如雪溅晴空。

（三）

草色青青麦盖坡，人家终日住山阿。
疏林曲树遥相映，影落寒流夕照多。

（四）

刀枪剑戟万峰攒，行路真同蜀道难！
山势千寻悬峭壁，泉声百道咽危滩。

（五）

桓水[2]西来走急泷，一齐俱赴白龙江。
石堤欲载中流断，云碓无人水自舂。

作者简介

陆廷黻（1835—1921），字渔笙，号已云，浙江省宁波市鄞州区人。光绪八年（1882）任甘肃学政。

注释

①阶州：今甘肃省陇南市武都区。

②桓水：即今甘肃、四川境内的白龙江（漆子扬：《古桓水与白水水系考析——兼谈邢澍〈桓水考〉》，《西北成人教育学报》2001 年第 4 期）。

锦屏山[1]歌

张之洞

嘉陵一江胜处在阆州，阆州城南号称五城十二楼。
明镜三面抱城郭，锦屏九叠临汀州。
江深石润树葱茜，帝子飞盖时来游。
峭壁下瞰鼋鼍动，危磴上见猿猱休。
山巅地势转逸旷，翘足卧看澄江流。
当年丹梯碧瓦照山谷，今日石棱磊磊成荒丘。
时见渔樵语烟霭，无复仕女嬉春秋。
杜歌清壮犹可诵，冯夷荒渺谁能搜？
唐代亲藩多典郡，曹皋最著他无俦。
好治宫室恣游宴，犹胜虐下藏奸谋。
吾闻洪州高阁亦是滕王建，飞云卷雨今仍留。
我劝蜀人惜名胜，荒秽勿使山林羞。

作者简介

张之洞（1837—1909），字孝达，号香涛，晚清名臣。

注释

①锦屏山：位于阆中市城南。

登少屏山

钱绍元

锦屏东岭绝尘埃，海外群仙跨鹤来。
一带烟霞通阆苑，四时花雨认蓬莱。
楼标栈道临风倚，船到江边待月开。
到此无妨沽酒饮，余情缓步少陵台[①]。

作者简介

钱绍元，生卒年不详，四川崇宁（今成都市郫都区唐昌镇）人，咸丰辛酉（1861）拔贡。

注释

①少陵台：指放船台，位于苍溪县城西的嘉陵江南岸。

吴道子画嘉陵江山水图

陈秋涛

嘉陵三百里，山水图画中。更有何人绘，能如此景工。
吴生承凤敕，蜀道记蚕丛。丘壑涧间满，云烟纸上空。
驿程无粉本，殿壁是屏风。关势朝天[①]陡，江流入汉[②]雄。
佛岩[③]波映月，仙岭[④]瀑飞虹。一日挥毫就，奇观壮大同。

作者简介

陈秋涛，生卒年不详，号松泉，苍溪（今苍溪县）人，同治六年（1867）中举。

注释

①朝天：指朝天关，位于广元市朝天区朝天岭。

②汉：指西汉水，即嘉陵江。

③佛岩：指千佛崖，位于广元市城北嘉陵江东岸。

④仙岭：指飞仙岭，在朝天区沙河镇南华村。

嘉陵涛声

陈秋涛

水怒争滩怒，滩危水激泷。三川[①]□正脉，万里涌长江。

峡窄雷初奋，寻高雪乱撞。诉残终古恨，流出不平腔。
响带巴山雨，鸣惊梦泽樯。诗怀添铁板，客梦搅篷窗。
沙石声同震，鱼龙气未降。英雄淘不尽，余韵尚淙淙。

注释

①三川：泛指蜀地。

南岐霁雪[①]

郭建本

山色如群玉，南岐郭外横。松排天际密，雪霁岭头明。
径灭无尘翳，泉流有冻声。月光深夜照，寒气逼层城。

作者简介

郭建本，生卒年不详，山西省运城市芮城县人，同治年间任凤州（今陕西省凤县）知县。

注释

①南岐霁雪：凤州八景之一。

五丁峡

李嘉绩

路入五丁峡，雨山极峭崿，白日黯沉沉，天晴风雨落。
一水悬中流，奔腾赴万壑。阴崖暗草芥，怪鸟号林薄。
耳目变神奇，壮怀惨不乐。路人立问讯，咄咄语殊恶。
日入古鬼愁，风声旱魃虐。疾行勿勾留，使我心力弱。
前峰升夕阳，孤店据崖削。浇此块垒胸，莫辞酒一勺。

作者简介

李嘉绩（1843—1907），字云生，又字凝叔，号潞河渔者，祖籍直隶通州（今北京市通州区），其父官于四川，遂随父居于华阳，光绪二十年（1894）任洋县（今陕西省洋县）知县。

七盘关

李嘉绩

一水[①]界秦蜀，两山[②]雄古今。路从千仞下，云阻七盘深。

注释

①一水：指西汉水，即嘉陵江。

②两山：指秦岭和巴山（注1和注2参见王振会、雍思政编注：《蜀道神韵》，上海三联书店2015年版，第38页）。

鼎山[①]八景诗（选二）

成　章

天池跃鲤[②]

闲游几度到池边，每见鲤鱼寄慨然。
欲向满山诸佛问，龙门变化待何年。

作者简介

成章（1846—1918），又名成华卿，巴中鼎山场（今四川省巴中市巴州区鼎山镇）人。

注释

①鼎山：今巴州区鼎山镇。

②天池跃鲤：鼎山八景之一（鼎山八景参见张敬伟《图说鼎山》，《巴中日报》2018年1月13日）。

龙头喷雨[①]

山北山南正苦晴，偶然一喷天地惊。
欲求慰满三农望，占得龙头属老成。

注释

①龙头喷雨：鼎山八景之一。

满江红·题胡雪渔山水画

张慎仪

画里卜居，消不尽、寻常风月。还暇日、呼邻聚话，茶凹酒凸。残雨过林云不定，霁虹落涧日将没。有前头、观瀑野人来，飞双舄。

古刹外，榕阴阔。短亭外，杉阴窄。又渡旁店，酒旗盈幅。渺渺江流回几曲，巉巉石磴盘千折。似莽苍、三百里嘉陵，雪渔笔。

作者简介

张慎仪（1846—1921），字淑威，号蓤园，一号芋圃，四川省成都市人。

渔溪[①]八景诗（选三）

苟克偕

凉桥卧波（永安桥）[②]

揽尽渔溪胜，长空跨白龙，课余常远眺，坐待夕阳红。

作者简介

苟克偕，生卒年不详，原巴中县镇龙关（今四川省平昌县）人，光绪年间（1875—1908）拔贡。

注释

①渔溪：今四川省巴中市恩阳区渔溪镇。

②凉桥卧波（永安桥）：渔溪八景之一。

龙潭印月（龙咀潭）[①]

磅礴势蜿蜒，应呼作龙咀，云雨而扬鬐，吸尽一江水。

注释

①龙潭印月（龙咀潭）：渔溪八景之一。

深溪晚霞（深溪桥）[①]

修篁迷曲径，嫩柳袅柔丝，晚霞真堪赏，飞烟锁深溪。

注释

①深溪晚霞（深溪桥）：渔溪八景之一。

汉水春波[①]

雷文渊

曾记观澜广汉滨，源探嶓冢本清沦。

东风巧织涟漪锦，旭日微烘淡荡春。

溪涧流添分燕尾，崖城波合蹙鱼鳞。
愿将水鉴同民鉴，好挹西江浣俗尘。

作者简介

雷文渊，绵竹人，光绪十年（1884）任甘肃省陇南市礼县知县。

注释

①汉水春波：礼县八景之一。汉水，指甘肃省陇南市礼县的西汉水。

铁棋仙迹[①]

朱子春

洞府何年桔叟来，就中亭阁好安排。
迎门道士闲如寄，弹局神仙去不回。
烟火万家环县廓，河流终古抱山隈。
苍茫陵谷增人感，石壁题诗扫绿苔。

作者简介

朱子春（1850—1905），字绪宣，号香畹，鄂州（今湖北省鄂州市）人。光绪十二年（1886）任陕西省凤县知县。

注释

①铁棋仙迹：凤县八景之一，位于凤县消灾寺景区。

滴泉鸣玉[①]

朱子春

飞泉淅沥响云隈，别有源头一罅开。
山静似闻笙磬和，月明疑是珮环来。
灵根浑欲储苍壁，余润时分偏碧苔。
记得寒溪听漱玉，故乡南望音重回。

注释

①滴泉鸣玉：凤县八景之一。

唐沟烟柳[1]

朱子春

春风跌宕送吟鞍，驻马唐沟俯碧湍。
柳色昵人迎晓旭，烟光随处护晴峦。
清标不减苏台宠，别意休同灞水寒。
莫遣临岐攀折苦，当年张绪许同看。

注释

①唐沟烟柳：凤县八景之一。

贺新凉·题沈刺史芝英诗集，用黄仲则怀太白韵

胡薇元

蘅杜才人老。记羁栖嘉陵江上，啸歌凭吊。博得方州如斗大，绿幕黄莲清眺。任骚屑美人芳草。髀肉功名京洛梦，点吴霜毕竟风情好。剩一卷，柴桑稿。　　长唫哪管监州笑。记当时风流小宋，闻声相告。惟问八叉贤刺史，双鬓白来多少。可还忆寒蛩郊岛。见说乌斯行役去，待弓衣织遍烦青鸟。文字债，几时了。

作者简介

胡薇元（1850—1920?），字孝博，号诗舲、石林、壶庵，别号玉居士、七十二峰隐者，大兴（今北京市）人，祖籍山阴（今浙江省绍兴市）。

北栈山水凶恶入蜀渐有秀致

陈　沣

八百连云策蹇驴，顽峰丑石尽夔魖。
西行未入嘉陵驿，已在吴生画里居。

作者简介

陈沣（1850—1920），字经畬，别号辛湄，四川省绵阳市人。

三岔驿①

陈 沛

三岔驿，三岔路。北通康藏西两当，南行直到嘉陵去。

嘉陵水，滥觞处，柳苍苍，白日暮。送尽行人无回波，织乌斜飞罨高树。

注释

①三岔驿：从诗意看，此“三岔驿”应指凤县三岔驿，旧址位于凤县西南端。

汉源铺①

陈 沛

古堠青强店，舆台饬斗筲。涓流西汉②合，小径剑门包。

老柏巢云催，因风舞铁蛟。庚邮征战地，缅缅曳飞髾。

注释

①汉源铺：历史地名，在今剑阁县汉阳镇之石洞沟。

②西汉：指西汉水，即嘉陵江。

天雄关二首（关据牛头山顶张桓侯曾驻兵于此）

陈 沛

（一）

倚虹亭畔路，即是翠云廊。人踏嘉陵绿，天连陇右黄。

牛头山喷雾，狗尾草摇霜。铁牡严关在，将军大树荒。

（二）

万绿惨无缝，一声清磬来。涪亭①通汉寿，羌水落嶓台②。

冷旭吟肩射，苍屏倦眼开。回思腰笏令，骨鲠亦雄哉。

注释

①涪亭：古亭名，或在今四川省绵阳市东河路涪亭苑（参见王振会、雍思政编注：《蜀道神韵》，上海三联书店2015年版，第497页）。

②嶓台：即嶓台山，亦称西倾山、西强山、西洽山、西恰山、嶓台山。

过东柳桥①

邓思哲

马踏霜桥去，平明早著鞭。半声斜堕月，一树直撑天。
客泪花间露，人家柳外烟。水流东望急，人事付长川。

作者简介

邓思哲，生卒年不详，四川大竹县人，光绪二年（1876）进士。

注释

①东柳桥：位于四川省大竹县城以北。

齐天乐·寿俞阶青探花

奭　良

校书东观多耆俊，何如月泉吟社。藜火吹青，苇航虚白，犹是玉堂潇洒。儒生雍雅。向七伐书征，三驱易假。草长莺飞，十年荏苒似湍泻。

茶香书著满屋，有公孙能读，联步金马。露櫶嘉陵，星轺渭曲，饱看岧峣太华。丹铅清暇。听递续添筹，凤池佳话。我欲跻堂，一尊窥邺架。

作者简介

奭良（1851—1930），字召南，满洲人。

鱼泉灵迹①

杨汝偕

澄潭深不测，流出灌田多。祈雨应如响，在山清不波。
杨鳍舒巨鲤，震耳鼓灵鼍。更喜花泉近，何嫌日日过。

作者简介

杨汝偕（1853—1920），字同仕，毕节（今贵州省毕节市七星关区）人。曾任四川合江县、江安县知县。

注释

①鱼泉灵迹：位于四川省万源市鱼泉山。

南渡孤舟[①]

梁清芬

一叶轻桡泊利州，茫茫秋水系孤舟。
柳边人歇斜阳里，烟外马嘶古渡头。
鹭影谁怜随碧浪，蟾光高伴上银钩。
城南遗迹[②]今犹是，万里长江[③]自在流。

作者简介

梁清芬（1853—1932），字惠兰，四川省广元市人。

注释

①南渡孤舟：古利州（今四川省广元市）八景之一。南渡：今广元市利州区南河蜀门大桥附近，古设嘉陵江渡口，是为南渡。

②城南遗迹：指利州南渡遗迹。

③长江：此指嘉陵江。

字 水

梁清芬

嘉陵江上望，三折势成巴。水面添文迹，波心灿笔花。

帘 波

梁清芬

碧波翻影倒垂檐，拖地玲珑下翠帘。
小阁难容三尺水，层楼高漾一钩蟾。
谁看暮雨鱼儿出，自喜春风燕子添。
莫使扁舟乘浪卷，只宜苔草色相兼。

隔水问樵夫

梁清芬

一到清溪岸，相逢谷口樵。问来人隐隐，隔处水迢迢。
古路寻踪往，生柴带叶挑。山僧同指点，投宿快今宵。

渔　家

梁清芬

为爱临流趣，作舟住水涯。窗依红蓼岸，门对白芦花。
一棹行千里，三篙过数家。归来迷晚雾，惟见夕阳斜。

题千佛崖

梁清芬

积首慈云伏翠崖，神工鬼斧费安排。
装成万象悬江岸，一样神仙别样佳。

天雄关

马继华

羊肠曲上岭多盘，高比青天未易攀。
时傍马头云气逼，半遮螺髻雪光寒。
回眸渐觉秦关远，举步方知蜀道难。
可惜嘉陵好山水，苍茫都在雾中看。

作者简介

马继华（1854—1913），字朴之，四川灌县（今四川省都江堰市）人。

七盘关

严雁峰

羌中登七盘，烟际嘉陵竹。回首怜长安，独无此君族。
山势作螺旋，下有青精谷。日暮寻戍人，半与猿鸟屋。
悠然沧浪声，老妇沤麻独。在昔发秦州，高咏少陵蓄。
后人懵公诗，谓险不谓朴。

作者简介

严雁峰（1855—1918），名遨，字雁峰，别号贲园居士，陕西省渭南市人。

月夜度星子山[①]口占

余修风

（一）

夜色苍凉甚，当头月一轮。险巇经历惯，挥剑斩荆榛。

（二）

对影上层峦，衣单怯露寒。僮厮浑不语，窃笑苦穷官。

（三）

轮夷消磨尽，巉岩路几重。醉余残梦里，惊醒梵王钟。

（四）

大吠泉声乱，山魈惮见人。卑官谁得似，明月证前身。

作者简介

余修风，生卒年不详，光绪年间曾任定远厅（今陕西省汉中市镇巴县）同知。

注释

①星子山：镇巴县境东部。

题筹笔驿

黎启明

青山郁郁水沉沉，神驿苍然自古今。
六出尚能生士气，三分不肯顺天心。
风云未遂龙先老，吴魏犹存马再临。
故是英雄多恨事，我来千载泪沾襟。

作者简介

黎启明，生卒年不详，广元（今四川省广元市）人，光绪年间进士未第。

朝天晓霞[①]

黎启明

朝来走马近朝天，万道霞光似欲燃。
风情恰似逆霄雨，云脚翻成破浪船。
峡上有人皆日晒，山间无地不花鲜。
再到龙门回首望，琼楼玉宇澈日边。

注释

①朝天晓霞：古利州八大景之一（参见蒲志田：《为广元山水园林城市建设把把脉》，2003 年第 4 期）。

珠帘喷瀑[①]

吕震南

南倒泻银水一泓，排空喷出珠帘擎。
若非鹿竹新编就，定是神仙旧唾成。
挂壁纹寒风欲卷，悬崖光冷燕难倾。
夜来欹枕听澎湃，又作西山暮雨声。

作者简介

吕震南，生卒年不详，字海鹏，清代郡贡生，光绪十一年（1885）纂著《阶州直隶州续志》。（参见康县志编纂委员会编：《康县志》，甘肃人民出版社 1989 年版，第 870 页）。

注释

①珠帘喷瀑：阶州八景之一，位于今陇南市武都区城郊乡。

城南古渡[①]

吕震南

长江绕郭水盈盈，古渡苍茫铁锁横。
两岸垂杨齐映水，一帆宿雾近连城。
待船客唱卬须调，打浆渔歌欸乃声。
最好锦屏山[②]下望，满堤人在镜中行。

注释

①城南古渡：阶州八景之一，位于今陇南市武都区城郊乡。
②锦屏山：此处指位于武都区两水镇马入崖村的锦屏山。

犀牛江月

吕震南

犀牛江上夜悠悠，晚景苍茫古渡头。
两岸烟横沙鸟宿，三更云尽玉蟾留。
月波欲共江波涌，天影还同水影流。
相对前身频借问，酒酣万事不知愁。

即景诗抄四首

吕震南

（一）寿台晚照[①]

黄昏风景正徘徊，夕照苍茫万寿台。
鸦背余光归寺角，山家簿瞑映松隈。
江翻石壁滔滔去，日送牛羊得得来。
莫道夕阳留不住，旧城新月已昭回。

注释

①寿台晚照：阶州八景之一。

（二）锦屏叠翠[①]

西山爽气望珑玲，郭外横斜翡翠屏。
合比天台千叠绿，也分谢朓数峰青。
负樵客去烟霏漠，采药人归路渺冥。
日暮渔歌来远浦，斜阳芳草满沙汀。

注释

①锦屏叠翠：阶州八景之一。

（三）六月冰泉[①]

旱云飞火燎长天，怪底层冰满涧泉。
任是南风终莫解，纵非北陆也应坚。
献羔客至宣阳室，祭韭人赓徂暑篇。
借问清怀谁得似？凌阴颁后玉壶解。

注释

①六月冰泉：阶州八景之一。

（四）太白积雪[①]

常年太白拥层峦，雪满峰头望弥漫。
柳絮能教终岁咏，梨花留待隔年看。
光摇银海花生眩，冻合玉楼粟起寒。
岭上野梅开也未？仗藜闲到碧巑岏。

注释

①太白积雪：阶州八景之一。

芹泉驿[①]岩间佛龛

顾印愚

层岩龛佛倚高寒，下有洪流百尺滩。
绝似嘉陵好山水，徘徊真作故乡看。

作者简介

顾印愚（1855—1913），字印伯，一字蔗孙，号所持，又号塞向宧、塞向翁，别署双玉堪，斋名楚雨堂，自署居室名双玉者、玉溪、玉局，成都双流人。

注释

①芹泉驿：旧址在山西省阳泉市盂县城南35公里处（参见李忠红：《芹泉驿与测石驿》，《阳泉日报》2017年12月11日）。

下 寺[1]

杨 锐

下寺清江上，飞檐接剑门。霜巢明野鹤，风磴落危猿。
拾橡儿童喜，团茆鸟雀喧。径疑人事绝，无路出桃源。

作者简介

杨锐（1857—1898），字叔峤，四川绵竹人。

注释

①下寺：寺庙名，旧址在今剑阁县下寺镇。

龙门阁

杨 锐

栈危缘嘉陵，修纤不盈尺。长江[1]转弧光，壁立万古石。
洪涛下洄旋，仄径上牵迫。空行步逾窘，天交视无隙。
耳聒连风惊，眼穿奔云坼。梯攀舍却倚，崖滑坠恐掷。
险过邛崃危，狭甚阴平厄。生死傥分定，穷愁了然释。

注释

①长江：此指嘉陵江。

桔柏渡

杨 锐

苍茫烟江岸，鱼艇缘修竿。蒙涝薄雾卷，烈烈长风寒。
耳鸣下急濑，目眩洄奔湍。中流失沙屿，柔橹轻波澜。
图南计寥落，朝东势弥漫。空涵石壁动，远浸云涛宽。
回程暖迢递，孤路怅盘桓。前行阻天梯，舍舟怀永欢。

陈芷云家藏明人唐解元龙泉岩图失去八年近始索得自为图记征诗一再函催书此调之

郑国藩

嘉陵山水三百里，能事独推吴道子。
六如画品亦入神，摹写龙岩真可喜。
侧面一图境尤奇，长松偃盖柏交枝。
楼观高笼云雾气，桥梁倒蹩虹霓姿。
亭前飞瀑跳珠白，石磴层层矗天墀。
星移物换四百载，什袭君家郁光彩。
忽惊乔舄化凫飞，一旦归来价十倍。
潜园主人老能诗，自记颠末劝我题。
披图读记首一頫，二难四美谁能齐。
伟哉造化真好弄，擘石挂泉作岩洞。
珍重斯图且庋藏，留与他年导飞鞚。
忆昔兰亭入昭陵，宝光难闭终龙腾。
神物况乃山灵护，浦珠越石诚可凭。
止恐有形势非久，壁棱津剑孰为守。
由来得丧两循环，平泉木石今何有。
晋卿宝绘苦名堂，寓意谁将苏语详。
陈义甚高理不易，电光泡影空彷徨。
世界大海一沤发，何况区区身外物。
色相不忘宁非痴，与君细数恒河沸。

作者简介

郑国藩（1857—1937），字晓屏，号似园老人，广东省潮州市人，祖籍广东省揭阳市普宁市。

谒严将军祠[①]

冯鲁溪

庙貌巍然壮，乾坤正气留。头颅甘一割，血食总千秋。
蜀北关长在，巴西水急流。君看行不义，降表送谯周。

作者简介

冯鲁溪（1859—1884），字蔚蒲，号鉴莹，巴中司城（今巴中市巴州区司城乡鲁溪）人。

注释

①严将军祠：此处指巴中严颜祠墓，旧址位于四川省巴中市城内（参见蔡东洲：《严颜三墓考论》，《四川师范学院学报（哲学社会科学版）》2002 年第 5 期）。

登奎星阁[1]

冯鲁溪

郡城如丸小，平地拥飞楼。譬如人一身，手足拱其头。
青云梯百步，步步引帘钩。瓦松铺四面，檐马悬四周。
最上奎光阁，俯见千里州。南山入怀抱，字水学带流。
是时秋西来，大风振石尤。居高忽念下，常恐堕前修。
耆父指我言，工系顾老鸠。斯人既沧丧，盛迹空山丘。
抚襟长啸歌，城郭黎庶稠。

注释

①奎星阁：又名奎星楼，位于巴中（古称巴州，今四川省巴中市）城东、巴河西岸边（参见晏萍、岳钊林：《巴中奎星阁》，《四川文物》2002 年第 1 期）。

齐齐哈尔[1]至呼伦贝尔[2]途中杂诗　其一

张朝墉

水复山重博克图[3]，此邦约略小成都。
再添云树三千尺，得似嘉陵粉本无。

作者简介

张朝墉（1860—1942），字北墙、白翔，晚号半园老人，因蓄长须，又被称为张髯，四川奉节县（今重庆市奉节县）永安镇人。

注释

①齐齐哈尔：黑龙江省齐齐哈尔市。

②呼伦贝尔：内蒙古自治区呼伦贝尔市。

③博克图：内蒙古自治区呼伦贝尔市牙克石市博克图镇。

秦中山水[①]

马毓华

壬午季秋，承乏武都赴乡查验义谷，亲历层岩叠嶂，如入画图，其幽险处实生平所未见，归途口占纪之以诗。

我家扬子江[②]边住，日送江流东海去。
宦游直溯江之源，一水上穷秦楚路。
秦中山水汉南奇，嶓冢尤为最高处。
揭来承乏到岩疆，坐对林峦足幽趣。
羌情朴陋古已然，司牧骤难绳礼数。
不才况复如鲰生，抚此懔然朽索驭。
层岩叠嶂太崎岖，百里中平无百步。
可怜地瘠民更贫，何堪雀鼠公庭诉。
今岁苞谷幸丰收，男妇家家余粟布。
及时正好积千仓，益寡裒多非过虑。
惜乎此意晓人难，蚩蚩之氓迷未悟。
唇焦舌敝不惮烦，更历乡闾勤劝谕。
亲见奇峰万丈高，飞泉直泻悬空注。
如斯险峻本天成，储积果充吾圉固。
作歌敬告此邦人，图匮于丰谋贵豫。

作者简介

马毓华，生卒年不详，曾任宁羌知州。

注释

①题目为编者所加。

②扬子江：长江的别称。

来凤楼[①]次韵并序

刘士猷

叶幼芝先生，牧吾阶，诗酒自好。于署后建课雨亭、吟绿馆、来凤楼。

每值花晨月夜，即偕名士登咏其上。今登此楼有感其言，特摅所怀。

读罢题名录，凭临最上头。江天一色老，城郭万家秋。
此夜关山月，遥应忆旧游。叶公留胜迹，望捷每登楼。

作者简介

刘士猷（1865—1913），字允升，武都（今甘肃省陇南市武都区蒲池乡）人。

注释

①来凤楼：位于武都城北郊五凤山上（参见 http://www.laifengzx.com/lfxwl/4518.html）。

城南古渡

刘士猷

野渡滔滔不计秋，好飘襟带镇边州。
西来永状全鸥势，东往遥添玉垒愁。
春水波平花两岸，夕阳风便叶孤[1]舟。
山城科试西南步，古柳含烟满荻洲。

注释

①一作“归”（参见甘肃省武都县地方志编纂委员会编：《武都县志》，生活·读书·新知三联书店 1998 年版，第 983 页；《刘士猷先生简况及其诗作》，2012 年 2 月 24 日，http://www.0939.net/article/article_30265.html）。

盘石松上李松洲太守兼郭环山明府

刘士猷

我来南山披榛寻，底事埋头蔓蔓深。
此间多少干霄木，嗟尔岂无栋梁心！
只缘盘踞未得所，栖凤蟠龙不可许。
沉滀难充根难坚，阿谁甘与蓬蒿侣？
我抚孤松久盘桓，虬枝生涩龙鳞干。
固是盘根错节日，风雨潇潇经岁寒。
吁嗟乎！灵椿连云八千岁，材良无非获利地。
龙蛇影动涛声长，生机不没凌空意。
何当爱若陶华阳，拔尔栽培向平地！

太白积雪二首（其一）

刘士猷

峭壁插天削不成，谁将盐粉积盈盈？
云封玉树连天白，日晃琼林带壑明。
泉水定凝冰五月，银崖万好夜三更。
此山此景无多见，瑞映江城共快晴。

角弓沟[①]

刘士猷

山谷郁盘拟辋川，千秋绿水泻名园；
无边柿叶红如许，好似江南二月天。

注释

①角弓沟：位于武都区角弓镇北。

三日渡白龙江谒真武观[①]

刘士猷

佳节游山寺，登舟日正中。挑花千尺浪，杨柳一帆风。
宝盖摩天碧，星旗夹道红。焚香还击鼓，流音满太空。
昨夜白龙鸣，今朝绿水生。山光连浪涌，树色带烟晴。
春到禅花发，人来老鹤迎。雨过山高出，云归日倒行。

注释

①真武观：位于武都区马街镇五凤山。

北　碚[①]

赵　熙

一舸东阳下，千山北碚开。民生天所赋，人物眼中来。
素业群方式，青年异代才。江波殊荡潏，红日此青台。

作者简介

赵熙（1867—1948），字尧生、号香宋，四川省荣县人。

注释

①北碚：今重庆市北碚区。

慈香阁

赵　熙

掠影西乌翅不停，久晴霜叶袅余青。
故园心系今双月，夜火山围电万星。
往事朱三娱帝号，多年黄九赋龟亭。
荒时不奈嘉陵岸，江上渔歌杂醉醒。

桔柏江声

杨祖德

嘉陵江水绕城流，水急石横古渡舟。
引缆曾惊崔刺史，何公抚字古贤侯。

作者简介

杨祖德（1880—1919），字子荫，山东省潍坊市人。

漫步嘉陵畔

陈善百

金波粼粼赤霞飞，倦鸟盘旋不思回。
山寺日落人去尽，纤夫声嘶帆移迟。
推冠无意学彭泽，就馆有意追仲尼。
倘得三千超七千，流水东逝洗尘灰。

作者简介

陈善百（1880—1932），本名春祥，字以行，苍溪人。

题大获城壁

陈善百

昔人大获著威名，此地空余大获城。
孤山耸峙飞鸟悸，碧水环绕回龙吟。
宋元霸业化尘土，璘玠功勋震人心。
登临何必叹衰歇，报国还须奋长缨。

剑门道中

吴　嵘

横磨万剑插云根，形胜西川重此门。
二月莺花忙送客，四山风雨乱招魂。
人情好武殊轻死，时俗忧贫易感恩。
闻道嘉陵江上路，子规啼血满荒村。

作者简介

吴嵘，生卒年不详，字兼山，原名尚锦，字敦素，常熟（今江苏省苏州市常熟市）人，清光绪年间（1875—1908）进士。

定远八景（选五）

姜由范

（一）平洲草色①

东风吹绿草芊芊，深映峰头浅映川。
十里波光三里岸，一洲春色半洲烟。
平沙泼翠疑无路，远渚浮青别有天。
写入图画生意满，嘉陵山水夕阳边。

作者简介

姜由范，生卒年不详，光绪年间任定远（今四川省武胜县）知县。

注释

①平洲草色：定远八景之一。

（二）九洞晴岚[①]

亭名小鲁矗峰巅，天印如星绝顶悬。
九洞烟云横眼底，一江苍翠落樽前。
遥连古渡岚光秀，斜对山城月影圆。
几度登临频吊古，读书遗迹忆先贤。

注释

①九洞晴岚：定远八景之一。

（三）龙岭郁青[①]

石岩深处识潜龙，百里嘉陵逗远峰。
淘尽江波春有影，嘘开云气野无踪。
敢同化鲤称神物，也兆多鱼慰上农。
破壁何年始飞去，千秋遗迹水融融。

注释

①龙岭郁青：定远八景之一。

（四）竹溪涵碧[①]

大地云阴狭收处，竹声瑟瑟橹声柔。
平桥流水通幽径，夹岸苍烟压小舟。
一色波光浓似酒，半篙人影淡于秋。
淇泉风韵依然在，绿至嘉陵古渡头。

注释

①竹溪涵碧：定远八景之一。

（五）环江晚渡[①]

渡头舟楫望离迷，多少归人歇柳堤。
波冷沙寒篙影乱，江平岸曲水痕低。
橹声欸乃惊鸥梦，夜色昏黄听马嘶。
待月登城闲眺望，渔灯几点画桥西。

注释

①环江晚渡：定远八景之一。《定远八景》五首注参见武胜县志编纂委员会编：《武胜县志》（1986—2005），方志出版社 2011 年版，第 1234－1235 页。

仲春游桃园即事

叶恩沛

年来无日不精神，选胜郊原韵事新。
千树桃花红似锦，万株杨柳绿依人。
骚坛一代谁为主？嘉会三春我接宾。
自笑此身如野鹤，徘徊几度大江滨。

作者简介

叶恩沛，生卒年不详，安徽人，光绪年间知阶州。

同谷草堂[①]

叶恩沛

（一）

蔓草荒烟寄慨深，倪花故址有谁寻？
山空鸟寂游踪少，谷入验鸣使节临。
表暴诗人公赠玉，重修遗像我装金。
回思十七年前事[①]，何意相逢又到今[②]？

自注

①余十七年前奉差至成，适值贼氛，瞻拜未能如愿。

②癸未，始捧檄武都，今年，感遗祠荒废，乃鸠工焉。

（二）

修罢临江又草堂[①]，聊分鹤俸亦何妨。
芳徽但得先贤著，独力甘将巨任当。
云树顿增新景象，河山倍唤古文章。
从此俎豆依然继，秋月春花分外香。

自注

①开工之日，恰值临江桥告竣。

（三）

下吏无才窃自惭，半生诗酒也曾贪。
忍教仍旧围倾四，喜与更新径辟三。
牲日风雨多败漏，今番云水尽包涵。
辉埠庙貌巍然起，万象澄鲜月映潭。

（四）

诗思画意两纵横，水秀山明别有情。
足壮观瞻民共悦，忽新听睹士群惊。
千秋青眼逢谁顾？一片丹心共此诚。
深愧涵濡无善教，还将呵护仰先生。

注释

①同谷草堂：即成县杜少陵祠，亦称“成州同谷县杜工部祠堂”“子美草堂”“诗圣祠”，俗称“杜公祠”，始建于北宋宣和三年（1121）。其址位于今成县东南凤凰山下、飞龙峡口。

来凤楼小集口占

叶恩沛

层楼同上酌芳醪，水色山光诗兴豪。
不是俯看天下事，此身位置本来高。

游水帘洞①

叶恩沛

青山万叠水争流，仙迹何年占上头？
古洞尚能通一线，馨香早已定千秋。
人生富贵如棋局，世事浮沉似钓舟。
结队今朝春兴足，登临送别两悠悠。

注释

①水帘洞：嘉陵江流域水帘洞有数处，此水帘洞位于成县城关镇刘家湾。

龙潭印月[①]

叶恩沛

照水高崖树影重，会看空际月华浓。
波光上下澄如许，疑落明珠引卧龙。

注释

①龙潭印月：成县八景之一，位于甘肃省陇南市成县的西狭颂风景区。

飞龙峡[①]

叶恩沛

石搏沙浪语，樵唱暗明间。临岸徘徊久，敲诗得句艰。

注释

①飞龙峡：位于成县县城东南。

蔚蓝胜境[①]

杨太虚

龙头倒卧见高峰，洞古铺云绿树茏。
封郭满天撑老柏，卷波烟水映乔松。
浓情尚吐飘香桂，觉梦惊声听晓钟。
淙夜彻泉流韵雅，茸红剪处妙罗胸。

作者简介

杨太虚，道号泉石散人，清末道士，盐亭县（今四川省盐亭县）人，曾住金华山观。

注释

①蔚蓝胜境：四川省射洪市金华镇金华山道观有此龙蛇体回文诗碑。

双流春涨[①]

南苑和尚

草阁回栏俯涧东，柳堤十里晚烟笼。
春深水绿平桥外，夜静灯红野市中。

涧响乍沉鸥睡稳，桃花生浪鲤腾空。
帆樯上下双流合，拟似龙门百尺雄。

作者简介

南苑和尚，清代人，余不详。

注释

①双流春涨：江北县（今重庆市渝北区）西黑水滩河，明代称为亭溪。溪口建有古镇名曰亭溪镇，为昔日著名水码头。该诗说的便是亭溪镇的昔日风貌（参见重庆市渝北区地方志编纂委员会：《江北县志》，重庆出版社 1996 年版，第 857 页）。

文泉回文诗①

徐德怀

文成织锦集回泉，沼碧浮光月上天。
云净洗时双挂镜，浪添花处一澄渊。
芬清涣出中流活，雪澡恒深内蓄全。
君共涤尘无日尽，纷纷涌馥桂宫前。

作者简介

徐德怀，清代人，余不详。

注释

①文泉：宁强县城内有一井名“文泉”，《文泉回文诗》碑现存县文化中心大院碑石墙（参见宁强县图书馆：《文化宁强》，2017－07－22，https://mp.weixin.qq.com/s?__biz=MzUzOTExMzA2Mg%3D%3D&idx=1&mid=2247483690&sn=4111e3509c043112adec6cf2825a339d）。

五丁春景

佚　名

时值阳春三月天，如赏长轴进画卷。
松涛和乐催鸟语，溪映山峦披云衫。
青野繁花织锦缎，浓荫小楼飘炊烟。
更喜绝顶振衣处，满目青苍翠欲涎。

过五丁关

佚　名

五丁关雄耸天籁，峭壁峥嵘印青苔。
壁立危崖截路断，枝交古树鸣杜鹃。
天拥峰势成一线，溪冲岭脉开洞天。
雄关峙踞秦蜀道，回首乡音已渺然。

渡嘉陵江

张　怿

嘉陵江口蓼花红，小艇横江破晓风。
两岸平沙秋水阔，数声柔橹白云中。

作者简介

张怿，清代人，生卒年不详，曾任果州（今四川省南充市）别驾。

登伴江山楼次前牧周君韵

蒋兆播

山头百尺锁烟霞，偶尔登临望眼赊。
黄稻未收千顷熟，朱荷向晓一池华。
江声不住轻舟急，樵唱渐清落日斜。
壁上旧题人爱护，廉能我亦羡无涯。

作者简介

蒋兆播，清代人，生卒年不详，曾任蓬州知州。

龙角山

周　铭

拏云气骨势纵横，夜月如珠颔下明。
词客不须攀绝顶，狂吟唯恐卧龙惊。

作者简介

周铭，清代人，余不详。

濂溪祠[①]

周 铭

潇洒风尘外，停车教可传。盘桓留盛迹，光霁忆当年。
镇口楼台壮，祠旁竹树连。讲堂童子秀，群颂《爱莲篇》。

注释

①濂溪祠：位于蓬安县周子古镇，为纪念宋代理学大师周敦颐而修建（参见 http://www.pengan.gov.cn/Item/34295.aspx）。

九曲流泉[①]

白玉屏

清溪荡漾抱城流，曲折弯环去复留。
放棹无从知向背，看山何事屡回头。
澜回欲学巴江字，帆转如闻楚国讴。
问是此中谁结屋，伊人宛在自优游。

作者简介

白玉屏，生卒年不详，清代营山举人。

注释

①九曲流泉：即营山县城北的九曲河。

金溪场[①]月夜泛舟至城

赵金鉴

赤日瞑西极，皓月地底上。乘舟泛秋江，波光两荡漾。
列宿乍明灭，天宇转空旷。大千现毫发，冰壶濯雪浪。
泠然御微风，涤荡襟怀畅。扬帆驶中流，峡水平如盎。
峭壁两岸削，森立争相向。龙虎各盘踞，攫搏势奇壮。
恍惚见洞壑，神工非意匠。鸾鹤翔天半，绿发仙姝状。

举手与我语，招我游方阆。长啸来天风，幽怀忽飘荡。
愿言从之游，尘世了得丧。下顾沧溟阔，雄心未能放。
云山虽可巢，风潮谁与抗。渺尔舟中人，击楫徒怅怅。

作者简介

赵金鉴，清代人，生卒年不详，字劲修，河南省洛阳市宜阳县人，曾任蓬州知州。

注释

①金溪场：今蓬安县金溪镇。

赠弁目学生临岐

沈崇垣

泲泲嘉陵水，萦纡万里长。岂有离别意，而忘梓与桑。
庄舄亦可恋，嫠纬亦可伤。谁能衔国愤，嘘气飞天霜。
男儿贵远志，弃繻何爱乡。一笑辞交友，从此效疆场。
短衣江上立，风起云飞扬。美酒侠颜赤，长歌寒日黄。
任汝一身胆，纵横安所当。杀人莫敢视，腥羶远遁藏。
屠耆呼韩邪，稽颡悉来王。露布传故里，相如有文章。

作者简介

沈崇垣，清代人，余不详。

犀牛江月

赵守正

江空牛去踪难寻，月向沧江空自明。
皓魄沉潭来午夜，蟾光倒影转寒更。
半湾似钓鱼犹怯，一颗如珠龙自惊。
七里滩头来眺望，嫦娥底事太无情。

作者简介

赵守正，清代人，生卒年不详，陇南市康县人（参见康县志编纂委员会编：《康县志》，甘肃人民出版社 1989 年版，第 868－869 页）。

城南古渡

赵守正

白水高悬天际头，武都城外漫经流。
问津此处垂杨岸，济渡谁家古木舟？
一带萦洄归浩浩，万山樵牧去悠悠。
频年喜更金汤固，天限华夷战缆收。

白马关二首

齐赐履

（一）

潇飒枫林动晚秋，海天愁思共悠悠。
数声风笛邮亭外，一曲离歌古渡头。

（二）

白马关①前路正斜，离亭一望已天涯。
云连栈道三千里，烟锁层城百万家。
摇落空山闲客舍，苍茫古渡远征车。
当年名利人何在，惟见残阳闪暮鸦。

作者简介

齐赐履，清代人，生卒年不详，甘肃省康县人（参见《康县志》编纂委员会编：《康县志》，甘肃人民出版社 1989 年版，第 869 页）。

注释

①白马关：位于康县北部古石门河（今云台河）畔，今云台镇古称。

五日游水帘洞

齐赐履

支筇乘兴到山巅，路入桃源骨更仙。
芳树含烟迷晓渡，春流带雨舞晴川。
榴花放眼孤村后，蒲酒传觞曲水前。
醉倚危阑归未得，笑看童冠尽欢然。

题明月山[1]及铁笼关[2]

李左棠

山名明月几何年，云锁峰峦树万千。
滚滚嘉陵潮足底，巍巍铁笼到眉端。
眼观陇右十余县，势压终南万里山。
白马关前桑梓地，教人怎不切依瞻。

作者简介

李左棠，生卒年不详，清代康县庠生（参见康县志编纂委员会编：《康县志》，甘肃人民出版社1989年版，第871页）。

注释

①明月山：位于康县境内。

②铁笼关：即今太石山，在康县太石乡境内。

秋夜登定远楼

周玉书

汉初遗兴喜窥园，曲径通幽松竹存。
雉堞平分山月朗，虫声密布树烟昏。
船依左岸渔灯渺，稼拥大田稻穗蕃。
更上一层眼眺望，水天一色了无痕。

作者简介

周玉书，生卒年不详，清代定远（今武胜县）附生（参见武胜县史志办公室编：《武胜史略》，中央文献出版社2014年版，第214页）。

九洞学子

王　镛

万民同饮嘉陵水，文星独出天印[1]巅。
材成岂只江山助，高峰有路靠勤攀。
明代英英四学子，好学佳事民间传。
负笈悄离喧嚣市，山洞苦读不畏难。
我今登临访遗迹，浩气犹在印山间。

作者简介

王镛，生卒年不详，清代定远知县（参见武胜县史志办公室编：《武胜史略》，中央文献出版社 2014 年版，第 214 页）。

注释

①天印、印山：均指天印山，位于武胜县中心镇嘉陵江东岸。

题经朝天乘舟下嘉陵江入广元

郑世臣

山行力苦疲，乍喜乘流适。鼓棹下嘉陵，豁然双峡[①]逼。
苍岩无寸腐，苔色千年积。上留斧凿痕，知是架栈迹。
仰视白云端，人马行络绎。奔濑送轻舫，回头忽已失。
出峡见危峰，横江起微卒。杰阁踞其巅，势若排风翮。
曾闻徐佐卿，化鹤此捷息。仙迹半渺茫，松响舟萧槭。
前头石壁来，古佛千万亿。龛传韦抗劖，记出苏颋笔。
倏见利州城，突出在江侧。空潭行云涌，古寺访皇泽。
急雨川上来，停桡系椓杙。稍霁复前行，乌奴山翠滴。
团团岩树青，潺潺石泉白。江鸟与江花，一一如画格。
舣舟登葭萌，援笔记所历。清景追亡逋，十已遗六七。

作者简介

郑世臣，清代人，余不详。

注释

①双峡：指广元市朝天区境内“清风、明月”二峡（参见广元市朝天区地方志编纂委员会编：《朝天区志》（1986—2005），方志出版社 2007 年版，第 644 页）。

铜锣峡[①]

孙　宏

巴流初入峡，山径一帆开。云傍篷窗起，波从石壁回。
滩声鸣急雨，风势动惊雷。日暮哀猿发，重教客髩催。

作者简介

孙宏，生卒年不详，清代杭州人。

注释

①铜锣峡：位于重庆市江北区。

涧下水声

张勋侯

曲水傍莲丛，长天一色空。深源资瀑布，幽壑响崆峒。
乍听猿啼雨，翻疑鹤唳风。有时钟磬合，直与海云通。

作者简介

张勋侯，清代人，生卒年不详，甘肃省武都县人。

和吟绿馆感怀原韵（四首选二）

陈焕奎

（一）

碑拓黄龙暂缓临，楼高眺远寄遐心。
秋防万里金铙壮，春梦千官棨戟森。
入耳泉声流不息，当头树影照来深。
瑶台十二浑相似，绿蚁浮香薄水沉。

（二）

纡徐石叽巧钩连，背后危峰峻极天。
远性舟中容击楫，圆光镜里听磨砖。
屏山高叠惊神物，桓水洪流跃小鲜。
闻道仙人不可接，几回觅路尚徒然。

作者简介

陈焕奎，清代人，生卒年不详，陇南市武都区人。

小雪过凤岭

陈海霖

一鞭残月过南星，尺五重登驻马亭。

云外天横仙掌白，雪中山拥佛头青。
野梅官路吹香细，疏柳春城带水扃。
吟到溪桥幽绝处，夕阳鸦点晚冥冥。

作者简介

陈海霖，清代人，生卒年不详，陕西省城固县人。

松林驿

彭 龄

霜天夜落五更风，得得行来鹿寨空。
竹屋几椽如画里，芳溪万转过褒中。
园蔬棋布莲花白，山果珠累柿树红。
驿路弯环浑不辨，人随流水自西东。

作者简介

彭龄，清代人，余不详。

栈道连云①

刘星珍

扪星历井忽康庄，古栈连云接雍梁②。
七百里通秦塞曲，八千年辟蜀山长。
每凌石磴登天路，直俯岩潭履凤岗。
客旅莫言行道险，于今万国正梯航。

作者简介

刘星珍，清代人，余不详。

注释

①栈道连云：凤州（今陕西省凤县）八景之一。

②雍梁：雍州、梁州。

塔山烟雨[1]

汪 芬

塔山才薄雾，微雨已相连。漠漠云阴转，纷纷龙影旋。
乱流空碧水，凝处没青天。古寺全迷锁，深沉海岛边。

作者简介

汪芬，清代人，生卒年不详，海州（今江苏省连云港市）人。

注释

①塔山烟雨：西和十景之一。

宝泉盈池[1]

汪 芬

路旁危石峙，佳胜一泉生。顶上云铺就，源头天凿成。
静观清气逼，坐看冷风惊。不测渊深浅，神通碧海宏。

作者简介

汪芬，生卒年不详，字桂岩，自号蟾客，安徽省黄山市歙县人。

注释

①宝泉盈池：西和十景之一。

咏石冠子[1]

邓仲衡

插断河流势欲摧，奇峰怪石出尘埃。
肠断屈曲心犹悸，齿列尖叉面别开。
树色峭随山色古，风声寒助水声哀。
铜城[2]锁钥今如昨，累卵虽危莫乱猜。

作者简介

邓仲衡，清代人，生卒年不详，万源（今四川省万源市）人。

注释

①石冠子：山名，位于万源市城南。

②铜城：万源在古代被誉为“铜城”（参见王成佑：《万源誉为铜城的文史资料》，20160804，http：//www. zxwyswyh. com/News/View. asp? ID = 737）。

登东城楼[①]

王眉年

新晴无事一登楼，极望天南万里秋。
故国苍茫烟树隔，他乡羁旅雁鹭浮。
西来山色连巴岭，东走江声入楚丘。
远近依然残垒在，駊騀日夜响孤舟。

作者简介

王眉年，清代人，余不详。

注释

①东城楼：南充县（今四川省南充市）东城楼。

青居烟树

李成林

岧峣无处不苍烟，草树深深涧壑连。
水剪一环浮日月，山蹲两剑刺云天。
荒城寂寞千秋梦，古寺凄凉半壁禅。
欲访胜踪人已谢，几回翘首思悠然。

作者简介

李成林，生卒年不详，辽东（今辽宁省）人，曾任顺庆府知府，《顺庆府志》康熙二十五年（1686）刻本为其与罗成顺等纂。

嘉陵江舟中

傅卿额

十里江湖梦，登舟一怅然。桑麻深岸雨，橘柚近村烟。
打桨闻巴语，扬帆见楚船。感怀清泪落，旅宿不成眠。

作者简介

傅卿额，生卒年不详，乾隆五十二年（1787）曾任和州（今甘肃省临夏回族自治州）知州。

昭化舟中

傅卿额

孤城一夜宿，冒雨下轻舫。归日三冬尽，征途万里长。
滩声连白水，山势带青羌[①]。最爱斜阳外，溪流粳稻香。

注释

①青羌：古代西南地区羌族的一支，服饰尚青色。此处指青羌人所居之地。

广元县西江[①]皇泽寺

沈联芳

益昌与晋寿[②]，鲁[③]柝可闻邾[④]。为爱此间胜，淹留半日途。
江声尽白水，春色上乌奴。可怪比尼像，奚为却翟褕。

作者简介

沈联芳，生卒年不详，生活于乾隆、嘉庆年间，四川省德阳市人。

注释

①西江：指嘉陵江，因其流经广元城西，故名（本诗注释参见王振会、雍思政编注：《蜀道神韵》，上海三联书店2015年版，第256页）。

②晋寿：古郡名，治地在今四川省广元市。

③鲁：春秋诸侯国名，故地在今山东省济宁市兖州区东南至江苏省徐州市沛县、安徽省宿州市泗县一带。

④邾：春秋诸侯国名，故地在今山东省济宁市邹城市境。

天雄关

沈联芳

虚阁盘山角，崔巍若建瓴。扶栏愁驻足，立马可扪星。
波涌双江白，云连二剑[①]青。牛头何屶崱，永作益昌屏。

注释

①二剑：指位于剑阁县北的大剑山与小剑山。

夜题广元舟中

张 清

行来云水合，兰桨破沙汀。崖际雕千佛，山尖耸一亭。
溪流长途碧，岸草渐知青。明日清风至，扶筇入画屏。

作者简介

张清，清代人，余不详。

虎跳仙磴[①]

董 照

怪石横江传虎跳，幡然欲去意如何。
从来城市饶机械，归去深山避网罗。
利爪当年留巨印，顽磴今日斗清波。
锄奸除暴贤侯事，虎亦通灵夜渡河。

作者简介

董照，生卒年不详，清代贡生，昭化（今广元市昭化区昭化镇）人。

注释

①虎跳仙磴：昭化古八景之一。

天雄关二首

肖令韶

（一）

牛头东下锁嘉陵，一望怆然感废兴。
大胆当年劳猛将，危楼此日卧慵僧。
几堆战骨埋枯草，无数荒丘长蔓藤。
欲觅平襄擒贼处，青山半出白云层。

（二）

嘉陵名胜别成蹊，画手谁将一卷携。
水势秦来还过楚，山形北向自围西。
回澜曲涧图难肖，列壑攒峰望欲迷。
立马雄关重掉首，虽无粉本亦留题。

作者简介

肖令韶，生卒年不详，清代举人，四川省乐山市人。

汶　石

吴天木

觅得嘉陵块石奇，果然鸟迹并枝枝。
若非天地留名笔，定是山川有画师。
色相宛然无假借，形容堪肖更谁疑。
一杯净水闲中玩，不许他人笑我痴。

作者简介

吴天木，生卒年不详，清代曾任昭化县县令。

桔柏渡

吴天木

桔柏津[①]头古渡船，荒城寥落夕阳天。
行人错认山林晚，问道官衙何处边。

注释

①桔柏津：桔柏渡又名桔柏津（参见任国富：《千古悠悠桔柏渡》，2010－9－27，http://www.gyxww.cn/sd/YXFS/201009/73978.html）。

鲁班峡[①]

吴天木

双峰壁立入青云，影到中流漾细纹。
不是仙家曾弄斧，人间何处觅仙根。

注释

①鲁班峡：在今广元市利州区三堆镇白龙湖景区。

昭化署衙即事二首（选一）

吴天木

藜蒿掩径即城墟，官舍民廛尽草庐。
急走江声滩似怒，徐看山色树还疏。
人烟尽入羲皇俗，风景何如汉魏初。
若使绘图膺御览，春光次第慰樵渔。

石柜阁

李 元

凭虚石阁大江头，杜老遗诗纪壮游。
不负名山幽兴在，为寻残碣一登楼。

作者简介

李元，清代人，生卒年不详，字太初，号浑斋，湖北京山（今湖北省荆门市京山市）人，曾任昭化县令。

桔柏江声

李 元

石怒滩横蜀水偏，嘉陵千里发秦川。
流声细细无人识，桔柏津头老渡船。

桔柏津晚渡

李 元

八月熟禾黍，农忙趁日渡。阆来大江浒，趋渡方进船。
呵道吏前怒，回船避官府。民愚安敢拒，饥疲尚延停。

余呼吏胥语，民愚安可侮。尽日事辛苦，尽室从亚旅。
山行不辞雾，田歌不辞雨。劳劳人倦娄，诘朝还力努。
岂无孤村姥，昏黑尚倚户。岂无小儿女，啼饥待哺乳。
江阔难晚渡，去去毋为阻。车马余暂驻，坐看山月吐。

虎跳仙磴[①]

李　元

江流错落石盘根，一叶扁舟岸柳新。
善政同来闻虎跳，惊心俗吏忆前人。

注释

①虎跳仙磴：昭化古八景之一。

登马深溪[①]

石莫国

峭折千盘上，微茫一径通。马嘶涧石底，人语翠微中。
仰面峰疑坠，回鞭路已穷。松间聊息影，谡谡下清风。

作者简介

石莫国，清代人，生卒年不详，营山县人。

注释

①马深溪：位于营山县太蓬乡。

题万象洞[①]

李　林

何年鬼斧劈混沌，万象保罗信有门。
山水之间奇山水，乾坤以内小乾坤。

作者简介

李林，生卒年不详，生活在清咸丰年间，武都（今陇南市武都区）人。

注释

①此诗为万象洞内题诗。万象洞位于武都区汉王镇杨庞村（参见董云飞：《武都万象

洞洞壁题记探微》，http://www.docin.com/p-1144787353.html)。

望江楼

王斌全

南山户牖南山寺，锁钥长江锁钥舟。
隔岸窗光随翠破，连环舡影任清流。
题吟应歉滕王阁，名胜追踪黄鹤楼。
波急白云牢不住，水滨尚有睡闲鸥。

作者简介

王斌全，清代人，生卒年不详，温陵（今福建省泉州市）人。

阴平八景

袁象乾

虹桥百丈锁阴平，日照螳螂晚复明。
素岭奇花五彩秀，西园春色四时清。
晴霓瀑布滋三里，晓霁文台映两城。
澄碧天池龙易变，尖山卓笔凤来鸣。

作者简介

袁象乾，清代人，余不详。

鱼窍峡①

汪莲州

疑是雷霆晴日斗，忽风忽雨白涛飞。
渔人不敢频来往，每见轻衫带湿归。

作者简介

汪莲州，清代人，生卒年不详，字淑人，陇南市成县人。

注释

①鱼窍峡：位于成县境内抛沙镇和小川镇之间。

跳鱼峡[①]

汪莲州

怒走白虹山半开，珠玑滚滚自天来。
曾闻鱼跳峡名旧，会见金鳞过钓台。

注释

①跳鱼峡：位于武都区。

三峰山[①]

汪莲州

何年华岳分余翠？屹立三峰上逼天。
永日风涛流古树，不时云气锁危巅。
蜀秦关塞浮烟外，江汉源头落照边。
回看诸州殊觉近，一声清磬净尘缘。

注释

①三峰山，位于武都区。

溪潭龙飞[①]

黄　泳

水国泉多异，溪深浪鼓山。风雷腾地窟，霖雨出天关。
波静难窥影，云兴仰识颜。千寻同谷穴，疑上禹门间。

作者简介

黄泳，四川省射洪市人，乾隆初知成县。

注释

①溪潭龙飞：成县八景之一。

仇池百顷

黄 泳

一涧流琼液，千畦渥绣疆。纵横成井亩，高下利方塘。
麦浪连波碧，苗花带水香。仇公留润下，瘠土饫膏粱。

西固县八景

佚 名

西固城形一只船，露骨积雪六月天。
南山笔架文明象，瀑布飞流半空悬。
三眼涌泉千古迹，七星古柏四时鲜。
城头虎迹人罕见，驼岭钟声渺渺传。

注释

①此诗录自甘肃省舟曲县地方史志编纂委员会编《舟曲县志》，生活·读书·新知三联书店 1996 年版，第 502 页。舟曲县人民政府网站所刊登有两句略有不同，“露骨积雪六月天”和“瀑布飞流半空悬”分别为“北峰积雪正伏天”和“瀑布飞流半壁悬”（参见佚名：《西固县八景》，2017 - 06 - 13，http://zqx.gov.cn/shuhuasheying/article/2161）。

吟八景[①]

王廷彦

翠峰蔚秀气峥嵘，三眼泉流澈底清。
驼岭参天乔古木，龙江照月夜珠明。
柳疏烟密游鳞跃，石瘦雪肥露骨横。
不但武都关巩固，南山笔架彩花生。

作者简介

王廷彦，清代人，余不详。

注释

①八景：指西固县八景。

宝峰阁[①]

杨培俊

尽日晴光逼，南楼纳晚凉。倚窗看过客，隔岸认渔郎。
水绕边城阔，烟横古渡长。频年怀此地，夙愿至今偿。

作者简介

杨培俊，清代人，余不详。

注释

①宝峰阁：位于甘肃省甘南州舟曲县城东南角驼岭山南端。

渠江口照水梅分咏

邓　琳

淡雅其如尘俗何？聊依云影慰蹉跎。
清虚府里霓裳舞，渠口江头玉笛歌。
枝挹晴光堪入画，香余傲骨不随波。
东施不解情中景，浪窃浣纱学苎罗。

作者简介

邓琳，清代人，余不详。

西平古渡[①]

陈　干

澄清江水碧于油，络绎人纷古渡头。
绿柳垂阴波底拂，青山倒影镜中浮。
印须有约呼舟子，乐尔忘机羡野鸥。
好景撩人描不尽，忽惊渔唱过前洲。

作者简介

陈干，清代人，生卒年不详，曾任江油（今四川江油市）教谕。

注释

①西平古渡：古江油八景之一。

阳坡晚晴①

陈 干

雨霁郊原叫暮鸦，绿杨深处有人家。
晖凝圌岭云犹湿，爽接阳坡路转赊。
泊岸渔舟收网罟，荷锄野老话桑麻。
雍熙景象真堪绘，山色霏微美晚霞。

注释

①阳坡晚晴：古江油八景之一。

涪水环清①

何庆恩

江流一派溯氐羌，到此全删浊浪狂。
荡漾碧波澄镜槛，湾环罗带绕琴堂。
尘无一点清堪挹，苗润千畦泽孔长。
莫讶濯缨歌未已，臣居廉让旧名乡。

作者简介

何庆恩，清代人，生卒年不详，曾任彰明（古代县名，县治在今江油市彰明镇）县令。

注释

①涪水环清：彰明八景之一。

溪亭皓月①

何庆恩

波光亭影认分明，皎皎当空皓月呈。
终古水天成一碧，百年心迹照双清。
僧来鹿苑添禅悟，地近龙门快景行。
有客凭栏翘首望，前身恰好证瑶京。

注释

①溪亭皓月：彰明八景之一。

青莲晚渡[1]

何庆恩

浩渺长江连暝色，潆洄一水泛平澜。
波恬共喜乘舟稳，浪静谁惊出险难。
落日人喧黄叶渡，秋风雁过白苹滩。
诗仙胜迹犹堪领，欸乃声中月一丸。

注释

①青莲晚渡：彰明八景之一。

澜桥春眺[1]

何庆恩

一水潆洄泛碧漻，行行乐意到澜桥。
赏心花鸟韶光丽，极目云山画本饶。
几度春风晴有絮，何日明月夜吹箫。
渔歌唱处游鳞泳，款款红腔答暮潮。

注释

①澜桥春眺：彰明八景之一。

长卿山[1]

王　涛

书岩同眺望，信步岭头行。老树扶山起，幽篁抱阁生。
九天云匝地，七曲水环城。放眼乾坤小，瑶琴万古清。

作者简介

王涛，清代人，余不详。

注释

①长卿山：原名“神山”“蚕婆山”，位于四川梓潼县城西。

郪江[1]晚泊

何炳森

源自铜官山，魂灵次第收。
玉光涵月朗，水势抱山流。
贾泊鱼鳞密，横桥雁齿稠。
长潭支派别，曾否道元搜。

作者简介

何炳森，生卒年不详，清末遂宁举人。

注释

①郪江：涪江支流，发源于四川省德阳市中江县龙台镇大田湾。郪江晚泊：大英（四川省大英县）十二景之一。

石鼓洄波[1]

佚　名

郪江沿岸名胜多，要称石鼓一洄波。
水旋流转涡千万，明珠高照指航舸。

注释

①石鼓洄波：距大英县蓬莱镇渠县街400米的郪江河中，有一块巨石露出水面数米，直径约3米，状如石鼓，飘浮江中，故人们称之为“石鼓”。西来东去之水直冲石鼓，形成一深潭，名“石鼓沱”。（参见因心：《蓬莱十二景》，2007－12－26，http://blog.163.com/chenchangen%40126/blog/static/38219238200711269404891 6/）

题张果栖隐处[1]

刘星轸

我爱消灾崖，此中有佳处。桥涉嘉陵江，逶迤纵云步。
中有一径通，盘折无层数。秀石悬空崖，幽窈多清趣。
凭栏远望间，意迷入山路。惟见清冥合，山川起烟雾。
传云张果仙，栖此发神悟。长啸惟幽人，白云自来去。

作者简介

刘星轸，清代人，余不详。

注释

①张果栖隐处：一说位于甘肃省陇南市两当县灵官峡东侧的鹫鹫山（参见《两当县灵官峡自然保护区》，http：//www. ulanzhou. com/jq_ jj. asp? id = 623）；一说位于陕西省宝鸡市凤县，县东关有张果栖隐处石碣（参见袁永冰：《有泰所记清末连云栈道及周边社会经济状况—以凤县段为例》，2014 - 03 - 11，http://blog. sina. com. cn/s/blog_6043af050101j9r6. html）。

题梁溪孙旭英峡猿集

李 美

花落江城水乱流，绣馀一卷独悲秋。
分明风雨嘉陵夜，肠断三声在岭头。

作者简介

李美，清代人，生卒年不详，字婉兮，江苏省苏州市吴中区人。

临江渡八仙洞

罗奇峰

危峰直欲到层巅，石罅微开别有天。
四壁莓苔经斧凿，一龛香火尽神仙。
波澄影倒山腰寺，日暮人归渡口船。
清馨击残僧出汲，白鹤惊起水云边。

作者简介

罗奇峰，生卒年不详，字西麓，苍溪人，清岁贡。

临江渡怀古

黄尚毅

送客临江渡，怀人忆草堂。
旱云虫柏碎，研露麝煤香。

古洞添诗笔，嘉陵入画廊。
淹留能竟日，世界最清凉。

作者简介

黄尚毅，生卒年不详，字仲笙，四川绵竹人，清末举人。

游皇泽寺见武后像有感率成二律（选一）

夏金声

山水英灵气宇恢，嘉陵钟毓信奇哉。
溯从委政称雄起，曾向更衣养晦来。
爱士不兴文字狱，知人能任栋梁材。
休言秽迹污青史，大德难将一眚该。

作者简介

夏金声，清代人，生卒年不详，字子骏，镇江（今江苏省镇江市）人。

昭化县

何耀如

桔柏双江合，烟村杂市阛。坡斜如斧劈，水曲似弓弯。
县小民多困，途冲吏少闲。天雄[①]连剑阁，至此越重关。

作者简介

何耀如，清代人，生卒年不详，字异斋，绵州（今绵阳市）人。

注释

①天雄：指天雄关，遗址在距昭化古城7.5公里的关隘牛头山腰。

野鸭溪[①]

吴霁春

石齿稜稜下小溪，嘉陵会合水还西。
芦花飞处沙皆白，鱼艇移来柳欲低。
稚子缘泉修曲涧，老翁运石作山梯。
谁家夜渡秋林外，不是桃源路不迷。

作者简介

吴霁春，清代人，生卒年不详，京山（今湖北省荆门市京山市）人。

注释

①野鸭溪：源于四川省绵阳市平武县东鳌盘山，流经四川省广元市昭化区，于虎跳镇入嘉陵江。

登大剑绝顶

刘爝然

梁山寺[①]顶豁游眸，怅望风光八月秋。
清水江[②]横芦瑟瑟，黄沙坝[③]涌浪悠悠。
崖县故垒犹存阁，路绕思贤更有楼。
回首家乡何处是？云深碍眼使人愁。

作者简介

刘爝然，清代人，生卒年不详，营山人。

注释

①梁山寺：亦称剑门寺，位于剑门关北，在大剑山顶。

②清水江：即清江河（古称醍醐水），又名黄沙江。源出四川省青川县西北海拔3873.1米的大草坪。由凉水乡友谊村入广元境，经七佛、马鹿、竹园、建峰、上寺、下寺、赤化、宝轮、石龙乡，至曲回乡张家坪注入白龙江（参见广元市地方志编纂委员会编：《广元县志》，四川辞书出版社1994年版，第104－105页）。

③黄沙坝：乡村名，今四川省青川县竹园镇黄沙坝。

剑门关

冯誉骢

造化矜神奇，刻划剑门出。长墉环蜀川，凭眺心惴栗。
两崖如弟昆，万古此匹敌。奔涛脚底号，铃阁天外结。
其余十万峰，乱掷凌云笔。烟雨苍茫中，天地为之窄。
剔藓读残碑，雄关此第一。

作者简介

冯誉骢，生卒年不详，字雨樵，四川省德阳市什邡市人，清末曾任剑州（州治在今剑阁县普安镇）知州。

雨中渡嘉陵江

薛景莹

浩渺嘉陵胜，扣舷沐雨过。黑云催好句，白雪发高歌。
骛雨溪流江，鸥汀翠霭拖。不禁击楫意，壮志复如何。

作者简介

薛景莹，清代人，生卒年不详，苍溪人。

登临江寺慈云阁[①]二首（选一）

谢维城

天梯石栈与浮云，飞阁流舟纪胜游。
险道无凭提立脚，迷津有岸可回头。
虚心明皎崖悬月，俗虑清澄水送舟。
高照慈灯观自在，岂将甘露洒神州。

作者简介

谢维城，清代人，余不详。

注释

①慈云阁：在苍溪县城西一公里处嘉陵江西岸的临江寺内。

民国

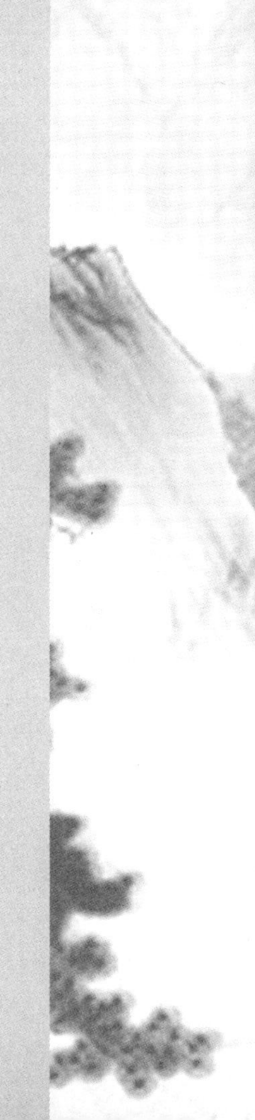

晓上天雄关绝顶

林思进

三唱金鸡宿雨收，遥遥天阙指牛头。
群山似涌中峰出，两水[①]平看下界流。
忽听催归惊杜宇，不成怀古吊苴侯。
登临且喜相关近，放眼高歌一散愁。

作者简介

林思进（1874—1953），字山腴，晚年自号清寂翁，华阳人。

注释

①两水：指清水江和白龙江。

雨中晨发合川渡嘉陵江

吴妍因

孤城古寺湿烟凝，阔浪危舟客梦凭。
载得几多诗意去，一江风雨渡嘉陵。

作者简介

吴妍因，近现代诗人，余不详。

卜算子·南北温泉[①]

汪　东

余曾赴南泉监试，南北温泉者，一在嘉陵江北，一在大江南，故以此名其泉。含质不同，有北圣南贤之目，将至南泉时，小舟泛花滩溪，竹木交阴，最为幽胜，至于岩壑深峭处，南北俱称小三峡焉。

才自北泉来，又向南泉去。北圣南贤两中之，垢净心忘虑。
欹枕看江流，随意行花坞。三峡云山五里溪，留我渝州住。

作者简介

汪东（1890—1963），原名东宝，后改名东，字旭初，号寄庵，别号寄生、梦秋，江苏吴县东北街（位于今江苏省苏州市）人。

注释

①南北温泉：南温泉，位于重庆市南郊南温泉风景名胜区内；北温泉，位于重庆市北碚区，北濒嘉陵江，南倚缙云山。题目为编者所加。

吴音子·晚步嘉陵江畔，闻客舟中有吴音者，感赋

汪　东

百种无聊，晚来曳杖临江渚。平野落照苍茫，蝉声和邪许。瘦缆危樯，客船行贾。异地相逢，凭仗寄语。想当石头发处。

烟鬟拥，错落开帆鼓。频年刘郎，洒衣唯有泪如雨。拟借吴音，自吟愁句。此曲难知，休便唱与。

渡江云·雾中渡嘉陵江

汪　东

空花浮远近，浅描树色，妙衬水云图。犯寒临断渚，一片迷茫，隐约听巴歈。呼舟渡急，渐澹日，穿透丛芦。回望眸，蜀山尖见，境界涌虚无。

嗟余。驱驰征道，啸咏中流，敛荒江宿雾。还记得、扬舲东海，横槊（作去）南徐。如今意气销沈极，对晚风，空想鲈鱼。归去也，陶潜径菊先芜。

婆罗门引·题醇士画秋景，因忆北泉昔日之游

汪　东

嘉陵岸渚，映沙湔水碧于油。宵来共泛轻舟。追忆良朋欢会，踪迹几淹留。乍惊风堕雁，暗浪分鸥。　　经年卧游。费画笔、点清瓯。忽觉凉生枕簟，霎断云流。知君正愁。对黄叶、空山一味秋。邀素月、独上层楼。

品 令

汪 东

梦峡行云晓。更远放、嘉陵棹。伶俜羁枕自怜，但有江梅开早。记取簪花盈髻，是谁年少。　　翠罍共倒。这往事、休重道。晚来帘卷，画楼四处，笙歌围抱。忽发狂言惊座，旧情未老。

百字令・王晋卿烟江叠嶂图，宋宣和内府所藏，无苏公题诗，盖又一本也

汪 东

素绡开处，看烟云骀荡，悬厓森列。尺幅沧波窥远势，两点轻舟如叶。裂石奔泉，遥汀攒树，点染皆奇绝。东坡佳句，几时双剑重合。　　茵念寥落生平，南来北去，随处留车辙。十载嘉陵江上住，更向黔州行役。可惜当时，穷探幽胜，无此丹青笔。惘然凭几，寄愁何啻千叠。

蓦山溪

汪 东

嘉陵江畔，解佩初逢地。江水比深情，信潮还、吴头楚尾。爱离憎会，此恨古今同，红豆破，彩鸳分，洒尽临岐泪。

幽燕路阻，锦字书难寄。鹦鹉却传言，道新来、曾窥姝丽。风寒似剪，愁损玉肌肤，匀面药，洗脂痕，别又生春意。

减字木兰花・尹默赐题寄庵词卷二首，次韵述谢　其一

汪 东

嘉陵江畔，略迹论心时恨晚。小驻汪山，为看梅花尽日闲。

老犹健在，翰墨奇勋应自爱。咫尺江城，却喜题诗送我情。

题胡瘖公贯华阁图三首　其一

孙揆均

海内知名道子吴，城南晚起画师胡。
两家各出擅场手，此是嘉陵第二图。

作者简介

孙揆均（1866—1941），字叔方，又名道毅，号寒厓、江东孙叔、叔舫、老虎、鹤主，江苏省无锡市人。

阆城张桓侯墓①

陈宗和

蜀汉山河割据中，嘉陵抔土葬英雄。
依刘事业成三足，破贼功勋纪八濛。
隧道鱼灯寒战骨，墓门萤火照秋风。
阆城古柏森森处，赫赫桓侯此秘宫。

作者简介

陈宗和（1867—1928），字惠卿，四川省成都市金堂县人。

注释

①张桓侯墓：亦称张桓侯祠，位于阆中市保宁镇西街。

登读书台①

李雨生

正字功名簿，初唐雅颂沦。高歌一狂客，独步几诗人。
江草吟边绿，山花劫后春。凭公分片席，来结武东邻。

作者简介

李雨生（1868—1943），原名李仪文，改名为李云和，字雨生，又名寤僧。射洪县务本乡（今射洪市洋溪镇油正沟）人。

注释

①读书台：陈子昂读书台，位于射洪市城北23公里处的金华山上。

阴平道[1]歌

程天锡

阴平道，远在陇南[2]龙绵西。万峰高插天，上与白云齐。桓水北来更东下，南挟白水走鲸鲵。掀天波浪风怒号，云连蹬道怯马蹄。积石棱棱难名状，多于百千万亿蚋集醯。纷如乱沙堆戈壁，猛侔原兽蹲狻猊。行人至此心魄骇，举步如穿铁蒺藜。上盘一线曲屈蛇退径，下锁凌空百尺卧波霓。鲁班之巧技止此，度险人相藉扶携。（蛇倒退，临江铁桥，鲁班桥皆著名险地）武都直下三百里，钩连石栈与天梯。况复青塘不能容匹马，玉垒可以封丸泥。南行至县疑无路，斗大一城堕瓮低。其险也如此，能勿使远道之人酸心脾。我亦阴平市井人，自小蛮居杂羌氐。野云出岫廿余载，犹忆乡程路不迷。梦魄时蹑青天上，耳中愁听子规啼。不信王阳昔畏路，频闻李特祸黔黎。戎马驰驱无关隘，杀人不异犬与鸡。乃知地利可恃不可待，固国岂尽由山溪？阴平道风雨凄。旧日王孙不归去，愁杀陌上草萋萋。我亦歌此曲声苦，感叹今昔一涕洟。

作者简介

程天锡（1869—1951），字晋三，一字纯溪，号诗愚，阴平（今甘肃省陇南市文县）人。

注释

①阴平道：亦称阴平古道，位于今四川省绵阳市平武县东左担山（参见何鹏、任银：《蜀道文化上的阴平道——浅谈平武县阴平道上的驿路》，《知识就是力量》2018 年第 9 期）。

②陇南：甘肃省辖地级市。

汉皋怀卢君子鹤二首　其一

吴曾徯

楷模当时重，参军有秘书。筹边唐节度，喻蜀汉相如。
剑阁重关启，春营细柳疏。嘉陵风鹤静，山翠扑蓬庐。

作者简介

吴曾徯，生卒年不详，字絅斋，光绪甲午（1894）举人。

访射洪陈拾遗书台

张　澜

来到金华第二峰，读书人渺野台空。
高才怅望无寻处，但听江声暮霭中。

作者简介

张澜（1872—1955），字表方，四川省南充市西充县莲池乡人。

渔　父

张　澜

不羡荣华不羡仙，浮家泛宅自年年。
笠蓑风雨常终日，儿女犬鸡共一船。
杨柳带烟当晓汲，芦花如雪覆秋眠。
嘉陵江水如图画，一任流连号乐天。

鹅　溪

张　澜

久慕鹅溪好名胜，幸逢端午到此行。
凤山梓水兴难尽，他年再祭严公坟。

登仇池绝顶

慕寿祺

四壁山钩连，望中气万千。山路有一线，上通坠云颠。
是山即仇池，满目草芊芊。其初曰雍山[①]，高处无人烟。
开者乃仇夷，今名赖以传。状与龟相似，首尾形俱全。
四周廿余里，其中别有天。楼槽二十四，气象何森然。
九千四百步，地址足回旋。鸟道卅六盘，梯阶凌空悬。
东西敞二门，怪石当其前。清泉九十九，灌溉百顷田。

穴深尘不到，煮盐土能煎。白马所居地，神鱼潜在渊。
杂诗杜工部，赋石宋坡仙。其他诸题咏，纷纷不记年。
昔闻杨氏兴，难敌最为贤。晋室辄己东，乘间森戈铤。
刘曜不能曲，假以都督权。兵力抗前赵，谁复攻其坚。
名号虽不正，功亦足多焉。割据兰百载，滋蔓一何延。
天演纷争竞，举步今维艰。关塞失凭借，烟云莽变迁。
陇山林麓最，旧习犹相沿。鼓尔仇池山，亭结白云边。
荒祠读断碣，备风涕涟涟。

作者简介

慕寿祺（1874—1947），字子介，号少堂，甘肃省庆阳市镇原县平泉镇古城山人。

注释

①雍山：在秦国旧都雍城（陕西省宝鸡市凤翔县城南）西北。此诗所叙，仇池山最初也称雍山，应不是同一座山。

温泉峡①

黄炎培

深江峡束奔流注，幻作琉瑙碧凝沍。
青山恹恹云醉之，破晓初醒还睡去。
山楼百丈临江开，绛桃玉兰锦绣堆。
佛殿铁瓦青崔巍，琴庐磬室相依偎。
藤根泉瀑若泼醅，我身既澡心绝埃。
善与众乐诚快哉，拖云一枕客梦回。
江声泉声并喧豗，千军万骑疑敌来。
与子同仇宁徘徊，棹讴上濑凄以哀。
如诉民隐心为摧，何处星歌沸遥夕。
云外楼台自金碧，嘉陵江上神仙宅。

作者简介

黄炎培（1878—1965），号楚南，字任之，笔名抱一，江苏省川沙县（今上海市浦东新区）人。

注释

①温泉峡：即温塘峡，又称温汤峡，在重庆市缙云山段的嘉陵江中部，因峡中有三股

温泉而得名。

嘉陵江小三峡[1]

黄炎培

舟入观音醉碧蓝，嘉陵亦有峡分三。
温泉胜地成观止，沥鼻[2]幽深不可探。

注释

①嘉陵江小三峡：沥鼻峡、温塘峡、观音峡的统称，流经重庆市北碚区、合川区。题目为编者所加。此诗1936年春作于重庆北碚

②沥鼻：沥鼻峡，又称牛鼻峡、铜口峡，位于重庆市合川区盐井镇一带。

北碚温泉公园[1]三宿留题七首（选二）

黄炎培

（一）

嘉陵江水碧于油，夹岸春云嫩不收。
劳者有声谁会得，清宵幽怨棹人讴。

（二）

数帆楼[2]外数风帆，峡过观音见两三。
未必中有名利客，清幽我亦泛烟岚。

注释

①北碚温泉公园：亦称北温泉，位于重庆市北碚区，北濒嘉陵江，南倚缙云山。《北碚温泉公园三宿留题七首》，1936年春作于重庆北碚（参见赵宾：《黄炎培在北碚》，2013-10-17，http://mail.cndca.org.cn/mjzy/lsgc/shgc/754146/index.html）。

②数帆楼：位于重庆市北碚区的北温泉公园内。

重游北碚温泉公园自歌乐山往内子维钧偕行得八律[1]（选一）

黄炎培

嘉陵小三峡，久别怅如何？暂许携情屐，重来访薜萝。
赍悉入山雾，挟怒水掀波。秋雁江心影，犹闻诉棹歌。

注释

①此诗1942年作于重庆北碚北温泉（参见赵宾：《黄炎培在北碚》，2013-10-17，http://mail.cndca.org.cn/mjzy/lsgc/shgc/754146/index.html）。

闻渝[1]市月夜被炸

江　庸

嘉陵江上电声哗，人散城郊似柳花。
窗外夜沉方拥被，洞中客到不供茶。
安全漫语三迁策，局促难容八口家。
自古巴渝繁会处，堪嗟一夜损繁华。

作者简介

江庸（1878—1960），字翊云、翼云，号澹翁，祖籍福建省龙岩市长汀县，生于四川壁山（今重庆市璧山区）。

注释

①渝：重庆市的简称。

宿数帆楼

李根源

去年此日永昌州，治理军书夜未休。
今夕客中吟啸处，嘉陵江月数帆楼。

作者简介

李根源（1879—1965），字印泉，又字养溪、雪生，号曲石，别署高黎贡山人，祖籍山东益都（今山东省潍坊市青州市），生于云南德宏州梁河县九保村。

略　阳

于右任

山山看不断，曲折入嘉陵。兵挫心犹壮，途长气益增。
荒城添战垒，孤艇载诗僧。樟树青青实，崖前挂几层。

作者简介

于右任（1879—1964），原名伯循，字诱人，尔后以“诱人”谐音“右任”为名，陕西省咸阳市三原县人，祖籍陕西省咸阳市泾阳县斗口于村。

白水江

于右任

白水江头未了僧，孤舟一夜入嘉陵。
云封蜀道无今古，鬼哭周原[①]有废兴。
野渡招摇村市酒，荒城出没戍楼灯。
阳平关下多雷雨，净洗西南恐未能。

注释

①周原：周原遗址位于今陕西省宝鸡市扶风、岐山一带。

嘉陵江上看云，歌赠子元、省三、陆一[①]

于右任

云如蒸气岩前起，山似馒头石似米。
扣舷而歌歌未终，雨打孤篷衣如洗。
风风雨雨断客肠，从亡诸子俱凄凉。
关山百战逾秦陇，舟车经月道雍梁。
时虞缯缴如飞鸟，辜负江山着剑芒。
噫吁嘻！
奇云忽聚忽飞散，峭壁时隐时出现。
客心如海复如潮，鹃声似续还似断。
无平不陂往不复，有酒一樽诗一卷。
醉后愤愤呼苍天，顿足踏破嘉陵船。
云引愁心雨引泪，嘉陵江上话昔年。
龙门浪急鼋鼍吼，华岳云埋鹰隼骞。
间道忘身生命贱，孤军苦战岁时迁。
灾深饿殍横三辅，痛剧国殇泣九泉。

子弟前仆争后继，父老壶浆半含涕。
将军歃血举义旗，中道反戈先变计。
谁信李陵报故人，羞为于禁污家世。
甑已破矣难苟全，秦无人焉望空祭。
不哭穷途哭战场，一龙一蛇一螳螂。
云横秦岭关门锁，梦落周原战垒荒。

注释

①于右任1922年6月于陕西靖国军兵败后，离陕返沪，由陇入川途经略阳，作诗四首（参见略阳县志编纂委员会编：《略阳县志》，陕西人民出版社1992年版，第537－538页）。

宁强道中①

于右任

大散关前雪已深，五丁关下雁来频。
清风峡接明月峡，山似英雄水美人。

注释

①于右任民国三十年（1941）12月，路过宁羌（今宁强县），适逢县名宁羌将改为“宁强”，于是题“安宁强固”四字，并说可以此释新县名（参见宁强县志编纂委员会编：《宁强县志》，陕西师范大学出版社，1995年版。http://sxsdq.cn/dqzlk/dfz_ sxz/nqxz/）。

阳平关

于右任

阳平关下路，山下石滩多。败将谈兵泪，神巫祷雨歌。
风云接秦蜀，皮骨老关河。暮色苍茫下，谁挥挽日戈。

咏武①诗

高一涵

白龙江水白龙滨，村女家家冠白巾。
水依江明江见底，柴窑山色伴人行。

作者简介

高一涵（1885—1968），原名高水浩，别名涵庐、梦弼等，安徽省六安市人。

注释

①武：指武都，今甘肃省陇南市武都区。国民党甘宁青监察使高一涵于1947年初夏来武都，县长黄治安（为其同乡、门生）陪同畅游万象洞等处，有诗三首咏武（参见甘肃省武都县地方志编纂委员会编：《武都县志》，生活·读书·新知三联书店1998年版，第990页）。

犀牛江上

高一涵

半壁东南阻战争，亦思勇退恋时明。
我家近傍江南岸，行到关头为寄声。
五年不见长江水，今喜江源蔚浅蓝。
安得张帆明月夜，轻摇柔橹下江南。

康县白马关

高一涵

白马关邻白马羌[①]，千年残垒踞岩疆。
地连梁雍山容壮，水下荆扬[②]驿路长。
峻极峰高欺五岳，阴沉谷暗蔽三光。
狰狞恶石横当道，鞭叱无能只自伤。

注释

①白马羌：古氐羌人的一支。

②荆扬：荆州（今湖北）和扬州（今江苏等地）。亦泛指长江中下游地区。

与张大千同游麦积山

高一涵

入峡二三里，奇峰十几重。秋山红著锦，古柏翠蟠龙。
曲径依流水，危崖挂倒松。地偏僧亦俗，对客但敲钟。

观史剧《屈原》[1]

柳亚子

怀沙孤愤郁难平，千载惟留屈子名。
猛忆嘉陵江上客，一篇珍重慰幽情。

作者简介

柳亚子（1887—1958），原名慰高，字安如，后改名人权，字亚卢，再更名弃疾，字亚子，江苏省苏州市吴江区黎里镇人。

注释

①1942 年 7 月 15 日，重庆《新华日报》发表。

鹧鸪天·寄怀孤桐重庆二首　其一

刘永济

老去填词韵最娇，嘉陵如画且逍遥。垆边可有人如月，酒里何妨句满瓢。
春逝水，世翻涛，自扶筇杖入蓬蒿。衰灯暗雨巴山道，冰雪关河恨未销。

作者简介

刘永济（1887—1966），字弘度，宏度，号诵帚，晚年号知秋翁，室名易简斋，晚年更名微睇室、诵帚庵，湖南省邵阳市新宁县人。

城北古渡[1]

崔　峻

北望江流接大川，扁舟一叶系何年。
遥瞻雉堞横南涧，勒马行人唤渡船。

作者简介

崔峻（1890—1943），字嵩峰，甘肃省陇南市康县云台镇崔家阴坡人。

注释

①城北古渡：即今甘肃省陇南市康县云台镇关沟门渡口。

古洞流泓①

崔　峻

凿空洞府几经年，鬼斧神工妙斡旋。
流水滔滔何处去，此中想大有人焉。

注释

①古洞流泓：在今甘肃省康县大堡镇境内。

钓鱼城①

郭沫若

魄夺蒙哥尚有城，危崖拔地水回萦。
冉家兄弟承璘玠，蜀郡山河壮甲兵。
卅载孤撑天一线，千秋共仰宋三卿。
贰臣妖妇同祠宇，遗恨分明未可平。

作者简介

郭沫若（1892—1978），幼名文豹，原名开贞，字鼎堂，号尚武，四川省乐山市沙湾镇人。

注释

①此诗录自重庆市合川钓鱼城护国门外石壁。

将至合州

乔大壮

嘉陵秋涨碧粼粼，五两迎风泊水濒。
山下危梁纡石步，枕边寒浪漱船唇。
鱼贲远素浑难托，沤理前盟得暂亲。
林箐萧疏星炬乱，醉归羡杀弄舟人。

作者简介

乔大壮（1892—1948），原名曾劬，字大壮，以字行，号波外居士，华阳县（今四川省成都市双流区）人。

临江仙·寄倦鹤渝州

姚鹓雏

问讯嘉陵江畔客，载愁重泊吴船。一溪清水且留连。残梅飘作雪，寒日淡于烟。

一昨抽簪容佚老，草堂合住词仙。伴人明月几回圆。蛮花巴子国，灵雨蒋侯山。

作者简介

姚鹓雏（1892—1954），原名锡钧，字雄伯，笔名龙公，松江县（今上海市松江区）人。

夜自北碚至温泉

叶圣陶

初上月微昏，孤舟发野村。江流唯静响，滩沸忽繁喧。

浓墨峡垂影，深凹石露根。未能忘世虑，敢说问桃源。

作者简介

叶圣陶（1894—1988），原名叶绍钧，字秉臣、圣陶。

金缕曲·其二

王陆一

侨居汉嘉，是郡国海棠独香地，归长安就学，去蜀中山川日以远。经帝制之乱，故人慷慨，吟念增哀。填词寄所亲，已百端横集也。

长笛吹春久。甚春人、春衣慈母，和春长守。往日溪湾抛梦里，来去月明清漏。定碧水、海棠新秀。三十六株亲约略，恨东风、不与双红豆。香有约，词初就。　　无端栈道穿烟岫。试中原、横戈草檄，少年身手。几辈拂云骄马死，生护汉南移柳。定絮影、波光邂逅。万里春晖生草色，写嘉陵、天上黄河吼。歌正好，花明后。

作者简介

王陆一（1896—1943），原名肇巽，一名天士，陕西省咸阳市三原县北秦堡人。

略阳滞雨与右任先生同行

王陆一

浪憾空江意味平，江云如墨逼船生。
深夜感事兼怀友，听尽孤篷急雨声。

绮罗香·暮春旸台山[①]大觉寺

溥　儒

寂寞宫花，参天黛色，前度刘郎重到。依旧东风吹绿，寺门芳草。孤松下半亩方塘，暮云外数峰残照。经香虚隔久生尘，高僧尽向尘中老。　　前朝清水旧院，听画楼莺转，不堪登眺。一片荒亭，瘦石枯藤萦绕。吟玉树，尚忆嘉陵，题壁客已无崔颢。问兴废，禅院凄凉，月明空碧沼。

作者简介

溥儒（1896—1963），姓爱新觉罗，名溥儒，字心畬，号西山逸士，北京人。

注释

①旸台山：在北京市海淀区西郊。

嘉陵江晚眺

林庚白

蜀江知我远来情，预遣黄流与合并。
二水抱山三面绕，一冬笼雾过春晴。
心雄常是轻天下，地大终堪困日兵。
却对危棋闲国手，骁腾浩荡意难平。

作者简介

林庚白（1897—1941），原名学衡，字凌南，又字众难，自号摩登和尚，福建省闽侯县（今福州市仓山区）螺洲镇洲尾村人。

嘉州夜访大佛乌尤诸寺二首（选一）

林散之

山颓半壁紫，佛剩满头青。
犹似嘉陵道，千崖耸画屏。

作者简介

林散之（1898—1989），名霖，又名以霖，字散之，号三痴、左耳、江上老人。

玉山枕·悼王铁华

沈轶刘

大海飞蜃。破高浪、凄风紧。挂帆万里，归魂五夜，此事人间，旷古谁忍。问天无信地无灵，甚峡内彩昙微瞬。望巴渝、穷日昏霾，蔽嘉陵、伴荒江孤衬。

可堪挑菜逢春闰。过东郭、桑谁认。锦镫选句，香街斗酒，一例前游，概成妖眹。架书余烬蠹青箱，痛传注小同髫龀。记西行、荞麦花开正如丝，又长蛇徐行。

作者简介

沈轶刘（1898—1993），名桢，上海浦东高桥（今上海市浦东新区高桥镇）人。

傅沅叔先生七十寿诗代

郭风惠

四海皤然遗一老，笙簧六籍清怀抱。
嘉陵山水钟间气，吐吞灵秀逸尘表。
中岁声华驰日下，鸾骞凤翥翩翼矫。
天下龙门属元礼，多士人师归有道。
一自杜宇啼冬青，几从湘渚纫香草。
大隐朝市亦陵薮，盛业寝馈依缃缥。
丘索坟典浩烟海，赏鉴抉剔入幽渺。
三冬足笑方朔陋，万卷储讶陆桔少。

小儒咋舌不敢窥，有如鼹饮一勺饱。
今世何世灰乱飞，黔首自召祖龙燎。
收书功不在禹下，只手独挽狂澜倒。
藏书且易读书难，手未释卷头已皓。
丹铅雌黄校勘勤，纷纷落叶扫复扫。
微言大义时创获，何卢顾黄谁智巧。
惨淡尼父删定心，游夏而外孰与晓。
客谈瀛洲语天姥，仙之人兮结夙好。
大地直追霞客踪，残山怕览马远稿。
移来西蜀子云亭，故山猿鹤晨夕绕。
觞咏谈笑关掌故，鹦鹉前头话天宝。
旷世不逢福慧养，道德文章亦寿考。
莫从东海问麻姑，且迟西母传青鸟。

作者简介

郭风惠（1898—1973），又名贵瑄，字麾霆，号堞庐、不息翁，河北省河间市人。

题朝阳洞[1]

孔　渭

斐山脊耸生苍苍，敕封三圣镇江旁；
龙江[2]滔滔如玉带，地丰人富风更良。

作者简介

孔渭，生卒年不详，浙江省绍兴市人，1934 年任甘肃省陇南市武都县长。

注释

①朝阳洞：又名仙人洞，位于甘肃省陇南市武都区角弓镇陈家坝境内。
②龙江：指嘉陵江的支流白龙江。

北碚辞岁

老　舍

雾里梅花江上烟，小三峡外又一年。
病中逢酒仍须醉，家在卢沟桥北边。

作者简介

老舍本名舒庆春（1899—1966），字舍予，生于北京。

歇马场①记外庐未遇

吕振羽

独步寻君歇马场，柴门深锁炊烟香。
嘉陵急涛笼白瘴，半为琐事半文章。

作者简介

吕振羽（1900—1980），名典爱，字行仁，学名振羽，曾化名柳岗，笔名晨光、正于、曾与，湖南省邵阳市邵阳县金称市镇人。

注释

①歇马场：位于今重庆市北碚区歇马镇（参见侯外庐、刘士聪，高巍：《毋忘振羽》，《中国翻译》2010年第2期）。

赠张云川①先生四首

陈　毅

（一）

彩凤忽东翔，万里载德声。天心赞民主，舆论器同盟。
社会薄乡愿，狂捐丑令名。抗建永合作，吾党寄深情。

（二）

浊醪难为量，数值佳客觞。寇氛长弥漫，民气斯坚强。
六年抗战血，百计斗清乡。痛心姬汉运，摩擦鬼凄凉。

（三）

敌后起征装，早夜试星霜。跋涉济时志，款段策安邦。
神驰淮泗道，梦绕嘉陵江。路殊道不别，珍重惜流光。

（四）

春风取花去，酬我以清阴。海择良饶沃，山岚足苦辛。
温温君子度，桓桓壮士心。乔木莺迁候，重游锡玉音。

作者简介

陈毅（1901—1972），名世俊，字仲弘，四川省乐至县人。

注释

①张云川1943年由大后方来苏北抗日根据地考察，临别时陈毅赋诗四首相赠（参见刘红梅：《陈毅赠诗张云川》，《前进论坛》1999年第10期）。

采桑子

唐圭璋

东风又绿嘉陵水，不送归艎。依旧殊乡。柳色秦淮天一方。　　新来减却春游兴，谁复寻芳。自闭疏窗。可奈醒时比醉长。

作者简介

唐圭璋（1901—1990），字季特，江苏省南京市人。

一萼红·采药

顾毓琇

雾中寻，问寒山拾得，梅萼倘成林。童子应对，仙师采药，难见只为云深。翠柏共，苍松修竹，野花笑，异兽戏珍禽。白雪朱霞，流泉飞瀑，天籁清音。　　继往开来何事？忆涂山蜀水，动魄惊心。三峡雄伟，峨嵋秀丽，涛急波涌嘉陵。驼峰越，云游三竺，菩提树，唤醒梦沉沉。曾作昆仑客归，乐得闲吟。

作者简介

顾毓琇（1902—2002），字一樵，江苏省无锡市人。

满江红·巴渝怀古

黄咏雩

禹甸芒芒，西南望、岷峨高插。念当日、怀襄洪水，导江何法。震旦山河分两戒，嘉陵风浪趋三峡。问蚕丛、可有孑遗无，滩声答。　　巴渝舞，何杂遝。巴渝曲，犹噂沓。总无端歌哭，几番离合。降将头颅终不断，怀清身世仍空乏。奈杜鹃、啼尽不如归，春阴霎。

作者简介

黄咏雩（1902—1975），广东省南海市盐步区横江村人。

临江洞[①]

李蕴璞

石壁凿开别有天，神仙洞府临江边。
竹柏交加映绿水，楼阁巍峨傍青山。
槛外遥望红日暖，洞中静坐白云寒。
浪花万顷淘不尽，工部千秋送客船。

作者简介

李蕴璞（1902—1985），名清玉，号文朴，又号醒众，四川省广元市苍溪县陵江镇人。

注释

①临江洞：全名陵江神仙洞府，又名陵江渡、陵江寺、放船台，位于苍溪县城西的嘉陵江南岸。

南乡子　其二

卢　前

甚处是西川。已上朝天渡口船。父老相逢犹识我，卢前。不入山城记七年。　　江海尚烽烟。共为邦家策万全。灿烂庄严行在所，欣然。愿傍嘉陵受一廛。

作者简介

卢前（1905—1951），原名正绅，字冀野，自号饮虹、小疏、须红，江苏省南京市人。

临江仙·桃花鱼，一名降落伞鱼，盖水母也。共旭初、充和咏之

卢　前

剪取嘉陵波一掬，未曾落尽桃葩。几分春色供山家。芬芳都不是，朵朵白莲华。　　笑汝扬鬐还唼喋，玻璃碗里无他。浮沉空际竞纷拿。过江何限鲫，威武孰能夸。

咏旺苍坝市镇[①]

陈昌浩

旺苍两面河，圣贤观普陀。红军来此地，川陕变苏俄。

作者简介

陈昌浩（1906—1967），又名陈海泉，曾用名苍木，出生于湖北省武汉市汉阳县永安堡戴家庄（今武汉市蔡甸区参山街）。

注释

①此诗作于1933年至1935年红四方面军在旺苍期间，书写在五峰观音阁柱上（参见四川省旺苍县志编纂委员会编纂：《旺苍县志》，四川人民出版社1996年版，第734页）。

仲春留园感赋嘉陵江上

吴寿彭

容易春光发早华，黯然旧地对流霞。
沉沉智惑悲玄解，悄悄山川息象蛇。
命意从谁问六合，诗情可自动三巴。
沱边芳草年年绿，烟霭归飞隔岸鸦。

作者简介

吴寿彭（1906—1987），号润畲，生于无锡（今江苏省无锡市）。

武都三河观音阁题壁[①]

王仲甲

赤胆忠心吊民愁，冤孽不知何时休。
龙江绵延缠将骨，壮夫热血满荒丘。

作者简介

王仲甲（1907—1949），字鼎武，甘肃省定西市临洮县人。

注释

①此诗题于1943年，标题为《武都县志》编者所加（参见甘肃省武都县地方志编纂委员会编：《武都县志》，生活·读书·新知三联书店1998年版，第985页）。

随外子游北碚温泉公园二首①

姚维钧

（一）

良缘爱山水，买棹泛嘉陵。雨歇天将暮，风停烟自升。
尺峰随地起，舟浪霎时新。金碧林端现，相携拾级磴。

（二）

为爱温泉浴，名园得俊游。仰天惊雁阵，俯栏数江舟。
夕照琉璃瓦，霜红花好楼。故乡亦佳丽，涕泪几时收。

作者简介

姚维钧（1909—1968），祖籍黟县（今安徽省黄山市黟县），出生于南汇县（今上海市南汇区）周浦镇。

注释

①1942 年作于重庆北碚北温泉。

乙巳春日怀人十二首　其十

黄松鹤

林揖舜先生为侪辈最年青者，温厚风雅，诗如其人，客馆嘉陵，著有二无楼诗集。

风怀想见玉壶冰，缩地笺春怅未能。
后夜谈诗传茗碗，一帘花雨下嘉陵。

作者简介

黄松鹤（1909—1988），字湫园，福建省厦门市人。

避寇归国卜居渝州嘉陵江滨春日多暇感时抚事集杜少陵句成五言律五十首选十二

潘　受

其一

几群沧海上，尽室畏途边。狂走终奚适，归来始自怜。
形容真潦倒，国步尚迍邅。易下杨朱泪，凄凉忆去年。

其二

国破山河在，长吟野望时。寒鱼依密藻，宿鸟择深枝。
猛将宜尝胆，苍生可察眉。向来论社稷，但取不磷缁。

其三

村僻来人少，江寒出水长。美花多映竹，老树饱经霜。
失学从儿懒，安贫亦士常。潘生云阁远，养拙更何乡。

其四

多难身何补，无营地转幽。百年从万事，一酌散千愁。
仰看云中雁，还同海上鸥。飘飘苏季子，谁悯敝貂裘。

其五

江国逾千里，家书抵万金。平生飞动意，苦调短长吟。
曙角凌云乱，孤城隐雾深。只应与朋好，留眼共登临。

其六

盗贼还奔突，星辰屡合围。定知深意苦，欲报凯歌归。
牛马行无色，熊罴觉自肥。双双新燕子，一一背人飞。

其七

胡羯岂强敌，边隅今若何。留连春夜舞，宜忆大风歌。
壮士悲陵邑，幽人泣薜萝。几时回节钺，收取旧山河。

其八

薄劣惭真隐，淹留见俗情。素琴将暇日，高枕笑浮生。
群盗哀王粲，诸公厌祢衡。不才甘朽质，寂寞壮心惊。

其九

暗树依严落，春蒲长雪消。㖞枝黄鸟近，翻藻白鱼跳。
客里何迁次，天涯正寂寥。敢违渔父问，不用楚辞招。

其十

斧钺下青冥，笳吹细柳营。尉佗虽北拜，句漏且南征。
关塞三千里，云梯七十城。骅骝开道路，风入四蹄轻。

其十一

春色生烽燧，他乡亦鼓鼙。胡人愁逐北，汉将独征西。
天路看殊俗，嘉谟及远黎。愿闻锋镝铸，还入故林栖。

其十二

剩水沧江破，巴州鸟道边。风雷缠地脉，楼阁倚山巅。
旧物森犹在，明公各勉旃。雄都元壮丽，佳气拂周旋。

作者简介

潘受（1911—1999），原名潘国渠，福建省泉州市南安市人。

渝州嘉陵江边题所居斋壁

潘 受

大声鼻息撼江潭，谁记焦先卧草庵。
白以此心盟远水，青分吾鬓染奇岚。
安排且入寥天一，独酌真成对月三。
颇笑茧丝殊未了，忍将身世作春蚕。

嘉陵江上

端木蕻良

那一天，敌人打到了我的村庄，
我便失去了我的田舍，家人和牛羊。
如今我徘徊在嘉陵江上，
我仿佛闻到故乡泥土的芳香，

一样的流水，一样的月亮，
我已失去了一切欢笑和梦想。

江水每夜呜咽地流过，
都仿佛流在我的心上。
我必须回到我的家乡，
为了那没有收割的菜花，
和那饿瘦了的羔羊。

我必须回去，
从敌人的枪弹底下回去。
我必须回去，
从敌人的刺刀丛里回去。
把我打胜的刀枪，
放在我生长的地方。

作者简介

端木蕻良（1912—1996），原名曹汉文（曹京平），辽宁省铁岭市昌图县人。

闻冰庐鬻画渝州感题奉寄

程千帆

嘉陵江上江南客，劫外相闻信转疏。
尚有林泉足图画，忍忘魂梦待车书。
寻常行路谁君识，粉墨生涯是此初。
忽忆明朝又重九，避灾无地最愁予。

作者简介

程千帆（1913—2000），原名逢会，改名会昌，字伯昊，四十以后，别号闲堂，湖南省长沙市宁乡市人。

川陕旅途中夜宿留侯庙[①]

孔凡章

起来廊庑步三更，太息留侯故国情。
覆宋岂缘乌禄政，延唐端赖凤翔兵。
山连华岳峰含泪，水接嘉陵浪有声。
投阙叩阍宁有济，玉关何处请长缨？

作者简介

孔凡章（1914—1998），原名繁祎，号礼南，四川省成都市人，祖籍浙江省杭州市萧山区临浦镇。

注释

①留侯庙：位于秦岭柴关岭南麓，紫柏山东南脚下。

鹧鸪天

孔凡章

秦岭蜿蜒势欲回，丈夫株守复何为？五原风色方酣战，三峡江流正突围。
南渡泪，至今垂。神京钟簴已全非。情人家国三重恨，窗外嘉陵沸怒雷。

临江仙

茅于美

抗日胜利之夕，余自渝市乘轮渡嘉陵江返黄角桠[①]乔居。舟中目击女郎投水。浪卷潮吞，瞬息即没，词以哀之。

连雨嘉陵江水涨，风吹帆举舟轻。笙歌遥度隔江声。纵身沧浪，忽见影娉婷。　浪卷潮吞曾一瞬，为谁斩断尘情？阶前蝼蚁尚偷生。沉沦今夕，空冀是归程。

作者简介

茅于美（1920—1998），笔名方今，江苏省镇江市人。

注释

①黄角桠：今重庆市南岸区黄角桠镇。

换巢鸾凤·一九四五年于北碚嘉陵江畔

吴绍烈

月魄惊寒，正江风吹浪，暮霭侵烟。低徊怜倩影，软语透清欢。叮咛记取意千般。怎知而今魂萦梦牵。关情处，拚几度泪痕衣满。　　春晚。芳讯断。愁见飞花，离恨生箫管。酒困无眠，依灯填句，苦惹柔肠千转。曾信相思忒伤神，生来争奈情难遣。诗中仙，也沉迷醉里香远。

作者简介

吴绍烈（1921—2002），字静康，安徽省安庆市望江县高士镇人。

鹊桥仙

吴绍烈

杜、金两同学将赴西安，前来别余，相与畅游北温泉，盘桓数日而去。际兹离乱，客中送客，倍觉神怆。感时伤事，情难自已。爰习填鹊桥仙一阕，以写离怀。

嘉陵江畔，缙云山[①]下，尽是伤心景色。霜风才送雁南飞，又听到寒梅消息。　　归舟未觅，旗亭又设。莫惜骊歌慢拍。人生能得几相逢，况复是天涯倦客。

注释

①缙云山：位于重庆市北碚区嘉陵江温塘峡畔，古名巴山。此词作于1944年。

千佛洞[①]

蒲毓庚

钓罢寒溪稳系舟，芦花深处暂勾留。
桥通彼岸龙华达，树种菩提鹫岭幽。
无法如来空四相，胜缘钟磬响千秋。
数行蜗篆余风雨，残迹依稀映老眸。

作者简介

蒲毓庚，生卒年不详，字纯五，四川省南充市人。

注释

①千佛洞：在四川省南充市嘉陵区大通镇梓潼庙村。

咏淙城八景[1]（选二）

孙葆初

（一）珠峡晓烟[2]

两岸高峰插九天，连珠滩畔响重泉。
深林缭绕晨光透，细雨飞来一半烟。

（二）墨池雷雨[3]

居入至此占阴晴，几时烟云涧畔生。
应有蛟龙争变化，霎时炒尾到昆明。

作者简介

孙葆初，生卒年不详，四川省开县（今重庆市开州区）人。

注释

①淙城八景：淙城，今四川省达州市开江县新宁镇；淙城八景：即开江县古八景。

②珠峡晓烟：淙城八景之一，位于四川省达州市开江县新宁镇。

③墨池雷雨：淙城八景之一。

留别诗二首

董杏林

（一）

嘉陵江上息征鸿，岁月匆匆一瞬中。
才见春风肥苜蓿，又惊秋风下梧桐。
任同击柝贫非病，图就监门笔未工。
愧我心长才却短，因循容易负初衷。

（二）

已倦风尘乞小休，菊花影里唱刀头。
装清秋水容调鹤，棹泛沧江许狎鸥。
风月纵谈成往事，短长别意问东流。
学书未就裁诗拙，聊作鸿爪印□留。

作者简介

董杏林，生卒年不详，甘肃省陇南市徽县人。

过唐旺川①

蔡啸霞

千条杨柳一江风，百里春光迥不同；
身到画中仍看画，蓝舆款款过花丛。

作者简介

蔡啸霞，生卒年不详，民国年间曾任甘肃省临夏回族自治州临夏县知事。

注释

①唐旺川：位于甘肃省临夏回族自治州东乡族自治县东北。诗人初任临夏县知事，赴任途中过唐旺川，因有此作（参见甘肃省武都县地方志编纂委员会编：《武都县志》，生活·读书·新知三联书店 1998 年版，第 1000 页）。

黑虎古桥①

张志诚

山水争奇处，旧名黑虎桥。两峰夹激濑，一瀑泻岩峣。

作者简介

张志诚：生卒年不详，甘肃省陇南市西和县人。

注释

①黑虎古桥：位于甘肃省陇南市西和县洛峪镇洛峪河谷。

罗文坝[①]

刘存厚

连日山行在井中，忽然开豁大河通。
千家烟火临江岸，一望平畴禾稼丰。

作者简介

刘存厚（1885—1962），字积之，四川简阳人。

注释

①罗文坝：今四川省达州市万源市罗文镇。

观音峡[①]

刘存厚

铜城西去峡如圻，花萼[②]北来云已遮。
削出孤峰森剑锷，奔流一水走龙蛇。
层峦沓嶂飞难越，曲栈重关险足跨。
自显北门严锁钥，凭陵秦陇控三巴。

注释

①观音峡：位于四川省达州市万源市。

②花萼：花萼山，位于四川省万源市境内。

题陈拾遗读书台[①]

杨崇培

悠悠天地著斯台，何事怆然泣下哉！
海内文宗金像在，唐初诗骨蜀山开。
牝朝真有则天帝，伯玉应生名世才。
借问梁公成相业，忠肝义胆岂殊胎？

作者简介

杨崇培，生卒年不详，字涵元，号镜斋，四川省遂宁市射洪市金山场人。

注释

①陈拾遗读书台：即陈子昂读书台，位于射洪市城北金华山上。

登金华山

杨崇培

山川云日乱如麻，仙界登临秀独夸。
绿树向空攒翡翠，蓝天垂槛锁烟霞。
数声钟送江风远，几点楼依月殿斜。
唐有子昂明有最，人间到处说金华。

金华小学校歌

佚　名

金华毓秀，涪水灵锺，好栽桃李傍黉宫。
照我明月，沐我清风，此时正好用功。
宇宙御（予）我陶冶，云霞荡我心胸。
书台伯玉，海内文宗，快努力，快努力，履范追风。

注释

此歌曲由金华书院改为旧制高等小学后编写而成。（参见射洪县志编纂委员会编：《射洪县志》，四川大学出版社1999年版，第1039页）。

侍家大人陪幕中诸公宴铁棋亭[①]

朱永锡

课馀恰值雨初晴。为访仙踪载酒罂。
琴鹤长随知政理，亭台高会话升平。
山环豆积洞谁凿，水下嘉陵河有声。
毕竟神仙不可接，肯将忧乐负苍生。
鸿爪勾留倏五年。重看云物到层巅。
一枰成败无终局，千古兴亡欲问仙。
凤岭平开晴日丽，马当争羡好风便。
茫茫国手当谁属，听罢棋声却惘然。

作者简介

朱永锡，生平不详。

注释

①铁棋亭：位于陕西省宝鸡市凤县。

扬州慢·端午

王用宾

端午嘉陵江龙舟竞渡，适敌机袭渝颇惨，愤写此词。

蹦柳巴陵，竞舟汶水，后方照旧清平。看朱门紫陌，斗艾绿蒲青。便真个、朱缯辟恶，赤符厌胜，钻纸谈兵。奈硐楼寒角，飞鸢还坠山城[①]。　　司空见惯，算如今、匕鬯非惊。但甲仗排空，虫猿尽化，无数牺牲。水上潜龙无用，何年始，起陆飞行。痛燕嬉危幕，真堪一哭同声。

作者简介

王用宾（1881—1944），字利臣、理成，号太蕤，别号鹤村，山西省运城市临猗县猗氏镇黄斗景村人。

注释

①山城：指重庆。

沁园春·绿芳阁初成

王用宾

峡束嘉陵，坝趱梁滩，拖杖忽来。恁缙山云破，飞岩雪落，凭高眺远，少个楼台。万壑当胸，丰林碍眼，真欲腾空小八垓。苍茫里，认蜀江千折，秦岭一堆。　　安排松下清斋。把三面、轩窗向水开。要疏篱低护，曲栏平倚，翠屏环竹，绿幔阴槐。碧柚黄柑，褐棕紫桂，花木无多随地栽。此间乐，问江南何许，一片蒿莱。

台城路·滇南山茶有高二三丈者，称绝艳。今见崇胜寺观音殿下高亦丈余，绿硬红肥，非他花可及

王用宾

寒江漠漠嘉陵路，重游古观音殿。磬口初含，檀心未吐，蓦见枝头放焰。殷红数点。料说法僧高，曼陀花散。碧树秾葩，未须惊绝滇南艳。　紫薇红透百日，合平分节令，春早冬晚。萼绿仙癯，牡丹娇软，争似猩唇清健。豪华占断。判耐冷经时，众芳冠冕。涕唾随人，又谁揩倦眼。

八归·人日忆高二适

王用宾

金屏贴燕，芳樽传蚁，天涯又度人日。筠篮七种挑青菜，犹记故乡风味，剩感今昔。归去郑公无计也，四十载、云山疏隔。捺不住、万斛愁思，总付与羌笛。　谁道草堂空阔。风尘书剑，尚有诗人相忆。少陵漂泊，达夫沉郁，同是东西南北。见梅枝柳色，强把新词数拈拍。嘉陵岸、早春光景，碧水明沙，饶君生句敌。

真珠帘·巴山春兴，和介民翼民韵

王用宾

缙云山下嘉陵路。记三度、骀荡春风来去。吹皱万花红，洒绿千溪树。天外九峰开锦障，更罗列、斜阳堆处。仙府。听琳宫梵呗，顿寒吟绪。　何故。便尔萧疏，问人生百岁，狂欢几许。昨日正芳菲，转眼愁风雨。多少江山瓯脱地，待秀句、担当弥补。无伫。倘一时兴会，流传千古。

参考文献

1.《西和县志》编纂委员会编:《西和县志》(1996 - 2013), 甘肃文化出版社 2014 年版。
2. 甘肃省徽县县志编纂委员会编:《徽县志》, 陕西人民出版社 2003 年版。
3.《康县志》编纂委员会编:《康县志》, 甘肃人民出版社 1989 年版。
4. 天水市北道区地方志编纂委员会编:《北道区志》, 甘肃文化出版社 1997 年版。
5.《文县志》编纂委员会编:《文县志》, 甘肃人民出版社 1997 年 12 月版。
6.《宕昌县志》编纂委员会编:《宕昌县志(续编)》, 甘肃文化出版社 1995 年版。
7.《礼县志》编纂委员会编:《礼县志》, 陕西人民出版社 1999 年版。
8《成县志》编纂委员会编:《成县志》, 西北大学出版社 1994 年版。
9. 碌曲县地方志编纂委员会编:《碌曲县志》, 甘肃文化出版社 2006 年版。
10.《两当县志》编纂委员会编:《两当县志》, 甘肃文化出版社 2005 年版。
11.《迭部县志》编纂委员会编:《迭部县志》, 兰州大学出版社 1998 年版。
12.《临潭县志》编纂委员会编:《临潭县志》, 甘肃民族出版社 1997 年版。
13. 甘肃省《舟曲县志》编纂委员会编:《舟曲县志》, 生活・读书・新知三联书店 1996 年版。
14. 甘肃省武都县地方志编纂委员会编:《武都县志》, 生活・读书・新知三联书店 1998 年版。
15.《宁强县志》编纂委员会编:《宁强县志》, 陕西师范大学出版社, 1995 年版。
16.《略阳县志》编纂委员会编:《略阳县志》, 陕西人民出版社 1992 年版。
17.《凤县志》编纂委员会编:《凤县志》, 陕西人民出版社 1994 年版。
18. 镇巴县地方志编纂委员会编:《镇巴县志》, 陕西人民出版社 1996 年版。
19. 广元市朝天区地方志编纂委员会编:《朝天区志》(1986 - 2005), 方志出版社 2007 年版。
20. 四川省《苍溪县志》编纂委员会编:《苍溪县志(第一轮)》, 四川人民出版社 1993 年版。
21. 四川省《旺苍县志》编纂委员会编:《旺苍县志》, 四川人民出版社 1996 年版。
22.《青川县志》编纂委员会编:《青川县志(第一轮)》, 成都科技大学出版社 1992 年版。

23. 广元市地方志编纂委员会编:《广元县志(第一轮)》，四川辞书出版社 1994 年版。
24.《广元市元坝区志》编纂委员会编:《广元市元坝区志》(1949 - 2007)，方志出版社 2015 年版。
25. 四川省《剑阁县志》编纂委员会编:《剑阁县志(第一轮)》，巴蜀书社 1991 年版。
26. 四川省梓潼县地方志编纂委员会编:《梓潼县志》，方志出版社 1999 年版。
27. 四川省梓潼县地方志编纂委员会编:《梓潼县志(1994 - 2005)》，中国文史出版社 2011 年版。
28.《盐亭县志》编纂委员会编:《盐亭县志(第一轮)》，四川文艺出版社 1991 年版。
29. 盐亭县党史县志办公室编:《盐亭县志 1986 - 2007》，北京燕山出版社 2017 年版。
30.《平武县志》编纂委员会编:《平武县志(第一轮)》，四川科学技术出版社 1997 年版。
31.《北川县志》编纂委员会编:《北川县志(第一轮)》，方志出版社 1999 年版。
32. 三台县地方志编纂委员会编:《三台县志(第一轮)》，四川人民出版社 1992 年版。
33.《三台县志》编纂委员会:《三台县志(1988 - 2005)》，方志出版社 2012 年版。
34. 四川省《安县志》编纂委员会编:《安县志(第一轮)》，巴蜀书社 1991 年版。
35. 江油市地方志编纂委员会编:《江油县志(第一轮)》，四川人民出版社 2000 年版。
36. 四川省《通江县志》编纂委员会编:《通江县志》，四川人民出版社 1998 年版。
37. 四川省《通江县志》编纂委员会编:《通江县志》，方志出版社 2011 年版。
38. 吴世珍编纂:《民国通江县志》，通江县地方志办公室编印，2015 年 11 月。
39. 四川省《巴中县志》编纂委员会编:《巴中县志(第一轮)》，巴蜀书社 1994 年版。
40. 巴中市巴州区地方志编纂委编:《巴中市巴州区志(1994—2005)》，中国文史出版社 2013 年版。
41. 四川省平昌县地方志编纂委员会编:《平昌县志(第一轮)》，四川科学技术出版社 1990 年版。
42.《南江县志》编纂委员会编:《南江县志(第一轮)》，成都出版社 1994 年版。
43. 四川省万源市地方志编纂委员会编:《万源市志(1986 - 2005)》，中国文史出版社 2009 年版。
44. 四川省大竹县志编纂委员会:《大竹县志》，重庆出版社 1992 年版。
45. 四川省大竹县志编纂委员会:《大竹县志(1986 - 2002)》，方志出版社 2006 年版。
46. 达县地方志编纂委员会编:《达县志(1986 - 2005)》，中国文史出版社 2013 年版。
47. 四川省渠县地方志编纂委员会编:《渠县志(1986 - 2005)》，中国文史出版社 2009 年版。
48. 四川省渠县地方志编纂委员会编:《渠县志》，四川科学技术出版社 1991 年版。
49. 四川省开江县地方志编纂委员会编:《开江县志》(1986 - 2005)，方志出版社 2006

年版。

50. 四川省《开江县志》编纂委员会编:《开江县志》,四川人民出版社 1989 年版。
51. 四川省阆中市地方志编纂委员会编:《阆中县志》,四川人民出版社 2014 年版。
52. 四川省阆中市地方志编纂委员会编:《阆中县志(第一轮)》,四川人民出版社 1993 年版。
53. 四川省阆中市地方志编纂委员会编纂:《阆中市志(1986-2005)》,中国文史出版社 2014 年版。
54. 《蓬安县志》编纂委员会编:《蓬安县志》,四川辞书出版社 1994 年版。
55. 《营山县志》编纂委员会编:《营山县志(第一轮)》,四川辞书出版社 1989 年版。
56. 《南充市志》编委会编:《南充市志》(1707-2003),方志出版社 2010 年版。
57. 《南充市嘉陵区志》编纂委员会编:《南充市嘉陵区志(1993-2003)》,方志出版社 2012 年版。
58. 《南充县志》编纂委员会编:《南充县志(第一轮)》,四川人民出版社 1993 年版。
59. 《南部县志》编纂委员会编:《南部县志(第一轮)》,四川人民出版社 1994 年版。
60. 《川北区志》编纂委员会编:《川北区志(1950.1-1952.9)》,方志出版社 2015 年版。
61. 《高坪区志》编纂委员会编:《高坪区志》(1993-2007),方志出版社 2013 年版。
62. 《西充县志》编纂委员会编:《西充县志(第一轮)》,重庆出版社 1993 年版。
63. 四川省《仪陇县志》编纂委员会编:《仪陇县志(第一轮)》,四川科学技术出版社 1994 年版。
64. 《仪陇县志》编纂委员会编著:《仪陇县志》,四川科学技术出版社 2007 年版。
65. 《射洪县志》编纂委员会编:《射洪县志(第一轮)》,四川大学出版社 1990 年版。
66. 《射洪县志》编纂委员会编:《射洪县志》,四川大学出版社 1999 年版。
67. 《蓬溪县志》编纂委员会编:《蓬溪县志(第一轮)》,四川辞书出版社 1995 年版。
68. 遂宁市地方志编纂委员会编:《遂宁县志(第一轮)》,巴蜀书社 1993 年版。
69. 《大英县志》编纂委员会编:《大英县志》,方志出版社 2011 年版。
70. 《武胜县志》编纂委员会编:《武胜县志(1986-2005)》,方志出版社 2011 年版。
71. 四川省邻水县地方志编纂委员会编:《邻水县志》,四川科学技术出版社 1991 年版。
72. 四川省邻水县地方志编纂委员会编:《邻水县志》,中国文史出版社 2010 年版。
73. 《广安县志》编纂委员会编:《广安县志(第一轮)》,四川人民出版社 1994 年版。
74. 《广安市广安区志》编纂委员会编:《广安市广安区志 1986-2005》,中央文献出版社 2014 年版。
75. 四川省阿坝藏族羌族自治州南坪县地方志编纂委员会编:《南坪县志》,民族出版社 1994 年版。

76. 重庆市渝北区地方志编纂委员会:《江北县志》,重庆出版社 1996 年版。
77. 重庆市渝北区地方志编纂委员会编:《江北县志》(1986 - 1994),西南师范大学出版社 2009 年版。
78. 重庆市北碚区地方志编纂委员会编:《重庆市北碚区志》,科学技术文献出版社重庆分社 1989 年版。
79. 重庆市合川区史志办编纂:《重庆市合川区志》(1986 - 2010)(送审稿)。
80. 马以愚:《嘉陵江志》,商务印书馆发行 1947 年版。
81. 四川省水利电力厅汪荣春主编:《嘉陵江志》,内部印刷,1991 年 10 月。
82. 何向东:《新修潼川府志校注》(上、下册),巴蜀书社 2007 年版。
83. 重庆市农机水电局编:《重庆市水利志》,重庆出版社 1995 年版。
84. 曾枣庄主编,李文泽,吴洪泽副主编:《中国文学家大辞典》,中华书局 2004 年版。
85. 武胜县史志办公室编:《武胜史略》,中央文献出版社 2014 年版。
86. 王振会、雍思政编注:《蜀道神韵》,上海三联书店 2015 年版。
87. 广元市元坝区昭化镇小学编:《昭化诗词选》,内部印刷,2008 年 11 月。
88. 李荣普:《蓬州逸史》,南充市新闻出版局,1997 年 10 月。
89. 中国国民党革命委员会重庆市合川区工作委员会编著:《天下合川》,团结出版社 2013 年版。
90. 王强:《鱼山物语》,重庆市合川区钓鱼城管理处宣传资料。
91. 蔡副全:《成县杜甫草堂历代诗碑考述》,《杜甫研究学刊》2009 年第 1 期。
92. 周啸天编撰:《历代名人咏四川》,四川文艺出版社 2006 年 4 月版。
93. 刘开扬:《诗词若干首　唐宋明朝诗人咏四川》,四川人民出版社 2018 年 5 月版。
94. 宋文富校:《重修宁羌州志校注》,华夏出版社,http://www.sxsdq.cn/sqzlk/sxjz/ssjzwz/hzs_16205/cxnqzzjzwz/.
95. 丁禹强:《唐宋诗文大家的邻水题咏》,2012 年 3 月 28 日,http://blog.sina.com.cn/s/blog_4fda9feb01012m2a.html.
96. 广元市文化旅游资源数据库《蜀道诗抄》(一),http://www.gyslib.org.cn/Article_Show.asp?ArticleID=378.
97. 广元市文化旅游资源数据库《蜀道诗抄》(二),http://www.gylib.com/Article_Print.asp?ArticleID=381.
98. 广元市文化旅游资源数据库《蜀道诗抄》(三),http://www.gylib.com/Article_Show.asp?ArticleID=388&ArticlePage=2.
99. 广元市文化旅游资源数据库《蜀道诗抄》(四),http://www.gylib.com/Article_Print.asp?ArticleID=434.
100. 广元市文化旅游资源数据库《蜀道诗抄》(五),http://www.gyslib.org.cn/Article_

Print. asp? ArticleID = 435.

101. 李静：《江畔独步寻诗》，2017 - 10 - 01，https: //www. meipian. cn/tsh19o3.

102. 《天韵阁诗词》（第 74 期）：《长歌当咏白龙江》，https: //www. meipian. cn/o8law2i.

103. 《黄炎培与北碚》，2017 - 04 - 18，http: //bb. cq. gov. cn/ztzl/bbdfz/lsgs/content_ 49533.

104. 末世 ali：《千佛》，2013 - 03 - 04，http: //blog. sina. com. cn/s/blog_ 867408d40101c0cb. html.

105. http: //blog. sina. com. cn/s/blog_ a0d30c0c0101geo2. html.

106. http: //www. shicimingju. com/chaxun/list/120642. html.

107. https: //baike. so. com/doc/5340576 - 5576019. html.

108. http: //www. chinadmd. com/file/3r3iiavsxpu6vss6vpix6zio_ 3. html.

109. http: //www. 360doc. com/content/14/0509/05/6956316_ 375972812. shtml.

110. http: //www. langzhong. gov. cn/govopen/show. jspx? id = 25630.

111. http: //www. poeming. com/web/scindex. htm.

112. https: //sou - yun. com/QueryPoem. aspx.

113. http: //www. sanqinyou. com/content/2012 - 6 - 17/201261718415211911141439883434789 3. html.